9 783406 590702

Thomas Lang, geboren 1967 in Nümbrecht, studierte Literatur in Frankfurt am Main. Seit 1997 lebt er als Autor in München. 2002 erschien der Roman «Than», ausgezeichnet mit dem Bayerischen Staatsförderpreis und dem Marburger Literaturpreis. 2005 erhielt Thomas Lang den Ingeborg-Bachmann-Preis für einen Auszug aus dem Roman «Am Seil» (C.H.Beck 2006). «Am Seil» wurde außerdem nominiert für den Preis der Leipziger Buchmesse 2006. Zuletzt erschien bei C.H.Beck sein Roman «Unter Paaren». www.thomaslang.net

Umschlaggestaltung: Leander Eisenmann
Bilder: plainpicture, Peter Cederling, Oliver Rossi
Bild Autor: © Isolde Ohlbaum

Verlag C.H.Beck

Thomas Lang

Bodenlos

oder

Ein gelbes Mädchen
läuft rückwärts

Thomas Lang

Bodenlos

oder

Ein gelbes Mädchen
läuft rückwärts

C. H. Beck

 | Gesetzt aus der Palatino im Verlag C.H.Beck | Druck und Bindung: Pustet, Regensburg | Gedruckt auf säurefreiem, alterungsbeständigem Papier | (hergestellt aus chlorfrei gebleichtem Zellstoff) | Printed in Germany | ISBN 978 3 406 59070 2 | *www.beck.de*

TODAY I SAID GOODBYE
TO MY CONFLICTED GODDESS
HER LUSH EYES
SHOW SURPRISE
AT HOW WE COULD GATHER KNOWLEDGE
THE PAINTING HAS A DREAMWHERE SHADOW
BREAKS THE SCENE
AND THE COLORS RUN OFF
BLUE IS BASHFUL
GREEN IS MY GOAL
YELLOW GIRLS ARE RUNNING BACKWARDS
UNTIL THE NEXTIME
...

Sonic Youth, Hits of Sunshine

«Lest es 2x, verdammt!»

(Ausspruch eines unbekannt gestorbenen Poeten)

I

1

«Stell dir einfach vor, dass der Boden von Millionen Raketen nach oben angetrieben wird, während alles, was fällt, in Ruhe ist.»

Jan ging etwas schneller. Er spürte den körnigen, von der Sonne aufgeheizten Belag unter seinen Füßen. Der Weg nach vorn war eine Straße ins Nichts, an deren Ende die Barriere fehlte. Es fehlten auch Leute, die in dieselbe Richtung gingen wie die beiden Freunde. Torstens Bemerkung besänftigte Jan nicht. Bis zum Fünfer hatte er die Sache leichtgenommen, von da war er schon mal gesprungen, ohne dass es ihn Überwindung gekostet hätte. Noch mal fünf Meter machten allerdings einen riesigen Unterschied. Jans Unruhe wuchs mit jedem Schritt, als er die letzten Stufen hinaufstieg und steigerte sich, oben angekommen, noch einmal. Fallen ist was anderes als sich vorstellen zu fallen, dachte Jan.

Torsten ging lässig an ihm vorbei. Vorn lehnte er sich gegen das Geländer, die Arme vor der Brust verschränkt, allem Anschein nach im Wind leicht fröstelnd. Ein Streifen Haare lag platt auf seinem Schädel. Torsten hatte sie zwar mit den Händen nach hinten gestreift, so dass sie immer noch nach Iro aussahen, trotzdem wirkte es komisch, viel weniger stolz als sonst, fand Jan. Torsten lächelte über die Angst seines Freundes. Er sprang ja oft, er hatte es Jan vorgemacht. Jan war froh, dass ihm nicht schwindlig wurde, als er nach unten sah.

«Was ist? Kommst du nach vorn oder bist nur wegen der Aussicht hier raufgeklettert?»

Das widersprüchliche Gemisch aus wärmender Sonne und kühl streichelnder Luft ließ auch Jan frösteln. Der Freibadlärm war weit weggerückt und seine Verursacher wirkten aus zehn Metern Höhe schon unwirklich klein. Bedeutungslos wie ein Haufen Insekten, zwischen die man fährt, und es macht keinen Unterschied, ob man fünfzig oder hundert von ihnen erwischt. Wäre die Erde ein dicker Haufen Kot und wir würden zusammen mit einem riesigen Schwarm Mücken darauf sitzen, so wären diese Mücken uns nicht egal, genau genommen wären wir die Mücken, überlegte Jan. Ein kleiner Himmelskörper, eisig und porös, mit einem Schwarm blau schimmernder Insekten auf der Oberfläche, die sich für die Mitte ihrer Welt hielten – unter anderen Umständen hätte Jan diese Vorstellung belustigt. So jedoch verknüpfte sie sich mit dem mulmigen Gefühl in seinem Bauch. Auch Fliegen konnten Schmerz empfinden.

Jan atmete tief. Bevor er nach vorn ging, ließ er den Blick schweifen. Tatsächlich konnte er von hier aus die Wohnung seiner Schwester sehen. Er zählte die Etagen und nahm eine Zeitlang ihren Balkon ins Visier, als könnte er sie dazu bringen herauszutreten. Die eternitverschalten Wohnwürfel oben am Stadtrand, am Städtchenrand, leuchteten weiß in der Sonne. Dunkel dagegen und fast am anderen Ende Füchtens lag das grüne Viertel, in dem er selbst bei seinen Eltern lebte. Alles schien so nah, fast glaubte er, die Hunde bellen zu hören. Das Elternhaus verbarg sich zwischen den vielen exotischen Ziersträuchern und Nadelbäumen des Wohngebiets. Umso besser. Warum dachte er: umso besser? Weil er das Haus nicht sehen wollte, weil er nicht wollte, dass es existierte, weil er darauf wartete, endlich für sich leben zu können, in einem WG-Zimmer oder einem kleinen Apartment wie An. Jan spürte, dass es noch einen weiteren Grund gab. Es war ihm wichtig, dass ihn von hier aus niemand sah. Weder durchs Fenster in seinem Zimmer, noch auf der Terrasse, noch im Garten. Er wollte nicht, dass irgendjemand ihn beobachten konnte. Die momentane Sichtbarkeit, so machte er sich vor, war auch der Grund für seine Unruhe. Es lag gar nicht an der Höhe, da hätte ihm ja schwindlig werden müssen, es lag daran, dass im Geheimen jeder im Freibad nach oben schielte, sobald sich einer auf den Zehn-Meter-Turm wagte. Jan duckte sich zusammen. Schnell weg hier.

Während er möglichst unbeeindruckt von heimlichen Zuschauern langsam, aber nicht zu langsam zur Kante vor ging, überlegte Jan, dass sein Freund recht haben musste. Im Sprung fand man Ruhe, die Anspannung wich im Moment des Fallens ganz anderen Gefühlen, einer Lust, einem Anflug von Rausch. Das war bei seinem Sprung vom Fünfer so gewesen, das würde auch jetzt so sein. Anders als beim Ein-Meter-Brett oder beim Dreier war der Steg hier aus Beton und federte kein bisschen. Seine Schritte blieben lächerlich wirkungslos. Der Wind schien zugenommen zu haben; die Härchen an seinen Armen stellten sich auf und er spürte Gänsehaut. Noch einmal wandte er den Blick und sah in die Wipfel von zwei Fichten am Zaun, die einzigen Bäume in der Umgebung, die über den Sprungturm hinausgewachsen waren. Die Schattierung des Grüns, die Stellung der Nadeln, die Nähe der frisch grünen Zapfen erschienen ihm falsch. Torsten stand schon an der Kante, er hatte die Zehen um den Beton gekrallt. Ohne sich umzudrehen, forderte er Jan auf, endlich nach vorn zu kommen.

«Stell dir einfach vor, es ist kein Wasser drin», rief er und eierte plötzlich rum, als hätte er das Gleichgewicht verloren. Er fing sich im letzten Moment, sprang nun doch gestreckt, die Füße voran, die Arme fest am Körper. Jan sah ihn fliegen, eine scheinbar lange Zeit, und tief eintauchen, unter Wasser seitlich wegschwimmen. Ein paar Idioten aus der Mittelstufe klatschten ironisch Beifall. Nun stand Jan vorn, auch er krallte die Zehen um die Kante. Er zauderte. Für einen Augenblick schien es ihm unmöglich zu springen. Er schloss die Augen, atmete kurz und heftig aus, tief ein, und machte einen Schritt nach vorn.

In der Tiefe spürte er ungeheuren Druck auf den Ohren, sein Kehlkopf schmerzte. Jans Füße berührten den Boden, er stieß sich ab, ließ Luft raussprudeln, kam nach oben, atmete, ließ sich erneut absinken und begann sich zu überschlagen. Dreimal drehte sein Körper sich unter Wasser um die eigene Mitte. Zur milden Euphorie des

Falls kam jetzt der Schwindel; er wusste nicht mehr, in welcher Richtung es zurück an die Oberfläche ging, er rollte weiter, bis ihm die Luft ausging, er panisch die Augen öffnete, den blauen Himmel nicht mehr vom blauen Grund des Beckens unterscheiden konnte und mit letzter Kraft tauchte, wütend mit den Armen schlagend, bis er auf eine Wand traf, an ihr weitertauchte und endlich mit dem Kopf aus dem Wasser stieß, japsend Luft holte und wieder absank, diesmal nicht tief, bevor er sich endgültig nach oben treiben ließ und aus dem Sprungbecken stieg. Heftig atmend ging Jan zu den Waschbetonpodesten, niemand kümmerte sich um ihn. Torsten lag auf seinem Handtuch und hatte schon eine Kippe gedreht. Er sagte nichts, als der Freund sich neben ihn legte. Jan schloss die Augen. Jemand regelte die Lautstärke des Freibads hoch. Es füllte sich schnell, das Schuljahr war vorbei. Jan fühlte sich ruhig. Klein. Gut. Geborgen in einem Tropfen mit unzerreißbar wirkender Haut.

2

Sie spannen ihre Theorien über die Zeit, das All und die Schwerkraft. Torsten war längst nicht mehr wütend und Jan vergaß seinen Beinahe-Zusammenstoß mit dem Bus umso schneller, je mehr die Sonne durch seine Haut drang und der Geruch des Wassers, das Geräusch fröhlicher Laute ihn gefangen nahmen. Er spürte die Wärme auch von unten, der Waschbeton gab sie durch das Handtuch ab. Gleichzeitig glaubte er einen von Torstens nasser Haut ausgehenden kühlen Hauch wahrzunehmen.

«Zeit ist Licht», sagte Torsten. «Zeit ist in einem tiefen Sinn Energie.»

Als wären das einfache Sinnsprüche. Torsten las ein Buch über Einsteins Universum, das ihn, der Physik nach der Zehnten sofort abgewählt hatte, mit jedem Tag mehr in einen überzeugten Relativisten verwandelte. Seine Lektüre blieb unverdaut, doch Jan sah sich nicht imstande, mit Torsten zu diskutieren; er hatte selbst wenig Ahnung von der Materie. Jan hörte mal zu und mal weg. Er freute sich einfach an den Wörtern, die Torsten benutzte, und vielleicht an der Ungeheuerlichkeit, Dinge zu denken, die man sich nicht vorstellen konnte.

«Wenn du dich am Rand eines Schwarzen Loches aufhältst, steht die Zeit, genauso wie das nach außen strebende Licht, still. Deine Zukunft liegt völlig innerhalb des Schwarzen Loches.»

Jan nickte in den bei geschlossenen Augen dunklen Himmel.

«Das ist genau, was ich fühle. Die Zukunft ist ein Schwarzes Loch.»

Torsten drehte sich auf den Bauch und schaute Jan ins Gesicht. Der schien den Blick zu spüren, denn er öffnete nun die Augen.

«Zukunft hat eine gewisse Neigung zur Seite hin.»

Du hast auch eine Neigung zur Seite. Jan verkniff sich die Bemerkung.

«Hast du eigentlich das Gefühl, du verstehst, was du da liest?»

«Ich glaube, dass wir einfach einen falschen Zeitbegriff haben. Das Leben, so von der Geburt bis zum Tod, diesen Ablauf sollten wir nicht als Zeitvergehen auffassen.»

«Wie würdest du es nennen?»

«Keine Ahnung. Geschichte vielleicht. Ich denke, dass Zeit etwas anderes ist. Wenn du zum Beispiel Wasser kochen lässt, das ist für mich Zeit. Der Übergang von einem Aggregatzustand zum nächsten.»

«So könnte man auch den Menschen sehen. Als eine vorübergehende Zusammenballung von Materie, die in irgendeiner Form schon immer existiert hat, die sich neu zusammensetzt, wenn jemand tot ist und verwest.»

«Genau, genau! Wenn du solche Vorgänge als zeitliche auffasst, gibt es kein kontinuierliches Voranschreiten mehr. Die Zeit öffnet sich und wird beschreitbar wie der Raum.»

«Meinst du, man kann die Zeit auch beliegen, etwa so wie wir hier im Raum liegen? Das würde mir entgegenkommen.»

«Hey, sind da nicht Berenice und Sandra? Auch früher Schluss gemacht, wie?»

Obwohl er wusste, dass sie es nicht waren, weil er auf dem Weg hierher Sandra mit Tina gesehen hatte, wandte Jan sich so weit um, dass er aufs Wasser schauen konnte. Nur die Köpfe der Mädchen waren über dem Beckenrand zu sehen. Sie schienen nicht etwa zum Schwimmen ins Wasser gegangen zu sein, sondern nur um ganz ausführlich über etwas sehr Wichtiges zu sprechen.

«Tina und Sandra.»

«Die wieder. Ich kann sie bald nicht mehr sehen.»

«Sie uns wahrscheinlich auch nicht.»

«Hast du schon gehört, dass eine Japanerin an die Schule kommt?»

«Und?»

«Nix und – ich bin gespannt, wie sie aussieht. Sie soll schon in der Stadt sein. »

Er zog mit den Fingern seine Augenlider zu schmalen Schlitzen. Jan wusste, dass sie bereits da war. Er hätte seinem Freund sogar sagen können, wo sie wohnte: quasi ein Haus weiter. Er konnte vom Garten aus die Rückseite des Hauses sehen.

«Arigato, Misuta Bodenlos.»

«Du bist ein Spinner.»

Aber Jan musste grinsen.

«Nils hat gesagt, dass sie so ein schwarzes Halsband aus Samt trägt.» Torsten sagte das abfällig. «Sieht aus wie bei dir. Du hast da auch voll den dunklen Streifen gekriegt.»

Er zeigte die Stelle, und Jan befühlte seinen Hals. Es schmerzte nur noch schwach.

«Sieht man das gut?»

«Im Wasser geht es vielleicht ab. Komm, lass uns springen.»

«Du bist doch schon gesprungen.»

«Aber du wirst heute endlich springen.»

«Zu spät. Ich überantworte mich gerade der Zeitlosigkeit.»

«Feigling.»

Dieses Wort mochte Jan nicht. Die ganze Haltung, die

sich darin ausdrückte, war beschissen, Mut etwas für Idioten, die Hurra rufend in den Krieg zogen, um sich massenhaft abschlachten zu lassen. Torsten erhob sich, ohne ein weiteres Wort zu verlieren. Jan drückte sich ins Handtuch, so weit das möglich war, und machte demonstrativ die Augen zu.

«Arschbombe», rief eine Bruchstimme in der Nähe, und noch ehe Jan sich darauf eingestellt hatte, klatschte ein Körper schwer ins Wasser, mehrere Stimmen gellten und ein Regen kalter Tropfen fiel auf seine nackte Haut. Er schauerte. Mit wenigen Schritten schloss Jan zu Torsten auf.

«Also. Gehen wir rauf.»

Vom Zehner sprangen nicht viele, und die unteren Bretter waren gesperrt. Sie mussten also nicht anstehen. Jan kletterte Torsten flink hinterher. Erst bei der letzten Leiter, die vom Fünfer auf den Zehner führte, zögerte er. Mit mehr als einer Minute Rückstand kam er oben an.

«Wenn du Schiss hast, stell dir einfach vor, dass der Boden von Millionen Raketen nach oben angetrieben wird, während alles, was fällt, in Ruhe ist.» Torsten schien ihn damit ernsthaft aufmuntern zu wollen. «Gravitation verlangsamt die Zeit.»

Ich würde mir eher wünschen, dass sie schneller liefe, dachte Jan. Er hatte keine Lust auf die kommenden sechs Wochen und erst recht keine auf das folgende Jahr. Ein ganzes Jahr noch, bis er endlich gehen konnte. Weggehen, Füchten hinter sich lassen, am besten mit einem gewagten Sprung noch in dieser Minute. In der Nacht hatte er geträumt, wie er mit einem kleinen Köfferchen zügig die Straße hinauf aus der Stadt in Richtung Wald gelaufen war, bis er sich plötzlich auf der Kante der Mauer da oben wiederfand, die im Traum die Wipfel der Bäume überragte und von der er sich bedenkenlos abstieß. Er landete auf einer schlammigen Dorfstraße zwischen urtümlichen Hütten aus Holz oder Lehm, es goss wie aus Eimern. Eine Gestalt, die ihm rückwärts entgegenlief. Sie trug den Kopf unter dem Arm, der schaute in seine Richtung. Jan konnte das Gesicht anschauen, er starrte immerzu auf den Rumpf, die glatte Schnittfläche. Wie mit dem Samuraischwert abrasiert, er konnte ihr in den Schlund schauen, eine blutlose Wunde. Ich habe rückwärts geträumt, dachte Jan. Ich bin zu früh oder genau genommen zu spät erwacht. Alles Blut wäre wieder in sie hineingeflossen, der Kopf hätte irgendwann wieder auf dem Hals gesessen, sie wäre vorwärts und von mir weggelaufen. Ich hätte ihr Gesicht nicht sehen können.

3

Torsten war längst auf der Straße, als Jan vom Parkplatz abbog. Sie hatten die Schule, einen aus mehreren Blöcken bestehenden Siebzigerjahrebau mit dem seit ein paar Wochen in weißer Farbe riesig auf die Stirn gemalten Schriftzug ABI 83, ein gutes Stück weit hinter sich gelassen. An den Einmündungen, manchmal in Haltebuchten wartete Torsten regelmäßig, ließ den Freund vorbei und überholte ihn mit seiner frisierten Achtziger von neuem. Es ging bergab durch kleine Straßen, vorbei an frei stehenden Häuschen und hoch gewachsenen Nadelholzhecken, bis sie auf die lang gezogene Hauptstraße einbogen. An einer Gabelung trennten sie sich, um daheim ihre Badesachen zu holen. Sie fuhren nicht etwa getrennt zum Schwimmbad, sie trafen sich zwanzig Minuten später genau an dieser Kreuzung wieder.

Nicht weit von hier lag das Fotogeschäft, in dem An ihre Lehre machte, und ebenfalls nur ein kleines Stück weiter befand sich der Bogen. Das Eiscafé bildete den wichtigsten Treffpunkt der Füchtener Oberstufenschüler. Normalerweise fuhr man in diesem Straßenabschnitt immer langsam, jedenfalls wenn es warm war und Leute draußen saßen. An diesem Tag hatte Jan es jedoch eilig. Er klappte auch sein Visier nicht hoch, obwohl der Gedanke, dass er auf diese Weise unerkannt bleiben könnte, lächerlich war. Binnen weniger Sekunden hatte er zu Torsten aufgeschlossen.

Trotz allem konnte Jan sich nicht verkneifen, einen Blick auf die Gäste des Cafés zu werfen. Nils saß da mit Lars und Carlo, so vertieft, als würden sie an einem neuen Song arbeiten. Von den dreien schaute einzig Lars hoch und zeigte Torsten zum Gruß ein V. Außer diesen dreien, die also auch früher abgehauen waren, erkannte Jan nur noch Benni in seinem ewigen karierten Hemd, die Ärmel halb aufgekrempelt und die Knöpfe überm weißen T-Shirt offen. Benni war zwei Stufen über Jan gewesen und abgegangen, jetzt arbeitete er, wie Jan gehört hatte, als Elektriker. Jan fragte sich, ob er blaumachte, ob Benni überhaupt blaumachen und sich am lichten Tag im Bogen sehen lassen konnte, ohne Ärger zu bekommen. Mit ihm am Tisch saß ein schwarz gekleidetes und auch schwarzhaariges Mädchen. Ihre Haut war gebräunt und die Augen von einer komplett schwarzen Sonnenbrille verdeckt. Trotz der schwarzen Klamotten wirkte sie auf Jan nicht wie ein Gothic Punk, vielleicht weil ihre Haare nicht gestylt waren, vielleicht auch, weil sie so entspannt wirkte, fast wie eine Urlauberin. Vor ihr auf dem Tisch stand der albernste aller möglichen Eisbecher, Venezia – eine Gondel aus schwarzem Glas, mit werweißwas für einem Eis und Kirschsoße.

Das alles sah Jan in einem Moment und durch sein verkratztes Visier. Im nächsten roch er die Fahne von schlecht verbranntem Benzin vor sich und hörte, wie Torsten beschleunigte. Auch er gab Gas, doch die Ampel sprang auf Rot und er musste heftig bremsen. Sicher feixten sie im Bogen. Allein an der Ampel zurückzubleiben und Torsten hinterher zu sehen, gab Jan das Gefühl, bereits verlassen zu sein. Alle fuhren in den Ferien weg, ein paar, die achtzehn waren und Geld hatten, mit dem eigenen Auto. Seine Schwester An fuhr mit Matze für vier Wochen nach Portugal. Torsten ging zum Arbeiten und Ferienmachen nach München zu Bekannten. Füchten würde ausgestorben sein, eine Stadt, durch die der Wind mittags leere Plastiktüten trieb und in der ein Mann mit einem Gewehr über der Schulter kein Aufsehen erregte. Jan dagegen würde jobben, er würde lesen, ein bisschen schreiben und mit den Hunden in den Wald gehen. Als es grün wurde, war Torsten schon außer Sichtweite. Jan beeilte sich ihm hinterherzukommen. Er hätte die Augen schließen und immer geradeaus fahren mögen.

Sein Kehlkopf fühlte sich immer noch dick an und tat weh, auch im Nacken spürte er nach wie vor das Profil des Fensterrahmens. Jan fragte sich, was passiert wäre, wenn Torsten den ganzen Tag blaugemacht hätte und nicht in die Klasse gekommen wäre, wie lange er wohl weitergemacht hätte. Nicht eine Sekunde hatte er wirklich geglaubt zu sterben, aber das hätte noch kommen können. Der Punkt, an dem man, wie es hieß, panisch mit den Beinen schlug und nicht mehr anders konnte, als sich befreien zu wollen. Wenn man noch die Möglichkeit hatte –. Ein Paar Lichter blinkte grell in seine Augen, ein Chor von Fanfaren ertönte. Der Bus war bereits knapp vor ihm, als Jan sich schnell in die Kurve legte und geradeso noch links abbiegen konnte. Der schwere Wagen kam zitternd zum Stehen, sein Fahrer brüllte irgendwas durchs Seitenfenster raus. Jan fuhr noch bis zur nächsten Einmündung und hielt dort erst mal an. Er hatte eine Faust im Bauch, seine Hände zitterten, die Beine waren so schwach, dass er kaum sein Moped halten konnte. Lammbrav schlich er Minuten später den langsam ansteigenden Weg zum Freibad hinauf. Bei einem alten Haus, in dessen ehemaligem Ladenlokal das Wochenblättchen der Stadt beheimatet war, ging es wieder links weg in eine noch schmalere Straße.

Diesmal kam dem Jungen niemand entgegen, diese Straße war nur für Anlieger frei. Der Kitzel, sie zu benutzen und dadurch zweihundert Meter zu sparen, war mäßig. Auf der Jagd nach Falschfahrern hätte selbst die Polizei sich hier zu Tode gelangweilt. Doch es war so etwas wie der alte Pfad, den die Herde seit Urzeiten ging und den zu verlassen ihren Mitgliedern schwer fiel, obwohl sie noch nicht mal erwachsen waren.

«Mann! Bist du mal ankommst, hat das Bad ja schon zu.»

Torsten hockte mit einer Selbstgedrehten zwischen den Lippen quer auf seinem Moped. Jan winkte ab. Die Lust aufs Baden war ihm ohnehin vergangen. Er hätte sich nicht überreden lassen sollen, an diesem Morgen früher aus der Schule abzuhauen. Auch wenn es um nichts mehr ging, würde es sicher Ärger geben.

«Du heizt vielleicht durch die Stadt, ey. Wegen dir bin ich fast in den Bus gefahren.»

«Wegen mir?» Torsten sprang von der Sitzbank. Seine Stimme gellte. «Sag das nicht noch mal, hörst du? Du Idiot hast deine eigenen Augen im Kopf und deine eigenen Hände am Lenker. Wenn du nicht fahren kannst, lass die Kiste stehen.»

Er zog wütend zweimal hintereinander an der Kippe, dann warf er sie auf den Boden.

«Was für ein Bus eigentlich?»

«Vergiss es. Lass uns jetzt einfach reingehen und den Tag genießen. Ok?»

Torsten nickte.

«Heute springst du», sagte er über die Schulter, während er schon zur Kasse ging. Als ob er das zu bestimmen hätte.

4

«Wir hauen ab», sagte Torsten genauso bestimmt in der Pause.

Das kam überraschend. Nach der ersten Stunde hatten Jan und er sich bereits voneinander verabschiedet, weil ihre Kurse in weit auseinander liegenden Gebäudeteilen stattfanden. Außerdem mussten sie nur noch eine Doppelstunde überstehen, und das Schuljahr war gelaufen.

Jan stand auf dem schwarzen Splitt in dem von Sträuchern und kleinwüchsigen Bäumen gesäumten Raucherhof mit einem Schritt Abstand, doch mit all seiner Aufmerksamkeit auf die Gruppe gerichtet, von der er sich neuerdings angezogen fühlte: Lars, Nils, Holger, Carlo, Britta, Heike, Nadine. Sie waren die coolen Intellektuellen, die Bücherleser und Kinogeher, die Wave-Hörer, Neoexistentialisten und Künstler, die Gothic Punks in den schwarzen Klamotten und mit den gestylten Haaren, von den anderen Schülern die Krähen genannt. Jan sah sie Zigaretten drehen und studierte ihre Kleidung, ihre Taschen, ihre Gesten. Er hörte ihnen zu, wenn sie über Bücher und neue Platten sprachen oder wie heute über diejenigen, welche die Schule verließen und die, die neu ankommen würden. Es war nicht selbstverständlich, im alten Schuljahr schon über neue Leute Bescheid zu wissen, aber diesmal gab es eine Sensation, die offenbar in der ganzen Stadt die Runde machte. Ein japanisches

Mädchen sollte an die Schule kommen. Das hatte es in Füchten bis dahin nicht gegeben. Die Schüler sprachen darüber und sie waren sich nicht zu schade, ganz unintellektuelle Witze zu machen. Jan hörte mit halbem Ohr zu. Kiro, Kiku oder Kinu sollte sie heißen und schon in der Stadt sein, ein total hübsches, supermelancholisches Mädchen. Jan hätte zu der Unterhaltung etwas beitragen können, er war aber zu sehr mit sich beschäftigt. Sein Hals fühlte sich steif und geschwollen an, in seinem Kehlkopf hämmerte das Blut. Seine Spannung hatte sich gelöst. Woher war sie gekommen? Er wusste nur, dass er in den vergangenen Stunden langsam immer noch tiefer gesunken war. Es hatte ihn unwiderstehlich gedrängt, sich selbst den Atem zu nehmen. Jetzt zog er den Hals ein, weil er fürchtete, es könnte daran was zu sehen sein.

Britta wusste von jemand, dass sie die Ferien in Japan verbrachte. Nun kamen alle damit, wohin sie in Urlaub fuhren. Das Gespräch wurde lebhaft. Jan hatte die komische Vorstellung, dass sie alle, ihn selbst ausgenommen, die Ferien über in telepathischer Verbindung stehen würden. Sie tauschten sich aus, sie würden im Herbst eine neue, ihnen gemeinsame Sprache sprechen, die Jan dann noch schwerer verständlich vorkommen musste als ihre derzeitige. Das Gefühl von irgendetwas abzurutschen, der eigenen inneren Mauer vielleicht, kehrte wieder; er wollte es nicht bekämpfen. Schon sehnte er den Druck auf seinen Hals zurück, da stand auf einmal Torsten neben ihm und sagte: «Wir hauen jetzt ab.»

«Sollen wir uns wegen zwei Stunden noch Ärger einhandeln?» Doch Jan fühlte, dass es das Richtige war.

Torsten drehte sich einfach um und ging zum Parkplatz. Die anderen grinsten, als sie sahen, wie die beiden weggingen.

«Keine schlechte Idee», hörte Jan noch von Lars.

Mit ein paar schnellen Schritten schloss er zu Torsten auf.

«Weißt du was, wir holen jetzt unsere Badesachen. Heute springen wir endlich.»

Torsten hatte schon ein paarmal versucht, ihn mit auf den Zehnmeterturm zu nehmen. Heute nickte Jan. Sein Gefühl vom Morgen wich der Aufregung und die Erinnerung daran blieb stehen wie ein neues Haar auf seiner Brust. Etwas davon blieb auch auf zwei Zetteln, die er zwischen seinem Schulzeug in der Tasche rumtrug. Er hatte sich in der zweiten Stunde ein kariertes Blatt genommen und begonnen zu schreiben: regen. regen. regen. regen. regen. der regen. der regen. der regen, oh regen. regen. re--gen. der regen. rre-g-g-gen. regen. regen … – das ganze Blatt voll und auf ein weiteres schrieb er: sterben.

Die zweite Stunde ging zu Ende, Jan blieb sitzen und schrieb weiter. Es war längst niemand mehr in der Klasse. Als das Blatt bis zur letzten Ecke voll war, ging er zu den Fenstern, einem Band von Schiebeelementen mit Rahmen aus dunkel eloxiertem Aluminium, durch die es zog und die schlecht auf den Führungsschienen glitten. Ein paar waren so verklemmt, dass sie sich gar nicht öffnen ließen. Als Torsten ihn fand, wahrscheinlich zufällig, hatte Jan den Kopf durch einen Fensterspalt gesteckt und zog mit einer Hand am Griff das Schiebeelement zu.

Auf diese Weise strangulierte er sich selbst.

«Scheiße, Mann, was machst du da?»

Jan ließ den Fenstergriff los. Der Druck blieb jedoch. Jan hatte das Gefühl, sein Kehlkopf würde platzen. Er spürte, wie der Spalt sich öffnete und Torsten ihn von der Fensterbank zog. Er hustete, auch das tat weh.

«Bist du ok?»

«Hrr-gh.» Jan grinste blöde und musste gleich wieder husten.

«Komm, pack deinen Kram. Lass uns rausgehen.»

Torsten ging an Jans Platz und begann, die paar Sachen, die noch dalagen, in die schlabberige Umhängetasche zu stopfen. Er stellte keine Fragen. Torsten war der einzige Mensch, vor dem es Jan nicht peinlich erschien, in dieser Lage erwischt zu werden. Als der Blick seines Freundes über die offen daliegenden Blätter glitt, zog er für einen Moment die Brauen zusammen. Dann stopfte er sie in die Tasche und versuchte ein Lachen.

«Was ist das für ein Schwachsinn, ey? Sterben, ich will sterben … Wir sind doch alle längst tot, weißt du das nicht? Lauter Puppen.»

5

Der Traum war kurz. Aus irgendeinem Grund, an den er sich nicht erinnern konnte, war er mit einem Koffer unterwegs, ganz ähnlich dem, der verschlossen im Arbeitszimmer seines Vaters stand und zu Ans und seiner Enttäuschung nur eine Reihe alter Steuerkarten und Versicherungsunterlagen enthielt, als sie ihn einmal öffneten. Wie von einem unsichtbaren Seil gezogen, gelangte Jan mit einem Riesensprung auf die Mauer. Darauf zu laufen fiel ihm indes schwer. Er stellte fest, dass sie in seinem Traum steil anstieg, wie ein Berg, und immer höher ragte. Als er sich in den aufgeklappten Koffer setzte und abflog, war er schon über den Bäumen und sah auf all das freundliche Grün herab, doch dann landete er in diesem mittelalterlich und fremd anmutenden Dorf, im Schlamm, in einem Regen, der so dicht fiel, dass man ihn kaum durchdringen konnte. Ein Bogen hing an einem Zaun, im Boden steckten lange, geschwungene Schwerter. Es war niemand zu sehen, bis er plötzlich diese Gestalt entdeckte, die rückwärtsging und ihren Kopf unter dem Arm trug. In seinem Traum kannte er sie, im Wachen rätselte er lang, wer sie gewesen sein mochte. Der Halsschnitt wie ein Extra-Bild, Großaufnahme ohne Regen oder irgendetwas anderes aus der Szene, aus der die kopflose Gestalt entsprungen war. Die Blutleere, die Glätte des Schnitts – er hatte alles noch vor Augen und wünschte sich, es aufmalen zu können. Er stellte den Wecker vor dem Klingeln ab.

An der Schräge über seinem Bett klebte die Dunkelheit fest. Die Tapete mit dem eigentlich grellen Muster aus den Siebzigern, einem Ornament, in dem wiederkehrende Würfel mit Kippeffekt ebenso vorkamen wie vasenartige, aus einer Vielzahl von Linien gebildete Formen, wirkte blass und unstet, als könnte sie ihre Erscheinung jederzeit in den Schatten zurücknehmen. Vor dem Fenster war die Silhouette einer Stuhllehne zu sehen und auf dieser die schwarze Kette weit entfernter Berge. Draußen hörte ein Vogel zu zwitschern auf. Ein kaum merkliches angestrengtes Summen trat an die Stelle. Jan wandte den Kopf. Auf seinem Nachttisch stand der Radiorekorder und versuchte ein längst abgespultes Band immer weiter auf die andere Rolle zu winden. Er konnte sich nicht erinnern, zum Einschlafen Musik gehört zu haben. War er denn hier eingeschlafen oder in einem anderen Raum, am vergangenen Abend oder an einem der anderen, er wusste es nicht. Auf dem Nadelfilz stand ein einzelner Turnschuh, schwarz mit drei weißen Streifen an der Seite. Jan dachte, dass die Anzahl der Streifen wichtig war. Er kam nicht darauf, wo der zweite Schuh steckte. An seinem Fuß fühlte er ihn nicht. Auf dem Boden, dichter beim Bett, lag auch ein Buch und reckte seinen Rücken in die Luft, während die Seiten links und rechts nach außen gedrückt wurden. Das sah aus wie bei einem geschlachteten Hasen mit zerschnittenem Brustbein. Verschwommen nahm er die Zeichnung auf dem Umschlag wahr. Er hatte sie einmal – gestern? – lang angeschaut und fand nun, sie sähe besiegt aus. Ihre Niederlage wunderte ihn. Wieder erklang von draußen ein Zwitschern. Wo war das Geräusch des Regens, wo die Spuren des Kampfes, der doch stattgefunden haben musste? Die Welt war ein Messer, an dem er sich unvermeidlich schnitt. Sie bestand aus mehr, Dolchen und Schwertern, lauter solchen. Jan warf die Bettdecke zurück und bot seine entblößte Brust dar. Er streckte den

Kopf in den Nacken und schloss erwartungsvoll die Augen. Er wollte sterben.

6

Obwohl Ferien waren, schlief Jan nie lange. Es war einfach zu heiß, in seinem Zimmer unter dem Dach kühlte die Luft sich kaum ab. Das Fenster ließ er Tag und Nacht geöffnet. Es morgens zu schließen und womöglich zusätzlich den Rollladen herunterzulassen, wie seine Eltern es taten, wäre ihm vorgekommen wie eine gewollte und falsche Abkoppelung von der Natur. Jan wollte ihr aber möglichst nah sein, nah am Unverstellten, Unverbogenen. Er hätte im Garten geschlafen, doch er fürchtete die Kommentare seiner Eltern und vielleicht auch, von den Nachbarn oder, seit er oben auf dem Sprungturm gestanden hatte, von irgendeinem Füchtener gesehen zu werden. Ständig diese Zusammenhänge – er hasste sie! Er wollte nicht, dass irgendjemand auf der Welt mitkriegte, wo Jan Bodenlos sich gerade aufhielt. So schlief er weiterhin in seinem Bett und ließ sich von den Vögeln wecken, folgte ihrem Ruf, wenn das Haus noch schlief, und begab sich in Badehose und T-Shirt in den Garten.

Weit hinten auf dem großen Grundstück stand eine beinah abbruchreife Laube. Ihre Bretter waren zum Teil mit Moos bewachsen und faul. Auf der Sonnenseite ließen sich noch Reste einer Lackierung erahnen. Insgesamt wirkte die Bude dermaßen gammelig, dass Jan die Vorstellung nicht loswurde, sie wäre älter als das Wohnhaus. Sie diente als Geräteschuppen, die Tür klemmte und hatte Tage zuvor in ihren verrosteten Angeln so laut gequietscht, dass Jan mit einem Ölkännchen angerückt war, damit nicht jeder im Umkreis von zwei Kilometern es hörte, wenn er die Laube betrat. Karin pflegte den Garten nur sporadisch und die Gartengeräte gar nicht. Mehrfach hatte sie Jan schon gebeten, das zu übernehmen, doch der hatte genauso wenig Lust dazu. Der Spaten lehnte immer noch in dem Dreck an der Wand, der beim Ausgraben der Tomatenstauden im vergangenen Herbst an ihm hängen geblieben war. Die Bank unter dem Fenster stand voller ineinander gestapelter Blumentöpfe, Torf- und Düngerbeutel.

Jan nahm sich eine große Tasse selbst gekochten Kaffee mit. Er brühte ihn schwärzer und stärker auf, als er sonst je im Haus getrunken wurde; seine Eltern hatten in jenen Jahren schon Angst vor einem Herzinfarkt. Wie immer trug Jan auch sein Notizbuch mit sich, aber er schrieb nicht rein. Er überließ sich seinen Träumereien. Er lauschte. Die Stimmen der Vögel konnte er meistens nicht zuordnen, das lang anhaltende Gezeter einer Amsel unterschied er allerdings vom Schnickern, Pfeifen, Piepen und Ziepen rundum. Viel mehr als der Vogelsang war in diesem Garten kaum zu hören, abgesehen vom eher seltenen Geräusch einer in der Höhe vorüberziehenden Passagiermaschine, dem Klingeln des Eiswagens oder Knattern eines alten Mopeds am Nachmittag oder den Blech redenden Stimmen von den Wahlwerbern der Parteien mit ihren langsam vorbeirollenden

VW-Bussen. Umso deutlicher fiel Jan ein anderer Ton auf, der an jenem Morgen im Garten erklang. Es war ein klarer Ton aus einer Frauenkehle, nicht sehr laut, der lange durch die Luft ritt. Sekunden später folgte ein weiterer. Sie steigerten sich allmählich, wurden kaum lauter, aber drangvoller und kürzer, höher, abgeschlossen von einem letzten erlösten Seufzer, der von den vorhergehenden nichts zu wissen schien. In diesem letzten Laut fand Jan etwas von Abschied, die Ahnung eines Tags, der gegenüber dem Morgen nur abfallen konnte. Oder es war ein Ruf zum Gebet.

Er wusste nicht, woher die Laute rührten, die im Übrigen unbeantwortet blieben und sich auch nicht wiederholen sollten. Ihre Neuheit, vielleicht ihre Einsamkeit ließen ihn an das Fenster im oberen Stockwerk des nebenan stehenden Vierfamilienhauses denken, das auf den bodenlos'schen Garten hinausging und das wie seines weit offen gestanden hatte, als er früh aus dem Haus getreten war. Genau genommen kannte Jan diese Art von Geräuschen gar nicht, trotzdem wusste er, was sie bedeuteten. Er glaubte auch zu wissen, von wem sie kamen. Jenes offene Fenster gehörte zur Wohnung des Mädchens, von dem alle sprachen. Sie wohnte allein mit ihrer Mutter dort, aber das bedeutete kein Hindernis für Jans Fantasien. Er sah sie in seidenen Morgenmänteln auf den Balkon heraustreten, die Mutter etwas kleiner und untersetzt, die Tochter sehr schlank. Ihre Gesichter waren bleich, das Haar dicht und schwarz. Fehlte noch, dass sie anfingen zu singen.

Es wunderte ihn, dass er nirgends in der Nachbarschaft die Gardinen wackeln sah. Nachdem keine weiteren Geräusche folgten, wandte Jan sich seinen Gedichten zu. Er klappte sein Notizbuch auf und las ein paar der Verse, die er verfasst hatte. Sie waren ihm peinlich. Für ein noch zu schreibendes, besseres Gedicht notierte er sich «Gestammsel» als Reimwort auf Amsel.

Jan hörte, wie die Hunde in den Garten kamen. Sie sprangen aufgekratzt herum, demnach begleiteten sie jemand. Ein warmes Gefühl schoss in seinen Bauch, er wusste schon, bevor er sie sah oder hörte, dass es nur An sein konnte. Schnell klappte er die Kladde zu und setzte sich drauf. Dabei war seine Schwester die letzte, von der er eine blöde Bemerkung über seine Schreibversuche zu befürchten hatte. Als sie durch das Laubenfenster hereinsah, zeigte sie keine Spur von Überraschung. An legte ihre Arme auf die Brüstung und lächelte. Ihre Schultern waren nackt und schon wieder so braun, dass die weißen Streifen, welche die Träger ihres BHs hinterlassen hatten, geradezu ungesund wirkten. Sie kam also doch noch vorbei, bevor sie für die Ewigkeit von vier Wochen in Urlaub fuhr.

«Komm mal raus und hilf mir. Da hat sich eine Amsel in dem blöden Netz verfangen.»

Ehe er sich daran hindern konnte, war Jan bereits aufgestanden. Es war zu spät, um nach dem Notizbuch zu greifen und es zu verstecken. Noch dazu segelte sein Kugelschreiber von der Bank. Sie tat, als hätte sie nichts bemerkt. Vor der Laube sah er, dass sie die weite Bluse mit dem Gummi im Halsbund trug, der den Stoff in lauter kleine Falten raffte. Das Teil gefiel ihm nicht, wohl aber die Tatsache, dass es tiefe Einblicke bot, sobald An sich bückte.

«Fahrt ihr heute?»

Ohne Antwort lief sie vor ihm her zu den Beerensträuchern. Der braune Vogel hing mitten in dem Netz, das die Ernte schützen sollte. Er war schon schwach. Kurz und panisch schlug er noch einmal mit den Flügeln, als er bemerkte, wie die beiden sich näherten. Dann stellte er sich tot. An fasste das erstarrte Tier mit beiden Händen, Jan fummelte an den Maschen herum. Es war nicht leicht, den Vogel zu befreien. Seine Beinchen waren unglaublich dünn, dünner als Streichhölzer, schien ihm. Gleichzeitig staunte er über die dunklen Krallen an den Füßen, richtige kleine Waffen. Schließlich mussten die Geschwister ein Loch in das Netz schneiden. An öffnete die Hände. Ein paar Sekunden lang blieb die Amsel bewegungslos, dann flog sie böse schnickernd fort.

«Du musst Karin mal sagen, dass sie nicht diese Netze auf die Sträucher legen soll. Die Tiere haben das gleiche Recht auf die Johannisbeeren wie wir.»

«René hat sie draufgelegt», erwiderte Jan. «Sicher fürchtet er um sein Gelee.»

«Das isst er doch gar nicht mehr. Wahrscheinlich kippt Karin es heimlich in den Müll, damit sie im nächsten Sommer wieder leere Gläser hat.»

«Sie kann eben nicht anders. Du weißt doch: früher durfte auch nichts verkommen.»

An bückte sich und hob das Netz vom Boden auf, um eine Rispe rot leuchtender Beeren zu pflücken. Jan wollte es sich verbieten, aber schließlich versenkte er seinen

Blick im Ausschnitt ihrer Bluse. Im Grunde fordert sie das heraus, dachte er, wenn sie so ein Teil anzieht. Trotzdem wäre ihm nichts peinlicher gewesen, als von An beim Gaffen erwischt zu werden. Wie sie ging er in die Knie, wühlte sich mit der Hand unter dem Netz durch und pflückte ein paar Beeren. Dabei schaute er in eine andere Richtung.

«Stehst du eigentlich jeden Morgen so früh auf?», fragte An.

«Da habe ich wenigstens meine Ruhe.»

«Du hättest doch wegfahren sollen.»

Sie hatte gut reden. Sie fuhr mit ihrem Freund in den Süden. Jan dagegen hätte nicht gewusst, mit wem er fahren sollte. Und allein irgendwo Urlaub zu machen oder im Ausland zu jobben, wie sie ihm geraten hatte, fand er langweilig.

«Was schreibst du?»

«Nur so.»

An hakte nicht nach. Beere für Beere knackten die beiden mit der Zunge am Gaumen. Obwohl es Jan nicht gefiel, dass seine Schwester zur Laube zurückstrebte, folgte er ihr auf dem Fuß.

«Was für ein geiles Gestöhn das vorhin war … oooh, aah.» Sie äffte es nach. «Die neuen Nachbarn scheinen recht lebhaft zu sein.»

«Welche neuen Nachbarn?»

«Du hast mal wieder nichts mitgekriegt, wie? Drüben bei Beisners sind neue Mieter eingezogen. Da wohnt jetzt deine neue Schulkameradin.» Sie gab dem Wort eine ironische Note. «Die halbe Stadt tratscht über sie und tut dabei, als käme sie vom Mars. Dabei ist sie nur aus Bremen. Ich wette, du weißt doch Bescheid.»

«Das erste, was ich höre …»

Er blieb bei dem einmal eingeschlagenen Weg, auch wenn er ahnte, dass sie ihm nicht glaubte. An hatte gerade begonnen sich eine Zigarette zu drehen; nun hielt sie das offene Blättchen mit dem schon gezupften Tabak zwischen Daumen und Zeigefinger und machte nicht weiter.

«Sie wird euch allen die Köpfe verdrehen, da mach ich eine Wette. Und du bist am nächsten an ihr dran. Was glaubst du, war es die Mutter, die eben so gestöhnt hat, oder Kiku selbst?»

«Heißt sie tatsächlich Kiku?»

«Du hast also doch von ihr gehört. Vielleicht gefällt sie dir ja.»

«Du redest wie unsere Mutter.»

«Vielleicht verliebst du dich.»

«Quatsch.»

An drehte ihre Kippe fertig und steckte sie an. Sie zog nicht. An musste Spucke an ihren Finger tun und nachkleben. Bei all dem schaute Jan ihr gequält zu. Er wusste nicht, was sie an dieser Art der Folter so genoss. Es musste ihr doch klar sein, dass sie bei ihrem Bruder einen wunden Punkt berührte. Sie hatte ja bereits den dritten Freund, genau genommen sogar den vierten, wenn man den Jungen mitzählte, den sie mit fünfzehn heimlich ein paar Wochen lang getroffen hatte. Mit fünfzehn! Jetzt war sie zweiundzwanzig, ok, aber Jan wurde bald achtzehn und hatte keinerlei Erfahrung. Er hätte jetzt auch gern geraucht.

«Hast du schon viele Männer gehabt?»

Punkt! Sie war überrascht.

«Spinnst du? Hast du nicht den Spiegel gelesen?»

Er hatte ihn nicht gelesen. Trotzdem wusste er, worauf sie anspielte. Es schien darauf rauszulaufen, dass bald niemand mehr Sex haben würde. Was war eigentlich gewesen, bevor es diese Krankheit gab, eine Welt voll wilder Orgien wohl.

«Und davor?»

«Werd nicht frech!»

An setzte sich mit untergeschlagenen Beinen an die Laubenwand, neben den leeren Kaninchenstall. Sie streckte ihr Gesicht der Sonne entgegen, es leuchtete in dem klaren Frühlicht. Sie klopfte auf den Platz neben sich und Jan, der schon die Knie gebeugt hatte, um sich ihr gegenüber zu hocken, streckte sich noch einmal, machte ein paar Schritte, und ließ sich neben ihr nieder. Ihre Arme berührten sich, Jan überlegte, ob sich bei seiner Schwester wohl auch die Härchen aufstellten. Es war eine Berührung, die eine Entscheidung forderte. Entweder musste er seinen Arm wegziehen oder fest gegen ihren pressen. Jan rückte ein winziges Stück weit ab. An streifte die Glut von ihrer Zigarette und legte die Kippe neben sich auf den Boden. Sie würde sie nicht liegen lassen.

«Ist dir an Karin etwas aufgefallen?»

«Meinst du ihre Frisur?»

Sie versuchte sich eine Art Lockenmähne wachsen zu lassen, dabei waren ihre Haare viel zu dünn für so was.

«Vielleicht.» An nickte. «Das könnte eine Reaktion sein ... Ich habe sie neulich im Bad gesehen, da hatte sie nichts an. Sie ist total alt geworden.»

Jan streckte seinen nackten Fuß vor und versuchte einen Grashalm zwischen erster und zweiter Zehe einzuklemmen und abzurupfen. Steif bis in die Ohrmuscheln hockte er da und hörte den ins Einzelne gehenden Schilderungen seiner Schwester zu. Karins Haut, sagte sie, begänne schrundig zu werden. Wo vor kurzem noch feine Fältchen die nachlassende Geschmeidigkeit der Haut angedeutet hatten, war diese jetzt von tiefen Gräben durchzogen. An beschrieb die Stellen, an denen sich schon Altersflecken bildeten. Karins Beine wären aber noch ok, «sie geht viel zu Fuß, das sieht man.» Sogar von der übrig gebliebenen Brust sprach An, sie hatte das vorher noch nie gesehen und fand es echt schockierend. Jan wollte sich die Ohren zuhalten. Er kam auf Karins Haar zurück, das sie seit ein paar Monaten auch tönte.

Jan litt. Es war Jahre her, dass er seine Mutter innig umarmt, auf ihrem Schoß gesessen, ihren Arm um sich gespürt hatte, und doch wusste er etwas über ihren Körper, die Wärme, die Schwere, die von ihm ausging, seine Festigkeit und seine Standfestigkeit, die er nach ihrer Krebsoperation für eine Zeit verloren hatte. Auf eine unerklärliche Art spürte er sie. Er konnte seinen Körper als den ihren spüren und ihren Körper als ein Abbild in sich. Vom Altern wusste Jan dabei nichts, außer dass es fremd und wenig einladend war. Er selbst konnte immer noch wachsen. Der Tag, an dem er erstmals spürte, dass seine Kräfte nicht unendlich waren, lag noch fern. Jan war nicht sicher, ob er seinen jungen Körper mögen sollte. Bisweilen betrachtete er sich, besonders sein Gesicht, mit Hass. Es war ein Hass voll Unschuld, ohne die geringste Ahnung von dem Funken Selbstbewunderung, die ihn zündete. Und seine Züge prägten sich noch aus, allmählich modellierten sie den Mann.

An hingegen spürte wohl, wie ihre Mutter unter dem Verlust der jugendlichen Schönheit litt und sich am Aufblühen ihrer Tochter, das zugleich geschah, nicht freuen konnte, ohne einen Stich zu spüren. Auch sie empfand eine natürliche Freude an ihrem eigenen jungen Körper, mit so viel Energie geladen, dass fast nichts übrig blieb, als diese Kräfte zu verschwenden. Dass sie die Zeit der Falten und der hängenden Gewebe nicht erleben würde, konnte niemand ahnen. Ihr Sterben nährte eine helle Flamme, die rasend aufschoss und blitzschnell erlosch. Sie hätte noch sehr viel ausgeben können.

Die Unterhaltung der beiden war ins Stocken gekommen. An zog schon wieder den Tabak aus der Tasche ihrer abgeschnittenen Jeans. Jan spürte die Sonne fast heiß im Gesicht. So lange die Luft noch halbwegs kühl war, genoss er die Wärme des Lichts und sogar den ewigen Gesang der Vögel. Er wollte sitzen bleiben, egal was seiner Schwester noch alles einfallen würde. Plötzlich sahen sie sich an, als hätten sie in ein und demselben Moment ein und denselben Gedanken gehabt, oder vielleicht hatte An ihren Gedanken auf den Bruder übertragen.

«Weißt du was?», rief Jan und sprang auf die Füße. «Jetzt heben wir die blöden Netze auf und rufen die Vögel herbei. Kommt, ihr Amseln, Finken, Spatzen, kommt und schlagt euch die Bäuche voll! Ist alles kostenlos hier. Kommt, kommt, bevor die anderen kommen ...»

7

Noch einmal kam An vorbei, um sich von den Eltern zu verabschieden. Sie ließ ihr Auto da, es sollte nicht vier Wochen lang auf der Straße stehen. Matze holte sie in seinem uralten, eigenhändig mit Blumen bemalten VW Variant ab. Kein Mensch wusste, ob die Kiste eine Tour von so vielen Tausend Kilometern überstehen würde. Ans Freund hatte sich noch nie bei ihren Eltern sehen lassen; auch diesmal blieb er mit dem Auto neben der Einfahrt auf der Straße stehen und hupte bloß. Jan blieb auf der Terrasse im Schatten der Markise sitzen und blickte nicht einmal von seinem Buch auf.

Die Lust am Lesen hatte Jan erst seit kurzem gepackt. In den Regalen seiner Eltern lasteten dicke Bände über Architektur und Kunst, die er nie aufschlug, dazwischen ein paar Bücher von Simmel oder Danella. Auch An las wenig, noch dazu Sachen, die ihrem Bruder abseitig und komisch vorkamen, Science-Fiction von Matriarchaten auf fernen Sternen und indizierte Werke über Anarchie und Drogen. Im Arbeitszimmer seines Vaters gab es eine Reihe der Hundert größten Erzähler oder etwas in der Art. Die Bände wirkten unbenutzt. Nie nahm Jan einen von ihnen in die Hand, er konnte sich nicht mal erinnern, je auf ihren Rücken die Namen der darin vertretenen Schriftsteller gelesen zu haben. Die Bücher kamen ihm nicht anders vor als die zahlreichen Kakteen, Gummibäume und sonstigen Topfpflanzen, die das Haus zuwucherten und die er nicht benennen konnte.

Die Namen der richtigen und wichtigen Autoren erlauschte Jan in Gesprächen auf dem Pausenhof. Er lief in die kleine Füchtener Buchhandlung und durchsuchte die Drehständer mit Taschenbüchern oder blätterte lange und sinnlos in den ausliegenden Wälzern der Großhändler. Immer fand er etwas. Da seine Augen nur nach Namen suchten, denen er schon einmal begegnet war, erschien ihm das Reich der Literatur nicht so unfassbar groß. Er hielt es für durchaus denkbar, irgendwann alles gelesen zu haben. Gleichzeitig machte diese Vorstellung ihn schwindelig. Einmal fuhr er mit dem Moped nach Bonn und ging in eine Großbuchhandlung. Die führte alles! Atemlos vor Lust zog er Buch auf Buch aus den Regalen, schaute die Titel an, blätterte, rechnete. Acht Taschenbücher brachte er mit heraus und behielt gerade genug Geld übrig, um den Sprit für die Rückfahrt zu kaufen. Acht Bücher auf einen Schlag. Der erste Regalboden füllte sich und Jan räumte den nächsten frei.

Er las Hesse neben Kafka, Herder neben Grass und Böll, Fried und Kunze neben Benn. Jan hatte gehört, wie Nils im Gespräch mit Britta von Camus' Fremden schwärmte, und wie Britta ihn damit aufzog, es sei ein Buch, in dem jemand nach seiner Mutter greine und sich, da sie fernblieb, berechtigt sehe zu hassen und zu morden. Jan las den Fremden und fühlte sich mit einem einzigen Hieb zu Boden gestreckt. Das war ihm noch nie geschehen. Er las ihn noch einmal, und es passierte wieder. Sartre kam ihm dagegen vor wie der Betreiber eines philosophischen Supermarkts, dem es aufgrund seiner riesigen Ladenfläche gelang, ein höchst vielfältiges Angebot vorzutäuschen.

Mit völlig unbegründetem Selbstbewusstsein stellte er die These auf, Camus' Essay über Sisyphos sei eine bloße Behauptung. So spitz der Text in sein Bewusstsein drang, für Jan lag kaum mehr darin als verlogener Stolz, wenn der Verurteilte ihm als Beispiel für den glücklichen Menschen vorgehalten wurde. Wie, in der ewigen Strafarbeit sollte das Los des Menschen dargestellt sein und das sollte man dann noch gut finden? Er hatte niemanden, mit dem er darüber reden konnte, außer An, und die war nicht da. Spät am Vormittag sprang er vom Fensterbrett auf die Dielen. Er spürte das Profil des Rahmens noch eine ganze Zeit am Arsch und die Gedanken in seinem Kopf fühlten sich auf merkwürdige Art gerichtet an, als würde er immerzu vorwärts denken, niemals zur Seite oder nach hinten. Sein schwarzes T-Shirt war von der Sonne heiß und seine nackten Beine braun geworden. So leise, dass nicht einmal die Hunde ihn hörten, schlich Jan durch das menschenleere Haus, nahm sich in der Küche etwas Müsli und Milch, ging damit auf die Terrasse und las dort, im Liegestuhl, Hesse. Goofy außen auf der Schüssel war kaum noch zu erkennen, zu viele Farbpartikel hatten sich gelöst. Jan las Kafka in der Laube, mit angehaltenem Atem; fast wäre er erstickt, bevor er auftauchen und mit einem heftigen Seufzer Luft holen konnte. Nach und nach erkannte er die ganze tragische Fragwürdigkeit der Welt. Der Zustand des Zweifelns schien ihm der einzig mögliche, ehrliche im Leben. Er versuchte ein Buch zu essen, doch er brachte nicht eine Seite hinunter.

Im Wald, in der Laube, unter dem Schreibtisch oder auf der Fensterbank hockend schrieb er an einem Gedichtzyklus. Darin reimten sich «sinn entschwand» auf «abendland» und «blicke schweigen» auf «lippen neigen». Wenn es dunkel wurde, zündete er eine Kerze an, die Mücken flogen in kurzen Abständen in die Flamme, jäh verstummte ihr Sirren und ihre kleinen Körper erstarrten im Wachs. Nun konnte das langsame Auge sie betrachten, winzige zartbeinige Fliegenfrauen, die Blutsauger waren. An einem Abend auf der Terrasse betrachtete er zwei Feuerwanzen, die hurtig über die Bodenplatten liefen, eins über das andere kletterten, bis ein Tier auf den Rücken fiel und lange brauchte, um wieder auf die Füße zu kommen. Das andere kletterte am Schaft der Kerze hinauf, die Jan auch hier dem elektrischen Licht vorzog. Es schien blind für jede Gefahr, erst als es die Fühler schon über den Rand der Kerze ausgestreckt hatte, schien es zu zögern.

Außer Gedichten schrieb Jan auch Geschichten, die er selten beenden konnte. Er bastelte mit den Tagresten seiner Träume, entwarf Briefe, die er nicht absandte und die nicht immer einen Adressaten hatten. Niemals ging er schwimmen.

Eine ganze Woche lang war Unruhe im Haus. Seine Eltern bereiteten ihr Sommerfest vor. Möbel verschwanden im Keller, andere wechselten die Zimmer. Lampen aus Jans Kindertagen tauchten wieder auf, es gab sogar eine Lichtorgel, deren Existenz ihm bisher verborgen gewesen war. Es sollte ein besonders großes Fest werden. René wurde fünfzig, Karin war vier Wochen zuvor fünfundvierzig geworden. Den eigentlichen Grund dafür, eine dermaßen große Party zu geben, vermutete Jan aber nicht in dem runden Geburtstag, sondern darin, dass sie zeigen wollten, was sie inzwischen wieder draufhatten. Beim letzten richtigen Sommerfest vor fünf Jahren hatte seine Mutter die Bestrahlungen gerade erst hinter sich gehabt, und im Grunde rechneten alle noch damit, dass sie jeden Tag sterben könnte. Sie war matt, abgemagert, älter als sie nun aussah. Karin wollte damals nicht einsehen, dass es ihr zuviel würde, eine Party vorzubereiten. Nach dem zweiten Salat verließen sie ihre Kräfte und René durfte alles Nötige bei einem Zulieferer bestellen. Jan erinnerte sich gut, dass dieses Fest zu ihrem Vierzigsten und seinem Fünfundvierzigsten still verlaufen war. Niemand konnte richtig aus sich rausgehen, niemand tanzte oder lachte laut. An und Jan hätten es damals noch nicht gewagt, der Party ihrer Eltern fernzubleiben, sie saßen artig am Tisch, langweilten sich und tranken Bowle, zuerst verstohlen, dann offen, bis ihnen schlecht war.

Diesmal machte seine Mutter wieder alles selbst und schien es gut zu schaffen. René fuhr fast jeden Abend maulend los, um weitere Zutaten zu weiteren Gerichten zu kaufen. An einem Tag, Jan war nicht rausgegangen, backte sie: Schwarzwälder Kirschtorte, Linzer Torte, Rehrücken, Donauwellen, Frankfurter Kranz, Obsttorten mit Erdbeeren, Pfirsichen, Kirschen, Ananas, Eistorte, Apfelkuchen, Nusskuchen, Streuselkuchen. Das ganze Haus duftete nach den süßen Teigen. Tags darauf machte sie sich an die Salate. Jan ging wieder früh in den Wald. Am Abend schimpfte sein Vater mit ihm, weil er seiner Mutter nicht half. Jan gab heftige Widerworte. Als René seine Kritik auf Jans gesamtes Leben auszudehnen begann, warf der Junge ihm vor, selbst ein läppisches Leben zu führen. Ein angestellter Architekt, der abends in seinem Arbeitszimmer eigenen Plänen nachsann, die er niemals anpacken würde. Sein Vater knickte richtiggehend zusammen. Er fragte Jan, ob er sich denn eine Vorstellung davon machen könne, welch verheerende Auswirkungen das Leben eines Freiberuflers auf die Familie habe. Er schien tatsächlich eine Antwort zu erwarten, aber Jan sagte nur, er müsse noch mal weg, und lief in die Stadt, einen Kopfhörer kaufen.

Als der Tag da war, sah Jan wieder zu, dass er sich verdrücken konnte. Er nahm nicht mal die Hunde mit, sondern nur ein Reclamheft, das er in die Hosentasche steckte und das er in einem Zug durchlesen wollte. Ein paar Stunden lang hielt er sich bei der Bühne auf, einer Lichtung mitten im Wald, und versenkte sich in den bekannten Briefroman, den er aufgrund seines Alters und weil er im vergangenen Halbjahr Schullektüre gewesen war, nicht ohne Vorbehalte begonnen hatte. Immer wieder schaute er auf und betrachtete die Bäume, Sträucher, Steine, die sich ihm längst eingeprägt hatten. Er ahnte nicht im Geringsten, wie köstlich der Anblick des Immergleichen für ihn war, die permanente Bestätigung von etwas, dessen Bild er in sich trug, durch das, was er sah. Ein einzelner abgeknickter Ast hätte seine Aufmerksamkeit erregen können. Am Abend machte er einen ausgedehnten Spaziergang über die Dörfer. Das schwache Licht der Abenddämmerung verbarg ihre Banalität, sie bekamen etwas Malerisches. Selbst das Vieh auf den Weiden strahlte auf seine Art Würde aus.

Gegen elf, oder, wie seine nicht auf Sommerzeit umgestellte Uhr anzeigte, gegen zehn kehrte er zurück und hoffte, unbemerkt auf sein Zimmer gelangen zu können. Jan merkte schon aus einiger Entfernung, dass dies nicht leicht würde. Das Haus wirkte plötzlich lebendig, als dehnte es sich im Rhythmus seines Herzschlags regelmäßig aus. Licht quoll aus allen Öffnungen, Musik und Stimmen schallten in die Nachbarschaft. Einen Moment lang hatte Jan die Vorstellung, die Wände würden bersten und der ganze Partyschleim mit Gästen, Kuchen, Salaten und tausenden Litern Bowle voll Stückchen würde sich in den Garten und bis auf die Straße wälzen.

Gern wäre er ohne Licht zu machen über den Flur und schnell die Treppe hoch geschlüpft; das Treppenhaus war jedoch erleuchtet und die Haustür stand weit offen. Der Rauch von Pfeifen, Zigarren und Zigaretten stand so dick in der Luft, dass Jan ihn sehen konnte. Der Lärm der Gäste wurde noch übertrumpft von dem ungebrochen beliebten Partyhit «Tanze Samba mit mir». Das Fest war demnach in die enthemmte Phase übergegangen. Beim Eintreten blieb Jan an der Fußmatte hängen und stolperte so blöd, dass er auf die Knie fiel. Aus der Wohnzimmertür trat eben seine Mutter. Ihre Wangen waren gerötet und sie machte insgesamt eine vergnügte Miene, die sich zum Entzücken steigerte, als sie ihren Sohn vor sich erblickte. Ihr Kleid war verrutscht, am Hals saß es schief und unten schien sich das Futter an ihre Strumpfhose gehängt zu haben, denn auch der Rock hing völlig schief da. Ihr entblößtes Knie befand sich direkt auf Jans Augenhöhe. Er rechnete mit einer besorgten Frage, doch Karin schien seine merkwürdige Stellung gar nicht zu bemerken. Wie schon mehrfach in den vergangenen Tagen versuchte sie Jan zu überreden, an dem Fest teilzunehmen, sie nahm sogar seine Hand und zog daran, als wollte sie ihn zum Tanzen bitten. Sein Leidensweg hatte begonnen.

Gequält beharrte Jan darauf, dass er nicht mitfeiern wollte und riss seine Hand schließlich mit einem Ruck aus der ihren. Das Leuchten in ihrem Gesicht erlosch, plötzlich sah sie müde aus. Er wollte sich schon umdrehen, da tauchten in Karins Rücken Walther und Ingrid auf. Sie waren nicht minder entzückt, den Jungen zu sehen und warfen sich sofort auf ihn. «Tante Ingrid und Onkel Walther würden sich bestimmt auch freuen, wenn du mit uns feiern würdest», sagte seine Mutter und verschwand wieder in ihrer eigenen Partyhölle. Onkel und Tante, ja, so hatte er sie früher mal genannt, obwohl sie kein bisschen verwandt waren. Glaubten sie wirklich, er würde das immer noch tun? «Onkel» Walther, der in selbst angezettelten Debatten über den Zustand der Welt gern sagte, wenn es heute noch mal einen kleinen Hitler gäbe, würden sie ihn sofort mit der Flasche großziehen.

«Nein, wie groß du geworden bist», rief die falsche Tante mit der dicken Brille schon und der Onkel lächelte blöde dazu.

«Ich werde demnächst achtzehn», erwiderte Jan. Er hoffte, dass seine Worte im allgemeinen Lärm untergingen.

«Ich kann mich noch erinnern, wie du als kleiner Junge auf meinem Schoß gesessen hast, hier auf der Terrasse war's, und ich habe mit dir Hoppe-Reiter gespielt. Auf einmal wurde es so warm auf meinen Beinen und dann plötzlich habe ich gemerkt, dass es auch nass war. Da hattest du mir auf den Schoß gepinkelt.»

Sie schaute ihren Walther an, während sie das erzählte. Jan fand es widerlich.

«Es dauert bestimmt nicht mehr lange, dann wirst du dich wieder selbst anpinkeln, Tante Ingrid», sagte er diesmal so leise, dass sie es sicher nicht verstand, drückte ihr und Walther wie bei einer Beerdigung die Hand und ließ sie so stehen.

Von der Treppe aus warf er einen Blick durch die offene Tür, sie war schon wieder frei geworden. Es tanzten weniger Leute, als er gedacht hätte. Überhaupt schienen sich nur einige Gäste in dem leer geräumten Zimmer aufzuhalten. Jan glaubte, sie befänden sich im Garten, hörte am nächsten Tag aber, dass die meisten sich in Renés Büro zurückgezogen hatten, um dort Schmalfilme von früheren Partys anzuschauen. Am Kamin lehnte Paul-Adolf Mühler, der Redakteur des lokalen Wochenblättchens, und unterhielt sich mit einer Frau, die Jan nicht kannte. Sie war blond und konnte dem Aussehen nach gut aus Norddeutschland kommen. Jan wusste sofort, dass es Kikus Mutter sein musste, obwohl sie seiner Vorstellung so wenig entsprach, dass er sie eine ganze Zeit lang durch das Treppengeländer angaffte. Die neue Nachbarin stand von Anfang an fraglos auf der Gästeliste, auch wenn seine Eltern sich sonst über jeden Namen zwanzigmal streiten konnten.

Irgendwie hatte Jan mit einer Frau gerechnet, die ihre langen schwarzen Haare hochgesteckt und einen seidenen Kimono trug. Aber diese Vorstellung, die natürlich absurd und blöde war, kam erst jetzt zum Vorschein. Und mit ihr wurde eine weitere diffuse Vorstellung zerstört, die Jan sich von jenem fremden Mädchen gemacht hatte. Zum Glück versenkte sich die Frau am Kamin so sehr in ihr Gespräch, dass sie Jans Gaffen nicht bemerkte.

Oben war es kaum leiser als im Erdgeschoss. Die Schallisolierung im Haus war kein architektonisches Glanzstück, im Gegenteil, sein Vater schien sie bei der Planung komplett vergessen zu haben. Es war nicht nur unmöglich Musik zu hören, ohne Ärger zu bekommen, es war ebenso unmöglich nichts von den Aktivitäten der Eltern mitzubekommen, selbst das Gebrabbel des Fernsehers hätte er bei einiger Mühe verstehen können. Dieser schweineteure Kopfhörer, den er sich vor ein paar Tagen geleistet hatte, würde nun auf eine echte Probe gestellt. Jan beschloss, sein Fenster offen zu lassen. Er wollte keinen Zentimeter weichen. Wie meistens hatte er in seinem Zimmer kein Licht gemacht und ging mit sicherem Schritt durch die Dunkelheit zum Fenster. Der Garten war nahezu leer. Vielleicht fehlt den lieben Gästen ein Pool, in dem sie sich abkühlen können, dachte Jan. Da hörte er von weit hinten ein kurzes, schnell unterdrücktes Auflachen, gefolgt von leisen, drängenden Worten. Dort, wo der Steingarten aufhörte und der teilweise mit Obst-, teilweise mit Zierbäumen bestandene Rasen begann, standen zwei Gestalten, nicht gerade sorgfältig versteckt, vielmehr bei dem vom Haus nach dort hinten leicht ansteigenden Gelände wie auf einem Teller präsentiert. Jan erkannte sie gleich, es waren Frank Stab, der Stadtdirektor – in seiner ewigen weißen Hose sah er wie ein Zahnarzt aus – und Sophia, eine weitere von den «Tanten», die so süße Erinnerungen an Jans Kindheit hegten. Der Mann presste die Frau gegen einen Kirschbaum. Mit einer Hand schob er den Saum ihres noch aus den Siebzigern stammenden Minikleids hoch. Mit der anderen massierte er ihren Arsch. Beide schienen die Augen geschlossen zu haben, oder sie rangen so intensiv um ihr Gleichgewicht, dass sie von der Ankunft des Logengastes nichts mitkriegten, selbst dann nicht, als er einem plötzlichen Niesreiz nachgab. Oder der Zuschauer kam ihnen recht. Der Mann schien sich mit irgendwas verschätzt zu haben, er taumelte seitlich an der Frau vorbei, wäre beinah gestürzt, fing sich aber mit einer Hand an einem Ast. Im Mondlicht konnte Jan erkennen, dass die Frau keine Unterwäsche trug. Ihre Scham war schwarz und wirkte riesig. Seufzend zog sie den Mann wieder an sich.

Länger wollte Jan nicht zuschauen, obwohl die Szene ihn erregte. Er zog sich auf sein Bett zurück und setzte den neuen Kopfhörer auf. Die Anlage konnte er bedienen ohne aufzustehen. Das war ein verdammt guter Kopfhörer, der ihn außer der Musik wirklich nichts mehr hören ließ. Doch es dauerte noch eine ganze Weile, bis er sich auf das neue Mix-Tape von An konzentrieren konnte. Immer wieder schweifte er ab zu einer Neuerfindung, die er gern selbst gemacht hätte: einem Kopfseher, mit dem man ebenso in selbst gewählte Bilder abtauchen konnte wie mit dem Kopfhörer in die eigene Schallwellenwelt. Es reichte bei weitem nicht aus, die Augen zu schließen.

8

Im oberen Bad trat Jan gegen eine Flasche, sie polterte schimpfend über den Fliesenboden. Um halb sechs in der Früh ließ solch ein Geräusch ihn zusammenzucken. Der Gedanke jemanden geweckt zu haben, erschreckte ihn und die Vorstellung, dass die Gäste bis an seine Zimmertür vorgedrungen waren, nicht minder. Er hatte von dem Fest gar nichts mehr mitbekommen, nachdem er abgesperrt und die Kopfhörer aufgesetzt hatte. Trotzdem wuchs das Fest sich nachträglich zu einer dionysischen Orgie aus mit einer besinnungslos taumelnden Menge Erwachsener. Die Hinweise verdichteten sich auf dem Weg nach unten beinahe mit jedem Schritt. Im Stamm des Benjaminbaums am Anfang der Treppe steckte eine Bowlegabel, benutztes Geschirr stand auf den Stufen so dicht, dass Jan nur auf Zehenspitzen ins Erdgeschoss kam.

Die unteren Räume wirkten grau und ausgelaugt. Es stank nach abgestandenem Rauch und schalem Bier. Überall standen halbvolle, von fettigen Fingerabdrücken verschmierte Gläser in- und nebeneinander, teilweise auf und zwischen den Tellern und Schüsseln, auf dem Fußboden und sogar im Bücherregal. Kissen lagen zerknautscht und platt gesessen auf den Möbeln wie auf dem Boden. Zu Füßen der Stehlampe lag ein knittriger Pullover wie ausgelutscht.

Jan nahm einen blauen Sack aus dem Besenschrank und begann aufzuräumen. Er kippte oder wischte die Essensreste, Servietten, Asche und Korken in den Sack. Er deckte die Reste in den Schüsseln mit Tellern ab und füllte die erste Maschine mit Geschirr. Teller und Gläser stapelte er auf der Arbeitsfläche, so weit vorgereinigt, dass man sie direkt in den Geschirrspüler stellen konnte. Er fragte sich nicht, warum er das tat. Für ihn war es eine klare Aufgabe, die sich einfach erledigen ließ und das Chaos wieder in Ordnung brachte, man hätte auch sagen können: die einen Saustall zurück in ein Wohnhaus verwandelte. Im Wohnzimmer summte der Verstärker. Jan hielt den Plattenteller an und machte die Anlage aus, sogar die Schranktüren schloss er. Er dachte daran, wie An nach früheren Partys der Eltern morgens die Gläser leer getrunken hatte, wie er selbst es probiert hatte, und wie ihnen schlecht geworden war von den zwei oder drei Zügen, die sie noch hergaben, wieder angerauchten Kippen. Er sah es vor sich, wie sie grau geworden in den Garderobenspiegel schauten.

Auf der Terrasse standen die Reste des Kuchenbüfetts, auch hier räumte Jan auf. Er schnappte sich eine Thermoskanne, suchte eine halbwegs sauber aussehende Tasse und goss sich ein. Der Kaffee war lauwarm, er trank ihn lustlos in einem Zug. Auch hier füllte er weiter seinen Sack, mit angefressenen Kuchenstücken, halb flüssig gewordenen Sahnebatzen, liegen gebliebenem Tortenguss. Er schob einen Nudelsalatrest vom Teller und stellte sich dabei vor, ihn zu essen; er konnte die dunkel angetrockneten Gabelspagetti auf der Zunge spüren. Er vernichtete ein paar Spontankunstwerke: Ein Stück Stangenbrot, das von einer Salzgurke durchbohrt war. Ein russisches Ei, in dem statt Füllung eine angebissene Silberzwiebel lag. Ein in Rotwein gebadetes Spargelstück. Welche Barbaren hatten eigentlich hier gehaust, deren Reste er nun vom Boden leckte, ohne die Hände zu benutzen? Neben einem einzelnen Mokassin, der nicht seiner Mutter gehörte, ließ er sich nieder. Er klaubte ein Stück Fleischwurst vom Boden und quetschte es zwischen zwei Fingern. Jan dachte an die künstliche Hand seines Großvaters, die «Glückshand» hatte der sie genannt, weil der Verlust seiner natürlichen Hand ihn vor weiteren Kriegseinsätzen bewahrt und ihm wahrscheinlich das Leben gerettet hatte. Die Prothese besaß einen Greifmechanismus und wenn die Enkel zu Besuch kamen, mühte Opa Gustav sich so lange, bis er mit ihr ein Bonbon zu fassen kriegte. Die Kinder nahmen die Süßigkeit immer mit einem leichten Schauer aus dieser falschen Hand. Eine andere Art Schauer spürte der Junge, wenn er an die Hand des Stadtdirektors auf dem Hintern von Tante Sophia dachte. Die beiden hatten nicht gerade ein

Versteck für ihre Fummelei gesucht, von der Terrasse aus konnte man das Plätzchen hervorragend einsehen. Stab war verheiratet, seine Frau womöglich sogar mit auf dem Fest gewesen. Offenbar hatte ihn das nicht gekümmert. Das Wurststück zwischen seinen Fingern fiel Jan wieder ein. Als er hinsah, war es seitlich aufgerissen.

Auch im Garten fanden sich überall Spuren der Party. Zahlreiche Gläser, Teller und Flaschen lagen und standen einfach im Gras und in den Blumenbeeten, Stühle und Liegen waren auf dem gesamten Gelände verteilt. Als er entdeckte, dass die Tür der alten Laube fehlte, begann Jans Herz vor Empörung zu pochen. Nicht einmal diesen Platz hatten sie verschont. Er trat vorsichtig ein, als rechnete er damit, dort schlafende Gäste zu treffen, ein Paar, das sich in der Nacht gefunden und zu dem Häuschen gestohlen hatte, um dort ungestört zu sein, das sich in die Arme gesunken und schließlich vom Schlaf umarmt worden war, Mann und Frau, doch die Laube war leer. Wenigstens den zweiten Mokassin hätte er hier zu finden gewünscht. Nichts, nicht mal ein einsames Glas, keine auf den Bodenbrettern ausgetretene Kippe – als hätte jemand die Tür bloß ausgehängt, um zu zeigen, dass er die Macht dazu besaß. Jan setzte sich auf das Bänkchen und tastete nach seinem Notizbuch. Hatte es wirklich quer zwischen den Blumenkübeln gesteckt, mit dem Rücken nach unten?

9

Jan schrieb: das ist mein kater. kein sauftheater. ich war nicht blau, und bin doch ein blauer sack, schmeiß alles in mich rein, das geht zackzack. ich müllschlucker, fernsehkucker, nieaufmucker. was ist mein hunger? ich will ihn stillen mit nichts als gedankenpillen. nichts von alles. alles stopf ich in den sack, den blauen jansack rein, sollen keine reste sein. kann es von mehr als alles reste geben, kann mehr als alles weniger als alles werden und an den tellern kleben? mein hunger ist ein ganz junger, der geht darauf, ganz ich zu sein, ganz bei mir selbst zu sein, endlich jener mensch zu sein, der nicht von MEHR ALS ALLES nascht, der auf die viel zu vielen speisen und getränke ascht. der sich spürt ohne reste zu fassen. der rückwärts isst. da war mal überalles, jetzt sind es die festereste, die ich nicht esse nicht nichte – – – Canapés mit gekochtem Schinken und Spargel, mit Kräuterbutter, Salami und Olive, Jagdwurst und Gurke, russische Eier und Käsewürfel mit Trauben, in denen bunte Plastikspießchen stecken, Reissalat mit Mandarinen, Waldorfsalat-, Kartoffel-, Nudel-, Rohkostsalat-, Tunfischsalatreste, auf den Tellern Reste von Hackbraten, Rollbraten, Räucherfisch, überbackenem Toast, Spinat- und Speckquiches, alles selbst gemacht. Erdnüsse, Erdnussflips, Chips, Salzstangen, Salzbrezeln, Fischlis, Cracker, Zigarettenasche, Kippen in übervollen Aschenbechern, vergessenen, aufgeklappt daliegenden Hartpackungen, zusammengeknautschten Weichpäckchen, Kippen auf Tellern und im Essen. Restessen. Resttrinken. Restinken. Gläser mit Resten von Bier (Pilsgläser), Wein (Weingläser), Bowle (Bowletassen), Kognak (Schwenker und ordinäre Wassergläser), Campari (Wassergläser), Aquavit (Schnapsgläser), Vermischtes (Cocktailgläser). Verschwunden: Schuhreste, Hosenreste, Höschenreste. Verschwunden: die Nacktgäste, die Halbfeste. Zuviel war alles. Zuviel ist jetzt in ihren Bäuchen verschwunden, den scheingesunden, fetten runden

10

Drei Flaschen trug Jan an jeder Hand. Er hatte die Finger in die Hälse gesteckt und merkte bald, dass es gar nicht leicht war, sie so zu tragen. Besonders die Sektflasche am rechten Zeigefinger wehrte sich dagegen, auf diese Weise aus dem Garten transportiert zu werden. Jan hatte bereits zwei Drittel des Wegs zur Terrasse zurückgelegt, als er den Rhododendron an der Hauswand wackeln sah und gleich darauf Hiram erblickte, der mit den Hinterbeinen wohlig im lockeren Erdreich scharrte. Jan wunderte sich. Seine Eltern hatten die Hunde am Nachmittag vor der Party zu Bekannten gebracht. Er konnte sich nicht vorstellen, dass die sie so früh am Morgen schon wieder zurückbrachten. Wahrscheinlich war der Dackel abgehauen und allein nach Hause zurückgekehrt. Jan ging zum Haus und hockte sich hin, um ihn zu begrüßen. Hiram wedelte mit dem Schwanz und stieß ein paar fiepende Laute aus. Ohne zu zögern legte das Tier sich auf den Rücken und ließ sich von Jan den rosigen Bauch streicheln. Mit angewinkelten Vorderpfoten genoss es die morgendlichen Zärtlichkeiten.

«… sie als Alleinstehende. Ich finde das mutig.»

«Ich glaube nicht, dass sich für sie etwas verändert. Wenn sie weiterkommen will, muss sie sich fortbilden. Bloß die Stelle zu wechseln, bringt doch nichts.»

Die Stimmen seiner Eltern drangen dermaßen klar aus dem gekippten Fenster, als sprächen die beiden für ein Publikum draußen im Garten. Noch nie hatte Jan mitbekommen, dass es sich an der Hauswand so gut lauschen ließ. Gleichzeitig begann er zu fürchten, dass Hiram bellen könnte. Sie würden zu unrecht denken, dass er absichtlich hergekommen war, um ihnen zuzuhören. Sie würden zu Recht glauben, dass er absichtlich hocken geblieben war. Jan erwog, einen Schritt zur Seite zu machen, wo der Rhododendron ihn mit etwas Glück verbergen würde. Er dachte, dass die Eltern über Kikus Mutter sprächen, und spürte ein unerklärliches Verlangen zu hören, was sie über die Fremde sagen würden.

«Wir werden ja sehen. Jedenfalls ist sie mutig.»

«Mutig oder leichtfertig? Wenn du mich fragst, macht Sophia sich einfach keine Gedanken. Sonst hätte sie gestern nicht in aller Öffentlichkeit mit Stab rumgemacht. Ein Wunder, dass sie sich nicht vollends die Kleider vom Leib gerissen haben.»

Um Tante Sophia ging es also. Jan blieb trotzdem.

«Wenn jemand sich dafür schämen muss, dann ist es Stab. Er ist derjenige, der verheiratet ist.»

«Frank ist schon immer jedem Rock hinterhergelaufen. Die ganze Stadt weiß es, und es hat noch nie jemanden gestört.»

«Trotzdem bist du froh, dass er uns mit seinem Besuch beehrt hat.»

«Du hast ihn eingeladen.»

Es gab ein Geplänkel. Hiram sprang plötzlich auf und rannte in die Büsche, deren Blätter rauschten, als fegte eine Sturmbö über sie. Jan duckte sich noch tiefer. Er überlegte, ob sein Vater seine Mutter wohl noch anziehend fand. Insgeheim wartete der Junge wohl nach wie vor darauf, dass die Rede auf Kikus Mutter kommen würde.

«Findest du nicht, dass ich diesmal wunderbar mit allem fertig geworden bin? Ich bin sehr zufrieden mit mir.»

Ich bin sehr zufrieden mit mir, äffte Jan sie lautlos nach.

«Du hättest dir diese ganze Arbeit nicht machen müssen. Wir hätten uns Essen kommen lassen können. Das hat letztes Mal auch wunderbar funktioniert.»

«Bist du nicht froh, dass es mir wieder so gut geht und ich das alles selbst erledigen kann?»

«Klar», sagte René. «Es war ein tolles Fest. Ich bin noch gar nicht dazu gekommen, mir die Geschenke anzuschauen, du?»

«Am Anfang habe ich noch ausgepackt, nachher habe ich das nicht mehr geschafft. Es werden uns nicht alle so missionarische Geschenke gemacht haben wie unsere Kinder.»

«Nämlich?»

«Memoiren aus einem guten Hause, oder so ähnlich, von so einer französischen Autorin. Und noch ein Buch. Ein anderes heißt Das Recht auf Faulheit. Wir wissen ja nichts über das Leben …»

Sie kicherte. Jan fühlte sich gekränkt. Gestern hatte sie noch so getan, als freute sie sich, endlich was Gescheites lesen zu können. Die Bücher hatte An ausgesucht.

«Ein Recht auf Faulheit», murmelte René, «das hätten sie gern.»

Die Flaschen an seinen Händen hatte Jan vergessen, als er eine Bewegung machte, um sein Gleichgewicht zu tarieren. Sie schlugen klappernd aneinander und wieder erschrak er und wartete darauf, dass das Fenster sich öffnen würde, oder eine neue Wendung das Gespräch auf die Geräusche im Garten lenken würde.

«Was sagst du zu Ans Karte?»

«Ist eine Karte von ihr gekommen? Warum hast du mir die nicht gezeigt?»

«Ich muss mal überlegen, wo ich sie hingesteckt habe. Irgendwo in der Küche, glaube ich.»

Seinem Lachen nach freute es ihn, dass Karin nichts mitgekriegt hatte.

«Was schreibt sie denn?»

«Sie hat geschrieben, sie kommt nie zurück.»

«Was?»

«Schau doch nicht so. An muss die Karte am ersten

oder zweiten Tag abgeschickt haben, sonst wäre sie noch nicht da.»

«Will sie denn wirklich dort bleiben?»

«In zwei oder drei Wochen wird sie die Nase voll haben. Ich kenne Portugal, es ist heiß und trocken da.»

«Sie ist immer so impulsiv. Wer weiß, welche Flausen die beiden im Kopf haben.»

«Sie kommt schon wieder.»

«Hii. Lass das.»

Der Dackel kam aus den Büschen zurück und lief mit einem Stolz zu Jan hin, als hätte er eben eine schwierige Mission erfüllt. Der Junge streckte die Hand aus, um ihn zu streicheln. Hiram warf sich erneut auf den Rücken. Jan zog den Kugelschreiber aus seinem Notizbuch.

«Hast du eigentlich eine Ahnung, wo unsere Schuppentür hingekommen ist? Lass doch!»

«Hab schon gesehen. Wahrscheinlich liegt sie irgendwo im Garten.»

«Komisch, wer macht denn so was.»

«Jemand, der verhindern wollte, dass Stab in der Laube Sophia bumst. Jemand, der eine Tür für sein Klohäuschen brauchte. Was weiß ich.»

«Aber das ist doch kein Benehmen. Hihihii, das auch nicht.»

«Ich reiß ihn sowieso ab.»

«Du willst immer alles abreißen. Gestern hast du gesagt, ganz Füchten sei ein Fall für den Bagger.»

«Stimmt's etwa nicht?»

«Den Schuppen lässt du mir stehen. Sonst warte ich hundert Jahre auf einen neuen. – Lass deine Finger jetzt bei dir! Du weißt, dass ich da nicht angefasst werden will.»

Auf der Straße fuhr ein alter Traktor vorbei. Ich werde die Laube besetzen, dachte Jan, ich werde mich da anketten.

«Was macht denn ein Trecker hier?»

«Im Wald hinter der Hitlermauer hat jemand Holz gemacht. Vielleicht wird das jetzt abgeholt. Oder es war dieser japanische Kleinwagen von unserer neuen Nachbarin.»

«Die fand ich übrigens sehr nett. Glaubst du eigentlich, Jan war dabei, als sie die Mauer beschmiert haben?»

René lachte auf.

«Nie wieder Krieg – ist doch keine schlechte Parole.»

«Frank hat sich gestern dermaßen darüber aufgeregt, dass ich Angst bekommen habe. Der bringt es fertig und setzt die Polizei auf die Sache an.»

«Da kommt nichts bei raus. Wenn du so jemand nicht auf frischer Tat ertappst – war er denn dabei, ich meine Jan?»

«Er hatte keine weiße Farbe an den Kleidern.»

«Das will ich auch nicht gehofft haben.»

Hiram begann wieder zu fiepen. Wahrscheinlich hatte Jan eine kitzlige Stelle berührt. Er steckte den Stift, mit dem er Hiram ein N und ein I und ein E auf den rosigen Bauch gemalt hatte, wieder ein.

«Hör mal, René.» Was für eine Einleitung! Jan, der sich schon hatte davonschleichen wollen, sperrte noch mal die Ohren auf. «Ich möchte gern wieder ganztags arbeiten.»

«Du – solltest dich schonen.»

«Fang nicht schon wieder an. Ich bin längst wieder gesund.»

«Mein Einkommen reicht uns doch völlig.»

«Aber ich möchte mein eigenes Geld verdienen, nicht nur die paar Mark. Jetzt geb ich praktisch alles für die Kinder aus. Der Oberberger will seine Praxis ganztags öffnen. Ich könnte fast das Doppelte –»

«Dir werden so viel Steuern abgezogen, dass du netto kaum mehr haben wirst als jetzt.»

«Das stimmt nicht. Ich hab mich schon erkundigt.»

«Ich weiß nicht. Das wird aussehen, als hätten wir's nötig.»

«Es ist mir egal, wie es aussieht. Ich will ganztags arbeiten.»

«Was ist mit Jan? Jemand muss für ihn da sein.»

«Du willst mich bloß an die Küche fesseln. Jan ist –»

«Du kannst einem den ganzen Morgen versauen.»

«Wie bitte? Wer hat denn …»

Mehr hörte Jan nicht. Er richtete sich auf, es war ihm egal, ob die Flaschen dabei aneinanderschlugen. Die schwere Sektpulle knallte er auf den Terrassenboden, sie schlug hohl scheppernd auf, zersprang aber nicht. Jan kickte sie mit dem Fuß zurück in den Garten. Wie ein Verfolgter rannte er über den Flur und vorn wieder aus dem Haus. Da war es wieder, dieses Scheißgefühl, über das er keine Macht besaß, das kam und ging, wie es wollte. Vielleicht würde es diesmal für immer bleiben. Die Vorstellung trieb ihm die Tränen in die Augen. Nur weg hier, dachte er, noch so ein Jahr überleb ich nicht.

Aber da er keine Wahl hatte, lief er in den Wald und kehrte am Abend in sein Zimmer zurück.

11

Wer heute nach Füchten kommt, muss erschrecken. Die Stadt gleicht einem abgenagten Knochen, an dessen dicken Enden, den Gewerbegebieten, noch ein paar Fetzchen Fleisch hängen. Dort haben sich mittlerweile auch die Läden der großen Handelsketten angesiedelt und die Stadt selbst vollkommen blank zurückgelassen. Die Betreiber der kleinen Geschäfte entlang der Hauptstraße haben meist aufgegeben oder sich mit Hilfe von Einkaufsgemeinschaften vergrößert und sind ebenfalls zu den Rändern hin ausgewichen. Die überwiegende Zahl der Schaufenster ist mit aufgequollenen Holzplatten vernagelt, die Fassaden mit ihren teils schief hängenden oder fehlenden Schieferplatten wirken gammelig. Alle paar Jahre fällt eines der alten Häuschen, ohne dass irgendein Investor dieser Welt sich für das frei gewordene Grundstück interessieren würde. Aus Füchten kann man, wie die jungen Leute seinerzeit schon unkten, nur flüchten.

Auch in den Achtzigern war die Stadt keine Perle. Nicht einmal zehntausend Menschen bewohnten das lange schmale Tal mit dem weitgehend verrohrten, halb vergessenen Bach im Grunde. Die kleinen, zweigeschossigen Häuser wirkten schon damals mehr oder weniger baufällig. Etwas höher an den Talhängen lagen die Wohnviertel, die ab den Fünfzigerjahren entstanden waren und sich durch nichts als Gesichtslosigkeit auszeichneten. Kein Mensch verirrte sich aus Zufall zwischen die hohen Thujen- und Buchenhecken, von denen man denken konnte, sie wären aus Scham über die allgemeinen architektonischen Versäumnisse gepflanzt worden. Außerdem gab es noch ein kleines Viertel, eigentlich nur einen Straßenzug mit Häusern aus der Zeit vor neunzehnhundertvierzehn, die mit ihren klassizistischen Stilelementen im Gesamtensemble Fremdkörper blieben. Noch mehr aber störten die vereinzelten Versuche, Neues in die Stadt zu bringen. Die an sich bescheidenen Wohntürmchen aus den Siebzigern oben auf den Hügeln und der streng funktionale Klinikneubau wirkten im Verhältnis zu den dörflichen Proportionen der sonstigen Bauten grotesk. Das größte Haus der Stadt, ein mehrstöckiges, ohne jedes Formgefühl ins Stadtzentrum geklotztes Mehrzweckgebäude, wäre um ein Haar zur Bauruine geworden. Das Haus bot immerhin Platz für ein paar größere Geschäfte und wenig beliebte Mietwohnungen. Der angeschlossenen Tiefgarage wurde wegen zu geringer Deckenhöhe nach kurzer Zeit die Betriebserlaubnis entzogen. Obwohl sie rundum mit schwarzem Kunstschiefer verkleidet war, wirkte diese Betonburg von Anfang an schäbig. Jan hatte seinen Vater einmal sagen hören, man könne, wenn man vorn in dem Bau einen Eimer Wasser auskippe, dieses hinten komplett wieder auffangen, so schief sei der Boden. Anders als sein Chef und auch der zweite Architekt am Ort, hatte er allerdings zu keinem Zeitpunkt gegen dieses Monster protestiert.

Einmal in ihrer Geschichte war etwas Licht auf die Stadt gefallen, das sich leider schon kurze Zeit später als nicht abzuschüttelnder Schatten herausstellte, den die dunkelste Epoche in der deutschen Geschichte warf. Damals hatte Friedrich Stab, der Vater des in den Achtzigern glücklos in dem strukturschwachen Ort amtierenden Stadtdirektors Frank Stab und Duzfreund von Karins Vater, als hochrangiger Parteifunktionär den Füchtenern eine große industrielle Zukunft versprochen. Die ungünstige Lage und mangelnde Anbindung an Fern- und Wasserstraßen schien dabei keine Rolle zu spielen. Es war eine Zeit, in der jedes Versprechen machbar schien, haltbar oder nicht, darin unterschied sie sich kaum von der heutigen. Es existierten Pläne, nach denen das alte Füchten weitgehend unter einer großzügigen Aufschüttung des Talgrunds verschwunden wäre, wie später der Bach in den Betonrohren. Eine Bahn hätte in dem neuen Untergrund Platz gefunden mit Haltestellen an Theater und Oper. Für wen wurde so etwas geplant? Die zu erwartenden Industriearbeiter wären daran sicher wenig interessiert gewesen, und die heimischen Bauern und Handwerker befriedigten ihre musischen Bedürfnisse am Sonntagmorgen in der Kirche oder in einem der Gesangs- und Musikvereine der Gemeinde. Dementsprechend hat man in Füchten noch nie eine Klage darüber gehört, dass dieser Teil der hochfliegenden Pläne nicht verwirklicht worden war. Anders verhielt es sich mit der niemals angesiedelten Industrie. Das dafür vorgesehene Gelände mit ein paar moosigen Grundmauerresten lag inzwischen wieder unter Bäumen versteckt. Nur eine bruchsteinverkleidete Stützmauer, die der aufgeschütteten Erde dort oben Halt gab, war in der Stadt weithin sichtbar und wurde von ihren Bewohnern freundlich als Hitlermauer bezeichnet. Die Hauptstraße dagegen nannte man wieder bei ihrem früheren Namen: Kaiserstraße.

Wie viele seiner Freunde hegte Jan keinen Zweifel, dass eben die Idioten, die sich auf solche Art nostalgisch zeigten, bedenkenlos den nächsten Krieg, den nächsten Mord an einem ganzen Volk bejubeln würden. Er konnte nicht begreifen, dass Karin in ihrem Nachttisch eine Fotografie ihres Vaters aufbewahrte, auf der er die schwarze Uniform trug. Er begriff noch weniger, dass diese SS-Uniform schick auf ihn wirkte. Als hätte Opa Andres sie zum Kostümfest getragen und nicht im Krieg. Er war beim Kampf um einen Brückenkopf getötet worden; da hatte es einmal den Richtigen erwischt, fand Jan. Er und Stab, sie hätten aus Füchten eine pompöse Faschokulisse gemacht und wer weiß, vielleicht hätten die Alliierten das Städtchen dann wenigstens dem Erdboden gleichgemacht. Füchten war von Bomben fast verschont geblieben.

Nach zweieinhalb Wochen begann Jans Ferienjob. Das Elektrogeschäft, in dem er aushalf, lag damals noch im Zentrum, meistens fuhr er mit dem Moped hin. Die Arbeit war nicht anspruchsvoll. Am Vormittag half er bei der Warenannahme, befreite er Waschmaschinen und Kühlschränke vom Karton und diesen von Klebestreifen und Metallklammern. Die riesigen Pappen schleppte er zu der großen Presse im Hof, die mehrere Händler sich teilten und die das ganze Zeug zu unwirklich aussehenden braunen Ballen zusammendrückte. Styropor ging extra. Wenn er es berührte und es quietschte, lief Jan ein Schauer über den Rücken. Obwohl er eher an den Untergang als an die Rettung der Welt glaubte, nahm er seine Arbeit zum Schutz der Umwelt ernst. Er lernte die Pistolen genannten Maschinen zu bedienen, mit denen Ware ausgezeichnet wurde. Wenn ihm in der Mittagspause der Antrieb zum Rausgehen fehlte, saß er mit einem alten Mann, der da seine Brote aß, zusammen an einem kleinen Tisch neben ein paar Spinden. Der Mann war eine Art Hausmeister, den sich ebenfalls mehrere Händler teilten; er war alt und dünn, der Hosenbund reichte ihm beinah bis zur Brust, die Säume bis zur Mitte der Unterschenkel. Sein Haarschnitt hatte sich offensichtlich seit den Dreißigerjahren nicht verändert, die Farbe, werweiß, war vielleicht schon immer weiß gewesen. Er schlug hier gewissermaßen den Rest seiner Lebensspanne tot, alles an ihm wirkte nützlich, nichts dagegen sinnvoll. Einmal packte der Alte, obwohl seine Hand noch das Taschenmesser mit der vom Saft eines geschälten Apfels sabbernden Klinge hielt, Jans auf dem Tisch liegendes Buch. Die Kindheit eines Chefs. Gleichgültig betrachtete er den Titel, starrte Jan mit einem absolut ausdruckslosen Blick an und warf das Buch zurück auf den Tisch.

Die Nachmittage waren endlos lang. Es gab nichts mehr zu tun als im Laden rumzustehen und aufzupassen. Jan hielt sich in der kleinen Schallplattenabteilung auf und kramte die Alben und Singles durch. Das meiste war Schrott. Hit-Kacke. Er sah den Leuten zu, die hin und wieder ohne eine Kaufabsicht hereinkamen, und fürchtete sich vor dem Moment, in dem er beobachten würde, wie jemand stahl. Er hatte strikte Anweisung, jeden Ladendieb zu stellen, und sollte ihn wenn nötig festhalten. Oder hatte es festnehmen geheißen?

Es stahl aber niemand, oder er war zu blöd, um es mitzukriegen. Jan war kurz davor zu halluzinieren. Ein paar Mal überlegte er, selbst mit dem Plattenklauen anzufangen, er war wahrhaftig manchmal eine ganze Stunde lang allein in dem Geschäft. Torsten hatte das von vornherein ins Spiel gebracht, als Jan ihm sagte, wo er arbeiten würde.

«Bei den Platten? Geil. Da kannst du dir jede Menge Zeug klauen.»

«Und wenn ich erwischt werde?»

«Du wirst nicht erwischt. Pass auf, es ist ganz einfach: Du nimmst dir eine große feste Zeichenmappe mit. Die bindest du zu, aber nicht zu fest. Dann gehst du an den Platten vorbei, als würdest du die nur so obenhin anschauen. Natürlich musst du vorher schon gecheckt haben, wo die Scheibe steht, die du haben willst. Noch besser ist es, wenn du einen zweiten Boden in die Mappe klebst.»

«Wie soll ich denn da mit einer Mappe rumlaufen? Ich arbeite in dem Laden!»

«Warum nicht? Die kannst du doch in der Mittagspause irgendwo abgeholt haben. Du musst die Platte nur schnell genug einstecken, das musst du vorher zu Hause üben.»

«Und wenn mich jemand sieht?»

«Es sieht dich keiner. Wenn dein Chef oder irgendein Idiot wegen der Mappe Verdacht schöpft, wird er vielleicht verlangen, dass du sie aufklappst.»

«Eben.»

«Aber jetzt kommt der Trick. Wenn du sie aufklappst, liegen da lauter Nacktfotos drin. Die Sache wird deinem Chef so peinlich sein, dass er sie gleich wieder zuklappt, ohne alles durchzugucken.»

«Nacktfotos von mir? Was wird er da denken?»

«Nicht von dir, Idiot. Von einem hübschen Mädel sollen die sein.»

«Und wo soll ich die hernehmen?»

«Keine Ahnung. Frag deine Schwester, die fotografiert doch sowieso. Sieht auch gut aus.»

Jan hatte keine Idee, dass Torstens Plattenklauanleitung selbst geklaut war. Er sah Beineix' Diva erst ein paar Jahre später, nachdem er schon Betty Blue angeschaut hatte. Und wie viele war er von dem Film, der für einen Meilenstein der Filmgeschichte gehalten wurde, völlig hingerissen. Das Gewollte, Aufgemotzte, Stilisierende der Inszenierung, das Effekthaschende der Bilder war ihm damals nur recht und die Schwäche der Kriminalgeschichte, die geringe Substanz des Ganzen entging ihm. Dabei wäre Diva ohne den Gesang von Wilhelmenia Wiggins Fernandez wie Eischnee ohne Luft gewesen.

Gut fühlte Jan sich, wenn er auflegen durfte. Die Anlage, die ihm dafür zur Verfügung stand, hätte in jedes Spießerwohnzimmer gepasst, aber ihr Klang war gut, und Jan durfte sie, wenn nachmittags nichts los war, auch lauter drehen. Er spielte ein paar aktuelle Hits, rauf und runter; an den Stücken von Nena und an Do you really want to hurt me von Culture Club fand er sogar Gefallen. Einmal kam die Frau des Stadtdirektors herein, der Chef eilte zu ihr, und Jan traute sich Kristallnaach aufzulegen. Keine Reaktion, wahrscheinlich kriegten die beiden gar nicht mit, welches Lied sie da hörten.

An einem anderen Tag allerdings ließ er fünfmal hintereinander Major Tom von Peter Schilling laufen, einen der Songs, die die deutsche Schlagerwelt gerade so gründlich durcheinanderbrachten, ohne das Niveau spürbar zu heben. Jan war kurz davor, die Arme auszubreiten und zu tanzen. Im letzten Moment sah er, dass die Ladentür sich öffnete, jemand kam rückwärts herein und drehte sich erst um, als das seriöse Dingdong der Türglocke zum zweiten Mal ertönte. Jan sah den Regen, den Schlamm, er wunderte sich, dass ihr Haar nicht nass war. Sofort erkannte er sie wieder, ihr Blick, der nicht erst im Laden herumirrte, sondern sofort den Verkäufer suchte, war nicht mehr als eine Bestätigung. Etwas durchfuhr ihn wie ein Schreck, sein überraschtes Herz machte einen Sprung. Gleichzeitig machte sich die Befangenheit in ihm breit. Major Tom war ihm nun peinlich. Sie kann nicht wissen, dass du das aufgelegt hast, sagte er sich, außerdem kennt sie dich gar nicht. Schnell legte er den Hebel um, die Nadel hob ab und schwebte über der Single, die sich fünfundvierzig Mal in der Minute um sich selbst drehte. Im geeigneten Moment konnte sie sich lautlos wieder senken.

Kiku ging ein paar Schritte und stellte sich vor den riesigen Ventilator. Sie wirkte schmal und elastisch. Die Ärmel ihres T-Shirts flatterten und ihr schwarzes Haar wehte im künstlichen Wind. Der Ladeninhaber hatte Jan nicht nur erlaubt, sondern ihn ausdrücklich gebeten, den Ventilator an heißen Tagen immer laufen zu lassen. Viele Kunden äußerten sich anerkennend über die kühle Luft im Innern. Wenn der Chef das hörte, legte er ihnen in einer geschickten Folge von Sätzen dar, dass es mindestens dieser Größe knapp unterhalb der eines Rades Käse bedurfte, damit ein Ventilator kühlen konnte. Das Rad Käse gehörte zum Repertoire der Verkaufsgespräche. Und es waren schon sechs oder sieben der großen Dinger über die Ladentheke gegangen. Jan hoffte sehr, dass der Chef nicht ausgerechnet jetzt auftauchen und sein Geschick auch bei Kiku ausprobieren würde. Ein kleiner bunter Papagei mit angelegten Flügeln klammerte sich an ihr Ohr. Für einen Moment dachte Jan erschreckt, dass diesem Ohr ein Stück fehle, doch als er später noch einmal darüber nachdachte, war er unsicher.

Endlich hatte Kiku genug und drehte sich um. Ihre Augen waren groß wie Pflaumen, die dunkle Iris gebettet in reichlich glänzendes Weiß. Früher hätte man solch einen Blick liebreizend genannt. Gleichzeitig lag etwas Strenges in den äußeren Augenwinkeln, als wäre die Haut dort leicht gespannt und von den Gesichtsmuskeln in einer Weise nach außen und oben gezogen, dass die Lidachsen schräg standen. Jan senkte den Blick. Er trug eine alberne grün-braune Hose, die er vor einem Jahr noch schick gefunden hatte und nun auftragen musste. Dazu Birkenstock-Sandalen. Auch er spürte Wind im Gesicht und auf den Armen. Wenigstens trug er sein ärmelloses schwarzes T-Shirt. Darin gefiel er sich.

«Unterhalb dieser Größe kannst du Ventilatoren vergessen», sagte Jan.

«Aber der hier ist ja fast so groß wie ein Rad Käse.»

Das war das Erste, was sie sagte. Es klang, als wären sie miteinander vertraut. Jan war verwirrt. Konnte es Zufall sein, dass sie das sagte? Sie hatte dunkelrot geschminkte Lippen. Jan bemerkte, dass sie mindestens drei oder vier Zentimeter größer war als er. Das konnte sich noch ändern, er war erst siebzehn. Kiku erwartete offenbar keine Antwort von ihm. Sie wendete sich den Platten zu, blätterte träge durch die Alben, zog das eine oder andere hervor und ließ es zurück ins Fach gleiten. Wenn jemand in den Laden kommt, sagte sein Chef immer, achtest du darauf, ob er zuerst nach der Ware oder nach dir schaut. Käufer schauen als Erstes nach der Ware, Ladendiebe nach dem Personal.

«Kennst du eigentlich das Stück von Bowie?»

Meinte sie Let's dance? Er schüttelte stumm den Kopf.

«Space Oddity ist viel besser als dieser Abklatsch, der da gerade lief. Ihr habt das Album nicht zufällig da? Das such ich nämlich.»

Sie sagte das ganz lieb, trotzdem stand er wie begossen da. Kiku merkte es und schenkte ihm ein Lächeln.

«Füchten», sagte sie.

«Füchten», wiederholte er und setzte dumm hinzu: «Schau dich doch um.» Als wäre sie irgendeine Kundin.

Schließlich kaufte Kiku Batterien für ihren Walkman.

«Die bekommst du im Kaufhaus billiger», flüsterte er.

Kiku zuckte die Achseln. Wie schräg ihre Schultern abfielen. Sie legte einen Zehner auf die Theke. Jan sah, dass ihre Uhr ebenso wenig auf Sommerzeit umgestellt war wie seine. Als sie gegangen war, schloss er als Erstes seine Augen.

Er sah sie plötzlich wieder bei den Platten stehen. Sie hatte eine Mappe unterm Arm und irgendwann, ganz nebenbei ließ sie ein Album zwischen die Deckel gleiten. Minuten später wandte sie sich zum Gehen, er sprach sie an: He, kann ich mal deine Mappe sehen? – Wieso, was ist damit? fragte sie, aber er bedeutete ihr nur mit einem Blick seine Entschlossenheit und da zog sie an dem Bändchen und ließ die Fotos sehen.

«Jan!»

Die Stimme seines Chefs warf ihn zurück in den Nachmittag. Er sollte die obere Regalreihe mit kleinen Haushaltsgeräten ausräumen – Sachen, die selten verlangt wurden – und diese abstauben. Das würde voraussichtlich den Rest seines Arbeitstages in Anspruch nehmen. Kiku war offenbar gegangen. Hatte er ihr überhaupt rausgegeben?

Geradezu dankbar holte er die Treppenleiter aus dem Lager.

12

Auf dem Weg nach Hause überfuhr Jan an diesem Abend eine rote Ampel und wäre mit seiner Achtziger beinah in den von beiden Seiten ankommenden Verkehr geraten. An einer Stelle sperrten rot-weiße Poller den kurzen Verbindungsweg zwischen zwei Straßen für den motorisierten Verkehr. Jan fuhr einfach zwischen ihnen hindurch und den Bordstein hinab, sein Moped ging tief in die Federn. Er sparte sich auf diese Weise einen Umweg von mindestens fünfhundert Metern. Daheim vor der Garage bremste er so heftig, dass das Hinterrad wegrutschte und eine dunkle Spur im Kies zu sehen war. Gleich hinterher harkte Jan sie weg, um nicht von seiner Mutter oder seinem Vater darauf angesprochen zu werden.

Let's dance – dieser Schmachtfetzen war alles, was Jan von David Bowie kannte, jedenfalls glaubte er das, und er stellte sich den Rest von Bowies Musik ganz ähnlich vor. Es fiel ihm ein, dass auch An schon mal von Bowie gesprochen hatte. Jan suchte in den alten Platten, die bei ihrem Auszug dageblieben waren, fand aber kein Bowie-Album, dafür eine Platte von Boney-M, über die er kichern musste. Demnach hatte An Bowie entweder schon immer schlecht gefunden oder stand im Gegenteil so sehr auf ihn, dass sie seine Alben mitgenommen hatte. Er sah den Clip zu Let's dance bei Formel Eins und erkannte den Sänger wieder, ein Bild tauchte auf von einem hohlwangigen Typ mit hochfrisierten roten Haaren und verschiedenfarbigen Augen. Überraschend gut fand er dieses Video mit den Aborigines, die den westlichen Weg des Luxus und der Zerstörung nicht mitgehen wollten. Fort mit den roten Schuhen. In dem Clip wurde deutlich, dass Bowie ein kleiner Mann war, das wirkte auf den ebenfalls nicht großen Jan beruhigend.

Space Oddity.

Jan fuhr extra nach Köln, um das Album zu finden. Er stellte sich vor, es Kiku zu schenken, wenn die Schule wieder anfing. Aber Saturn hatte es ebenso wenig wie der kleine Laden in Füchten. Saturn, den Janus und Epimetheus, Pandoras unglücklicher Gatte, koorbital umkreisten. Die Vorstellung, ein Mond auf einer Umlaufbahn zu sein, gefiel dem Jungen. Janus, der Gott der Anfänge, der keine Eltern besaß. Das war besser als «Kurzform von Johannes». Er nahm sich vor, in ein paar Wochen einfach wieder zu Saturn zu fahren.

Tagelang fühlte Jan sich aufgekratzt. Im Laden wartete er immerzu darauf, dass Kiku wieder reinkommen würde. Jedes Mal, wenn die Tür aufging, ja, wenn er sich nur vorstellte, dass die Tür aufging, erschrak er innerlich, überprüfte, welche Musik lief, und sah an sich herab. Die grüne Hose trug er bei der Arbeit nicht mehr. Kiku blieb aus. Am letzten Tag bekam Jan von seinem Chef die Major-Tom-Single geschenkt. Zuerst hörte er sie nicht. Als er allein zu Hause war, legte er die Platte doch auf, stellte die Musik laut und ließ sich von den Synthi-Figuren im Refrain in die Lüfte tragen. Für vier Minuten schwebte er.

Jan träumte von Kiku. Sie begegneten sich in der Stadt, Kiku tat, als würde sie ihn nicht erkennen. Er hielt sie an der Schulter, sie drehte – unwillig? – den Kopf, er sah ihr halbes, vom Schwert durchtrenntes Ohr. Er schrieb: Welt, von der ich mehr weiß als vom Leben: Im Traum. Dein zerrissenes Ohr, Leidensohr, Wahnsinnsohr, Van-Gogh-Ohr. Kein Blut kann da raus, nicht aus dieser Wunde. Gang ins Gehör. Warum wolltest du mich nicht kennen auf deinem Weg durch die Stadt, was war dein Ziel? Mein Ziel bleibt im Dunkeln. Ich berührte deine Schulter, ich hielt dich fest, wie ich es im Leben niemals tun würde. Leben. Leben. Scheißleben. Fernleben … Der Traum gab mir keine Empfindung. Das Leben gab mir keine. Harakiri-Schwert. Was weiß ich von dir? Was die anderen sagen. Du hast keinen Vater. Einen, der dir das Ohr zerschlug. Einen, der sich ins Schwert gestürzt hat. Der es sich rausnahm zu verschwinden auf die einzig mögliche, einzig echte Art. Wie gesagt wird. Wie gehört wurde von einem, der nichts ist, der nichts wird, nichts tun wird. Nur noch Nebensätze schreibt. Nebensachen neben Sachen, die meine Gedanken wie Licht ausmachen.

Ob an dem Gerücht etwas dran war oder ob es nur der Böswilligkeit und Dummheit der Leute entsprang, wusste Jan nicht; jedenfalls hieß es, Kikus japanischer Vater sei schon lange tot, er habe Harakiri gemacht, weil seine korrupten Geschäfte aufgeflogen waren und er seine Ehre verloren hatte. Die – übrigens irrige – Vorstellung, dass ein Mann die Kraft besitzen konnte, sich in sein Schwert zu stürzen, faszinierte Jan.

Kikus Mutter hatte er beim Fest seiner Eltern kurz gesehen. Auf ihn wirkte sie schön. Karin nannte sie eine «Erscheinung»: modisch gekleidet, das Gesicht mit Make-up zurechtgemacht. In Füchten war das nichts Gewöhnliches. René zufolge arbeitete sie im Büro einer großen Exportfirma, die vor Jahren eine Niederlassung im abgelegenen Füchten gegründet hatte, um Subventionen der öffentlichen Hand zu kassieren. Ihre Stimme, wenn sie es denn gewesen war, hörte Jan nie wieder durch den Garten tönen.

Auch die Fenster, die zur Wohnung der beiden gehörten, blieben meistens geschlossen. Jan stellte sich vor, dass Kikus Zimmer zum Garten gelegen war. Nie bekam er etwas von ihr mit. Es hieß, dass sie zu Hause japanisch spräche, aber mit wem, wenn ihr Vater tot war und ihre Mutter aus Norddeutschland stammte? Noch vor den Ferien war außerdem getratscht worden, Kiku trüge zu Hause Kimonos. Die Jungen spekulierten über den Verbleib des Schwerts, mit dem ihr Vater sich getötet haben sollte. Dabei wäre Jan jede Wette eingegangen, dass noch niemand bei ihr daheim gewesen war. Manche machten auch böse Witze über ihre Abstammung. Ausländer, und so nahm man Kiku wahr, kamen damals kaum vor in jener Gegend. An der Schule gab es noch Afet, deren Eltern aus der Türkei stammten, nur mit der zusammen waren einige bereits in den Kindergarten gegangen, bei Afet war man schon zu Hause gewesen und hatte Tee und heimlich Apfelkorn getrunken. Man glaubte zu wissen, dass Kiku im Grunde ihres Herzens sehr traurig sei. Obwohl Jan bei ihrer Begegnung im Elektrogeschäft nichts davon bemerkt hatte, glaubte auch er an ihre Melancholie. Er empfand es als Gewissheit, dass er ihre Trauer kannte, dass er Kiku kannte, dass sie irgendwo in ihm schon immer vorhanden gewesen war.

Die Hitze hatte nachgelassen, auch wenn das Wetter schön blieb. Jan verbrachte den Morgen nun häufiger in seinem Zimmer. Die Sonne ließ den weißen Vorhang vor seinen Fenstern leuchten und warf die Schatten von im Wind bewegten Zweigen darauf. Im Lauf des Vormittags wanderte das Licht weiter, und der Stoff wurde wieder matt. So lange blieb Jan liegen und schaute dem Schattenspiel zu; nur einmal stand er auf und fing zu zeichnen an. Er ahnte bereits, dass er nicht das bildnerische Talent seines Vaters besaß, von dem ein paar gar nicht so üble Aquarelle existierten, doch das kümmerte ihn wenig. Einen Stift oder die Tuschfeder in die Hand zu nehmen und sich auszudrücken, schien ihm ebenso natürlich wie zu essen oder zu trinken. Er liebte schwarze Tusche, wunderbar tiefes, dichtes Schwarz. Er zeichnete Kikus Ohr, versehrt und unversehrt, eine Braue mit einem Auge, das niemals ihrem ähnelte. Ein halber Mund, die Lippen wirkten hinterher auf ihn wie stilisiert. Er versuchte, der strengen Kante ihrer Wangenknochen nachzukommen. Noch mal ihr Auge. Wie einen Vorhang ließ er den Teil des Haars darüber sinken, der ihr tatsächlich dauernd ins Gesicht fiel. Darunter schrieb er Wörter. protektion projektion Er schaute in den Spiegel und zeichnete sein Auge neben ihrs. umrissen umgerissen Auf dem Vorhang zerfloss die Tusche zu breiten Flecken. Er zeichnete nicht mehr darauf.

Er wusste nicht viel von Kiku, desto mehr konnte er sich vorstellen. Das Aussehen ihrer Brüste kannte er nicht, ihre Beine nicht und sowieso nicht ihren Schoß. Ihre Hände waren voller kleiner Falten wie bei einer alten Frau. Sie schienen nicht zu ihr zu gehören. Niemals versuchte Jan, diese Hände zu zeichnen. Einmal probierte er ein Bild von ihrem Körper mit einem geraden schmalen Streifen schwarzer Scham und Brüsten, die er in dieser Ansicht gar nicht abbilden konnte. Zwei Punkte für die Nippel pikste er mit der Feder ins Papier. Hinterher riss er das Blatt klein und warf es weg. Warum war sie rückwärts in den Laden gekommen? Er machte sie nach, trat rückwärts durch die Türen und strauchelte dabei über die Schwelle der Terrassentür. Er fand es unangenehm, auf diese Weise irgendwo hereinzukommen. Als müsste man damit rechnen, dass in jedem Raum, in jedem Rücken unerkannt das Böse lauerte. Und wenn man vorwärts ging, war es dann anders? Sowieso war das Böse nicht sichtbar. Was machte ihm Angst? Jan gab es auf, er würde dieses Rückwärtseintreten im Leben nicht aushalten. In Kikus Tun schien ihm die souveränste Weltverachtung zu liegen oder doch eine große Überlegenheit. In seinen Fantasien entkleidete er sie selten und zurückhaltend. So sehr er glaubte, dass die Erfahrung, der Sex mit einer Frau ihm fehlte, so wenig dachte er an Sex mit Kiku. Er schlug in seinem Lexikon nach: Auge. Mongolenfalte, Indianerfalte. Hautfalte besonders bei Mongoliden (die sog. gelbe Rasse), die den inneren Augenwinkel vom Oberlid her überlagert. Mongolide stand da, nicht Mongoloide. Er schlug auch das Letztere nach und las: Bez. für Angehörige einer nicht (rein) mongoliden Menschenrasse, wenn sie Körper- (insbes. Gesichts-) merkmale aufweisen, die für Mongolide charakterist. sind. Mongoloide Idiotie. – Nazikacke!, schrie er in sein Zimmer. Rasse, rein, Merkmale, Idiotie – das sollte ein Lexikon aus den Achtzigern sein? Mit dieser Scheiße waren sie offenbar alle noch angefüllt bis zu den Ohren.

Es war ein kurzes Aufglühen.

Die Ferien waren fast vorbei. Allmählich kamen die Leute nach Füchten zurück. Torsten kam zurück, An hätte längst wieder da sein sollen. Erik rief ihn an. In der Theater-AG fiel der zweite Beleuchter aus. Jan ließ sich überreden einzuspringen.

13

Der Keller des Hauses stand komplett in der Erde und blieb daher auch im Sommer stets kühl. Jan verspürte ein erfrischendes Frösteln, als er die Betonstufen hinabgestiegen war, allein dafür hätte der Weg sich gelohnt. Ein einziger der unteren Räume war als Zimmer zurechtgemacht, dort lagerten in einem Schrank die alten Schmalfilme, nach denen er schauen wollte. Er war überrascht, als er plötzlich Geräusche hörte, überlegte kurz, ob er wieder nach oben verschwinden sollte, aber da stand seine Mutter schon vor ihm im Licht einer Glühbirne mit niedriger Wattzahl und sagte: «Ach, du bist das». In der Rechten hielt sie einen Beutel mit tiefgefrorenen Fritten. Karin trug einen Kittel, das tat sie manchmal, wenn sie im Garten arbeitete oder einen Putztag einlegte. Ihre nackten Arme und Beine ragten hervor. Jan schaute sie anders an in den letzten Wochen. Er bemerkte die Fältchen an den Armen und die komische Unebenheit, die nicht direkt von ihrer Haut, sondern von dem, was darunter lag, zu rühren schien, sowie ihre hart und dick wirkenden Nägel an Fingern und Zehen. Im trüben Kellerlicht sah man zum Glück nicht so viel davon, nur die scharfen Linien, die am Mund vorbei in ihr Gesicht schnitten, traten noch stärker hervor als sonst. Wie mehrfach in den letzten Wochen hatte sie sich nicht die Mühe gemacht, ihren Büstenhalter mit der Prothese auszustopfen. So fiel der Kittel auf dieser Seite flach ab und zeugte – «lauthals» hätte Jan das nennen mögen – von ihrer Versehrtheit. Jan murmelte «Hi, Mum.» Sie verschwand nun mit schnellen Schritten im Truhenkeller, der Kittel wehte und ließ ihre Knie sehen. Jan fand ihn zu weit und kurz. Er fragte sich, wo sie mit den Fritten rumgelaufen sein mochte.

Der Filmprojektor stand auf dem Tisch, das Stromkabel lag achtlos zusammengerafft daneben. Offenbar hatte niemand Lust gehabt, ihn nach dem Sommerfest wegzuräumen. Jan öffnete die Schranktüren und legte den Kopf schräg, um die betippten Etiketten an den Kassetten zu lesen. Es war ein paar Jahre her, dass er mit seiner Schwester zusammen einen Abend lang die alten Aufnahmen angeschaut und gelacht und geunkt hatte, weil es die gleichen Spießerfilme waren, die alle drehten: unsere niedlichen Kleinen, unser toller Urlaub, unser glänzendes Weihnachtsfest. Geburtstage, Hochzeiten und Taufen eingeschlossen. Anfangs hatte sein Vater sich richtig Mühe gegeben und seine Aufnahmen zusammengeschnitten. Mit der Umstellung auf Super 8 hatte er bloß noch die Drei-Minuten-Rollen gehortet bei mit den Jahren stetig abnehmender Zahl.

Von An gab es viel mehr Filme als von Jan, in dieser Hinsicht hatte er Glück gehabt. «Weihnachten 1963» stand auf der Kassette, die er auswählte, vielleicht, weil er sich dunkel erinnerte, dass An auf einem der Filme, der den Schatz der Eltern konservieren sollte, mehreren Versuchen Karins, das Kind zur Kamera zu drehen, widerstand und stattdessen, kaum hatten die mütterlichen Hände ihre Schultern freigegeben, zielstrebig zum Baum lief. Die kleine An packte einen silbernen Vogel, der auf einem Zweiglein saß, und zog ihn an sich. Der Baum überlegte nicht lang, er gab nach und fiel auf das Mädchen. Viel mehr war nicht zu sehen, René hatte die Kamera offenbar in einen Sessel geworfen, denn der Film zeigte einen wilden Schwenk über die Decke und Wände des Wohnzimmers und danach ein bläuliches Schimmern. Schwer zu sagen, warum René diese Sequenz nicht rausgeschnitten hatte.

Der Junge steckte den Projektor ein, pflanzte die Rolle auf den Arm und drückte den Wippenschalter. Es blieb dunkel. Offenbar war das Birnchen durchgebrannt und der Apparat deshalb auf dem Tisch stehen geblieben. Diese Verweigerung der Technik, ihren Zweck zu erfüllen, weckte Jans Trotz. Er kramte nun den Filmbetrachter aus einem der unteren Schrankfächer, um den

Streifen wenigstens auf dessen kleinem Monitor anzusehen. Als er ihn eingefädelt hatte und zu kurbeln begann, las er als erstes «Holland 1963», eine mit Muscheln auf den Sand gelegte Schrift. Der neue Widerstand ermattete ihn, er wollte nicht noch einmal aufstehen, um nach dem richtigen Film zu suchen. Ausnahmsweise hielt wohl Karin die Kamera, denn René war darin zu sehen, mit nichts als einer lächerlichen karierten Badehose bekleidet, ein unwirklich schlanker und junger Mann. An hockte im Sand und fingerte an etwas herum, das Jan als Seestern identifizierte. René hob sie auf und warf sie hoch in die Luft, fing sie und warf sie erneut. Drei-, viermal ging das so, An lachte und schien vor Freude zu quietschen. Jan sah die Sequenz mehrfach an, sein Gefühl für die richtige Geschwindigkeit beim Kurbeln wurde immer besser. Am besten gefiel ihm die Sequenz, wenn er sie zurückspulte und die Schwerkraft dem Ablauf plötzlich heftig widersprach, das Kind wie von selbst in die Luft flog und nur mit einer quasi sichtbaren Anstrengung zum Sinken zu bringen war. Und wie ihr Lächeln verschwand und einem Ausdruck der Überraschung wich. Er spürte den starken Drang, mit An einen Film zu drehen. Wahrhaftig, er sehnte sich nach ihr.

Mit jedem Tag, den An länger ausblieb, wirkte ihre Karte bedrohlicher. Es stand tatsächlich drauf: «Ich komme nie zurück.» Jan hielt das nicht für ausgeschlossen. Sie hatte die Schule geschmissen, ohne vorher mit jemand darüber zu sprechen, warum sollte sie nicht in Portugal bleiben, wenn sie spürte, dass es das Richtige war? Karin fragte Jan sogar, ob An ihm etwas von Auswanderungsplänen erzählt habe, so nannte sie das. René wiederholte bei jeder Gelegenheit, dass ihr sicher bald die Lust auf dieses ärmliche und trockene Land vergehen würde, doch seiner Stimme war wachsende Verunsicherung anzumerken. Am Ende behielt er recht, sie überzog ihren Urlaub lediglich um eine Woche. Schlimm genug, immerhin machte sie eine Lehre und konnte nicht einfach wegbleiben, wie es ihr passte. Darüber sprach allerdings niemand in der Familie.

An war braun, viel brauner als Jan, stellten sie fest, als sie ihre Arme nebeneinander hielten. Die hellen Streifen auf ihren Schultern waren verschwunden. Die Geschwister begrüßten sich herzlich, doch Jan spürte schnell, dass seine Schwester innerlich sehr weit weg war. Portugal war für sie so was wie das Gelobte Land, beim nächsten Mal würde sie nicht mehr von dort zurückkehren. Sie schilderte Jan Lissabon in solchen Farben, dass seine Brust sich noch Jahre danach verkrampfte, sobald er an die Stadt im Süden erinnert wurde. Sie schwärmte davon, mit wie wenig man dort auskommen konnte. Viele Menschen lebten seit Jahren auf dem Campingplatz der Stadt und genossen ihr anspruchsloses Dasein, statt sich für einen hohlen Luxus krummzulegen. An und Matze würden sich ein Wohnmobil kaufen und abhauen. Jan machte ein saures Gesicht dazu, nie konnte er seine Gefühle verbergen. An bemerkte das nicht. Sie redete weiter von verlassenen Dörfern in den Bergen – das wäre auch eine Möglichkeit, so ein Dorf wiederaufzubauen und autark da zu leben. Ziegen melken, Wolle spinnen, Dope rauchen. Jan hatte dem nichts entgegenzusetzen. Wie ein Schaf mit der Herde würde er ein weiteres Jahr in die Schule gehen. Er fühlte sich festgebunden, das machte ihn wütend.

«Den ganzen Scheiß hier braucht man nicht.»

Auf dem Weg zur Terrasse zeigte An im Wohnzimmer rum. Je größer der Abstand wurde, desto klarer erkannte sie, wie sehr ihre Eltern die Dinge zum Fetisch machten, von allem mussten sie viel haben, immer etwas Teures.

«Sei froh, dass du ihre Party verpasst hast. Sie haben geprasst wie bei einer Orgie des Ancien Régime. Mit den Resten hättest du ein ganzes äthiopisches Dorf satt bekommen.»

An schüttelte entsetzt den Kopf.

«Du hast recht. Sie leben auf Kosten anderer.»

«Eigentlich verstehe ich das nicht. Ich meine, sie sind doch nicht blöd. Sie lesen Zeitung und so. Sie könnten wissen, was sie da tun.»

«René liest den Stern! Er hat geglaubt, dass Hitler Tagebuch schrieb! Wir dürfen nie vergessen, dass unsere Eltern Faschisten sind. Sie sind so erzogen. Lauter kleine, heimliche Herrenmenschen umgeben uns.»

Sie hatte zweifellos recht. Trotz des traurigen Themas leuchtete ihr Blick, Jan spürte noch das Licht des Südens darin. Um ihre Augen hatten sich von der Sonnenbrille kreisrunde Flecke gebildet.

«Wird Portugal nicht in zwanzig Jahren Wüste sein?»

«Möglich», erwiderte sie. «Aber vielleicht ist Deutschland bis dahin in die Luft geflogen. Du weißt, wo die Raketen stehen. Da ist mir die Wüste noch lieber.»

An fragte Jan, ob er im Herbst mit ihr zusammen Portugiesisch lernen wolle. Er wollte. Sie fragte ihren Bruder nach seinen Ferien, er machte ein Gesicht. Schließlich erzählte er, was er gelesen hatte. Sie sprach von portugiesischer Musik, unglaublich schöner Musik. Sie machten aus, sich bald zu treffen. Mit viel Zeit und einer Flasche Vinho verde, es gab so viel zu reden.

«Wenn du willst, kannst du mir bei den Abzügen helfen. Ich habe im Urlaub sieben Filme vollgeknipst!»

Starker Luftzug zeigte an, dass die Haustür geöffnet wurde. Im selben Moment waren die Hunde zu hören. Sie drängelten sich durch die Terrassentür, Deern allen voran, und stürzten auf An zu, sie sprangen an ihr hoch, leckten ihr Hände und Gesicht. Obwohl die Eltern jetzt dabei waren, blieb die Atmosphäre entspannt. Der Abstand hatte allen gutgetan. Sie tranken eine Flasche Wein zusammen und ließen An erzählen, weder ihre Karte mit der großspurigen Ankündigung noch die eigenmächtige Verlängerung ihres Urlaubs wurden angesprochen.

Zwei Stunden später fuhr sie nach Hause. Zu Matze wollte sie nicht gehen, sie hatten sich in der verdammten Verlängerungswoche zerstritten und auf den gesamten dreitausend Kilometern der Rückfahrt kein Wort gewechselt. An hätte nicht zu sagen vermocht, warum sie vor Jan so getan hatte, als gäbe es die tollen gemeinsamen Aussteigerpläne noch. In Wirklichkeit hatte sie keine Ahnung, wie es mit Matze oder ihrer Lehre oder mit irgendetwas in ihrem Leben weitergehen sollte.

Zurück in ihrem kleinen Apartment auf der anderen Seite der Stadt, saß sie die halbe Nacht still auf ihrem kleinen Knastbalkon, wie sie ihn nannte, weil er gerade Platz für ihren Stuhl bot und vorn, zwischen den Seitenwänden aus Beton, ein Geländer aus Eisenstäben hatte. Sie versuchte, nur die schönen Bilder aus dem Urlaub zu bewahren. Sie versuchte sich vorzustellen, was für ein Gesicht ihr kleiner Bruder machen würde, wenn er in der Laube ihr Urlaubsgeschenk finden würde: die französische Ausgabe des Fremden von Camus.

Vorbei die Nächte unter Pinien. Es wurde kalt. Der Sternenhimmel über ihr war jämmerlich.

14

Manchmal tippte Jan auf einer alten Reiseschreibmaschine, am quälenden letzten Tag vor der Schule etwa dies:

saW hci thcin esse: hcsielF. moV dniR. moV niewhcS. moV fahcS. talasleduN (enie lessühcS llov.) -frodlaW redo talassieR, -leffotraK, -tsokhoR redo talashcsifnuT esse chi thcin. ssE chi thcni. thc(e)in (t)hci? thciN! netarbkcaH, netarblloR. sse chi thcni. nie. eniek hcliM. rehürf thcin. etueh thcin. hcsiF slamein. ehciuQ slamein. eniek reiE. eniek sépanaC, redew tim methcokeg hcon tim mehor neknihcS hcon tim legrapS, rettubretuärK, imalaS redo nevilO. enieK lefrüwesäK tim nebruaT. enieK tsruW, eniek tsruwdgaJ, eniek imalaS. gilkE sella. gilkE.

.sträwkcür ztaS neznag ned briehcS .nessE medej rov hcim elke chI .sträwkcür spihcleffotraK .sträwkcür spilfssundrE .sträwkcür essündrE .sträwkcür rekcarC ,nlez-

erbzlaS ,negnatszlaS .suar sella ssuM .sihcsliF .thcin hci
esse sad llA ?sellA ’sse hci thcin .se eztok chI .sua sella
eztok chI .rim ni .rim ni .rim ni

15

Tagelang drückte An sich davor, wieder arbeiten zu gehen. Sie dehnte den Schwebezustand, in dem sie sich seit ihrer Rückkehr befand, immer länger aus und verschloss vor dem zu erwartenden Ärger einfach die Augen. Lieber fuhr sie mit dem Auto durch die Gegend oder bummelte durch die Stadt, ohne sich Mühe zu geben, ihre Anwesenheit zu verbergen. Auch die Aussprache mit Matze schob sie vor sich her. Wenn ihr Telefon schrillte, hob sie niemals ab.

Eines Nachmittags begegnete sie zufällig Mirko, der mit Jan in einer Stufe war. Sie kannte den Jungen von einer misslungenen Gartenparty zu Jans siebzehntem Geburtstag, damals war sein Gesicht noch voller Pickel gewesen. Inzwischen sah Mirko einfach gut aus. Groß gewachsen, schlank, mit einem harmonischen Körperbau, der vom vielen Radfahren in Form gehalten wurde. Sein Haar war dunkel, seine Augen hell grün. Sie ließen seinen Blick bisweilen stechend aufleuchten. Seine Lippen waren schmal, sie lächelten viel. In der oberen Reihe stand ein Schneidezahn schräg, so ein Detail, bei dem man hinschauen musste. Sie überlegte schon, ob man ihn besser frontal oder im Profil porträtieren würde.

Sie wusste nur wenig über ihn, zum Teil, weil er nicht aus Füchten stammte, hauptsächlich aber wegen des Altersunterschieds. Er war fünf Jahre jünger! Fast hätte sie seine Mutter sein können. Außerdem hatte sie mit niemandem von der Schule mehr Kontakt und kriegte dementsprechend wenig mit. Dass sie sich dennoch auf ein Gespräch einließ und nicht mit einem freundlichen Kopfnicken an ihm vorbei ging, schrieb sie ihrer eigenen Unruhe zu, die es ihr schwermachte, in ihrer Wohnung zu sein. Vielleicht lag es auch daran, dass sie Mirko für voll nehmen konnte. Er wirkte erhitzt, ein klein wenig müde, als wäre er eine weite Strecke gefahren.

«Wo kommst du denn her?», fragte sie.

«Meine Sache», erwiderte Mirko. Dabei zeigte er das offenste Lächeln. «Hast du Lust mit in den Bogen zu gehen?»

Mirko schob sein Rad, indem er es mit einer Hand am Sattel hielt. An ließ ihn auf dem schmalen Trottoir vorangehen und betrachtete seine schlanke Gestalt. Sein Gang war ihr etwas zu elastisch. So wie er gingen Männer, die mit ihrem Körper prahlen wollten. Sie fanden einen freien Tisch im Sonnenschein, das gab An etwas von ihrem Urlaubsgefühl zurück, halb schön, halb schmerzlich. Sie war froh, dass sie noch einmal von ihrer Reise erzählen konnte, von ihrer Sehnsucht, in Portugal ein einfaches Leben zu führen, und ihrem Ekel bei der Rückkehr nach Deutschland. Mirko hörte aufmerksam zu. Er war selbst im letzten Sommer quer durch die iberische Halbinsel getrampt und teilte Ans Begeisterung.

Dauerhaft im Süden zu leben konnte er sich aber nicht vorstellen. Er hatte andere Pläne.

«Architektur kann man hier besser studieren. Vielleicht geh ich ja später hin, wenn ich meine Stadt gründe.»

Er sagte das mit einer Selbstverständlichkeit, als ginge es um eine Runde Radfahren. An lachte.

«Du willst was?»

«Eine neue Stadt gründen. Das ist schon mehrmals vorgekommen in der Geschichte der Menschheit.»

Er ist genauso durchgeknallt wie sein Alter, dachte An. Mirkos Vater Juergen arbeitete in der Stadtbücherei, ein schräger Typ mit langen, schon grau durchwirkten Locken. Er hatte An einmal zum Essen in ein Kölner Restaurant eingeladen, auf der Rückfahrt war sein Auto verreckt. Juergen lebte von Mirkos Mutter getrennt, doch er versuchte nicht sich An zu nähern, wie sie heimlich befürchtet hatte. Er schien nur jemanden zu suchen, mit dem er über sein Projekt reden konnte. Seit über zehn Jahren schrieb er an einem irren Roman, einem ganz großen Ding à la Musil, aber in einem völlig anderen Stil. An hörte nur misstrauisch zu, sie hatte schon sagen hören, Juergen würde es mit dem Schreiben nicht hinkriegen. Darüber zu reden, wahrscheinlich egal mit wem, schien ihn zu erleichtern. Jetzt kam also auch Mirko mit so einem Riesenprojekt an. Aber der Ton, in dem er sprach, gefiel ihr; er wirkte selbstbewusst und war gleichzeitig nicht überheblich. An mochte auch den dunklen, schmeichelnd sanften Ton seiner Stimme. Dass Jan mit dem Moped die Straße rauf fuhr, bemerkte sie bloß nebenbei, und als er fünf Minuten später aus der Gegenrichtung kommend erneut das Eiscafé passierte, kriegte sie es schon nicht mehr mit.

An sagte, dass ihrer Meinung nach eine Stadt über die Jahrhunderte organisch wachsen müsse. Mirko versuchte, das Gegenteil zu beweisen. Er sprach von Lissabon, wie Pombal es nach dem großen Erdbeben wiederaufgebaut hatte. An hielt die Schönheit der mittelalterlichen Alfama dagegen.

«Die Alfama», sagte Mirko, «ok. Es ist gut, dass es sie noch gibt, dass wir sehen können, wie Lissabon früher war. Aber du musst zugeben, dass der moderne Stadtplan, wie Pombal ihn sich ausgedacht hat, Lissabon erst zu einer aufregenden Stadt macht.»

«Ach, immer diese geraden Straßen, das ist auf Dauer doch fantasielos. Außerdem sind so viele Leute bei dem Erdbeben gestorben.»

«Dann nimm Barcelona. Oder noch besser Paris. Was wäre diese Stadt ohne Haussmann? Hast du mal die Fotos gesehen, die Marville vom alten Paris gemacht hat? Hättest du da wohnen wollen?»

An versuchte sich über Mirko zu ärgern, es gelang ihr nicht. Von Marville hatte sie noch nie gehört. Sie würde Matze fragen. Vielleicht auch nicht. Vielleicht würde sie nie wieder ein Wort mit Matze wechseln.

«Und unsere Städte? Wie die wiederaufgebaut wurden, ist das nicht toll? Warst du mal in Mannheim?»

«Ich hab mal in Hannover gelebt.» Mirkos zeigte so ein Jungengrinsen. «Dass da Pfusch gemacht wurde, heißt nicht, dass es nicht geht.»

«Ich würde lieber mit einem Dorf anfangen.»

«So eins wie das hier?»

«Blödmann. Das hier können sie wegen mir plattmachen. Nein, ich meine in Portugal. Da gibt es einen Haufen verlassene Dörfer. So eins würde ich gern mit ein paar Leuten wiederaufbauen.»

An fragte sich, warum sie jetzt davon erzählte. Als wollte sie ihn überreden, dabei zu sein. So etwas war ihm doch zu popelig.

«Das ist überhaupt die Idee. Wir gründen Füchten neu in Portugal.»

«Genau das wollte ich nicht.»

«Neinnein, wir nehmen nur die guten Leute mit.»

«Für eine Stadt gibt es da unten nicht genug Wasser. Selbst wenn es nur eine kleine ist.»

«Quatsch», sagte Mirko. «Las Vegas ist auch in die Wüste gebaut worden. Alles ist machbar.»

«Es soll auch Leute geben, die jahrzehntelang einem Traum hinterherrennen, von dem sie im Grunde wissen, dass er niemals wirklich werden kann. Auf die Art kann man sich vor Enttäuschungen schützen.»

Mirko reagierte nicht auf die Anspielung. An fragte sich, ob er wusste, dass sie seinen Vater getroffen hatte. Er war ganz schön nah an sie rangerückt. Vielleicht wollte er was von ihr. Vielleicht wollte er was von ihr, weil er glaubte, dass sein Vater etwas von ihr wollte. Der Gedanke gab ihr einen kurzen Kick. Allerdings himmelte er sie nicht gerade an, vielmehr starrte er ein Loch in den Himmel.

«Hey, danke für die Idee. Das ist wirklich groß, weißt

du, wir machen gerade eine Stadtentwicklungs-AG, die Vorschläge für Verbesserungen in Füchten erarbeiten soll. Aber der Gedanke, einfach neu anzufangen, ist viel besser. Oben auf den Feldern von Bauer Arnolph, da hat man einen tollen Blick.»

Er war doch nur ein Junge, der sich aufblies. «Wir erarbeiten Vorschläge.» Und dann bedankte er sich bei ihr, als wäre sie Frau Muse. Aber sie konnte sich nicht richtig aufregen. An musterte ihn scharf. Sie ging mit dem Kopf dicht an seinen Kopf, hielt es aus, in seine Augen zu sehen und ein paar Härchen oder Poren auf seinen Wangen zu zählen. Mirko senkte den Blick spät.

«Ich will dich fotografieren.»

«Mich?»

«Nein, nur dein Gesicht. Machst du mit?»

Zum ersten Mal wirkte er überrascht. Ein kurzes Aufleuchten seiner Augen verriet seine Freude, auch wenn er lässig abzuwarten schien, dass sie irgendetwas erklärte oder konkretisierte. Aber An lehnte sich zurück und drehte eine Kippe. Eben kam Benni, den sie noch von der Schule kannte, Händchen haltend mit einem Mädchen in schwarzen Klamotten. Ihre Augen waren hinter einer Sonnenbrille versteckt. An wusste sofort, dass es Kiku sein musste. Schnell warf sie Mirko einen Blick zu, der gar nichts mitzukriegen schien, sondern in seinen Unterteller schaute, als suchte er dort sein Spiegelbild.

«Feierabend?», fragte An Benni.

«Ja. Du?»

«Urlaub. Genau genommen habe ich mir selbst eine Woche Verlängerung genehmigt.»

«Dann hast du ein Problem.»

«Kann sein. Ist eigentlich Kinderstunde?»

«Ja, bei dir», sagte Benni. Er verschwand mit seinem Mädchen nach drinnen.

«Einfach nicht zur Arbeit gehen, das kann dich deine Lehrstelle kosten», sagte Mirko, «warum machst du so was?»

«Wenn ich tatsächlich rausfliege, tramp ich wieder nach Portugal und komme nie zurück.»

«Von so was faselt mein Vater, seit ich denken kann. Er ist auf die Art da gelandet, wo du herkommst.»

Jetzt fing er also an, auf Juergen rumzuhacken. Aber auch auf ihr. An begann sich zu ärgern. Sie musste sich nicht von einem Schüler kritisieren lassen. Sie musste sich von gar niemand kritisieren lassen. Plötzlich spürte sie ein heftiges Verlangen nach Matze. Mit einem Ruck gewann sie den verlorenen Abstand zwischen sich und Mirko zurück.

«Blöd ist nur, dass ich jetzt nicht hingehen kann, um einen Film zu kaufen. Ich brauche einen superempfindlichen Schwarzweißfilm, den krieg ich nirgendwo anders. Nicht in Füchten.»

«Ich kann dir den Film aus Köln mitbringen. Ich fahr da oft mit dem Fahrrad hin.»

Vom Bogen aus fuhr An zu ihren Eltern. Es war so spät geworden, dass sie denken konnten, An käme von der Arbeit. Die Gespräche mit Mirko erschienen ihr schräg. Irgendwie mochte sie ihn, aber nicht so, dass sich daraus etwas entwickeln konnte. Außerdem war sie immer noch mit Matze zusammen, den liebte sie schließlich, dachte sie, auch wenn im Grunde ihres Herzens schon die banale Wahrheit hockte, dass es aus war. Gewaltsam versuchte sie ihre Gedanken zurück auf anderes zu lenken, aber in allem tauchte Matze auf oder der drohende Zoff mit ihrem Chef oder andere Unannehmlichkeiten.

Die Tür ihres Elternhauses stand offen. Die Hunde bestürmten An, als hätten sie seit Tagen nichts gefressen. Im Kies lag ein Hemd von Jan. Auf eine Weise sah alles nach einer überstürzten Flucht aus. Das Hausinnere war still, auch hier kein Zeichen von den Bewohnern. Sie ging in die Küche, warf Trockenfutter in die Näpfe und erneuerte das Wasser. Sie mochte die Hunde viel mehr als Jan. Einen von ihnen, die Mischlingshündin Lisa, hätte sie am liebsten mit zu sich genommen, aber sie wollte den Sozialverband der Tiere nicht zerstören. Als sie sich in der Spüle die Finger wusch, hörte An ein Geräusch durch das gekippte Fenster. Sie konnte es nicht sofort einordnen. Erst als es wieder ertönte, sagte sie sich, dass es nach einem Motor klang. Eine kleine Maschine. Jans Moped. Warum so dumpf? Er schien nicht zu fahren, sondern einfach immer wieder Gas zu geben.

Mit einem komischen Gefühl im Bauch ging sie vor die Tür. Jetzt hörte sie es deutlicher. Es schien aus der Garage zu kommen, doch das Garagentor war geschlossen. An ging näher hin und legte das Ohr ans Blech. Der Krach kam eindeutig von drinnen. So schnell, dass sie selbst nicht einmal darüber nachdenken konnte, drehte sie den Wirbel und riss das Tor nach oben. Eine dichte Suppe ölig stinkenden Qualms waberte ihr entgegen. In den Schwaden erkannte sie Jan, der neben seiner Maschine auf dem Boden hockte und am Vergaser rumzufummeln schien.

«Spinnst du? Du erstickst doch.»

Sie zog ihn am Hemdkragen nach draußen. Sein Gesicht war grau, als hätte er gerade zwei Schachteln Kippen auf einmal geraucht. Er lächelte scheel, seine Stimme klang matt.

«Sie ist zu langsam», sagte er. «Deshalb will ich da eine andere Düse –»

«Bist du dir eigentlich im Klaren darüber, dass man an diesen Abgasen ruckzuck stirbt? Mir ist jetzt schon schlecht.»

«Ich riech's gern.»

Im Grunde war er verlegen und wollte das überspielen.

«Scheiße, was für'n Held bist denn du?»

Jan ließ sich zu Boden sinken. Er wirkte schwach.

«Ich hab gerade über etwas nachgedacht», sagte er leise. «Wir könnten doch mal einen Film zusammen drehen. Im Keller liegt noch Renés Kamera.»

«Klar, das machen wir. Ich wollte dich auch fragen, ob du Fotos mit mir machst. Ich will etwas mit Nachtaufnahmen ausprobieren.»

«Was für Nacktaufnahmen, willst du Platten klauen gehen?»

«Du hast mich ganz genau verstanden.»

Wenn er schon wieder Witze machte, konnte es nicht allzu schlimm sein. Was für ein unglaubliches Glück. Sie war aus reinem Zufall hergekommen.

Plötzlich verdrehte Jan die Augen. An bekam Panik.

«Hey, bleib bei mir. Jan! Jan? Bleib wach, Mann!»

Mit aller Kraft, so wie man es in Filmen sehen konnte, schlug sie ihm ins Gesicht.

16

Jan und An – die einsilbigen Namen der beiden Geschwister waren der Vorliebe ihrer Mutter für alles Niederländische geschuldet. Ob ihr Vater sie mochte, konnten sie niemals herausfinden. In der Schule war sie wie alle Kinder zuweilen mit Spottnamen belegt worden, am hartnäckigsten hielt sich «An–Aus». Jan, der an den fröhlichen Grausamkeiten der Schüler gern teilnahm, konnte einen ganzen Winter lang die Vorstellung einer hell aufflammenden und wieder verlöschenden Glühlampe in einem bunkerhaften, von rohen Betonwänden geprägten Raum nicht vom Bild seiner Schwester lösen. Die Ähnlichkeit der Geschwisternamen führte hingegen, vielleicht wegen des Abstands von mehreren Klassen, nur selten zu Frotzeleien. Sie war den beiden so selbstverständlich, dass sie niemals daran dachten, es sei denn, neue Bekannte ihrer Eltern oder selten gesehene Verwandte erinnerten sie mit einfältigen Bemerkungen daran, was An und Jan regelmäßig anspornte, ihr Spiel mit der Ähnlichkeit zu treiben und die blöden Bemerkungen mit verwirrenden Andeutungen zu kontern. Besonders die Ältere spürte schon mit zwölf oder dreizehn Jahren, welche Art von Fantasie durch die lautlich manifestierte Ähnlichkeit von Bruder und Schwester bedient wurde, und verstand es, diesen heimlichen Gedanken wie nebenbei und unbeabsichtigt, immer neue Nahrung zu geben.

Jedoch, als hätte der Gleichklang ihrer Namen tatsächlich Wirkung gezeigt, waren die beiden sich nah und liebten sich, wie Geschwister sich nur lieben können. Er war vier Jahre jünger als sie, dreidreiviertel, wie er als Junge häufig betonte, und er sah zu ihr auf, er hing von ihr ab, er lernte alles von ihr. Er spürte das auch, und sein schmaler Trost in den frühen Jahren nährte sich ganz aus dem Umstand, dass An in Jan enthalten war und nicht umgekehrt. Erst als Erwachsener erkannte er, dass seine Schwester sich von ihm auch dem Wesen nach unterschied. Von außen betrachtet lag das auf der Hand: Sie war forsch, eigensinnig, mit einem starken Drang nach Unabhängigkeit; er dagegen scheu und vorsichtig.

Wenn er zu ihr flüchtete, weil er die Stupidität der Schule nicht mehr ertrug – sie fälschte für ihn die Unterschrift der Mutter, solange er nicht achtzehn war –, saß er oft stundenlang da und sie sprachen kaum ein Wort, sie mussten nicht sprechen. Für An war Jan, jedenfalls glaubte er das, wie ein Stück von ihrem Inventar, ein teures Stück, über das man sich freut, wenn es aus dem Vergessen auftaucht. Sie dagegen war für ihn die große Lehrerin, er sah ihr zu, er saugte ihre Aura ein, ihre Bewegungen, ihre seltenen Worte – er wollte sein wie sie. Es hatte nichts mit einem Entschluss zu tun oder einem

Entwurf, es passierte; Jan war das Blatt auf einer von dunkler Farbe glänzenden Matrize, in die An ihr Muster geprägt hatte und es nun durch einfaches, absichtsloses Drehen ihrer selbst immer stechender auf ihm abbildete. Und ihr zu gleichen – abgesehen von ein paar Details, die seine keimende Männlichkeit betrafen – schien ihm gut, schien ihm geradewegs das einzig Mögliche. In Ans und Jans Umgebung war indes alles, alles Lüge. Es konnte gar nicht anders sein.

Kurz nachdem Jan sich in der Garage beinah vergiftet hatte, fuhren die Geschwister zum Fotografieren in den Wald. An mochte die Hunde gern, doch sie ließen alle fünf daheim. Jans Befürchtung, dass ihre Mutter schimpfen würde, entlockte An nur eine wegwerfende Geste: Quatsch. Oder auch: Soll sie sich doch selbst drum kümmern. Im Gegensatz zu ihm musste sie nicht abends zurückkehren und sich ihr Gemecker anhören – «Drago hat schon wieder ein Sofakissen zerbissen, ich bin enttäuscht von dir, Jan, ich hatte gehofft, du wärest verlässlicher.» Im Gegensatz zu ihm ging sie nicht davon aus, dass das denkbar Schlimmste auch passieren würde.

Der weich gefederte R5 schaukelte auf dem schlechten Waldweg heftig, sie wurden in dem Wagen hin und her geworfen. Jan klammerte sich ans Armaturenbrett. Er rechnete jeden Moment damit, dass sie aufsetzen würden, er rechnete damit, dass hinter der nächsten Kurve die Polizei wartete, und er spürte schon jetzt eine dumpfe Ballung in der Magengrube, wenn er sich vorstellte, wie rasant seine Schwester erst auf dem neu gemachten Stück des Wegs fahren würde. Sie war noch nie erwischt worden. «Und wenn doch mal?» Sie lachte. «Ich würde den Bullen in die Eier treten.» Das würdest du nicht, dachte Jan. Doch als er später, wie sie die Autotür zuknallte, das Blech flattern hörte, war er sich nicht mehr sicher. Bei einem Streit mit ihrem Vater wegen Ans Schulabgang hatte sie eine Schranktür zertrümmert. Das Möbel stand unrepariert in ihrem ansonsten leer geräumten Zimmer, sogar die Brösel aus dem Spankuchen, bildete Jan sich ein, lagen noch davor.

«Nimmst du die Kamera?»

Er nahm wahr, wie er wuchs. Ans Kamera war heilig, teuer, noch teurer, eine Spiegelreflex und ein Geschenk ihres Freundes Matze. Sie sagte nicht «pass auf», sie hielt ihm den Apparat einfach hin, und er hängte ihn um, stand da wie ein Tourist, dem man nicht gesagt hatte, was er fotografieren sollte, ohne Orientierung und dumm grinsend. An hockte sich hinter einen Busch. Zwei Düsenjäger rissen binnen Sekunden den Himmel auf und die Welt von Jan weg. Sie kamen so über einen, man konnte gar nichts tun, und das machte ihn wütend. Er wünschte sich eine Guerilla, die statt Menschen zu töten, all dieses Gerät zerstören würde. Wie geschlagen, ohne eine Chance auf Gegenwehr, kehrte allmählich die Stille zurück und in sie das beharrliche Geräusch von angepinkelten toten Blättern; es klang sanft und menschlich, nach Leben. Er schielte nicht hin. Wir sind schwach in dieser Welt, dachte er.

Der Überfall geschah so überraschend, dass er ordentlich erschrak. An hatte sich angeschlichen und sprang nun mit gellendem Geschrei auf ihn, rammte mit ihrem gesamten Gewicht seine linke Schulter und rollte über ihn ab. Schon stand sie wieder auf den Beinen.

«Das ist unfair», rief er, «ich muss auf die Kamera achtgeben.»

Gleichzeitig angelte er aber mit der freien Linken nach Ans Fuß. Sie entwischte.

«Leg sie weg.» Er schaute sie ungläubig an. «Leg sie auf den Boden, Mensch. Irgendwohin, wo es trocken ist.»

Sie stand vielleicht zwei Schritte entfernt, mit lachendem Gesicht, doch jede Faser ihrer Muskeln war gespannt, zum Sprung bereit.

«Fang mich doch», höhnte sie, noch bevor er seine Hand von dem Apparat genommen hatte. Sie rannte bergab, so konnte sie ein Gutteil ihrer geringeren Sportlichkeit ausgleichen. Auch Jan überkam eine lustvolle Freude, als er ihr mit einem lauten Geheul hinterherjagte. Er würde sie fangen und an einen Baum binden. Diese Vorstellung fesselte ihn eine Weile, er geriet noch mehr in Rückstand. Er versuchte seine ganze Aufmerksamkeit auf die Verfolgung zu richten. Als hätten seine Füße Augen, wichen sie auf dem Boden liegenden Ästen und Ranken geschickt aus, sondierten verborgene Löcher und matschige Stellen. Gleichzeitig arbeitete sein Kopf fieberhaft die Route aus, wenigstens fünf Schritte voraus schätzte er ab, ob sein von Ans Bewegungen bestimmter Weg frei bleiben und nicht etwa dichtes Gestrüpp ihn zur Umkehr zwingen würde. Er schloss dicht auf, erwischte sie aber nicht. Auch An kannte den Wald, auch sie konnte blitzschnell das Gelände einschätzen und gleichzeitig Kurven und Haken machen, für die Jans

Schwung eine ungünstige Richtung hatte, sodass viel Kraft draufging, ohne ihm einen Vorteil zu bringen. Sie gewann erneut einen Vorsprung von einigen Metern und nutzte ihn, um gedeckt von Ilexbüschen in einer Schonung zu verschwinden, deren Zaun von Jahr zu Jahr mehr niedergetreten war.

Schon als Kinder waren die beiden häufig in diesem Wald gewesen, damals standen die alten Bäume noch. Mitten in dem mit Fichten besetzten Stück türmte sich der Hang plötzlich steil auf, wie angeschüttet. Dadurch entstand eine ebene Fläche im Gelände, die sie die Bühne nannten, denn sie war licht, vormals rundum geschützt von hoch aufragenden Buchen und hundertjährigen Eichen, zwischen denen schmächtig die Birkenstämme glitzerten. Beide, An und Jan, waren entsetzt und empört, als sie eines Tages in ihrem Wald vom Lärm der Kettensäge empfangen wurden, ein Geräusch, das wochenlang ihre Freude zersägte. An sagte schon damals: Ich werde mich an einen Baum ketten. Aber sie war noch zu klein dafür. Die Bäume fielen, die Stümpfe wurden gerodet und schnöde Fichten gesetzt, der Zaun, zwei Meter hoch gegen die Rehe, gebaut. Auch auf der Bühne standen die winzigen Tännlinge in mehreren schnurgeraden Reihen, doch sei es, dass der Boden hier zu mager, zu fett oder zu feucht war, sei es, dass kurz nach dem Anpflanzen bereits ein, zwei Rehe ihren Weg in die Schonung fanden und die Knospen verbissen, es wuchs nach wie vor kein Baum auf der Bühne, das zähe Waldgras hatte sich dort wieder ausgebreitet, und die rings aufschießenden Fichten, zu schnellerem, astärmeren Wachstum dicht gesetzt, hatten dem Platz nach wenigen Jahren schon seine beschämende Blöße genommen, er war, zumal sich außer den Geschwistern wohl niemand je für ihn interessierte, wieder ein heimlicher, vor der Welt verborgener Ort. Es gab die Tiefflieger, ja, aber was sollten die sehen, wie lange konnte die wenige Quadratmeter messende Fläche überhaupt im Visier der Piloten sein? Millisekunden, schätzte Jan, so lang höchstens wie ein Einzelbild im Film, das dem Betrachter nicht zum Bewusstsein kommt.

Als Kinder hatten sie hier ihre Albernheiten in Szene gesetzt, manchmal ausstaffiert mit Kleidern aus dem elterlichen Schrank, von denen sie nachher so gut es ging die Spuren entfernten. Ihr häufigstes Spiel hieß «Tödliche Hochzeit», wie meistens hatte An dabei den Hauptpart. Sie war die Braut, in einem hellbeigen Kleid, das sie mehrere Sommer lang trug, aber Jan war nicht der Bräutigam, sondern ein Unsichtbarer kam hinzu. An besaß einen ovalen Spiegel mit einer schwere Goldrahmen imitierenden Umrandung aus Kunststoff. Diesen nahm sie für die «Hochzeit» mit in den Wald, und hielt ihn, während sie ein Gespräch ohne Erwiderung mit ihm führte und Jan zuschauend an der Seite hockte, immer so, dass es darin blitzte und das Licht ihren Bruder blendete, bis er den anderen im Spiegel wirklich sah, der An küsste und dabei zu schlürfen begann, ihre Innereien einsaugte. Völlig ausgehöhlt brach sie zusammen. Erst dann kam Jan dazu, vergewisserte sich heimlich, dass im Spiegel nur sein eigenes Bild zu sehen war, und faltete Ans Hände, deckte sie mit Zweigen zu, die sie sich nach Bedarf vorher geschnitten hatten. Wie er so neben ihr kniete, gab er ihr beiläufig mit einem Filmkuss – er durfte ihre Lippen nicht berühren – alles zurück, was sie eben an den anderen verloren hatte; An schlug die Augen auf, schaute orientierungslos umher und rief: «Mein kleiner Bruder, du hast mich gerettet – ich lag schon in den Armen des Todes – nun wollen wir zusammenleben, wie Bruder und Schwester, doch auf immer vereint!», oder manchmal auch: «Bäh, lass nicht deine Spucke in meinen Mund tropfen.»

Sich mit achtzehn daran zu erinnern, war Jan bloß peinlich. In späteren Jahren dachte er, dass vieles schon immer auf eine komische Nähe Ans zum Tod hingedeutet hatte. Aber im Nachhinein konnte man sich immer etwas zusammenreimen; die Geschichten von ihrem Ende her zu denken, war faul.

Inzwischen waren die Bäume in dem Bestand schon wieder hoch gewachsen und wirkten ihrem Platz so angestammt, als hätte es den anderen Wald niemals gegeben. Die Dunkelheit in der Schonung behagte Jan nicht, sie war noch nie ausgehauen worden, und die dicht stehenden, dürren unteren Zweige schrammten ihm überdies beinahe schmerzhaft über Waden und Hände. Es gab keinen verborgenen Pfad zur Bühne. Jan war seit Jahren nicht mehr dort gewesen, von An, die schon so lange ein eigenes Leben führte, zu schweigen. Er begann zu schleichen. Ein paar abgeknickte Farnstängel brachten ihn zurück auf ihre Spur. Dass sie auf den lichten Platz führen würde, schien ihm nun unzweifelhaft, und so schlug er, statt der Fährte zu folgen, einen Bogen über den weichen, mal nadeligen, mal moosigen Untergrund und erreichte die Bühne von der anderen Seite.

Der Platz war leer. Jan sah sich um. Vorsichtig näherte er sich immer mehr der Freifläche, konnte An nirgends erblicken und trat schließlich mit schnell gesunkenem Mut hinaus. In demselben Moment blitzte es vor seinen Augen, für Sekunden, nur eine vielleicht, war er blind, dann sah er sie grinsend hinter einem der großen Steine verschwinden, die am Saum des Platzes lagen. Woher hatte sie die Kamera? Es konnte unmöglich sein, dass sie bei dieser Jagd an ihren Ausgangspunkt zurückgekehrt war. Außerdem hatte auf dem Apparat kein Blitzlicht gesessen. Er konnte ihren Kopf sehen. Ans auftoupierte Haare stachen ins Licht der hinter ihr niedergehenden Sonne. Er wusste sofort, dass er sie genauso fotografieren wollte. Er wusste nicht, ob es ihm gelingen könnte. Wieder blitzte es, diesmal mehr von der Seite. Das blendete nicht, trotzdem verpasste er Ans Abtauchen.

Obwohl er wusste, dass sie nicht einfach weggehen würde, fühlte er sich allein gelassen, gleichzeitig wie gelähmt, unfähig, sich von der Stelle zu rühren, solange es kein Zeichen gab, das ihm die Richtung wies. Ein Opfer auf dem Altar, dargebracht für außerirdische Gottheiten; sie würden ihn in ihr Schiff beamen, das hier einen seiner Landeplätze hatte, deshalb die kahle Stelle. Auch seine Schwester war bereits raufgebeamt, doch er würde sie nicht wiedersehen, nur noch einen Blick auf ihren Körper werfen können, der, auf einem Metalltisch gelagert, von einer komplizierten Apparatur schon aller verwertbaren Moleküle beraubt war und bald ganz dematerialisiert sein würde, es lägen nur noch ihre Kleider da. Jan fühlte sich vergessen, überzählig.

Immer noch lachend sprang das Eichhörnchen den Kopf voran am Stein hinab. Als sie nun wieder vor ihm stand, rotwangig und nicht ganz bei Puste, sah er, dass es tatsächlich ihre Spiegelreflexkamera war, mit einem Würfelblitz, dessen Kammern die Hitze aufgeschmolzen hatte. Sie waren grau geworden, auf ihren Rändern saßen schwarze Schmorspuren. Er verstand, dass er eine Viertelstunde zuvor gar nicht diese Kamera, sondern einen vergleichsweise wertlosen älteren Apparat in Händen gehalten und mit völlig übertriebener Vorsicht behandelt hatte. Und trotzdem schien es, dass er sich von ihrem Lachen überzeugen ließ, die Fröhlichkeit kehrte zurück, «gewonnen» gab er mit einem kleinen Knicks zu und lachte mit, wie sie «na klar» erwiderte. Er sah die Fahnen ihres Atems im Schatten untertauchen.

«Pass auf», sagte An, «wir machen den Farbfilm noch voll.» Sie stellte die Kamera auf den Stein. Die Geschwister posierten albernd für den Selbstauslöser, ohne sicherzugehen, ob sie überhaupt im Sucher waren.

17

Zurück beim Auto hob Jan die andere Kamera vom Boden auf. Er fühlte sich hungrig vom Laufen, er spürte, wie seine Wangen glühten, während sein dünner Körper von der Kühle des Spätsommerabends schon halb durchdrungen schien. An holte ihren Rucksack aus dem Wagen und setzte sich auf einen im Sonnenschein liegenden Baumstamm. Diese Thermoskanne hatte er ihr geschenkt in dem Jahr, als sie ihre Lehre begann, es war ein unschönes und spießiges Teil. Als er es gekauft hatte, war er noch ein Kind ohne eigenen Geschmack gewesen. Es freute ihn, dass seine Schwester sie benutzte. An goss ein. Dampfschwaden stiegen eilig aus der roten Plastiktasse in die Luft, als hätten sie sich eingesperrt gefühlt. Sie verloren schnell an Kraft, sie hatten sich aufgelöst, noch bevor sie Ans Gesicht erreichten. Ihr Angesicht, dachte er, freute sich an dem Wortspiel und traute sich doch nicht, es ihr mitzuteilen. Gleich wurden die Wörter mehr, ihr Anorak, Andirondack. Anstatt, Andacht. Die Kette der Verknüpfungen ließ sich kaum willkürlich zerreißen. An reichte Jan die Tasse, er pustete hinein, mehr Dampf wurde aufgescheucht, er wirkte sichtlich schlapp. Die Wärme des Getränks war durch die Tasse spürbar, und wohlig, die Lippe tauchte ein, die Temperatur war gut, er trank. Ein Aroma von Orangen, mild, lecker. Jans fröstelnder Leib gierte nach dem Getränk, er nahm einen zweiten, größeren Schluck, bevor er An die Tasse zurückreichte und sich erst jetzt neben sie setzte, sie ohne Scheu betrachtete.

Der Anblick ihrer kurzen, mit Gel oder Zuckerwasser zu zahlreichen Spießchen auffrisierten Haare irritierte ihn noch immer. Er sah nun ihr Gesicht ganz anders, es wirkte frischer, beinahe jünger. Die feinen Linien ihrer Wangenknochen traten klarer hervor, die Stirn war bis auf ein paar Fransen frei, und ihre dunklen, kaum geschwungenen, fast flaumig kurzen Augenbrauen wirkten strenger als zuvor. Die Lippen waren schmal geschminkt, nicht kussmundmäßig, dunkel. Wie jedes Mal, wenn er sie ansah, suchte Jan wehrlos nach Ähnlichkeiten, fand sie bei Mund und Wangen überhaupt nicht, dafür bei den Augen. Sie hatten die gleichen warmen Augen, braun, am Rand der Iris ins Blaue spielend. Nur ihre wirkten nicht wie seine traurig, oder, wie Jan es deutete, unglücklich. Auch ihre Brauen waren seinen ähnlich. Ihr Haar wirkte geschnitten heller als zuvor. Heller als das seine. An sah erwachsen aus, sie hatte nicht mehr so ein Übergangsgesicht. Sie sprach von sich als durchschnittlich, er fand sie ungewöhnlich, und er wünschte sich, er hätte ihr das gesagt, als sie vor Kurzem mit durchgedrücktem Rücken vor dem Spiegel gestanden und sich mehr oder weniger selbst schlechtgemacht hatte. Das war noch nicht so lange her. Er wünschte sich sie so zu fotografieren, dass ihre Einzigartigkeit hervortrat.

«Können wir loslegen?»

Sie schüttelte den Kopf.

«Ist noch zu hell.»

Von einem Augenblick auf den nächsten fühlte Jan sich unwohl, die Zeit des Wartens schien ein leerer feindlicher Raum zu sein, den er am liebsten mit einem einzigen Sprung überbrückt hätte. Alles Selbstverständliche wurde fremd. Er rückte auf dem Baumstamm von ihr ab, fand sich dabei peinlich und setzte sich wieder näher. Er war nun verkrampft. An quittierte seine missglückte Bewegung mit einem fragenden Blick, den er noch peinlicher fand, sodass er schließlich aufstand.

«Lass uns fahren. Die Hunde müssen raus.»

«Karin kommt um halb sechs heim. Sie wird sich um die Hunde kümmern, schließlich sind es ihre.»

Hilflos ging er ein paar Schritte auf dem glatt gewalzten Schotter. Der Weg schwamm im Abendlicht, es wälzte sich durch diese Schneise hinab und direkt auf ihn zu. Der schräg geparkte R5 warf einen baumlangen, komischen Schatten. Sonst war alles hell, jeder Halm zeigte seine scharfen Kanten. Schon wandte Jan sich um und ging zurück. Ans Ohrring blitzte, auf ihrem Hals hüpfte sein Schatten. Sie trug nur einen Ohrring, beide anzuziehen war spießig. Trotzdem regte sich in Jan ein Unmut über diese Asymmetrie. Auch Ans Kleidung haftete etwas an, das ihn störte, er vermochte nicht zu sagen, was das war. Nur bei Menschen empfand er Derartiges, Störungen, Hässlichkeiten. Bei Tieren nie. Jan dachte an Deern in ihrem eng sitzenden Fell, an Drago und den Setter Thynsen. Nie hatte er das Gefühl, dass bei denen etwas nicht stimmte, nicht mal die Knorpel unter dem Fell, die bei der Dalmatinerhündin so deutlich zu sehen waren, störten. Es gab nichts Aufgesetztes an ihnen, die Tiere wollten nichts ausdrücken, nichts bedeuten. Andererseits erschienen sie Jan äußerst künstlich, aber das waren Menschen, die ihnen Schwarzweißflecken angezüchtet hatten oder kurze krumme Beine. Manche Hunde waren in der ihnen auferlegten Gestalt kaum lebensfähig, andere so überzüchtet, dass sie dauernd krank wurden. «Ihr habt bald alles kaputt gemacht», murmelte er vor sich hin, und An, die das aufgeschnappt hatte, fragte ihn, was er meinte.

«Nichts.»

Sie hatte recht, es waren nicht seine Hunde. Es war nicht seine Aufgabe achtzugeben, dass sie Auslauf bekamen und daheim nicht die Polster zerbissen oder auf die Fliesen pinkelten. Er musste sich nicht verantwortlich fühlen oder sich Sorgen machen, wenn Drago einen Hasen mitbrachte. Das war Karins Sache, es waren ihre Hunde. Auch wenn sie hundertmal seit den Bestrahlungen nicht mehr so konnte, wie sie wollte.

«Dein Ohrring ist doof.»

Normalerweise sagte Jan so etwas nicht. An war überrascht, sie packte das Schmuckstück und nahm es vom Ohr. Jan hatte Lust weiterzumachen: deine Jacke, dein Schal, deine Schuhe sind doof. Doch jetzt war er bereits über die Wirkung seiner Worte erschrocken und versuchte sie zurückzunehmen. An schaute über ihn hinweg auf den am Horizont im Abend versinkenden Raketenstützpunkt. Beide schmollten sie jetzt, nicht wirklich verletzt, doch unangenehm berührt vom anderen. So vergingen fast zwei Minuten, bis Jan erneut das Schweigen brach.

«Legen wir los?»

«Ich glaube, die besten Fotos haben wir schon gemacht.»

Er spürte, dass sie recht hatte. Es würde nicht mehr funktionieren. Das war nicht schlimm, sie konnten es ein andermal tun. Es war besser zu warten. Jan beobachtete, wie seine Schwester aufstand, er ließ es geschehen, dass sie ihm durchs Haar fuhr. Es war sogar angenehm. Er beschloss, dass er seins auch toupieren würde. Vielleicht sogar schwarz färben. An lief zum Auto. Er dachte an Kikus unterschiedlich lange Haare, auf einer Seite des Scheitels hingen sie länger herab als auf der anderen. Das störte ihn gar nicht, im Gegenteil, bei ihr passte das. In Päda saß sie beinah neben ihm.

Jan hatte zwar die Hand am Griff, doch er bemerkte nicht, dass An die Autotür bereits von innen entriegelt hatte. Er schaute den Weg hinab und stellte sich vor, wie sie ihn gemeinsam entlang liefen. Ihre Schatten stachen in den Wald, die Lust am Laufen kehrte zurück, die Lust auf die Fotos, die sie noch machen würden, grobkörnige, aus dem Orkus der Nacht herauf gerettete Bilder. Er sah vor sich, wie sie sich die Hände gaben und sie festhielten, wie sie Händchen haltend liefen, in ihren Gefühlen zueinander immer noch Kinder. Er liebte sie. Er wünschte sich tot zu sein.

18

Jan tippte versehentlich «Fototsession» und bemerkte es. Er tippte Foetussession Fotosektion Fotzesektion. Er tippte Shit. Shitshitshit. Die Finger der Maschine verhakten sich. Egal. Es kam sowieso nichts mehr. Er war so voll gewesen. Schon als er sich hinsetzte und die Haube von der Schreibmaschine hob, hatte er bemerkt, wie es wegging, mit jedem Klicken der Zahnrädchen beim Einziehen des Blatts war ein Gedanke verschwunden. Viele blieben nicht. Licht, dachte er noch. Dunkel. Was wollte er mit den verwischten Eindrücken von diesem Nachmittag? Er konnte sich nicht mal die Bühne ohne An darauf vor Augen rufen. Als hätte ich sie verloren, dachte er. Es sind nur ein paar Fotos, dachte er. Nein. Diese Beschwichtigungen waren falsch. Elternhaft. Ein feiges Wegdrücken von Gefühlen. Er selbst jedoch, das ahnte er irgendwie, konnte nicht ermessen, welche Bedeutung es tatsächlich hatte, dass dieser Film ans Licht gekommen war. Ein Missgeschick, vielleicht weniger als ein Missgeschick. Die Klappe an der Rückseite der Kamera war aufgesprungen, als An diese vom Rücksitz nahm, und hatte sich an ihrem Scharnier schlenkernd geöffnet, so weit es nur möglich war, viel zu weit – das Tageslicht hatte die Aufnahmen zerstört, als wäre Fotografie Vampirismus.

Im Grunde grollte er seiner Schwester, weil sie den Fehler nicht früh genug entdeckte, aber er ließ den Groll nicht zu. Er nahm sie in Schutz: So etwas konnte schon mal passieren, es konnte jedem passieren. Sein Trotz, der den Verlust noch im Nachhinein leugnete, wandelte sich zu Wut, die er an der alten Schreibmaschine ausließ, indem er den Wagen nach rechts warf, gegen die Arretierung knallte und dann den Knopf drückte, der die Walzen zurückrasen ließ, bis die Glocke aua sagte. Halb riss er das Blatt heraus, dann, wütend, haute er wahllos in die Tasten, bis die Typen vor dem Papier standen wie ein Haufen beim Sturm auf die Burg plötzlich erstarrter Ritter. Sie waren zu steif, um sich selbst zu befreien, er musste die eisernen Männchen voneinander lösen, dachte dabei an die gefalteten Hände von Toten, dachte dabei, dass er die Maschine keinesfalls zerstören wollte. Er dachte «Schwester» und tippte «Schwester». An. Jan. Janein. Jan ein. An aus. Worte konnten diese Bilder nicht ersetzen. Auch wenn es nur der Farbfilm war und sie die Nachtbilder immer noch schießen konnten.

II

1

Der erste Schultag hatte sich nicht besonders schlimm angefühlt. Nach sechs Wochen Ferien lag ein Hauch von Wiedersehen in der Luft, sogar die Wiederbegegnung mit den Lehrern und den Räumen hatte etwas Anziehendes, einfach weil das vertraute Dinge und Menschen waren. Die Schüler hatten sich was zu erzählen, als sie in der ersten großen Pause zusammen in der Raucherhalle standen, oder, falls das Wetter gut gewesen sein sollte, auf dem Raucherschulhof. Jan blieb nicht mehr abseits, er stellte sich von Anfang an zu den anderen, sagte immer noch wenig, war aber da und wurde keineswegs weggejagt. Der ein oder andere sprach ihn sogar an und schenkte ihm aufmunternde Blicke. Jan besaß nun eine schwarze Jeans und ein schwarzes Sweatshirt, unter dem er am liebsten ein schwarzes T-Shirt trug. Die Welt der Krähen, so nannte er sie bei sich zum letzten Mal, war ihm immer schwer erreichbar erschienen, etwas dunkel Schimmerndes hinter überwucherten Pfaden. Auf einmal stand er mitten in ihrem Garten, ließ sich Tapes aufnehmen, diskutierte über Bücher und wurde zu abendlichen Treffen in den Rudimenten des Füchtener Stadtparks eingeladen, wo sie neben einer verrottenden Minigolfanlage ungestört trinken, rauchen und Musik hören konnten. Anne Clark ging über ihn hinweg wie eine Feuerwalze; es machte ihn fassungslos, dass seine Schwester diese Musik nicht kannte oder nicht mochte.

In den ersten Tagen ließen die Schüler sehr beiläufig Eindrücke ihrer Reisen nach Südeuropa, Amerika und in die Türkei einfließen. Sie waren zusammen mit Freunden, zum Teil auch schon allein gereist. Manche verloren ein paar Worte über ihre Jobs. Die beste Geschichte lieferte Torsten. Er hatte in den letzten Ferientagen einen Trip nach Holland gemacht und war dort nach dem Konzert einer obskuren Punkband wegen Pöbelns festgenommen worden. Er hatte eine ganze Nacht im Knast zugebracht, wahrscheinlich zur Ausnüchterung. Den größten Teil der Ferien war er aber in München gewesen, um zu arbeiten, man sah es seinen Armen an. Sein Körper wirkte insgesamt fester, er stand anders da als sonst, und seine Hände schienen weniger von der Sonne als vom Schmieröl gebräunt. So wie er sagte, hatte er ordentlich verdient und das meiste schon wieder ausgegeben. Er war sicher, dass er im nächsten Jahr seinen Zivildienst in Süddeutschland leisten wollte, vielleicht auch dort studieren. Nicht nur Jan kam das komisch vor. Die Metropole im Strauß-Land, wo die Menschen in Dirndl und Lederhose rumliefen und noch nicht mitgekriegt hatten, dass das neunzehnte Jahrhundert vorbei war – das war ihr Bild von München und sie folgerten daraus glasklar, dass kein brauchbarer Mensch je in diese Stadt ziehen würde. Vielleicht würde Torsten als erster Punk in die Geschichte Bayerns eingehen.

Wenige hatten die Schule verlassen, es waren nur solche, mit denen man sowieso nie zu tun gehabt hatte. Ein Mädchen war neu. Kiku fehlte in der ersten Zeit viel. Es hieß, dass sie schon zum Schuldirektor zitiert worden sei. Auf diese Art verschaffte sie sich unter den Mitschülern schnell Respekt. Sie stand ab und zu mit denselben Leuten rum wie Jan, knüpfte aber auch zu anderen Schülern Kontakte. Der Tratsch über sie versiegte nie ganz. Es hieß, sie sei mit Benni zusammen, es hieß, sie habe an ihrer alten Schule Theater gespielt und der Leiter der hiesigen AG habe sie geradezu bekniet mitzumachen. Jan saß in einem Kurs zufällig neben ihr. Sie folgte dem Unterricht oder irgendetwas anderem und ließ sich nicht davon stören, dass er sie unwillkürlich immer wieder genau betrachtete und beobachtete wie ein Studienobjekt. Bald kannte er ihre Handschrift genau, fand an Notizbüchern und Stiften, die sie benutzte, sowie an ihren Kleidern allerlei Ungewöhnliches.

Im Übrigen stellte sich bei ihm wie bei den meisten anderen die alte Lähmung schnell wieder ein. Der Unterricht hatte mit wenigen Ausnahmen die quälenden Eigenschaften einer täglich wiederholten, von Schülern und Lehrern gleichermaßen ungeliebten Übung. Je näher das Ende rückte, desto länger zogen sich die Tage. Andererseits wurde es für die Achtzehnjährigen schlagartig leichter, dem Unterricht fernzubleiben.

Eines Abends trafen sich Torsten und Jan bei der Hitlermauer. Über Füchten auf der einen Seite und eine

Kette bewaldeter Hügel bis zum Siebengebirge auf der anderen hatte man da einen guten Blick, der mit einem bisschen Dope noch besser werden konnte. Die Wiese unterhalb der Mauer war gemäht, es duftete nach Heu. Torsten versuchte wie ein Verrückter mit einem Schraubenzieher zwischen die Fugen der Abdeckplatten zu kommen, es gelang ihm aber nicht, eine von ihnen zu lösen. Er schien es wirklich ernst zu meinen, insofern man von Ernst sprechen kann, wenn es darum geht, mit einem Schraubenzieher eine Mauer zu zerstören. Jan nahm die Rage seines Freundes wahr und sie schüchterte ihn ein. Er öffnete zwei Dosen, reichte Torsten aber keine, sondern stellte sie in einigem Abstand auf die Mauer. Torsten sah hoch, nach kurzem Zögern, das vielleicht notwendig war, um zu zielen, schleuderte er den Schraubenzieher wie ein Wurfmesser nach dem Bier und verfehlte sein Ziel äußerst knapp. Lautlos verschwand das Werkzeug unten im Gras. «Gehört sowieso dem Alten.»

Als Torsten aufsprang, dachte Jan, er würde nun auch die Dose mit einem Kick von der Mauer befördern, doch er nahm sie und trank sie leer, bevor er sie wegschoss. FORWARD TO DEATH, das konnte erst seit heute auf seiner Jacke stehen. I don't need this fucking world ... I'm looking forward to death – Jan kannte den Song, aber er mochte den aggressiven Punk der Dead Kennedys nur an Tagen, an denen er selbst dementsprechend drauf war.

Nach dem schnellen Bier wurde Torsten zahmer und begann zu reden. Die Lage seiner Familie verschlimmerte sich zusehends. Sein Vater, der früher als Fahrer bei einer Molkerei angestellt gewesen war, hatte sich nach der Entlassung mit einem eigenen Lastwagen hoch verschuldet und fuhr für wechselnde Auftraggeber. Das kriegte er aber nicht auf die Reihe, verlor immer wieder Aufträge und stand unter starkem Druck. Dem entsprach seine Laune. Torstens älterer Bruder Olaf hatte den Zweier-Führerschein beim Bund gemacht und fuhr wie sein Vater Lkw, wie der Alte flog er immer wieder raus, saß zu Hause rum und verdoppelte als Nebentyrann die Qual seines Bruders. Beide waren dagegen, dass Torsten weiter zur Schule ging, beide sahen nicht die Begabung des Jungen, sondern nur seine schlechten Noten. Torstens kleiner Bruder Jörn, der Lieblingssohn seiner Mutter, hatte sich vor anderthalb Jahren auf dem Dachboden erhängt, und Torsten hatte Jan einmal von seiner Angst erzählt, es könnte ihm ebenso ergehen.

«Wenn ich an diesen Balken denke, an dem er den Strick festgemacht hat, denke ich auch an die Trittleiter. Ich habe immer das Gefühl, ich sollte da hängen. Es fühlt sich so richtig an», sagte er.

Seitdem hatte er nicht wieder davon gesprochen, und Jan, der damit nicht umgehen konnte, obwohl ihm Gefühle wie diese nicht fremd waren, fragte nicht nach.

«Olaf ist seit vier Wochen zu Hause und verlässt sein Zimmer nicht. Meine Mutter stellt ihm das Essen vor die Tür.»

«Vielleicht hat er Liebeskummer?»

Jan dachte an die Scheiße mit seiner Schwester und Matze. Torsten verzog nur den Mund.

«Nachts geht er manchmal raus und kommt erst gegen Morgen zurück. Ich wollte ihm einmal folgen, aber ich habe ihn aus den Augen verloren.»

«Vielleicht ist es gar nicht so schlecht, wenn er in seinem Zimmer bleibt. Dann lässt er dich in Ruhe.»

Jan hasste seine eigenen Beschwichtigungsversuche. Als An auszog, hatte sein Vater sich ein ganzes Wochenende im Schlafzimmer eingesperrt. Die Spannung im Haus war kaum zu ertragen gewesen. Torsten begann eine Tüte zu drehen.

«Irgendwie ist es voll die Kacke. Ich weiß nicht. Er hat schon mal krumme Dinger gedreht. Ich habe Angst, dass er im Knast landet. Ist'n Scheißgefühl.»

Beim letzten Satz grinste er ein bisschen. Jan war noch bei der ersten Dose Tuborg, es schmeckte allmählich schal.

«Hey, ich habe geträumt, dass ich hier runterfliege. Die Mauer war mehr wie eine Sprungschanze, die so steil nach oben führt.»

Jan zeigte es mit der Hand.

«Klar, wenn du nicht aufpasst, liegst du gleich unten. Magst du ziehen?»

Jan legte sich wie Torsten mit aufgestütztem Arm auf die Mauer und tastete nach dem Joint. Zwei- von dreimal war ihm schwindlig geworden.

«Ich habe so in einem aufgeklappten Koffer gesessen.»

Torsten lachte vor sich hin.

«Das nennst du fliegen –»

«Ich würde total gern einen Film machen, der mit dieser Szene beginnt. Jemand läuft auf einer Mauer, die allmählich immer steiler ansteigt und fliegt dann über Wälder und Dörfer, die Leute schauen zu ihm auf, sie staunen. Die Kamera trudelt so runter, bis man denkt, er ist jetzt abgestürzt, aber dann läuft dieselbe Szene rückwärts ab, bis die Mauer wieder waagrecht erscheint.»

«Und die Stunts, machst du die selber? Nach deinem Heldensprung vom Zehner ...»

«Welche Stunts denn?»

Torsten drehte sich auf den Bauch, seine Stiefel hätten dabei beinahe Jan gestreift. Er nahm sich noch eine Dose Bier.

«Die Tannen hängen voller kleiner gelber Dinger. Wie Streichholzköpfe oder Minikirschen an schnurgeraden Kunststoffstielen.»

«Bist du sicher, dass da nur Shit drin ist? An den Fichten hier hängen ganz normale Zapfen.»

Sie lachten.

«Du willst mit deiner Filmidee auf die unendliche Bewegung hinaus. Das ist es. So eine Art Perpetuum mobile.»

«So was funktioniert doch nicht. Das ist längst bewiesen.»

«Ja, aber ich meine nicht die Maschinen, die das Wasser, das sie antreibt, wieder auf ihre eigenen Räder schaufeln, oder diese Magnetgeschichten.»

«In einem abgeschlossenen System ist die Summe aus kinetischer und potenzieller Energie konstant. Du kannst kein –»

«Sei mal still. Ich glaube, ich habe gerade die Idee des Jahrhunderts, Mann. Endlich habe ich es begriffen.»

«Was?»

«Wir beschreiben uns selbst damit – unser Innenleben. Darauf ist noch niemand gekommen. Es lässt sich nicht extrapolieren.»

«Wovon redest du?»

«Es ist Bullshit, eine Maschine bauen zu wollen, die ohne Energiezufuhr von außen immer weiterarbeitet. Wir müssen das Perpetuum mobile in uns selbst erschaffen. Der Geist muss ständig in Bewegung sein, nicht der Körper. Wenn man dazunimmt, dass es keine Zeit gibt …»

Er versuchte immer gegenzudenken, bestehende Ideen von einer scheinbar neuen Seite überraschend anzugreifen.

Am nächsten Tag in der Schule hatte Jan einen rauen Hals und das alte schlechte Gefühl. Es ging so weit, dass er sich wieder von den anderen fernhielt, weil er da eine unüberwindliche Wand spürte, und er beschloss, den Tag freizunehmen. In der Schleuse zwischen den doppelten Türen des Haupteingangs kam Anke auf ihn zu, die in der elften mal hängen geblieben war und seitdem in seine Stufe ging. Sie war einen halben Kopf größer als er, sie trug eine verwaschene Jeansjacke, die glatten braunen Haare fielen über ihre Schultern. Herausfordernd schaute sie ihm in die Augen. Jan hatte sich noch nie im Leben von einem Blick so aufgespießt gefühlt. Ziemlich genau in der Mitte. Sein Oberkörper löste sich von der Wand und fiel vornüber. Sie war einen halben Kopf größer, sie sah mit ihrem geschminkten Mund aus wie zwanzig und das war sie vielleicht auch, sie schaute ihn unverwandt an, sie ging schnell, ihre Augenbrauen waren dunkel und stark und im Vorbeigehen berührte sie mit ihrer Schulter die Schulter von Jan, er spürte einen kleinen Kick, das war Absicht gewesen, er sah sie noch komisch grinsen, bevor sie vorbei war, er war richtig ein Stück weit herumgerissen worden und hatte sie grinsen sehen, bevor sie durch die Tür und ganz verschwunden war. Es war kein Angriff gewesen, eher eine freundliche, ja mehr als freundliche Berührung. Eine wortlose Ansage, so viel bemerkte er.

Im Unterschied zu Torsten, der das ständig tat, hatte Jan noch nie ein Mädchen angesprochen. Ankes Jeans war knalleng. Hätte sie nicht diese kleine Stelle oben zwischen den Beinen gehabt, wo man praktisch durchschauen konnte, Jan hätte wahrscheinlich genau dahin ein Loch gestarrt.

2

Es klingt unwahrscheinlich, und doch müssen wir es glauben, wenn wir überhaupt etwas von dieser Geschichte glauben wollen, dass Jan kein Foto von seiner Schwester besaß. Wohl hatte er die ein oder andere mit nachlässig scharf gestellter Optik und zufälligem Bildausschnitt gemachte Aufnahme in einem Schuhkarton verwahrt, aber von den wichtigen Bildern, die seine Schwester selbst, die ihr Freund Matze von ihr geschossen hatte, war keines dauerhaft in seine Hände gelangt. Für Jan wurde das zu einer weiteren schmerzlichen Lücke in dem brüchigen Erinnerungsgewebe, das ihn über die Jahre mit An verband; und wären nicht unscheinbare, aber wie Kunstfaser verrottungsbeständige Kettfäden in es eingewoben gewesen, so wäre dieses Tuch am Ende wohl tatsächlich vergangen oder hätte sich wie ein modernder Stoff auf dem Waldboden schließlich mit dem ihn umgebenden Laub in etwas Erdähnliches verwandelt, dem nicht mehr das Auge, sondern nur noch die Erfahrung eines zufälligen Finders die Qualität des Gemachten hätte zusprechen können.

Womöglich aber lag gerade in dem Fehlen visueller Konserven ein immerwährender Anreiz für ihn, die Leuchtkraft des inneren Bildes, das er von seiner Schwester bewahrte, sofort aufzufrischen, wenn sie einmal nachzulassen drohte. Insgesamt machten ja die Achtziger ein Jahrzehnt später bereits einen vergleichsweise informationsarmen und dadurch glücklicheren Eindruck. Wenn nicht glücklicher, so doch, in der Vorstellung, erstrebenswerter, weil der Zugang zu Gefühltem, zu einer spontanen oder spontan empfundenen Identität, die sich ohne viel Federlesen von innen speiste und der nicht mit Hunderten von Gigabytes an Archiven zu helfen war, viel leichter schien. Möglicherweise war auch das eine Täuschung. Der Haufen Fotos, der genug Stoff für eine ganze Familiensaga barg, war letztlich dasselbe – nur reduzierter, nur nicht in Pixeln, in Nullen und Einsen.

An, die nach einer wilden Phase des Ausprobierens eine Ausbildung als Fotolaborantin machte und davon träumte, Fotografie zu studieren, nun aber kein Abitur hatte, konnte nicht wissen, dass sie einem aussterbenden Handwerk nachging. Die Schwarzweißfotografie war gerade angesagt. Sie bot den Vorteil, dass der gesamte Prozess, abgesehen von der Herstellung des Trägermaterials, in der Hand des Schaffenden blieb. Außerdem war sie bezahlbar. In ihrer nur anderthalb Zimmer großen Wohnung am oberen Ende des Städtchens hatte An den kleineren Raum dauerhaft verdunkelt und als Labor eingerichtet, an der Wand stand außerdem noch eine Matratze für Gäste. Jan hatte dieses Angebot nach einer Fete einmal genutzt und war am nächsten Tag verwirrt im essigfeuchten Dunkel aufgewacht. Außer für das Labor und ein paar Pflanzen von Ikea hatte sie fast kein Geld für ihre Einrichtung ausgegeben, die Möbel kamen vom Sperrmüll, Besteck und Geschirr aus den absurd großen Beständen, die Karin hortete, in diesem Fall Dinge, die von Ans Lieblingsoma übrig waren. Den Wohnraum hatte sie mit selbst gefärbten alten Mullwindeln in eine weiche Stofflandschaft verwandelt, sogar der Spiegel war verhängt, das Tuch davor jedoch so dünn und fein, dass man sich auf eine zwielichtige Art darin sehen konnte. Kein rechter Winkel, kein Stück Wand war mehr sichtbar.

An den Tüchern hingen immer noch zahlreiche Tesastreifen, deren Mitte sich durch im Stoff steckende Sicherheitsnadeln schlang, während die Enden sinnlos in die Luft standen oder miteinander verklebt waren. Bis vor ein paar Tagen hatte der Film zahlreiche Abzüge auf den Tüchern festgehalten; die Fotos stammten sämtlich von Matze. Als er ging, hatte er kein einziges zurückgelassen.

So hatte die Wohnung für An ihr Gesicht verloren.

Jan hatte oft mit sehnsüchtigen Augen, die deutlich sagten, dass er so etwas auch gern machen würde, vor diesen Aufnahmen gestanden. Ein einziges Mal zeigte er An einen selbst geknipsten Film, durchschnittliche Fotos mit vielen Fehlern, noch dazu in einem auf die Massenproduktion ausgerichteten Labor nach stupiden Durchschnittswerten auf viel zu weichem Papier abgezogen. Jans Stärke lag eindeutig nicht im Visuellen, auch wenn er seine Augen überall hatte und als Betrachter durchaus ernst zu nehmen war. Nie wäre er selbst darauf gekommen, ein Bild zu machen wie jene grobkörnige Aufnahme, die er ein paar Mal von ihr erbeten hatte und die sie ihm jetzt nicht mehr geben konnte. Dieses Foto zeigte Ans Gestalt ganz wellig und gedehnt, vom Gesicht waren nur Augen und Mund erahnbar, sie war darauf nicht mehr als ein Schemen. Die Aufnahme wirkte durch einen Straßenspiegel so verzerrt, das hatte An ihrem Bruder nie verraten.

«Ich bin so gern bei dir, ich fühle hier ein völlig anderes, viel lebendigeres Leben», hatte Jan zu ihr gesagt. An konnte sich nicht vorstellen, dass er ohne die Bilder an den Wänden noch das Gleiche sagen würde. Er besaß einen Schlüssel und kam untertags manchmal in ihre Wohnung. Dass er da gewesen war, merkte sie am benutzten Teegeschirr oder an falsch im Schrank hängenden Kleidern. Sie freute sich, dass sie ihm, der unter der ewig währenden Schulzeit litt, aber nicht selbständig genug war, um etwas anderes anzufangen, diese Ausweichmöglichkeit bieten konnte.

Gern kam er auch, wenn sie zu Hause war, und das würde, wie die Dinge lagen, bald häufig der Fall sein. Ihr Chef hatte sie volle drei Stunden lang ignoriert, als sie vor einigen Tagen wieder im Laden auftauchte, um sich gegen Mittag mit gespieltem Erstaunen an sie zu wenden und zu sagen: «Ah, Fräulein Bodenlos, Sie scheinen es wahrhaftig zu sein. Ich dachte den ganzen Morgen, ich würde nur Ihr Gespenst vor mir sehen.» Er sagte, er müsse sich noch überlegen, was die angemessene Reaktion auf ihr unerlaubtes Fernbleiben sei. Dabei spürte An sofort, dass er sie rausschmeißen würde. Weitere anderthalb Tage lang weidete der Drecksack sich genüsslich an ihrer Verunsicherung. Am dritten Tag brach sie einen Streit vom Zaun und beschloss sich erst einmal krank zu melden.

Obwohl die Geschwister sich vertraut waren, erschrak An, als sie einmal den Schlüssel in ihrer Wohnungstür hörte, während sie badete. Bestimmt dachte Jan, dass sie zur Arbeit gegangen wäre. An schaufelte geräuschvoll mit den Händen durchs Wasser. Er sagte nicht hallo, sie hörte seine Schritte auf den Fliesen im Eingangsbereich und das dumpfe Geräusch, mit dem seine Tasche auf den Boden fiel. Rufen wollte sie ihn nicht, merkwürdigerweise glaubte sie, ihn damit automatisch zu sich ins Bad zu locken. Deshalb fuhr sie fort, in regelmäßigen Abständen das Wasser rauschen zu lassen, wusch sich noch das Shampoo aus den Haaren und stand auf. Aus ihrem Zimmer waren nun Schritte zu hören, die der Teppichboden dämpfte, die aber gerade dadurch auf Getrampel schließen ließen. Es war still, dann kehrte das Geräusch zurück, wurde auf einmal laut. Offenbar hatte er seine Füße in ihre hochhackigen Clogs gequetscht.

Mit einem kleinen Handtuch trocknete sie sich ab, ihr Badetuch lag draußen auf dem Bett. Sie schaute an sich runter. Wie immer fand sie, dass ihre Brüste von oben betrachtet besonders banal aussahen. Dass sie außerdem zu weit nach außen standen. Wie zwei beleidigte Schwestern schauten sie in verschiedene Richtungen. An hob eine mit den Händen und drehte sie, bis die Brust sie anzusehen schien. Der Hof war zu einem kleinen faltigen Hügel zusammengezogen, der Nippel stand raus. Zu groß, diese Brustwarze sah irgendwie ordinär aus. Auch im Spiegel betrachtet, konnte ihr Busen sie nicht überzeugen. Schick fand sie dagegen ihr neuerdings zu einem schmalen dunklen Streifen gestutztes Schamhaar. Ihr Arsch, naja. Ein bisschen flach. Draußen hörte sie jetzt die Cocteau Twins spielen. Er hatte also in den Platten gekramt – das wäre eine gute Gelegenheit gewesen, um ungesehen an ihm vorbeizukommen. Im Bad lag nicht mal eine Unterhose.

An zögerte nicht lange, ihr war kalt. Er war ihr kleiner Bruder, sensibel, ja, aber er würde es schon verkraften, sie nackt zu sehen. Um lässig zu wirken, hielt sie sich das eh viel zu kleine Handtuch nicht vor den Körper, sondern schlang es um ihren Schopf. Sie öffnete entschlossen die Tür. Jan kniete noch vor den Platten, er hob überrascht den Kopf, als sie ins Zimmer trat. Wären nicht seine stier saugenden Augen gewesen, hätte der Anblick gewirkt wie ein Still aus einem Film.

«Lass mich mal durch.»

Wow, ihre Stimme blieb entspannt, sanft und überlegen. Sie streichelte ihm in der Vorstellung mit einem Finger den Wangenknochen entlang. Ein feuchter Glanz war ihre Spur, in einem Nu getrocknet. Bevor Jan etwas sagen konnte, war sie über seine Waden hinweggestiegen. Die paar Schritte bis zu ihrem Bett machte sie schnell, und wie um das auszugleichen, beugte sie sich vor, statt in die Knie zu gehen, um das Badetuch aufzuheben. Liz Fraser sang Body electric.

Noch schneller als in ihre gemusterte Unterwäsche schlüpfte An in Jeans und Pulli. Ihr Bruder hatte seine Nase zwischen den Schallplatten versenkt, sie ließ ihm Zeit, sie sprach ihn nicht an. Als er den Blick wieder hob, streiften seine Augen halb verschleiert noch einmal ihre Brüste, wanderten wieder nach unten und blieben schließlich auf dem niedrigen Tisch haften. Jan angelte sich das Tabakpäckchen, das noch von Matze da lag. Sie war zu weit entfernt, um es wegzuziehen.

«Fang nicht an!»

«Ich will nur eine drehen.»

Jan stellte sich beim Drehen total ungeschickt an. Er quetschte viel zu viel Tabak auf das Papier, faltete es mühselig und klebte es irgendwie zusammen. Die fertige Zigarette steckte er sich dann doch selbst in den Mund und zündete sie mit dem kleinen schwarzen Bic schnell an. Er sog den Rauch heftig ein und musste husten. Sicher würde ihm von dem Schwarzen Krausen schlecht werden. An grapschte sich das Päckchen.

«So hat Matze sie immer gedreht.»

Sie rollte eine pralle, aber ziemlich lockere Zigarette und steckte sie selbst an.

«Wieso hast du eigentlich deine ganzen Fotos abgehängt?»

Erst jetzt wurde ihr bewusst, dass Jan noch gar nichts von der Trennung wusste. Es würde nicht leicht werden ihm davon zu erzählen, alles war noch so frisch und schmerzte. Sie spürte einen dicken Kloß im Hals.

«Und, wie gefällt dir diese Kiku jetzt?»

Treffer versenkt. Er stach mit seinem giftigsten Blick nach ihr, doch sie fühlte sich befreit, der Kloß war weg. Im Hinblick auf Mädchen war Jan immer noch zwölf.

«Wenn du bloß von ihr träumst, wird es nichts … du solltest sie schon –»

«Lass mich in Ruhe.»

«Du bist zu passiv.»

An konnte ihrem Bruder die unausgesprochene Entgegnung quasi von den Lippen lesen. Er zog noch einmal heftig an seiner Zigarette, die schon ziemlich runtergeraucht war. Sein Gesicht war bleich, und auf der Stirn sammelten sich Schweißtropfen. Er hing am Haken.

«Wo sind denn jetzt deine ganzen Fotos hin?», stieß er schließlich hervor.

«Es waren nicht meine Fotos. Matze hat sie mitgenommen. Wir sind endgültig auseinander.»

Das blöde Gefühl kam sofort zurück. An fegte die Reste vom Tisch. Jan erkannte mit einem Blick, dass dieses Päckchen mit ein paar Krümeln Tabak alles war, was sie noch von Matze besaß.

«Shit.» Seine Augen blieben nicht bei ihr, sie klapperten schon wieder die Wände ab. «Die Fotos waren sowieso scheiße.»

«Waren sie nicht!» An schrie fast. «Du hast überhaupt keine Ahnung. Wenn Matze geknipst hat, hatte er immer schon den fertigen Abzug vor Augen. So entstehen Bilder!»

«Deshalb hat er auch von dir schon ein fertiges Bild gehabt.»

Manchmal war er klug. Oder klang wenigstens so. Er selbst wusste meistens nicht, ob er etwas Schlaues oder etwas Dummes sagte. An erzählte ihm nun, wie es gekommen war. Matze hatte zuerst mit Gritt geschlafen, wogegen sie nichts einwenden konnte, denn sie hatten sich versprochen sich nicht einzuengen. Anschließend hatte er ihr haarklein erzählt, wie warm Gritt war und was für toll leuchtende Augen sie hatte, wie sie abging im Bett. Dann war er mit Gritt und den anderen in dieses Haus gezogen. An weinte ungehemmt, sah mitten im Weinen wieder Jans Unbeholfenheit, wie er abwog, was er nun richtig machen könnte, wie er mit einer eckigen Bewegung nach der Softies-Packung auf dem Tisch griff und sie doch nicht nahm. Wie er sich ihr vorsichtig näherte, als könnte sie gegebenenfalls beißen, und tastend seine Hand in ihren Nacken legte, sie sanft zu sich zog. Trotz allem tat es gut, sie gab sich der Zärtlichkeit seiner Finger und der Kühle seiner Wange hin, sie weinte sich aus und fand sich am Ende gelöst.

«Mach so was bloß nicht, hörst du? Lass dich nie auf so eine beschissene offene Beziehung ein.»

«Findest du es etwa besser, wie unsere Alten leben?

So nebeneinander her, auf dass der Tod sie nicht mehr scheiden kann?»

«Vielleicht scheidet sie auch das nächste Zivilgericht», flüstert sie. «Ich finde es genauso scheiße, wie unsere Alten drauf sind – alles wird festzementiert, das macht sie zu Zombies. Aber wir sind auch komisch drauf. Immer wollen wir alles ok finden, Hauptsache, man probiert sich aus. Wie's den anderen dabei geht, ist völlig egal.»

Das stimmt nicht, dachte Jan. Er schwieg.

«Ich weiß, du hast noch keine Ahnung davon, wie sehr einen die Liebe verletzen kann. Wenn du mal dermaßen eine in die Fresse gekriegt hast wie ich jetzt, kannst du das alles nicht mehr gut finden.»

«Aber Liebe ist das Gegenteil von Besitz.»

Klar hatte er recht. Es war ein Dilemma.

Die Cocteau-Twins hatten längst aufgehört. An bat ihren Bruder, The Scream von Siouxsie rauszusuchen. Sie brauchte etwas Klares und Hartes. Er schien sich gemerkt zu haben, dass sie das erste Stück nicht mochte, denn er spielte sofort Jigsaw Feeling an.

«Ich muss leider los», sagte er. «Sag mal, unser Film …»

«Der ist im Arsch.»

«Machen wir noch mal einen?»

3

Torsten wollte unbedingt Jasmin erobern. Das war ein Ausdruck, den er nicht benutzt hätte, eher schon sagte er: rumkriegen. Er behauptete, eine Menge Erfahrung mit Mädchen zu besitzen. Da er jedoch selten eine feste Beziehung hatte, glaubten viele ihm nicht. Jan wusste nur, dass Torsten mit Steffi zusammen gewesen war, der Ex-Freundin seines großen Bruders. Die Beziehung mit einer erwachsenen Frau war ihm bald über den Kopf gewachsen. Jedenfalls hatte Torsten Mut. Wenn ihm eine gefiel, sprach er sie auch an, egal ob sie gerade solo war oder nicht. Abfuhren kränkten ihn nicht spürbar. Er steckte so gut ein, wie er austeilen konnte.

Jasmin war vom Punk so weit weg wie ein Pferd vom Esel, auch das störte ihn nicht. Sie war groß und schlank gewachsen; immer dachte man, sie wäre gerade aus dem Urlaub zurück. Obwohl dunkel, hatten ihre Augen nichts Sanftes. Ihre Züge waren ebenmäßig, das Gesicht wirkte komisch unlebendig, als ginge nicht viel in ihr vor. Oder sie konnte ihre Regungen perfekt verbergen. Sie hatte einen super Mund, Ehrfurcht gebietende kugelrunde Brüste, die sie im Gegensatz zu vielen anderen Mädchen nicht unter Schlabberpullis verbarg, sondern in engen Shirts und sogar Blusen zeigte. Ihre Figur war sportlich, Arme und Beine trainiert, aber nicht dick. Jasmin besaß ihren eigenen kleinen Freundeskreis, beteiligte sich am Unterricht nüchtern und sachlich, keine Streberin, keine

Verweigerin – ehrgeizig auf eine Art, die nicht unangenehm auffiel. Nicht zu brav, das war es vielleicht, warum sie von allen respektiert wurde, sogar noch, als sie das beste Abi-Zeugnis ihres Jahrgangs nach Hause trug. Jasmin studierte später Medizin, sie studierte schnell und schloss sehr gut ab. Fünf Jahre lang schuftete sie an einer Uni-Klinik, heiratete überraschend einen Künstler und starb an einer perfekt kalkulierten Überdosis.

Gegen Ende ihrer Schulzeit mochte sie fast jeder, besonders die Jungs waren scharf auf sie. Ein paar Wochen nach den Ferien ging sie plötzlich mit Mirko. Die beiden bildeten ein Traumpaar, rein äußerlich passten ihre trainierten Gestalten allzu gut zusammen. Wohl deshalb erklärte Jan Torsten für verrückt, als er von seinem Vorhaben erfuhr.

«Sie ist bestimmt heute Abend im Butterfly. Fahr mit mir hin – da kannst du was lernen.»

Den Nachsatz dachte Jan womöglich nur. Die Schöne und der Punk, dachte er auch. Es ließ ihm die Angelegenheit noch absurder erscheinen. Trotzdem machte er mit.

Tatsächlich in die Disko zu gehen, erwies sich in doppelter Hinsicht als Fehler. Der Donnerstagabend galt inoffiziell als Ladies Night, und überdies tauchte Jasmin gar nicht auf. So früh am Abend tanzte niemand, auch an den Donnerstagen nicht. Auf der Tanzfläche stand einsam in einem Kasten aus Plexiglas ein vermutlich lebensgroßer Darth Vader und hielt eine Neonröhre als Schwert. Die Zeit, in der sie Star-Wars-Klebebilder für ihre Sammelalben getauscht hatten, war gerade vorbei. Trotzdem wirkte die Gegenwart der martialischen Figur nicht peinlich auf die jungen Leute. Darth Vader blieb unbewegt, nicht mal Anne Clarks Sleeper in Metropolis entlockte ihm ein Wippen, vielleicht ein unsichtbares Trommeln mit den Zehen in seiner Rüstung.

Jan spürte Lust zu tanzen, doch allein vor den Augen der anderen war es ihm peinlich. Torsten machte ein paar Kung-Fu-Bewegungen gegen den schwarzen Ritter, schien sich aber nicht mehr zu trauen. Sein Gesicht zeigte deutlich seine Enttäuschung. Er winkte Jan so energisch heran, dass der nicht abzulehnen wagte und mit auf die Tanzfläche sprang. Sie wackelten mit den Ärschen und machten riesige, tollpatschige Schritte. Die Mädchen, die sie kannten, saßen alle in einer Nische um einen großen runden Tisch. Keine von ihnen sah offen hin, doch Jan hatte das blöde Gefühl, dass sie kicherten. Nach kurzer Zeit brach er die Show ab und ging erst mal zu den Toiletten. In dem schmalen, sattrot gestrichenen Gang stand plötzlich Kiku vor ihm. Genau genommen stand sie nicht, sie bewegte sich auf Jan zu, doch in sein Bewusstsein drang sie erst, als sie kurz vor ihm tatsächlich einhielt. Er senkte schnell den Blick. Er hätte nicht sagen können, ob sie ihn freundlich oder abweisend anschaute. Erschreckt von ihrer Nähe in dem engen Gang, bekam er das Gefühl, er hätte sie gestreift, und murmelte eine Entschuldigung, während er sich noch schmaler machte und an der Wand entlang schnell aufs Klo verschwand. Er schloss sich in eine der Kabinen ein und wartete, bis er die Wärme seiner Wangen nicht mehr spürte.

Als er zurückkam, konnte er Torsten in der Disko

nicht mehr entdecken. Ohne einen weiteren Blick auf die Mädchen eilte Jan nach draußen. Er fand seinen Freund bei den Mopeds auf dem Zaun sitzen und rauchen. Torsten sprang auf den Boden. Er scharrte mit der Stiefelspitze im Kies.

«Mann,» sagte Jan, «das war vielleicht peinlich.»

«Ach, komm, ob die gelacht haben oder nicht, macht doch gar keinen Unterschied.»

«Was machen wir jetzt?»

Torsten schaute auf den halb leeren Parkplatz.

«Wir könnten uns prügeln.»

«Haha.»

«Im Ernst.»

Er schubste Jan von sich weg. Jan hob die Hände und schubste seinerseits Torsten mit einem leichten Schlag gegen die Brust. Der grinste.

«Wir boxen nicht. Ok?»

«Ok.»

Sie wollten kein Blut sehen. Nachdem sie sich ein bisschen aufgeputscht hatten, versuchte einer den anderen von den Beinen zu bringen und in den Schwitzkasten zu nehmen. Man kann nicht sagen, dass sie es mit ihrem Ringen nicht ernst meinten. Sie achteten aber darauf sich nicht wehzutun, und sie brauchten keinen Sieger, irgendwann fühlten beide, dass es reichte, und hörten auf.

Jan spürte die Anstrengung noch, als er wieder zu Hause war. Der kleine Kampf mit Torsten hatte ein gutes Gefühl hinterlassen, als hätten sie etwas Richtiges oder Notwendiges getan. Gleichzeitig machte es die lockere

Freundschaft zwischen den beiden zu etwas Komischem, einer Sache mit Gewaltpotenzial oder mit Aggressionen, die vielleicht schon immer da gewesen waren. In Pädagogik war ihnen Sigmund Freud begegnet und hatte Jan auf die endlose Fährte des Unbewussten gesetzt. Noch etwas anderes irritierte den Jungen. Normalerweise empfand er eine unüberwindliche Abneigung gegen körperliche Auseinandersetzungen. Wie aus dem Nichts war sie der Lust am Kampf gewichen. Er musste sich sogar eingestehen, dass er am liebsten doch gewonnen hätte.

4

Die kurze Begegnung mit Kiku brachte Jan aus der Ruhe, er träumte von ihr und langsam begann er zu glauben, dass er sich in sie verliebt hatte. An einem milden Nachmittag traf er sich daheim mit Torsten. Die beiden sahen sich nie so häufig wie in jenen Wochen. Sie saßen im Wohnzimmer von Jans Eltern, die eine gute Anlage hatten, und hörten die Unknown Pleasures von Joy Division – nicht mal laut, denn sie wollten reden. Alle fünf Hunde waren bei ihnen, sie schienen zu spüren, dass Torsten sich in sie vernarrt hatte. Lisa und Deern ließen sich abwechselnd von ihm hinter den Ohren kraulen.

«Hast du mitgekriegt, dass sie sich in der Schule über uns lustig machen? Wegen unserem Auftritt im Butter.»

«Der war ja auch dämlich.»

Jan war es nach wie vor peinlich daran zu denken, wie albern sie da rumgehampelt hatten.

«Dämlich war, wie die Mädels geglotzt haben.»

«Kiku war auch dabei.»

Torsten schnaubte durch die Lippen und zog die linke Schulter hoch.

«Na und?»

«Nix und», sagte Jan schnell.

«Ah, du stehst auf sie.»

«Sie geht mit Benni.»

«Was interessiert dich Benni. Du bist hinter ihr her, nicht hinter ihm.»

Jan wusste schon, was sein Freund ihm vorschlagen würde. Er brauchte aber keine praktischen Tipps. Torsten wollte aufstehen, um die Musik lauter zu stellen, er mochte She's lost control. Jan hielt ihn fest.

«Was denkst du, können wir überhaupt einen Menschen lieben, einen bestimmten Menschen, oder lieben wir irgendetwas Abstraktes, das sich nur zufällig an diesen Menschen heftet?»

«Was ich liebe, ist ganz konkret.»

«Komm, werd nicht blöd, bitte. Mal angenommen, ich hätte mich wirklich in Kiku verliebt, hätte ich dann überhaupt noch eine Chance, dem zu entkommen, oder müsste ich mein Leben lang leiden, weil sie einen anderen hat und ich sie nicht bekommen kann?»

«Du stichst Benni aus, dann hast du sie.»

«Glaubst du, man kann sein Gefühl wieder von einer … von einem Menschen lösen, den man wirklich liebt? Lässt es sich einfach an den nächsten kleben?»

«Ich erzähl dir mal was. Letztes Jahr war ich zwei Monate mit Steffi zusammen, der Ex von meinem Bruder.»

«Ich weiß: Sie war genauso doof wie Olaf.»

«Sie war nicht doof.»

«Du hast das gesagt.»

«Du bist schwer von Begriff, Jan. Das habe ich damals gesagt, weil ich sauer war. Steffi war 'ne tolle Frau. Der Haken war nur, glaube ich, dass ich die ganze Zeit über das Gefühl hatte, gar kein Recht auf sie zu haben. – Als hätte sie 'n Stempel auf'm Arsch.»

«Mit Olaf war doch Schluss …»

«Das ist ja das Komische. So einfach ist das alles gar nicht. Aber eigentlich wollte ich was ganz anderes erzählen. Als sie Schluss gemacht hat –»

«*Sie* hat Schluss gemacht?»

«Mann, ja. Ich war völlig am Ende. Ich dachte, sie hätte mein Herz rausgerissen, als sie von mir weg ist. Ich konnte es von ihrem Gürtel baumeln sehen. Aber das ist vorbei.»

«Hast du ihr nicht gesagt, wie weh sie dir tut?»

«Was willst du jemandem sagen, mit dem du nicht mehr zusammen bist? Vergiss es.»

«Wenn man jemanden liebt, aber nicht auf Gegenliebe stößt, ist das nicht ein Unglück? Irgendwie habe ich Angst, dass es bei mir so sein könnte.»

«Scheiß einfach drauf. Da draußen läuft eine solche Menge Mädels rum.»

«Ich hab aber oft das Gefühl, dass Menschen füreinander bestimmt werden. Quasi schon vor ihrer Geburt. Es kommt nur darauf an, sich zu finden.»

«Dann such mal schön.» Torsten zog Lisa am Halsband in Jans Richtung. «Vielleicht hilft sie dir.»

Jan bekam schnell das Gefühl Unsinn zu reden. In diesem Fall aber sagte ihm eine innere Stimme, dass er nicht falschlag. Er spürte doch diese durch nichts zu erklärende Hingezogenheit, und so wie er seinem Gefühl glaubte, glaubte er auch einer Vorstellung von ewiger oder mindestens lebenslanger Liebe, ohne es sich wirklich klarzumachen. Kiku war mit Benni zusammen, Jan würde leiden, das ahnte er.

«Hast du irgendwas getan, um von Steffi loszukommen, innerlich meine ich?»

Torsten sah sich um, als wollte er prüfen, ob jemand in der Nähe war. Dann beugte er sich zu Jan hinüber.

«Ich habe gebetet.» Als er Jans große Augen sah, lachte er lauthals los. «Nein, Mensch, man schaut halt nach einer anderen. Aber das kapierst du nicht mit deinem Traum von der Einzigen und Wahren.»

«Vielleicht hast du die Richtige noch nicht getroffen.»

«Weißt du was? Heute Abend fahren wir wieder ins Butterfly. Ich habe gehört, dass die Richtige heute da sein soll. Jedenfalls die Richtige für mich. Jedenfalls die Richtige für jetzt. Es gibt eh keine Zukunft.»

Er sprang auf, stellte die Musik laut und begann zu tanzen. Wahrscheinlich hinterließen seine Springer schwarze Striche auf dem Boden. Jan kaute auf dem Halsbündchen seines T-Shirts. Schließlich stand er selbst auf.

«Ich möchte dich noch was fragen. Was ist, wenn du

dich in ein Mädchen verliebst, aber gar nicht geil auf sie bist?»

5

Der Teil der Leuchtreklame, der das aufgeklappte Messer zeigte, schien wieder. Das blaue Licht sprang über die Dachkante bis auf den geschotterten, aber ziemlich festgetretenen Boden vor dem Butterfly und gab den Gesichtern der Jugendlichen einen außerirdischen Schimmer. Torsten hatte nur noch zehn Mark, und Jan streckte ihm den Eintritt vor, damit er sich etwas zu trinken leisten konnte. Es war Freitagabend und dementsprechend voll. Nebelwerfer, Schwarzlicht und ein neues Stroboskop sorgten dafür, dass die Freunde nur allmählich herausfanden, wer sich in der Disko aufhielt. Im Grunde war ihnen aber klar, dass niemand fehlte, Markus, Holger, Nils, Carlo, der dünne Erik und Lars, von den Mädchen etwa Britta, Heike, Berenice, Sandra, Tina, Jasmin und Kiku. Auf der Tanzfläche hielt Jan sich immer dicht neben Torsten, als könnte er ohne diesen keinen Schritt tun. Er sah die Nadelspitzen auf dem T-Shirt seines Freunds kalt glühen. Viele Leute tanzten, aber es war noch nicht so voll, dass man sich nicht mehr bewegen konnte.

Torsten begab sich langsam in den Umkreis von Jasmin, seine Bewegungen waren heute Abend nicht albern und übertrieben, vielmehr wirkten sie wie einstudiert. Jan fand, dass es cool aussah, wie Torsten tanzte. Sich selbst beobachtete er verstohlen ab und zu in dem vergrößernden Spiegel an der linken Seite, hielt den Anblick seiner Bewegungen aber nie lange aus und streckte die Nase wieder zum Boden. Zwei Lieder später hatte Jasmin Torsten hallo gesagt. Weiter schien er nicht zu kommen, er hörte sogar auf zu tanzen und gab Jan ein Zeichen, mit zur Bar zu kommen.

«Weißt du, wo Mirko steckt?»

«Hinter den Boxen.»

«Geh zu ihm, ja? Verwickel' ihn in ein Gespräch.»

«Ich soll was?»

«Lenk ihn ab. Wenn er mich mit Jasmin sieht, habe ich keine Chance. Er wird sofort dazwischengehen.»

«Und was soll ich mit ihm reden?»

«Dem fällt schon was ein. Du weißt doch, dass Mirko stundenlang über jeden beschissenen Furz dieser Welt palavern kann.»

Jan hatte keine besondere Lust zu tun, was Torsten verlangte. Andererseits wollte er ihn nicht hängen lassen. Er kaufte an der Bar zwei Flaschen Bier und ging dahin, wo er Mirko zuletzt gesehen hatte. Unterwegs kam er an Benni und dessen Kumpels vorbei. Jan spürte einen Stich in der Milzgegend. Kiku und Benni ein Paar, Mirko und Jasmin ein Paar. Sie hatten alle ständig jemand.

Er dachte aber auch an die Begegnung Ans mit Mirko. Jan hatte gewissermaßen nur einen Schnappschuss davon aufgenommen, der sagte, dass die beiden sich mindestens sehr sympathisch waren. War Mirko nett? Jan sah ihn, wie er vermutet hatte, zusammen mit Uwe in einer Ecke hinter den Lautsprechern stehen. Die beiden unterhielten sich nicht, Mirko wippte auf den Füßen hin und her. Als er Jan sah, grüßte er freundlich. Jan hob die Flaschen hoch, Mirko seinen Daumen.

«Hey», sagte er, «ist das etwa für mich? Das ist ja Gedankenübertragung. Danke, Jan!»

Seine Stimme klang angenehm, obwohl er in dem Lärm ziemlich laut sprechen musste. Auch sein Blick war freundlich. Sie stießen an und Jan, der eben noch um ein Haar die zweite Flasche an Uwe weitergegeben hätte, genoss den bitteren Geschmack des Hopfens auf seiner Zunge. Mirko hatte gehört, welche Show Torsten und Jan neulich im Butter abgezogen hatten. Er lachte, als er davon sprach. Das Stroboskoplicht machte aus seinem Gesicht eine grinsende Fratze. Mirko mit der weißen, jetzt bläulich leuchtenden Hose. Dem samtigen Grünblau der Oberarme. Dem kantigen, männlich wirkenden Gesicht. Jan wollte nicht auf den verpatzten Diskobesuch eingehen, er hatte sich überlegt, Mirko etwas über die Stadt-AG zu fragen. Nur was?

«Sag mal», fragte Mirko, «warum bist du nicht nach Bitburg gefahren?»

«Wieso nach Bitburg?»

«Zur Blockade des US-Militärstützpunkts.»

Davon hatte Jan nichts mitbekommen.

«Sind denn welche von uns hin?»

Mirko nannte ein paar Namen.

«Ich finde es total wichtig», sagte er. «Die Amis pflastern uns mit Marschflugkörpern zu.»

Jan wusste nicht, was er sagen sollte. Er fand es auch scheiße. Bestimmt war Matze dort gewesen.

«Und du?»

«Ich wollte hin. Aber irgendwie bin ich am BTX hängen geblieben. Habt ihr auch ein Gerät?»

«Meinst du die Fahrräder?»

«Nein, Mann, die heißen BMX-Räder. BTX steht für Bildschirmtext. Das ist die Zukunft des Telefonierens, seit erstem September auch in der BRD ...»

Torsten hatte recht, Mirko fiel immer etwas ein. Er erklärte Jan weitschweifig, wie man verschiedene Seiten der Dienste anwählen konnte – Bahnfahrpläne anschauen, Reisen buchen, Einkaufen, all das würde am Bildschirm stattfinden. Die Benutzer konnten sich für dreißig Pfennig untereinander sogar Nachrichten schicken oder sich über die Terminals miteinander unterhalten. Uwe schien BTX ebenfalls zu kennen, er schaltete sich plötzlich in das Gespräch ein. Jan konnte nur zuhören und verstand wenig. Durch Uwes Teilnahme wurde er teilweise von Mirkos Aufmerksamkeit entlastet und schielte unauffällig in den mittlerweile gut gefüllten Raum. Zuerst sah er Torsten nicht und dachte, sein Freund wäre wieder verschwunden. Nach einer Weile jedoch hatte er ihn ausgemacht, gefährlich nah bei den Boxen und im Gespräch mit Jasmin, deren unbewegtes Gesicht Jan ganz gut beobachten konnte. Torsten hatte eine Hand auf Schulterhöhe an der Wand abgestützt, das schien Jasmin nicht zu gefallen, jedenfalls sah Jan nun ihre Hand, die versuchte diesen Arm herunterzudrücken, und als das nicht gelang, tauchte sie darunter durch und ließ Torsten ohne sich noch einmal umzudrehen stehen. Vielleicht hatte sie etwas zu ihm gesagt, jedenfalls entdeckte Jan im Gesicht seines Freundes eine unsägliche Wut. Mit abgespreizten Ellbogen bahnte Torsten sich seinen Weg über die Tanzfläche. Als er ohne einen Blick für irgendetwas an den anderen vorbeilief, rief Mirko ihm zu: «Hallo, Herr Bargeld.» Torsten hörte das nicht – zum Glück, fand Jan, der jetzt sauer auf Mirko wurde. Dieser Poppertyp sollte sich vorsehen, sonst kriegte er auch mal eine reingeballert.

Nicht viel später verließ Jan das Butterfly. Draußen sah er sofort den Pulk von Leuten hinten bei den Moped-Parkplätzen. Sie machten betretene Gesichter und tuschelten rum.

«Nein, er ist auf sie losgegangen, er ist einfach zu so einem Rocker-Arsch hin und hat versucht ihm einen Aufnäher von der Jacke zu reißen», schnappte Jan auf. «Die sind gleich alle vier auf ihn los. Einer hatte 'nen Schlagring.»

Scheiß-Rocker. Dachte er das selbst oder sagten es auch die anderen?

Torsten lag auf den Knien, er versuchte ein paar Mal hochzukommen und schlug nach allen, die ihm dabei helfen wollten. Er hatte Blut im Gesicht, sein linkes Auge war zugeschwollen. Jan näherte sich ihm wie einem verängstigten Hund, nicht frontal, sondern seitlich herankommend, langsam, mit beruhigenden Worten. Als Torsten ihn erkannte, wurde er ruhiger. Er ließ sich auf die Beine helfen. Jan fasste ihn um die Taille und legte Torstens Arm über seine Schulter. So humpelten sie vom Parkplatz, um wenigstens aus dem Blickfeld der anderen zu kommen. In einer Pfütze tränkte Jan sein Taschentuch und legte es auf das zugeschwollene Auge.

6

Die grünen Taschenbibeln mit dem Einband in Leder-Gold-Optik, die der Gideonbund in den Schulen verteilte – Jan erinnerte sich gut daran. Wie viele andere hatte er sie eine Zeit lang in der Hosentasche mit sich getragen und wie viele hatte er sie vor zwei Jahren zum Feuer getragen, das kleine Buch im letzten Augenblick aber nicht den Flammen überantworten können und es lieber zu Hause im Keller verkramt. Es tat ihm leid, dass ein paar Jungs nun mit Dirks Neuem Testament am Lagerfeuer saßen und es vom einen an den nächsten weiterreichten. Das Problem war nicht, dass sie sich gegenseitig daraus vorlasen und sich dabei halb totlachten, sondern dass es Dirks Bibel war, wie Sandra behauptete. Wo der Junge selbst steckte, wusste niemand.

Dirk entwickelte sich auf geradem Weg zu einem Asketen oder Heiligen. Er schien keine Aggressionen oder anderen niedrigen Gefühle zu kennen. Allerdings sah man ihn auch niemals fröhlich, er wirkte ernst und versunken, auf eine stille Art auch verzweifelt. Manche behaupteten, er würde alles, was er esse, sofort wieder auskotzen. Er war beinah noch schmaler als Erik. Jan mochte ihn, obwohl sie kaum Kontakt hatten. Er dachte darüber nach einzugreifen, wusste aber nicht, wie er das anstellen sollte. Möglicherweise würden die Jungs am Feuer durch ein falsches Wort erst recht angestachelt, das Buch zu vernichten. Während er darüber nachdachte, brachten Tina und Sandra das grüne Buch mit dem Emblem einer Amphore, aus der eine Flamme loderte, entschlossen an sich.

Wie häufig wusste Jan nicht recht, zu wem er sich gesellen sollte. Er stand mal hier, mal da rum, in der Hoffnung, dass jemand ihn auffordern würde dazuzukommen. Torsten versuchte gerade, aus Holgers Auto einen Scheinwerfer auszubauen und so zu präparieren, dass sie ihn zur Beleuchtung des Grillplatzes hernehmen konnten. Nils hatte ein Paar gute Boxen auf dem Rücksitz liegen, die sorgten für die Beschallung. Zusammen mit Carlo hing Nils im offenen Heck seines Wagens ab. Als die Musik verstummte, hörte Jan, wie die beiden sich über den mageren Erik unterhielten.

«Da hat er zu mir gesagt: Wenn ich einen Steifen habe, denke ich manchmal, das ist das Einzige, was an mir dran ist.»

Carlo gluckste.

«Er ist so … phph», auch Nils konnte kaum noch weitererzählen, «so prall und warm und er kommt mir schwer vor. Geht dir das auch so?»

«Meiner wiegt zehn Pfund.»

«Blödmann, ich habe doch nicht dich gefragt. Erik hat mich das gefragt. Er meinte, sein Pimmel sei das einzig Unzweifelhafte an ihm. Von allem anderen habe er oft das Gefühl, es könnte sich auflösen oder der Wind ginge durch.»

«Scheiße, hast du kein Autoreverse? Muss man da jetzt die Kassette umdrehen?»

Jäh schien der abmontierte Autoscheinwerfer auf und beleuchtete die auf Luftmatratzen, Isomatten und Schlafsäcken um die Glut hockenden jungen Leute, die sofort zu murren begannen. Eine Sekunde später war es wieder dunkel und man hörte Torsten fluchen. Jan hatte sich erschreckt hinter die Büsche gedrückt, es sollte nicht so aussehen, als wollte er Nils und Carlo belauschen. In einem Bogen ging er zurück zum Feuer.

Der Platz neben Kiku war leer. Sie betrachtete ihn freundlich, als er in ihre Nähe kam, sie sprach ihn sogar an und klopfte mit der flachen Hand neben sich auf die Matte. Jan steckte so tief in seinen Gedanken, dass er sich bedenkenlos setzte. Beinah hätte er ihr erzählt, was er eben gehört hatte. Etwas Offenes und Weiches ging von ihr aus. Jan spürte zum ersten Mal die Bereitschaft einer Frau, sich einem anderen zu öffnen, ihm zuzuhören und ihm zu erzählen. Er fühlte sich wie in einer Wolke, die Kiku und ihn vor den anderen am Feuer verbarg und schützte. Schnell waren sie beide so weit, von sich zu sprechen, Jan tat es fast ohne Koketterie, indem er Kiku vom Brustkrebs seiner Mutter erzählte, von der Lebensmüdigkeit, die er mit zwölf empfunden zu haben glaubte, und dem Gefühl versagt zu haben.

«Du hast dich schuldig gefühlt», urteilte Kiku. «Du dachtest, dass du die Krankheit deiner Mutter verursacht hättest.»

«Ich habe mir gewünscht, dass ich an ihrer Stelle sterben würde. Das hätte ich richtig gefunden.»

Sie sagte nicht «du Armer», sie sagte nicht «ich nehm dich in den Arm» oder «hey, du bist ein toller Mensch», wie er es später mit anderen erlebte. Auch darin war sie außergewöhnlich.

«An meiner Stelle ist tatsächlich schon mal jemand gestorben.»

Kiku sprach nicht weiter. Ihre Züge wirkten nun gespannt und ihr Blick richtete sich in die Flammen. Jan wollte etwas tun, ihr den alten Polyesterschlafsack, in den sie sich gegen den hin und wieder auftretenden Nieselregen gehüllt hatte, fester um die Schultern legen oder so was, aber er traute sich nicht, ihr mit seinen Händen nahe zu kommen. Er dachte an das, was er über Kikus Vater gehört hatte und eine seltsame Fantasie bohrte ihre im Zeitraffer wachsenden Triebe durch seinen Kopf, so schnell, das er kein klares Bild bekam, nur eine an den Rand der Szene gerückte Kiku, und der japanische Mann im blauen Anzug mit dem Schwert, der gegen unsichtbare Gefahren kämpfte und seine Waffe schließlich gegen sich selbst richtete. Meinte sie das, wollte sie von ihrem Vater sprechen, verschloss der Schmerz ihr den Mund? Hilflos sah er sie an.

«Ich habe vor zwei Jahren eine Abtreibung gehabt.» Sie sprach genauso in die schützende Wolke wie er, genauso offen und unprätentiös. «Ich hätte es vielleicht nicht überlebt, wenn ich das Kind behalten hätte.»

«Es war nur ein Zellklumpen», erwiderte Jan, «du brauchst dir keine Gedanken zu machen. Scheiß Paragraf zweihundertachtzehn», setzte er noch hinzu. Das sagte An immer.

«Ich hatte ein ähnliches Gefühl wie du. Ich wäre gern für mein Kind gestorben, wenn das funktioniert hätte.»

«Aber du bist nicht schuldig, wenn du so was machst. Es ist deine Entscheidung.»

«Du traust dich nicht mal es auszusprechen, merkst du das?»

«Viele Frauen und Mädchen lassen abtreiben.»

«Ich könnte es keiner empfehlen. Es war, als würde ich jemanden umbringen.»

Was sollte er darauf erwidern? Hätte er mit Torsten da gesessen, hätten sie linkisch gelacht und irgendeinen schrägen Witz gerissen, aber er saß nicht mit Torsten da, sondern mit Kiku. Mit Kiku. Mit Kiku.

«Wenn ich oben auf dem Aussichtsturm stehe und über die Hügel schaue, muss ich daran denken, dass dieses Kind niemals so etwas sehen konnte. Das sind Momente, in denen ich am liebsten über die Brüstung klettern würde …»

Er nickte. Er kannte das.

«Ich habe oft das Gefühl, dass ich sterben möchte», sagte er leise, möglicherweise so leise, dass sie es nicht mitbekam. Doch er war sich sicher, dass sie es verstand. Er spürte die tiefe Verbundenheit mit ihr, die ihm aus einem anderen Leben herzurühren schien, er kannte dieses Mädchen.

Eine Zeit lang hingen sie ihren Gefühlen nach.

«Wirst du nach Bonn zur Demo gehen?»

Sie überraschte Jan mit diesem Thema.

«Was für 'ne Demo?»

«Die große Friedenskundgebung. Es ist mir eingefallen, weil ich daran denken musste, dass wir vielleicht alle bald tot sein werden.»

«Fünfzehntausend Atomsprengköpfe ...»

«Wir müssen alle da hingehen. Wenn wir stillhalten, wird ein atomarer Holocaust die gesamte Welt vernichten.»

«Manchmal denke ich, um die Menschheit wäre es nicht schade. Aber das Leben als solches ...»

«Das darfst du nicht sagen. Wenn wir aufhören, an die Menschen zu glauben, haben die Mächtigen schon gewonnen.»

Er wusste nicht, was er erwidern sollte. Er wollte Kiku nicht widersprechen, er fand auch gar nicht, dass sie unrecht hatte, nur es bedeutete ihm so wenig. Dass der Mensch eine Fehlentwicklung der Evolution war, konnte er täglich an sich selbst beobachten, kein anderes Wesen quälte sich so durchs Leben wie er. Und vernichtete dabei alles, was ihm zu nahe kam. Jan stellte sich vor, mit Kiku nach Bonn zu trampen, sie würden von der Menge so dicht aneinandergepresst werden, dass sie sich überall berührten. Der Gedanke an Benni störte diese Fantasie empfindlich. Plötzlich wagte er nicht mehr, dem Mädchen neben sich in die Augen zu sehen. Sie war es, die wieder das Wort ergriff.

«Hey, was wirst du machen, wenn du mit der Schule fertig bist?»

«Erst mal muss ich verweigern. Wenn ich nicht ausgemustert werde, will ich irgendwo Zivildienst machen. Vielleicht gehe ich nach München.»

Es war ein spontaner Einfall, wahrscheinlich wollte er damit andeuten, dass er auf jeden Fall weit von Füchten fortgehen würde. Noch in demselben Moment befürchtete er, Kiku ein falsches Signal gegeben zu haben.

«Warum gehst du nicht nach Berlin?»

«Vielleicht mache ich auch das. Aber dann kann man für Jahre nicht zurück in die BRD.»

«Wozu willst du denn dahin zurück?»

«Gehst du nach Berlin?»

«Ich weiß nicht. Ich möchte gern ins Ausland gehen. Warst du mal in London?»

Kiku genierte sich nicht, das auszusprechen, und er spürte einen Stich. Jan schüttelte den Kopf. Er war mit seinen Eltern früher oft in Holland gewesen, damit erschöpfte sich seine Auslandserfahrung beinahe.

«Du?»

Jan hörte zu, wie Kiku von London erzählte, er hätte ihr auch zugehört, wenn sie vom nächsten Sechs-Häuser-Kaff berichtet hätte.

Torsten hatte den ausgebauten Scheinwerfer inzwischen ein paar Meter hoch in einem Baum angebracht, niemand wusste, woher er die nötigen Kabel nahm. Das kalte Licht zerstreute sich im Wald, und die Stimmen, denen das nicht gefiel, waren schnell verstummt – es blendete nun keinen mehr, und wer nicht gesehen werden wollte, konnte ein paar Meter weiter gehen und auf einer der Bänke beim Turm im Dunkeln sitzen. Jan freute sich über den hellen Schein. Mit heimlicher Gier heftete er seine Augen auf Kikus Gesicht, folgte den Bewegungen der Glanzpunkte auf ihren hohen Wangenknochen und vertiefte sich in die Schatten darunter. Wenn sie geradeaus ins Feuer schaute, fasste er Mut und studierte ihre asiatisch geschnittenen Augen, die ihre Kopfhaut gespannt aussehen ließen. Gleichzeitig schämte er sich, von diesem Merkmal derart fasziniert zu sein, als wäre sie eine Außerirdische oder als hätte sie nur einen Arm und als müsste er immerzu ihren Stumpf angaffen. So kam er sich vor. Im Hintergrund hörte er, wie Torsten mit jemand rumstritt, ob der Scheinwerfer jetzt anbleiben sollte oder nicht; halb bewusst nahm er wahr, wie die Stimme seines Freundes sich wieder einmal mit Ärger und Wut füllte. Er sah Torsten vor den geschlossenen Läden des eingegangenen Waldrestaurants vorbeilaufen und hörte deutlich seine Schritte auf den Stufen des Aussichtsturms.

Womöglich war es dem Folgenden geschuldet, dass Jan sich so wenige Einzelheiten von dem Gespräch mit Kiku merken konnte. Oder es war letztlich nicht wichtig, was sie sagte, sondern nur, dass er neben ihr sitzen durfte und auch noch den Mund aufbekam. Was er behielt, war die Tatsache ihrer Abtreibung, die auch besagte, dass Benni nicht ihr erster Freund sein konnte. Außerdem, aber das wurde Jan nicht bewusst, sagte sie ihm damit, dass sie schon eine Frau war. Er dagegen fühlte sich in seiner Unerfahrenheit wie ein kleiner Junge. Das Gespräch stockte. Kiku wurde schweigsam und er wusste plötzlich nicht mehr, was er sagen sollte. Als sie sich erhob, schenkte sie ihm ein dermaßen süßes Lächeln, dass jede Angst Jans, er könnte ihr auf die Nerven gegangen sein, davon ausgelöscht wurde. Auch er stand auf, holte sich ein Bier und ging damit in die Dunkelheit, abseits der anderen, abseits des Lichts.

7

Die Holzstufen waren glitschig oder sie wirkten so. Jan ertastete jede Stufe mit den Füßen, seit er in der oberen Hälfte des Aussichtsturms unterwegs war, konnte er nicht mehr bedenkenlos voranschreiten. Sein Körper war gespannt, sein Kopf von der Vorstellung gefangen genommen, dass er mit plötzlichem Schwung, nach einem Stolpern, über das Geländer segeln und so vom Turm stürzen könnte. Eine Überlebenschance, sagte er sich, gäbe es nicht. Es regnete stärker jetzt.

Unten auf dem Platz sah er die letzten Holzstücke glimmen. Wer noch nicht gegangen war, suchte nun Schutz in einem der Autos oder unter dem ausladenden Vordach des geschlossenen Waldrestaurants. Die Gesichter seiner Mitschüler konnte Jan aus dieser Entfernung nicht unterscheiden. Ihre Laune war noch gut, sie lachten und redeten, von Zeit zu Zeit lief einer rüber zu Nils' Wagen und versuchte, die Musik lauter zu stellen, obwohl längst klar war, dass die Boxen nichts mehr hergaben. Kiku hatte sich von Cordula und Heike überreden lassen, zu einer neuen Disko bei Bonn zu fahren, sie hatte Jan nicht gefragt, ob er mitkäme.

Der Turm war verpackt in die Dunkelheit der Fichten, zwischen denen er errichtet worden war, um Touristen anzulocken. Stieg man auf die obere Plattform, konnte man zwar sehr weit schauen, aber aus einem, wie Jan fand, falschen Blickwinkel, der sich aus der Landschaft und den Bewegungsmöglichkeiten einer flügellosen Gattung in dieser Landschaft niemals ergeben hätte, im Unterschied zu den Ansichten, die sich Menschen von erklommenen Gipfeln aus boten, auf denen sie sich nach allem immer noch in der Landschaft befanden und nicht über ihr standen. Er fragte sich, ob den Vögeln die Bäume von unten betrachtet wohl ebenso unschön und falsch vorkamen wie ihm, wenn er von oben darauf schaute. Einen Vorteil hatte die Dunkelheit also: Er musste nicht gegen die Zumutungen eines heimatlichen Panoramablicks ankämpfen. Alle, die er kannte, kamen nur abends her, die jungen Leute nämlich, die hier gern ihre Feten feierten. Tagsüber dagegen wurde der Turm ausschließlich von Familien besucht, deren Eltern den Kindern die hundertfünfzig Stufen zumuteten, weil sie glaubten, die Kleinen würden die außergewöhnliche Aussicht als eine Belohnung ihrer Anstrengungen auffassen.

Mit jedem Schritt hinauf wurde die feuchte Stille größer, der Lärm am Boden ein Restrauschen aus einer parallelen Atmosphäre. Jan hatte schon mehrfach das Gefühl gehabt, er müsse oben angekommen sein, als er endlich die Plattform sah. Es war zu dunkel, um in ihre Ecken zu schauen, trotzdem erschrak er, als er Torsten nirgends erblicken konnte. Dass sein Freund die Turmtreppe hinaufgelaufen war, stand jedoch fest, ebenso, dass er nicht wieder heruntergekommen war.

Leise rief Jan nach Torsten. Der Plattformboden fühlte sich nicht weniger glitschig an als die Stufen, und so tappte er nur widerwillig und in sicherem Abstand vom Geländer vorwärts. Er stellte sich vor, Torsten sei in einer waghalsigen Aktion außen am Turm runtergeklettert, aus nicht mehr als ein paar Metern Höhe vielleicht – aber warum, um auf geheimnisvolle Art für immer zu verschwinden? Es schien in keiner Hinsicht sinnvoll.

Hinter ihm landete etwas Schweres auf den Planken, Jan schrak zusammen.

«Hi», sagte Torsten.

«Wo kommst du denn her?»

«Ich bin ein gefallener Engel.»

Sein Gesicht war feucht, die Haare klebten platt am Kopf. Jan konnte seine Züge in der Dunkelheit nicht gut erkennen, auf jeden Fall lachte er nicht.

«Pass auf, ich zeig's dir.»

Mit wachsendem Schrecken schaute Jan zu, wie Torsten sich auf die Brüstung schwang, als wäre das ein harmloses Mäuerchen. Auch wenn seine Züge in der Dunkelheit nicht gut zu sehen waren, erkannte Jan doch den Triumph in Torstens Gesicht.

«Ich stelle mir vor weit draußen im All zu sein», sagte sein Freund, «nah bei einem Schwarzen Loch. Wenn man sich am Rand eines Schwarzen Loches aufhält, liegt die eigene Zukunft völlig innerhalb des Schwarzen Loches.»

Jan begriff nicht.

«Stell dir ein rundum beleuchtetes Raumschiff vor. Es sendet sein Licht nach allen Seiten ins Weltall. Da es undenkbar ist, dass dieses Schiff sich schneller bewegen kann als das Licht, liegt jede mögliche Zukunft des Teils innerhalb des Lichtkegels, der es umgibt. Klar?»

«Klar», behauptete Jan.

«Wenn das Raumschiff sich auf ein Schwarzes Loch zubewegt, wird das Licht immer stärker durch die Gravität des Schwarzen Loches abgelenkt. Schließlich strahlt das gesamte Licht des Raumschiffs nur noch in Richtung des Schwarzen Lochs. Das bedeutet, die einzig denkbare Zukunft des Schiffs liegt in dem Schwarzen Loch.»

«Es muss darin verschwinden.»

«Es sei denn, es bleibt genau in der Zone am Rand, in der die Zeit stehen bleibt.»

«Ist das dein Ernst?»

«Genauso wie das nach außen strebende Licht steht die Zeit am Rande eines Schwarzen Loches still. Auch die Zeit unterliegt der Gravität.»

Nun brachte Torsten auch noch seine Beine auf die andere Seite, sodass er freihändig, sein Gleichgewicht nur auf dem Hintern balancierend, dreißig Meter über dem Erdboden dasaß. Was ist mit dem Perpetuum mobile wollte Jan fragen, die Frage blieb ihm im Hals stecken.

«Wenn du recht hast», sagte er stattdessen nach einer Weile, «ist Gott ein Schwarzes Loch.»

Torsten lachte nicht.

«Der Tod ist ein Schwarzes Loch», sagte er. «Wenn ich einen Satz nach vorn mache, in mein Schwarzes Loch …»

«… ist er die einzige mögliche Zukunft für dich.»

«Komm, setz dich zu mir, es ist geil.»

«Komm du lieber wieder zu mir.»

Eine Minute später saß Jan rittlings auf dem Geländer, sein Herz raste und sein Sonnengeflecht war der tiefste aller denkbaren Abgründe. Torsten hielt mit einer Hand seinen Oberarm umklammert und gab ihm das trügerische Gefühl, wenigstens etwas Halt zu haben. Trotzdem war das eine andere Sache als vom Zehner zu springen. Als auch er sich endlich entschloss, beide Beine über die Brüstung zu bringen, tat Jan es mit so viel Schwung, dass er auf dem schmalen Holzbalken noch ein Stückchen weiter nach vorn rutschte, und wenn Torsten, der jetzt erschreckt aufseufzte, ihn nicht gehalten hätte und Jans Rechte nicht in einem Reflex die Brüstung zu fassen bekommen hätte, wäre er womöglich in die Tiefe gestürzt. Beide atmeten sie heftig, ängstlich mit den Händen aneinandergeklammert. Jan wagte keine Bewegung mehr, weder vor noch zurück. Er wünschte sich einfach, es wäre vorbei, er stellte sich vor, irgendetwas Großes und Starkes würde ihn zurück auf den Boden der Plattform holen, ohne dass er auch nur die kleinste Bewegung machen müsste. Er glaubte nicht, dass er irgendwann in seinem Leben aus eigener Kraft zurückfinden könnte. Schon sah er sich, sie beide, im taghellen Licht dort oben sitzen, die Feuerwehr mit aufgespanntem Sprungtuch unten, während ein Psychologe langsam die Stufen erklomm und sie mit vorsichtigen Worten vom Sprung abzuhalten versuchte. Torsten fand als erster seine Fassung wieder.

«Was macht uns eigentlich Angst?», fragte er und seine Stimme zitterte nur leicht. «Wir können nicht mal nach unten schauen. Es könnte sein, dass es von hier bis zur Erde nur zwei Meter sind. Wir können nicht mal wissen, ob dort unten ist.»

«Wir wissen, dass wir den Sturz nicht überleben würden.»

«Das nimmst du an. Dabei könnte es sein, dass sich der Boden längst gehoben hat. Oder der Turm hat sich gesenkt. Oder umgekehrt.»

«Wir lassen einen Stein runterfallen.»

«Hast du einen?»

Jan hatte keinen. Er erinnerte sich an ein Zwei-Mark-Stück in seiner Hosentasche. Um nichts in der Welt hätte er das hervorkramen können. Mit den langsamsten aller möglichen Bewegungen schaffte er es, zurück auf die Plattform zu kommen. Der Boden unter seinen Füßen kam ihm nicht länger rutschig vor, sondern sehr, sehr sicher.

Torsten blieb leider sitzen, wo er war.

«Hast du nicht auch Lust zu fallen? Oder zu fliegen – das war doch deine Idee, dass du fliegen kannst, stundenlang durch die Luft, mitten durch dieses Schwarze Loch.»

Dieser Idiot breitete die Arme aus.

«Torsten!», schrie Jan so laut, dass er dachte, er wäre bis Füchten zu hören. Leiser setzte er hinzu: «Scheiße, lass uns zusehen, dass wir hier heil wieder runterkommen. Komm da runter, bitte. Lass uns unten noch ein Bier trinken.»

Er bekam keine Antwort.

«Warum bist du eigentlich hier rauf?»

«Zum Pinkeln. – Ich wollte mal allein sein, Mann.»

«Ärger zu Hause?»

«Du könntest mir mal eine Kippe drehen.»

Er inhalierte tief.

«Olaf ist seit neulich nicht wieder aufgetaucht. Niemand weiß, wo er abgeblieben ist.»

«Ich dachte, er ist oft weg.»

«Bisher hatten wir immer eine ungefähre Ahnung, wo er sich rumtreibt. Selbst der Alte macht sich Sorgen.»

«Was denkst du?»

«Ich weiß nicht. Diese Typen, mit denen er zuletzt zu tun hatte, wirkten echt finster. Vielleicht hat er Scheiße gebaut, und sie sind hinter ihm her.»

«Denkst du, es … könnte ihm genauso gehen wie Jörn?»

«Olaf? Der ist viel zu blöd, um Selbstmordgedanken zu haben. Echt, red kein Blech.»

«Torsten, komm von der Brüstung, bitte. Du machst mir Angst.»

«Ich versteh dich nicht, Mann. Jan – Mann. Hast du wirklich nicht die geringste Ahnung von dem, was ich dir erzähle? Du hast Schiss, ok, den hab ich auch. Aber spürst du nicht einen Funken von dieser unglaublichen Freiheit, die darin läge zu springen? Ich möchte wetten, dass es das einzig wahre Gefühl ist, das uns jemals möglich sein wird. Das ganze Geheimnis unseres Unglücks liegt in einer einzigen Tatsache begründet: Wir halten am Leben fest.»

Unten ging plötzlich der Scheinwerfer wieder an, sein Licht kletterte an den Bäumen rauf, die beiden jungen Männer konnten sich nun ins Gesicht sehen. Jan fühlte, dass er ebenso bleich sein müsse wie Torsten mit seinem verzerrten Gesicht.

«Ich habe nur noch zu einem Lust», murmelte er, «die Erde wieder unter meinen Füßen zu haben.»

Torsten sah ihn abschätzig an, er schien so was zu denken wie: «Das träumst du eh nur.»

Aber alles, was er schließlich sagte, war: «Schade.»

8

Jan schrieb von Hand: Φ – Phi – Nachbild. Trägheit des Auges, das dein Bild bewahrt, obwohl es schon verloschen ist, positiv, in der Farbqualität des gegebenen Reizbilds. Phi, Ki. Länger dauert das Nachbild als Negativ, in den Kontrastfarben. Ku. Habe ich dich jemals in den echten Farben gesehen, den wirklichen, richtigen Farben? Als ob es das gäbe. Deine Wirkung ist eine Gefühlswirkung, sie ist falsch schon im Moment der Wahrnehmung, in den Farben verkehrt. Was ich warm sehe, ist kalt, was ich kalt sehe, kann warm nicht werden. Hatte ich das Gefühl, du nähertest dich mir? Aber ich habe es mir nur zusammengeschnitten. Du warst hier, du warst dort, du warst an diesem und an einem anderen Ort. Ich, mein Auge, ließ daraus die Bewegung werden. In Wirklichkeit handelte es sich um eine Folge von Stillständen. In Wirklichkeit? In jener Zone der Selbsttäuschung, die man Bewusstsein, Erkenntnis nennt. Es wird nichts, es entwickelt sich nichts – – verlangsame den Ablauf, hebe die Gleichzeitigkeit von Bewegung und Lichtblitz auf, und du wirst glauben, einen Ablauf als Folge von Einzelbildern zu sehen. Beschleunige die Blitze und du siehst, was in Wahrheit vorwärts abläuft, scheinbar rückwärtslaufen. Rad des Lebens, das sich zurückdreht im Licht der Gasentladungslampe. Ich kann dich rückwärts und vorwärts sehen und kann dich doch nicht sehen. Du bist bloß die Leinwand, auf die ich dich sehe. Dich, meine Projektion. Dich, Klon meiner Projektion. Ich sehe die Schatten des Feuers auf deinem Gesicht, das Licht dazwischen sehe ich nicht. Ich höre nicht, welche Worte du sprichst, erinner' mich nicht. Auch Worte sind Licht. Sie werden Licht, Licht wird zu Ton, was sehen wir schon, was hören wir schon. Bist du Ki oder bist du Ku, wer, frag ich mich, bist du? Ich werde es nie und kann es nicht wissen.

Jan strich das folgende Wort: beschissen. Er schrieb: Flügelblende. Nirgends ein Lügenende. Stroboskop. Stroboskopf.

9

«Lass die Hunde nicht los», hatte Karin gesagt; sie sagte das jedes Mal. Normalerweise befolgte Jan ihren Rat, es waren immerhin fünf Hunde, Drago, Lisa, Thynsen, Hiram und Deern, die Dalmatinerhündin. Sie war die auffälligste Erscheinung in dem bunten Haufen und als Einzige halbwegs von Rasse. Keiner von ihnen war ordentlich abgerichtet. Zusammen waren sie kaum zu halten, und solange sie an der Leine liefen, bellten sie, dass die Luft über dem Wald bis hinunter ins Tal davon widerhallte, oder zwangen Jan, in ihrem Gefolge zu laufen. Die Luft war nach einem kurzen Kälteeinbruch wieder lau wie an einem Tag im September. Jan schwitzte, die Hunde rissen an den Leinen, als hätten sie ein Wild gewittert. Sie durften auf keinen Fall anfangen zu jagen, sonst würden sie nicht wieder aufhören. Die Jäger erschossen streunende Tiere sofort. Jan merkte, wie seine Schritte auch diesmal immer schneller wurden. Und er wusste, dass es mit zunehmender Geschwindigkeit immer schwieriger würde, die Bande unter Kontrolle zu halten. Lange bevor sie die Kuppe des Hügels erreicht hatten, gab er auf und ließ alle fünf von der Leine. Sie stoben auseinander, als hätte jeder einzelne von ihnen längst ein genaues Ziel im Auge. Der letzte Regen hatte das gelbe Laub großenteils zu Boden gebracht. So waren die Hunde noch eine ganze Weile zu sehen, bevor sie im Unterholz verschwanden. Besonders Deerns helles Fell leuchtete häufig zwischen den Sträuchern auf. Schließlich verschwand auch sie. Achtlos zog Jan fünf federleichte Schwänze über den Waldweg; einmal klapperte eine Schließe auf einem Stein, ansonsten war es still geworden. Er versuchte, sich nicht zu fragen, wie er die Tiere wieder nach Hause bringen sollte.

Der Weg war vor kurzem neu belegt und verbreitert worden, eine dicke, fest gewalzte Schicht aus klein gemahlenem Gestein lag wie eine kalte Zunge auf den Kräutern und Gräsern, die hier vorher gewachsen waren. Solange Jan den Weg kannte, war er immer lehmig, halb von Gras und Brombeerranken überwachsen und aufgrund seiner Spurrillen kaum befahrbar gewesen. Nun also eine Rennbahn für Traktoren. Er führte über den gesamten Rücken des Hügels. Immer wieder öffnete sich der Wald und ließ Blicke in die Weite auf Wiesen und Dörfer zu. Im Westen rückten bei drohendem Schlechtwetter die Höhen eines früheren Vulkangebirges heran. Kaum vorstellbar, dass diese zusammengesackten Hügel vor fünfzehn Millionen Jahren Steine, Asche und Lava ausgespieen hatten. Südlich verlor sich der Blick in einem geschlossenen, endlos scheinenden Wald. Mitten auf dem Bergkamm, in der einzigen Schneise, die reaktorähnliche Kuppel der Militärbasis. Es hieß, dass dort Atomsprengköpfe lagerten, die Anlage war Teil einer Verteidigungslinie der Nato, so stand es in einem Flugblatt, das in der Schule für ziemlichen Wirbel gesorgt hatte. Es waren nicht die ersten Vernichtungswaffen. Von seinem Großvater wusste Jan, dass die Nazis nicht weit von dort in den letzten Kriegsmonaten V1-Flugbomben auf Belgien abgeschossen hatten. Heute standen da Cruise Missiles oder Nikes – was machte den Unterschied? Sie brachten den Tod. Immer noch waren Menschen bereit, andere Menschen für ihre Ziele massenhaft umzubringen. Was die Vulkane am Horizont in Jahrmillionen nicht geschafft hatten, die Region zu verwüsten, würde diesen Waffen binnen Minuten gelingen. You don't have to sleep to see nightmares. Jan spürte einen Kloß im Hals. Er war überzeugt, dass die Notwendigkeit von Leben auf dem Planeten oder die Existenz dieses Planeten selbst in keiner Weise zu rechtfertigen war. Wenn er sich jedoch diese Gegend, in der er sein ganzes bisheriges Leben verbracht hatte, als eine tote Wüste vorstellte, aus der bloß noch ein paar verkohlte Baumstümpfe aufragten, tat ihm das Herz weh.

Von fern hörte er Drago und Thynsen bellen. Es klang, als seien sie ganz unten am Bach, vielleicht noch weiter weg. Jan beschleunigte seine Schritte. Hinter der nächsten Kurve lag eine Lichtung. Von dort konnte man in die weiteste Ferne schauen. Der Himmel war leicht bewölkt, das Land glänzte noch vom letzten Niederschlag. Seit dem Abend beim Turm regnete es häufig. Das machte Jan nichts aus, manchmal ließ er sich einfach nass werden und lief im Freien rum, bis ihm kalt wurde. Die Begegnung mit Kiku hatte einen tiefen Eindruck bei ihm hinterlassen, noch nie war er mit einem Menschen so exakt auf derselben Wellenlänge gewesen. Umso mehr wunderte es ihn, dass er sich an das Gespräch mit ihr kaum noch erinnerte. Er kannte nun die Zeichnung ihres Gesichts, ihr dunkles Auge und das dunkle Haar, das sie sich vielmals aus der Stirn strich. Er hätte eine Karte ihrer Haut anfertigen können, die Lage jeder Pore war ihm klar. War es überhaupt möglich, in der Dunkelheit am Feuer so viel wahrzunehmen? Aber von dem Gespräch mit ihr war ihm nur das Gerippe geblieben. Sie hatte abgetrieben und fühlte sich deswegen schuldig. Jan spürte, wie ihm der Abend entglitt. Die Ränder ihrer Worte hatten sich schon aufgelöst, und er musste sie mittels seiner Fantasie wiederherstellen. Er würde vergessen, was sie gesagt hatte, irgendwann würde er jedes einzelne Wort vergessen haben und nur noch seine eigene Vorstellung, ein Märchen, würde übrig bleiben. Darüber hatte er an Kiku geschrieben. Für sich etwas zu notieren, die noch erhaltenen Fetzen zu retten, schien ihm dagegen albern. Stattdessen hatte er sie gezeichnet. Schwarze Tusche, Kiku war schwarze Tusche. Sie hatten sich unterhalten, egal, sie hatten sich angeschaut, er hatte sie angeschaut, ihren Blick geschenkt bekommen, ihr Gesicht sehr nah. Das würde bleiben. Das Gefühl des Glücks oder jedenfalls der Befreiung. Der Bewegung, des leichten, schleunigen Gehens. Jan hüpfte ein paar Schritte, er ließ die Leinen über seinem Kopf wirbeln.

Am Scheitelpunkt der Kurve, nicht weit von der Stelle, an der sich in einem schützenden Fichtenwäldchen die Bühne verbarg, sah er das Mädchen plötzlich vor sich. Er traute seinen Augen, nicht einen Moment lang zweifelte er, dass sie es war, die da über die Sträucher gebeugt stand, als wollte sie Beeren pflücken. Sie erschrak nicht, sie lächelte ihm entgegen. Wie bei einem heimlichen Stelldichein begrüßten sie sich verstohlen.

«Ich führ die Hunde aus.»

Kiku warf einen mild spöttischen Blick auf die Leinen in seiner Hand. Es kam ihm plötzlich vor, als wären die Tiere unbemerkt entkommen.

«Das scheinen ja eine ganze Menge zu sein.»

«Fünf. Das ist ein Tick von meiner Mutter, die ganzen Tiere. Was machst du hier?»

Die Frage klang, als sollte sie sich vor ihm rechtfertigen. Es tat ihm augenblicklich leid.

«Ich geh manchmal hier spazieren.» Kiku klang

schüchtern. «Ich habe entdeckt, dass man dahinten fast bis zum Rhein rüberschauen kann.»

Sie wischte ein paar schwarze Strähnen fort. Im nächsten Moment glitt das Haar wieder vor und verdeckte die rechte Hälfte ihres Gesichts. Mechanisch begann Jan, die Leinen um seine Hand zu wickeln. Das Leder fühlte sich speckig an.

«Es ist der schönste Weg hier in der Gegend. Leider hört er weiter hinten einfach auf.»

Er zeigte in die Richtung.

«Ich weiß.»

Mehr sagte sie nicht. Jan ließ seinen Blick nach den Hunden schweifen. Kiku holte seine Augen zurück, indem sie ihn fest ansah.

«Es war schön, neulich mit dir zu reden.»

«Ja.»

Wieder schwiegen sie eine Weile. Jan schaute auf ihre Hand. Sie trug zwei silberne Ringe.

«Du warst … ich würde mir wünschen, du wärst häufiger so wie an diesem Abend.»

«Ich war betrunken.»

Er grinste, als er das sagte, und schämte sich dafür. Er schämte sich, stolz darauf zu sein. Kiku schüttelte den Kopf. Er dachte, dass sie noch etwas sagen wollte, doch dann unterdrückte sie es wohl. Das Knäuel um seine Hand war so dick angeschwollen, dass sie sich kraft- und hilflos anfühlte. Er würde Kikus Auge zeichnen.

Sie folgten dem Weg. War Kiku vor ihm gelaufen, oder war sie aus der anderen Richtung gekommen und ging nun zurück?

«Hast du noch mitgekriegt, wie Afet am Feuer türkische Lieder gesungen hat?»

Er schüttelte den Kopf. Er wollte ihr lieber nicht sagen, dass er hinter Torsten her auf den Turm gestiegen war. Er wollte ihr lieber nicht sagen, dass sie um ein Haar abgestürzt wären.

«Das war schön.»

Kiku zupfte ein Blatt von einem Ast, wischte mit Daumen und Zeigefinger das Wasser ab und steckte es in ihre Jackentasche. Jan spürte, wie er beim Gehen das Leinenknäuel gegen seinen Oberschenkel presste. Ihm war warm.

«Ich habe kein Wort verstanden», fuhr Kiku fort. «Letztendlich, glaube ich, war gerade das so schön: eine Sprache hören zu können wie Musik. Manchmal wünschte ich mir, ich könnte unsere Sprache so hören.»

Warum fand er es komisch, wenn sie «unsere Sprache» sagte? Nur weil sie um die Augen rum ein bisschen anders aussah? Weil ihre Haut um einen Hauch anders getönt war? Sie war genauso hier geboren wie er.

«Kannst du Türkisch?»

Bok. Das einzige türkische Wort, das er kannte, lautete ungefähr so und es bedeutete Scheiße. Sie kamen an die Stelle mit der besten Aussicht weit und breit.

«Unsere Kasernensprache klingt jedenfalls nicht wie Musik. Ach-tung! Rechts-um!»

Er traute sich nicht, in ihrer Anwesenheit das R zu rollen und den General zu mimen, wie Nils es manchmal tat. Sie lachte dennoch. An ihrer Hose entdeckte er Spuren von Lehm.

«Täglich geh' ich heraus und such' ein Anderes immer, habe längst sie befragt all die Pfade des Landes; droben die kühlenden Höhen, die Schatten alle besuch ich – findest du das kasernenhaft?»

«Nein, das ist schön. Wie geht's weiter?»

Sie schaute in die Luft.

Aus dem linkerhand liegenden Waldstück war das lang gezogene Winseln der Dalmatinerhündin zu hören. Kiku blieb stehen. Sie warf ihm einen besorgten Blick zu.

«Das ist Deern», sagte er. «Einer von den Hunden. Ich habe noch keine Ahnung, wie ich sie wieder an die Leine bekomme. Sie hören nicht auf mich.»

«Vielleicht musst du lernen, auf sie zu hören.»

Sie erreichten die Lichtung; feucht und überklar lag ihre Heimat, dieses ländliche Land, vor ihnen. Jan deutete auf die Vulkanreste in der Ferne.

«Wenn sie noch aktiv wären, würden wir uns hier ziemlich scheiße fühlen.»

«Die Raketen drüben unter der Kuppel sind viel schlimmer, nur dass wir es nicht sehen können.»

«Kannst du dir vorstellen, dass alle Atomraketen der Welt eine Sprengkraft von zwanzig Millionen Tonnen TNT haben?»

«Wir können den gesamten Erdball in einem Feuersturm vernichten.»

Sie hatte das Flugblatt ebenso gelesen wie er. Vergeblich hatte die Schulleitung sich bemüht, den DIN-A5-großen Aufruf zur Gewaltverweigerung aus dem Verkehr zu ziehen. Der normale Unterricht war für zwei

Tage weitgehend abgelöst worden von Diskussionen über den Rüstungswahnsinn der Machtblöcke. Fast alle Schüler hatten sich dafür ausgesprochen, nach Bonn zur großen Demonstration gegen den Nato-Doppelbeschluss zu fahren, doch die Schule zeigte keine Neigung, sie auf irgendeine Weise bei der Organisation zu unterstützen.

«Wenn ich mir diese Sachen vorstelle, Menschen, denen die Haut in Fetzen runterhängt, bei denen man nicht mehr erkennen kann, ob man sie von hinten oder von vorn sieht … da komm ich mir so unbedeutend vor mit meinen Problemen.»

«Wenn wir uns selbst nicht ernst nehmen, können wir auch die Welt nicht ernst nehmen. Mir bedeutet sie nicht viel.»

Wo nahm er plötzlich solche Sätze her? Kiku trat von einem Fuß auf den anderen.

«Kommst du morgen zur Probe?»

«Beleuchtungsprobe ist erst nächste Woche.»

Ein schneller Schatten wanderte über ihr Auge. In einer komisch zackigen Bewegung hob Kiku den Arm.

«Ich geh.» Sie zögerte. «Neulich abends warst du nicht so steif. Ich glaube, das war's, was mir gut getan hat.»

Eine Sekunde lang schien ihr Gesicht völlig hinter ihrem schwarzen Haar verschwunden. Nur die Linien der Wangenknochen schimmerten hervor. Kiku drehte sich um und lief den Weg entlang, den auch er gehen wollte. Ihre Regenjacke leuchtete noch eine Weile durch die Zweige und verschwand schließlich im gelben Herbstlaub. Der Gedanke, ihr in der Theater-AG zu begegnen, regte Jan auf, aus irgendeinem Grund hatte er das Gefühl, dies sei nicht möglich. Auf seinen Brief war sie mit keinem Wort eingegangen, und Jan hatte sich nicht getraut, sie danach zu fragen. So blieb er den Möglichkeiten ausgeliefert – wahrscheinlich hatte sie ihn erhalten, vielleicht aber auch nicht. Ob er auf Antwort hoffen durfte? Er würde sie zeichnen. Er würde sie schreiben, nicht über sie schreiben, nicht sie beschreiben. Mandelauge – warum fiel ihm nur so ein Mist ein? Er wollte ihr Haar zeichnen, das Auge verdeckt.

Täglich geh ich hinaus, such einen Anderen immer, alle Pfade des Landes … mehr hatte er nicht behalten und nichts zu schreiben dabei. Sie kannte wunderbare Sachen. Er nahm sich vor, das Gedicht zu finden. Dafür würde er sogar in die Schulbibliothek vordringen. Jan rief die Hunde. Vom Rumstehen war ihm kühl geworden, im Kragen spürte er seinen kalten Schweiß. Am Horizont stand neben den formlosen, abgerauchten Resten der anderen die deutlich auszumachende, fast ideale Silhouette eines Schildvulkans. Der hätte hier alles auspusten können. Doch es war nicht geschehen. Tatsächlich nicht?

Deern und Thynsen folgten seinem Ruf. Er leinte sie an. Den anderen lief er noch lange nach. Drago kam zuletzt, einen toten Hasen im Maul.

In der folgenden Nacht behielt Jan seinen Traum.

10

Manchmal im Laufe der Jahre hatte Jan Knochen gefunden, Kieferfragmente mit unvollständigen Zahnreihen, abgebrochenen Nasenbeinen oder einmal ein Schulterblatt. Er hatte sich immer gefragt, wie es dazu kommen konnte, wo doch die Jäger ihr Revier fest im Auge behielten und die Zahl der darin lebenden Tiere angeblich genau kannten. Er fragte sich auch, wie es vonstattenging, wenn die Tiere starben, ob sie sich einen Ort dafür suchten oder einfach weitermachten, bis sie zusammenbrachen. Oder bis sie gerissen wurden. An welchen Plätzen mochten sie den Tag verschlafen, seinem Eindruck nach schliefen sie ja überhaupt nicht; denn entweder waren keine Tiere da, wenn er tags durch den Wald strich oder sie waren auf der Flucht und durchaus wach.

So erschrak Jan, als er auf dem Weg durch die Schonung bemerkte, dass er nicht allein war, und dachte zunächst an die Rückkehr einer wilden Gestalt aus der Kindheit, die sich im Holz versteckt hielt und den wehr- und arglos Umherstreifenden heimtückisch eins überzog. Diese Gestalt hatte er längst zu den Vergangenheiten gesperrt; dass sie einfach wieder auftauchen konnte, überraschte ihn. Als er sich schließlich der Stelle näherte, an der er die dichten Zweige leise zittern sah, roch er das Tier. Ein Reh lag vor ihm, sein Körper und seine Glieder zuckten angestrengt, doch die Beine gehorchten ihm nicht und es lief wie im Traum, ohne von der Stelle zu kommen. Es war nicht besonders groß, kam ihm vor, trotzdem strahlte es eine überraschende Körperlichkeit aus und es schien seine Gegenwart genauso fremd und unausweichlich zu empfinden, wie er die des Wildtiers. Jan sah kein Blut. Er steigerte die Angst des Rehs, indem er es berührte, die vergeblichen Fluchtbemühungen wurden intensiver und nahmen mit schwindenden Kräften ab. Das Fell war nass, der durchdringende Geruch heftete sich an Jans Hände. Merkwürdigerweise befürchtete er, gebissen zu werden. Immer wieder sah er die gebleckten, teilweise dunkel verfärbten Zähne aufscheinen. Schließlich suchte er nach einem großen Stein, um damit das ermattete Tier zu erlösen.

Tags darauf kehrte er verwirrt an die Stelle zurück. Was hatte er getan? Er spürte nun, dass er einem dunklen Impuls gefolgt war, ohne sich darüber klar zu werden, aus welchen Gründen sein Handeln gekommen war. Es erschien ihm nicht länger als Gnade, sondern als pure Grausamkeit. Die ganze Zeit über war er eindeutig Herr der Lage gewesen, ohne mit Gegenwehr rechnen zu müssen. Er hatte das Tier getötet, weil er die Macht hatte, es zu tun. Ihm war klar, dass er nicht einfach so im Wald herumliegende Tiere umbringen durfte. Er hätte dem Jäger Bescheid geben müssen. Dieser würde das abgehende Stück Wild ohnehin vermissen, wenn es stimmte, was die Jäger sagten. Jan dachte daran das Reh zu begraben, doch er rechnete sich aus, dass er ein Loch in der erforderlichen Größe nur schwer ausheben und niemals ausreichend würde tarnen können. Deshalb fasste er den Plan, das tote Tier wenigstens von dem Platz in der Schonung wegzutragen oder zu -schleifen. Er fand es nicht mehr. Sein erster Gedanke galt dem Jäger. Es gab doch kein Tier im Wald, das in der Lage war, ein ganzes Reh wegzuschleppen. Jan dachte, seine Tat sei entdeckt worden; er konnte sich der Vorstellung nicht entziehen, dass eine polizeiliche Kommission gebildet wurde, die den Fall untersuchte und ihn als Täter überführte.

Es war ein schöner, milder Spätherbsttag und er setzte sich ganz am Rand der Lichtung auf seine Jacke in die Sonne, die ihn scheinbar wärmte. In Wahrheit kühlte er langsam aus. Jan rechnete nicht damit, dass jemand käme, und erst recht nicht damit, dass sich jemand nähern konnte, ohne dass er es bemerkte. Den Rand der Lichtung hatte er für den Fall gewählt, dass er doch überrascht würde. Seine geschlossenen Augen wandte er der Sonne zu und überließ sich dem Spiel der Lichtblitze hinter seinen Lidern, nur seine Ohren blieben auf die Umgebung gerichtet.

Er hatte zwei Stunden damit zugebracht nach dem Gedicht zu suchen, aus dem Kiku zitiert hatte, und es schließlich bei Hölderlin entdeckt. Er hatte es abschreiben wollen, dann darauf verzichtet und den Band ausgeliehen, um es bei Uwes Vater zu fotokopieren. Es war mehr als drei Seiten lang, und ehrlich gesagt verstand er nur halb, wovon es handelte. Dabei fand er die Sprache in ihrem Fluss sehr schön und abgesehen von Wörtern wie «frommet» und «Othem» nicht mal besonders altmodisch. Oder doch ein bisschen, mit dem Gerede von

«Todesgöttern» und von «des Sängers Gebet». Alles in allem aber berührte es ihn. Wie ein Götterkind war ihm Kiku erschienen auf seinem Weg durch den Wald. Nie zuvor war ihm jemand aus der Schule dort begegnet, er hatte sich von allen anderen völlig abgeschieden gefühlt.

Über den Himmel schoss im Tiefflug ein Düsenjäger und löschte mit seinem Donnern eine Welt. Als er vorüber war, standen die Grashalme wieder auf, der erste Vogel piekste mit zwitscherndem Schnabel kleine Löcher in die Luft, die gleich wieder verschwanden. Wie Noah würde Jan die Luke öffnen und in eine grausam erfrischte Umgebung treten.

Vielleicht deshalb erschrak er nicht und wusste gleich, wer da «hallo Jan» zu ihm sagte. Sein Brief an sie war unbeantwortet geblieben, er wagte nicht danach zu fragen. Kiku sah sich um.

«Hey», sagte sie, «das ist ja eine richtige Naturbühne. Hier müsste etwas gespielt werden.»

«Zu einem Theater fehlt der Zuschauerraum. Wir nennen es den Altar.»

«Wir?»

«An und ich. Wir haben als Kinder hier gespielt.»

Sie lachte.

«Was? Habt ihr geopfert?»

«Was die Hunde brachten. Kleine Tiere.»

«Der Tisch Gottes.»

«An einem Tisch sitzt man unter Seinesgleichen, das ist der Unterschied. Vor der Bühne sitzt man wie an einem Tisch, von dem man nicht essen kann.»

«Geistige Nahrung», sagte sie betont ironisch. «Jedenfalls braucht auch der Altar einen Zuschauer. Kein Gebet und kein Opfer macht Sinn, wenn es nicht jemanden gibt, der es annimmt und erhört.»

Jan fand ihre Bemerkung scharfsinnig. Die eigene Idee von «Seinesgleichen» dagegen war völliger Quatsch. Wahrscheinlich hatte er das Wort nur benutzt, weil es ihm so besonders erschien, eine Vokabel, die er im Alltag kaum verwendet hätte.

«Ich will in deiner Gegenwart nie schweigen.»

«Warum tust du es dann?»

Erst jetzt bemerkte er seinen Fehler, «immer» hatte er sagen wollen, immer schweigen, weil es ihm das Klügste schien oder auch der einzige Weg, sich vor Dummheiten zu schützen. Jan verwirrte sich in stummen Überlegungen, wie es zu diesem Fehler hatte kommen können.

«Das Reh war schon tot», sagte er plötzlich. «Ich versichere dir –»

«Erzähl mir nichts.» Sie stellte sich vor ihn hin wie ein Lehrer. «Was weißt du schon über den Tod?»

«Als ich elf war, ist mein Opa Gustav gestorben. Das war der gute Opa.»

«Als du zwölf warst –»

«– passierte die Scheiße mit meiner Mutter. Du weißt es. Ich erinnere mich, dass Opa Gustav im Sarg keine Brille aufhatte. Ich fand das komisch.»

«Seine Augen waren geschlossen.»

«Trotzdem fand ich es komisch. Als wollte man verhindern, dass er etwas erkennt, falls er sie doch mal aufmachte.»

«Es hat dich geängstigt. Die Vorstellung, deine Augen niemals mehr öffnen zu können –»

«Ich wusste noch nicht, dass man Toten die Augen häufig zuklebt. Ich habe keine Empfindung, wenn ich an seinen Sarg zurückdenke.»

«Es gab einen Streit.»

«Tante Helga sagte, wenn er nicht mit gefalteten Händen im Sarg liegt, kommt er auch nicht in den Himmel.»

«Wie hätte das gehen sollen.»

«Er hatte nur einen Arm. Er war ein guter Mann.»

«So schrie René, der gar nicht an den Himmel glaubt, seine Schwester an.»

Beide riefen: «Unser Vater war ein guter Mann.»

«Neunzehnhundertdreiunddreißig soll er einmal, statt den Hitlergruß zu zeigen, die Faust zum sozialistischen Gruß erhoben haben. Vier Wochen KZ kriegte er dafür.»

«Wenn nicht sechs.»

«Danach machte er, wie er sagte, nur noch die Faust in der Tasche.»

«Wo ist sie hingekommen, diese Faust?»

«Er hat sie im Krieg geopfert –»

«Verloren!»

«Neunzehnhundertneununddreißig als erfahrener Kriegsteilnehmer zum Westwall einberufen, zerschmetterte ihm ein Artilleriegeschütz den Arm und er kehrte noch vor der Frankreich-Offensive nach Hause zurück. Er lernte, alles mit links zu erledigen.»

«Rätselhaft, woher er das Geld für eine Greifhandprothese hatte. Konnte er damit eine Faust machen?»

«Vielleicht probier ich's mal aus. Das Teil liegt jetzt bei uns im Keller. Bei seiner Brille.»

«Er musste ohne Hilfsmittel im Jenseits erscheinen?»

«Vor Gott.»

«Oder wem auch immer.»

«Neulich abends, du weißt ja, an dem Abend, an dem wir so toll geredet haben –»

«Du bist hinter Torsten her auf den Turm geklettert.»

«Um ein Haar wäre ich da runtergestürzt. Ich spüre jetzt noch, wie mir der Balken unterm Arsch wegrutscht.»

«Weißt du deshalb etwas über den Tod?»

«Der Tod ist ein Schwarzes Loch. Wenn ich einen Satz nach vorn mache, in mein eigenes Schwarzes Loch, ist es die einzige mögliche Zukunft für mich.»

«Wen die Todesgötter einmal fest haben, dem hilft weder zürnen noch flehen.»

«Kein Bild aus hellerer Zeit leuchtet ihm in die Nacht. Den Tag der Liebe hat er vergeblich erwartet.»

«Aber du lebst. Fehlt dir wirklich die Liebe zum Leben?»

«Auf dem Turm habe ich plötzlich gespürt –»

«– wie du am Leben hängst.»

«Etwas rein Kreatürliches. Jeder Wurm könnte das Gleiche spüren. Was weißt du über den Tod?»

«Ich habe töten lassen, um zu leben.»

«Zählt nicht, zählt nicht!»

«Bist du dir sicher?»

«Hast du einen Spiegel dabei?»

Ironisch: «Klar doch. Ich gehe niemals ohne Spiegel in den Wald.»

«Darf ich dich berühren?»

«Was, gleich hier?»

«Es sollte wie eine unabsichtliche Berührung wirken.»

«Das wirkte im Gegenteil sehr gezielt.»

«Dann setze ich mich jetzt da drüben auf den Stein. Weit genug weg von dir.»

«Der Rand der Bühne.»

«Oder schon die erste Zuschauerreihe.»

«Das ist doch der Opferstein. Ich sehe das Blut daran.»

«Tu das Messer weg. Es ist ein Zuschauerplatz.»

«Erwartest du eine Privatvorführung? Nur für dich? – Sie haben mein Aug mir genommen, mein Herz hab ich verloren.»

«Es ist die Dämmerung, die dich an deinen Augen zweifeln lässt.»

«Die Zeit des Jägers ist noch fern.»

«Die Jagd ist schon vorbei.»

«Ruh' erbittend flieht das getroffene Wild in die Wälder.»

«Und ich dachte, du ziehst dich jetzt aus. Warum brichst du zusammen?»

«Komm zu mir!»

Jan ging hin.

«Flach wie eine ausgesaugte Capri-Sonne. Der Strohhalm kuckt ein winziges Stück weit raus.»

Die Sonne trat hinter eine Wolke. Sofort war die Kühle des Herbsttags zu spüren. Jan war allein; er fühlte sich unheimlich. Bevor der Abend kam, wollte auch er zurück sein.

11

Auf dem Weg über die Hauptstraße schoss die Herbstsonne eine unentrinnbare Strahlengarbe ins Auto. Ans neuerdings hennagefärbtes Haar leuchtete, sogar ihr Gesicht schimmerte noch im Abglanz dieses Feuers. Ihre dunkel gemalten Lippen wirkten dagegen beinah schwarz. Als ihre Augen sich im Rückspiegel begegneten, senkte Jan schnell den Blick. Sie sollte nicht bemerken, dass er sie betrachtete. Seit sie nackt vor ihm herumgelaufen war, fühlte er sich in ihrer Nähe befangen. Er empfand etwas, als säßen in ihren Brüsten kleine Sender, die durch eine unendliche Reihe von Impulsen immerzu auf sich aufmerksam machten, ja, sie schienen ihm heimlich die Botschaft zu senden, dass er sie berühren, liebkosen, massieren sollte. Es war ihm umso peinlicher, als er immerzu dachte: Sie merkt es, jeder kriegt mit, in welchen Zustand sie mich versetzt. Schließlich war sie seine Schwester, und Jan redete sich ein, dass seine Scham von diesem Tabu herrührte.

Er saß in den Fond gequetscht, weil vorn ein Vergrößerer stand, den sie Matze zurückgeben musste – ihr Angebot, den Vordersitz frei zu machen, hatte Jan dankend abgelehnt. Bloß nicht noch näher bei ihr sitzen. Trotzdem war er froh, den langen Weg zur Fete nicht laufen zu müssen. Sie hatte ihn von hinten angehupt, doch dass sie es war und nicht irgendein Spießer, der sich über die Verkehrsbehinderung durch einen Fußgänger auf der Fahrbahn aufregte, hatte er erst bemerkt, als sie ihn durch das runtergekurbelte Fenster anrief. Ihr R5, dessen Fahrgeräusch und Hupe er so gut kannte wie ein Hund die Stimme seines Herrn, war vor kurzem völlig durchgerostet auf dem Schrottplatz gelandet. Jetzt fuhr sie den Mini eines Freundes, der für ein halbes Jahr im Ausland war. Der Innenraum stank abartig nach Rauch, insgesamt ähnelte die Kiste eher einem Aschenbecher als einem Auto. An fuhr vorsichtig, als wollte sie auf den geliehenen Wagen besonders achtgeben. Dafür beanspruchte sie die Anlage in einem Maß, dass die Muttern von den Schrauben hüpften. Pink Floyd. Zum Glück drehte sie die Musik leise, als er einstieg.

«Wir müssen endlich die Nachtfotos machen», sagte An.

«Scheiße dass aus dem anderen Film nichts geworden ist.»

«Ja.»

«Wann wollen wir das machen? Ich hab nächste Woche zwei Klausuren, aber danach hätte ich Zeit.»

«Ist dir die Schule auf einmal so wichtig?»

Er sah ihren prüfenden Blick im Rückspiegel. Starr noch ein Weile, und auch du wirst wieder flach wie das Stanniol von einem aufgegessenen Weihnachtsmann, dachte er.

«Ich hab jedenfalls eine Menge Zeit jetzt.»

«Hast du Ärger bekommen?»

«Ich hab da aufgehört.»

Obwohl er so etwas geahnt hatte, erschrak Jan. Sie war doch beinah mit der Lehre fertig.

«Es ging gar nicht drum, dass ich mir ein paar Tage Urlaub extra gegeben habe. Ich hatte Ärger mit der Frau vom Chef. Die konnte mich noch nie leiden. Diesmal hab ich's ihr zurückgegeben, aber ordentlich.»

«Sie haben dich rausgeschmissen.»

«Ich habe gekündigt. Meinst du, ich lass einfach alles mit mir machen? Ich war da, um was über Fotografie zu lernen und nicht, um irgendwelche alten Akten aufzuräumen.»

«Und jetzt?»

«Keine Ahnung. Erst mal geh ich zum Arbeitsamt.»

«Oh Mann. Wenn du keine Ausbildung hast ... willst du nachher putzen gehen?»

«Sei doch nicht so ein Spießer!»

Er spielte mit den Zähnen an einem Fetzchen alter Haut, das an seiner Lippe festhing.

«Ich überlege auch, ob ich nicht lieber die Schule schmeiße.»

«Tu das nicht.»

«Eben hast du noch gesagt, ich würde die Schule zu ernst nehmen.»

«Aber du hast es fast geschafft. Noch ein halbes Jahr.»

«Sieben Monate. Jetzt redest du selbst wie ein Spießer.»

Sie erwiderte nichts. Wahrscheinlich lächelte sie überlegen. Vor einem Zebrastreifen bremste sie und ließ eine Familie mit heulenden Kindern rüber. Anschließend fuhr sie sanft an und ließ den Mini die Straßen hinunterrollen. Irgendetwas war mit ihr los.

«Du fährst wie ein Mädchen», sagte Jan obenhin.

An ließ sich provozieren. Sie schaltete zurück und ging dermaßen aufs Gas, dass der kleine Wagen beinah einen Sprung machte. Gleich darauf ließ sie ihn wieder ganz manierlich laufen. Mit einem Leuchten in den Augen, das noch von ihrer Entschlossenheit zeugte, aber auch schon ihre eigene Zufriedenheit über diese Aktion zeigte, drehte sie sich kurz zu ihrem Bruder um. Jan reagierte nicht auf ihren Blick. Er war immer noch schockiert, weil An ihren Ausbildungsplatz verloren hatte. Er konnte sich nicht vorstellen, wie es für sie weitergehen sollte. Sicher musste sie ihr Apartment aufgeben. Er fragte sich, ob sie überhaupt Arbeitslosengeld bekommen würde. Der Flaum in ihrem Nacken schimmerte ebenfalls hell, man konnte jedes einzelne Härchen sehen.

«Weißt du, ich habe echten Schiss davor zu Matze nach Bredenbach zu fahren. Vielleicht begegne ich Gritt.»

Oder Matze und Gritt treiben es gerade, wenn du hinkommst, und du musst es dir anhören. Jan sagte das nicht.

«Oder Matze.»

«Er hat am Telefon gesagt, er wäre nicht da. Den Vergrößerer hätte er mir ruhig lassen können, als kleine Entschädigung.»

Er war nicht sicher, ob sie es ernst meinte. Was konnte so ein Teil schon gegen den Schmerz ausrichten, den die Trennung ihr zufügte?

«Am Telefon hat dieser Arsch tatsächlich gesagt, es wäre unehrlich gewesen nicht mit Gritt zu pennen. ‹Wir wollten doch immer ehrlich sein›», äffte sie ihn nach. «Wichser. Soll er vergammeln in seiner Kommune.»

Aber Jan hörte an ihrer Stimme, wie traurig sie war. In diesem Moment kam es ihm blöd vor hinten zu sitzen. Auf diese Weise wurde er zu einem Gaffer, der nichts tun konnte, um sie zu trösten.

«Hey!», sagte er mitfühlend und bereute es gleich, denn nun heulte sie los und beschimpfte ihren Exfreund mit einem verletzten Ausdruck in der Stimme, den Jan kaum ertragen konnte. Um sich zu fangen, ging sie gewissermaßen zum Gegenangriff über.

«Bist du endlich mal auf Kiku zugegangen? Hast du sie mal angesprochen oder eingeladen?»

«Und du Mirko?»

«Wie kommst du denn auf Mirko? Ah, du hast uns zusammen im Bogen sitzen sehen. Bist du etwa eifersüchtig?»

«Warum sollte ich? Mirko ist mit Jasmin zusammen.»

Im selben Moment, in dem er das sagte, wurde ihm klar, dass es dumm war. Indirekt bestätigte er seiner Schwester damit, dass er durchaus eifersüchtig sein könnte, wenn er befürchten würde, dass Mirko etwas von ihr wollte. Aber Eifersucht war nicht das richtige Wort, ihn störte etwas anderes an der Idee, An könnte auf Mirko stehen. Der gehörte gewissermaßen in Jans eigenes Lager, in das der jungen, halbreifen Männer, die noch zur Schule gingen, auch wenn er schon sehr erwachsen tat. Sie passten einfach nicht zusammen, Mirko und An.

«Und Kiku?», bohrte sie jetzt nach.

Jan überlegte, ob er ihr von dem Gespräch erzählen sollte, von seinem Brief, der Begegnung im Wald, seiner Unsicherheit, weil sie nicht antwortete. Nein. An würde ihn nur mit guten Tipps nerven.

Endlich bogen sie ab zur alten Post, in der die Fete steigen sollte. Vornübergebeugt, so tief, dass sie kaum noch übers Lenkrad schauen konnte, kramte An mit einer Hand im Fußraum des Minis rum. Endlich kam sie mit einer Kassette zwischen zwei Fingern wieder hoch.

«Eigentlich habe ich sie für Matze aufgenommen, aber es ist idiotisch sie ihm mitzubringen. Er wird nur denken, dass ich ihm hinterherheule. Ist ein bisschen düster geworden, das Tape.»

Jans Herz machte einen kleinen Sprung. Es gab für ihn nichts Größeres als die Tapes, die An aufnahm. Er zwängte sich aus dem Wagen. Jetzt konnte er nicht anders. Er musste sich doch noch mal über den Vergrößerer beugen, um ihr beim Tschüss-Sagen in die Augen sehen zu können.

«Sauf nicht so viel.»

An gab ihrem Bruder einen Kuss auf die Wange, den er sich am liebsten schnell abgewischt hätte.

«Bist du sicher, dass du gut heimkommst?»

Er nickte.

«Jan –»

Ihr Blick ging ihm durch und durch.

«Na, hau jetzt ab», sagte sie und stellte die peinlichen Pink Floyd wieder laut, so laut, dass jeder es hören konnte. Schnell knallte Jan die Autotür zu, und An nahm mit quietschenden Reifen die nächste Kurve. Sie fuhr nicht wie ein Mädchen.

Er steckte die Kassette in die Jackentasche und drückte sie mit der flachen Hand gegen seine Brust. Da würde keine Scheißmusik drauf sein. Falls Markus nach dem Besten-Gig auflegte, konnte Jan ihm das Tape geben. Eine Zeit lang blieb er auf der Straße stehen, schaute zu, wie die Sonne hinter dem Dach der alten Post verschwand. Der Himmel war jetzt klar, sein Blau ganz faltenfrei gespannt. Es schien, als trennte er die Menschen von der Unendlichkeit. Tatsächlich verband er beide. Ein paar Schritte weiter traf das Licht noch ungehindert auf das Pflaster. Jan stellte sich auf den hellen Fleck. Er fühlte keine Wärme. Oktobersonne, zweiter Aufguss. An seinen Lidern spürte er noch immer die Spitze des Kajals. Es hatte ihn erstaunt, wie sehr man drücken musste. Zum ersten Mal hatte Jan sich die Augen geschminkt und die Haare hochtoupiert.

12

Kiku war nicht da, das sah Jan auf den ersten Blick. Es beruhigte ihn. Wäre er ihr begegnet, hätte er sich irgendwie zu ihr verhalten müssen, hallo sagen, auf eine bestimmte Weise hallo sagen, eine Frage anschließen oder keine Frage anschließen und es aushalten, wenn sie von sich aus kein Gespräch begann. Andererseits sehnte er sich sie zu sehen. Sie einfach nur anzusehen. Jan stellte fest, dass noch kein einziges Mädchen da war. Die Chancen, dass Kiku später mit ihren Freundinnen kommen würde, standen demnach gut.

Die alte Post war vollkommen ausgeschlachtet. In der ehemaligen Schalterhalle befand sich lediglich eine Bühne, die wahrscheinlich Die Besten selbst gezimmert hatten. Die großen, oben abgerundeten Fenster waren zu beiden Seiten des Raumes verhängt bis auf eines an der Westseite. Hier rammte die untergehende Sonne ihr gigantisches Lichtschwert in das Gebäude. Die bereits eingeschalteten bunten Scheinwerfer wirkten gegen das Abendlicht hilflos.

Die Jungs auf der Bühne registrierten Jans Anwesenheit kaum. Markus, die Hände in den Hosentaschen, bewegte zum Gruß leicht den Ellenbogen. Wie die anderen starrte auch er geradeaus in die Luft, in die ockerfarbene Leere des Raums. Jan kletterte auf die Bühne.

«Was ist los?»

«Nils», sagte Lars mit brüchiger Stimme. «Gestern Nacht auf der Landstraße. Hat sich zweimal überschlagen und ist dann gegen einen Baum.»

Jan schaute ihn fragend an, Lars nickte bitter.

Das Konzert fällt aus, war Jans erster Gedanke. Nils war der Keyboarder der Besten. Er hatte in diesem Jahr Abitur gemacht, in ein paar Wochen hätte sein Zivildienst begonnen. Niemand konnte es begreifen. Nils war ein vernünftiger Fahrer und er trank nie, wenn er das Auto dabeihatte. Er war schon der dritte Schüler, der in diesem Jahr auf der Straße starb.

«Bier?»

Markus machte die Flasche mit dem Feuerzeug auf. Es war warm und es schäumte. Jans Blick verfolgte die Kabel, die kreuz und quer auf der Bühne lagen. Sie waren zum größten Teil nicht eingesteckt. In einer kurzen Vision sah er Nils' Auto, wie es sich in diesen Kabeln verhedderte, gegen einen der Ständer prallte, welche die Bühnenlichter trugen, und eingeknickt, demoliert zu einem Klumpen, unten liegen blieb; er fühlte seinen eigenen Fuß in den Kabelschlingen und den Schrecken wie einen Dolch durch seine Brust in den Bauch hinunterstoßen, als er von der Brüstung des Turms kippte und durch die Dunkelheit auf den Waldboden zuraste. Vor wenigen Tagen hätte es ihn ebenso gut erwischen können wie jetzt Nils. Es hätte Torsten erwischen können, jeder von ihnen konnte heute oder morgen dran sein. «Überlass dem Tod dein Schwert, das Leben ist ja doch nichts wert. Noch heute Nacht trifft dich der Stahl, das ist doch egal», hieß es in einem Song der Besten. Aber Jan dachte: Fuck, es fühlt sich mies an.

Es war klar, dass Die Besten nie wieder spielen konnten. Aber feiern würden sie, sie mussten es tun. Carlos Vorschlag, die Fete abzublasen, fand niemand gut. Holger setzte ihm auseinander, dass so was spießig war. Jan half den Jungs, die Kabel aufzurollen. An der Diskussion, ob man das Bier teurer machen sollte, um irgendetwas für Nils' Grab besorgen zu können, beteiligte er sich nicht. Er sah, fast gleichzeitig mit dem Verschwinden der Sonne aus dem Raum, Torsten mit dem Basskoffer reinkommen. Die Tür hatte einen Schließmechanismus, der im letzten Moment stark anzog. Klar dass Torsten sie zuknallen ließ. Niemand außer Jan hatte sein Kommen beachtet und so schraken bei dem Geräusch alle zusammen.

«Du bist es.»

«Wen habt ihr erwartet? Den Herrn der Finsternis?»

Er zog die Brauen zusammen, als er sah, dass niemand lachte. Markus drückte Jan sein Kabel in die Hand. Er ging rüber und erklärte in leisen Worten, was los war. Torsten fluchte, hob den Koffer hoch über seinen Kopf und schmiss ihn mit voller Wucht gegen den Verstärker. Von dort prallte er ab, traf auf die Vorderkante der Bühne und überschlug sich zwei-, dreimal, bevor er auf dem Boden liegen blieb. Alle mussten das Gleiche gesehen haben, die Stille war zum Anfassen. Schließlich zischte es leise und jemand reichte Torsten eine Flasche Bier. Er trank sie ohne abzusetzen leer.

«Nils war einer von den Besten. Das wird sein Fest heute Abend.»

Die Läden wurden nun geschlossen und laute, harte Musik aufgelegt. Nach und nach kamen die ersten Leute. Die Stimmung blieb gedrückt. Nils' Tod war ein Schock, doch alle blieben, auch die Mädchen. Nils hatte keine Freundin gehabt.

Jan glitt beim Zusammenräumen ein teurer Stecker aus der Hand und fiel durch einen Spalt unter die Bühne. Um ihn wiederzuholen, schob er die hinteren Teile des Aufbaus auseinander und schlüpfte in den Hohlraum. Es war dunkel dort unten, er stieß sich an den Streben den Kopf. Die Flamme aus dem kleinen Bic-Feuerzeug, das er sich von Carlo geliehen hatte, spendete nicht viel Licht. Tief gebückt tastete er in den Staubflocken auf dem Boden herum. Er fühlte sich wie im Innern einer Trommel, die Schritte der Leute über ihm klangen wie dumpfe Schläge und das Scharren ihrer Füße manchmal wie ein Federbesen. Nur ab und an verstand er noch, was draußen gesprochen wurde. Endlich fühlte er etwas auf dem Boden liegen, es war ein durchgetrockneter Kaugummi. Seine Wirbelsäule schrammte an einem Holz entlang, ein fieser Schmerz. Gleichzeitig wurde das Feuerzeug heiß. Er ließ die Gastaste los und setzte sich hin. Durch die Ritzen zwischen den Bühnenteilen fiel in schmalen Streifen das Licht. Staub schwebte darin. Jan schloss die Augen. Er stellte sich vor, mit gefalteten Händen auf dem Rücken zu liegen und anstelle der Schritte den Anprall der Erde auf dem Deckel zu hören. Er spürte die Angst, nie wieder da rauszukommen. Gleichzeitig war es absurd. Schließlich gab es für einen Toten nichts zu spüren, nichts zu hören, nichts vorzustellen. Diese Idee kam Jan schön vor, sie bedeutete das Ende des Schmerzes. Leider bedeutete sie auch, dass man kein Bier mehr trinken konnte. Er hatte Durst.

«... nur eine Unterhose, ich schwör's dir», hörte er plötzlich Carlos Stimme recht klar durch die Seitenwand dringen, und Holger ließ ein trockenes Lachen hören. «Wie geil!» Sie stießen an, ihre Flaschen mussten noch voll sein. Mit seiner tonarmen Stimme, die erst in der Kehle eine gewisse Tiefe erhielt, sagte Holger feierlich: «Nur die Besten sterben jung.» Damit waren sie offenbar schon vorübergegangen.

Für einen Moment hörte die Musik zu spielen auf. Kurz darauf ging sie wieder los. Struggle for Pleasure, das konnte nur Markus aufgelegt haben, und es war schön, es war das Einzige, was man jetzt auflegen konnte, auch wenn es völlig zum Heulen war.

Die Tränen hinterließen keine Spuren in Jans Gesicht. Das bisschen Salz! Nicht zu spüren, kaum zu schmecken. Wenn sie wenigstens sichtbare Gräben in seine Wangen geätzt hätten, ein Zeichen. Jan stellte sich vor, dass mikroskopisch feine Teilchen in großen Mengen heranflogen und jegliche Feuchtigkeit sofort aufsogen. Er befand sich im Reich des Staubs. Wenn er zurückkehrte, würde man ihm nur dies ansehen können, die graue Spur dieser unlebendigsten aller Materien.

Das Soft-Verdict-Stück endete stumpf. Wieder Stille. Jan setzte sich auf. Er fühlte den Stecker, den er suchte, auf einem weichen, fusseligen Kissen ruhen. Es fasste sich nicht schön an. So gut es ging, befreite er das kostbare Teil vom Schmutz und steckte es in die Hosentasche. Er hatte immer noch Durst. Er wollte immer noch nicht hervorkommen aus seiner Gruft. Die Frontwand war in der Mitte geteilt, genau genommen stießen dort zwei Bühnenelemente aneinander. Dicht bei der Oberkante waren die Ecken der Spanplatten auf beiden Seiten ausgebrochen, ein V, gerade so groß, dass er drei Finger hätte durchstecken können.

Jan quetschte sein Auge genau in dem Moment hinter den Spalt, als Kiku rückwärts in den Saal kam. Rückwärts betrat sie auch die Klassenräume. Er hatte keine Ahnung, was das sollte, aber es kam ziemlich gut. Diesen Moment hätte er gern in Zeitlupe ausgekostet, er wünschte sich eine Videokamera zu besitzen. Kiku drehte sich um und winkte ihm zu. Es konnte kaum sein, dass sie ihn bemerkt hatte. Er fragte sich, ob Benni sie begleitete. Der tote Winkel zu beiden Seiten seines Kucklochs war riesig – gut möglich, dass der Typ einfach nicht in sein Blickfeld kam. Jan beobachtete allerdings, wie Kiku ohne Begleitung auf Britta zuging, die ihr winkte. Auf diese Weise näherte sie sich auch seinem Platz. Die Mädchen umarmten einander. Wie immer trug Kiku Schwarz. Ihr dunkles Haar schimmerte im Flackern der Lichtorgel mal blau, mal rot, mal grün. Ihr Nacken schien ihm so nah, er konnte jedes Härchen sehen, den Muldenflaum; ihr Hals war schmal und bleich, die Haut wirkte weiß. Hin und wieder strich sie sich entschlossen die Strähnen aus dem Gesicht. Jan hätte gern tausendmal zugesehen. Als sie sich umwandte, schlug die zweite heiße Welle an seinen Strand. Ihm war, als müsste sie seine Blicke spüren. Er fühlte sich so verbunden mit ihr, als würden sie sich ewig kennen, als wären sie einmal eins gewesen. Sie drehte sich so langsam um, dass die Spitzen ihrer Haare sich kaum bewegten; die scharfe Linie, die sie zogen, blieb. Ihr feines Gesicht halb verdeckt von einem schwarzen Vorhang. Er hatte sie gezeichnet, ihr Auge, zwanzig Mal, und nie war es geworden, wie es wirklich war: dunkel, aber klar, warm und durchdringend. Flach liegende Lidfalte – was für ein Schwachsinn, was für ein Flachsinn. Ja, ihre Augen wirkten mongolisch. Ja, ihr Haar war schwarz und dick. Wenn Jan über Kiku schrieb, spielte das Japanische eine große Rolle. Er war sich bewusst, dass er im Grunde nichts darüber wusste. Sein Japan war ein Traumland mit sehr würdevollen Menschen in traditioneller Kleidung, die alles förmlich und schweigsam taten. Ein Land mit Hügeln und hübschen Nadelbäumen, deren schwarze Konturen im Licht eines schmalen weißen Mondes erahnbar waren. Ein Land der Schwertträger auch. Die Megastadt Tokio störte dieses Bild nicht.

Kiku ging nun direkt auf die Bühne zu. In dem Moment setzte mit einem lang gezogenen, brummenden Synthi-Ton die Musik wieder ein, auch das Getrampel über seinem Kopf schwoll an. Mit Wut bemerkte Jan, dass jemand The Walk aufgelegt hatte. Wie entsetzlich blöd! Er hämmerte von unten gegen den Bühnenboden. «Das hat sie nicht verdient», schrie er, während The Cure sangen: I saw you look like a Japanese Baby. Jan hielt sich die Ohren zu, starrte aber weiter durch das Loch in der Frontwand. Kikus Gesicht war schwarz und weiß; es wirkte unbewegt. Schwer darin zu lesen. Sie trug sogar das Band aus schwarzem Samt um ihren Hals. Ihre Augen waren schwarz geschminkt, die vollen Lippen dunkelrot. Ihre Brust wirkte klein. Ihre Hände waren fein. Sie lächelte wenig. Sie war sein König. Nein, sie konnte nicht sein Auge in dem Dreieck sehen, sie sah ihn nicht. Unvermittelt wischte etwas durchs Bild, ein Hosenbein. Er kannte es. Gestreifte Hosen trug nur Benni. Jan spürte wieder einen Stich. Benni und Kiku waren ein Paar, aber vielleicht war das schon wieder vorbei. Niemand wusste etwas Genaues. Jan hatte das Gefühl, von seinem Beobachterplatz weg bis an die gegenüberliegende Wand zu rutschen. Er schloss die Augen, steckte die Hände unter seine Schenkel und ließ sich in dieser sitzenden Position hinaus ins Weltall saugen. Die Ewigkeit.

«Pennst du da?»

«Markus! Komm rein.»

Sein alter Freund hielt ihm mit ausgestrecktem Arm ein Bier entgegen.

«Was heißt, komm rein. Bist du jetzt hier zu Hause?»

Jan nahm die halbwegs kalte Flasche und trank in schnellen Schlucken. Sofort begannen seine Gedanken zu schwimmen. Ihm fiel ein, dass er vor wenigen Minuten noch geheult hatte, dass Nils tot war und kein Freispiel drin.

«Wie sehen meine Augen aus? Nichts verlaufen?»

«Meinst du, das kann man sehen hier unten?»

Markus schnippte sein Zippo an. Die Flamme war beachtlich groß, die Streblatten warfen auf den Spanplatten Schatten.

«Jetzt mal im Ernst: Was suchst du hier?»

«Mir ist ein Stecker aus der Hand gefallen und unter die Bühne gerutscht, den hab ich gesucht.» Jan reichte Markus die Flasche. «Ist 'ne staubige Gruft, mein lieber Mann.»

«Sag nicht Gruft. Nicht heute. Scheiße, das mit Nils ist so eine Scheiße.»

Nils. Ja.

«Wenigstens tut ihm nichts mehr weh», sagte Jan. «Ich mein, es kann ihn nichts mehr verletzen.»

«Komm, komm, red keinen Stuss. Du kannst mir glauben: Ich bin lieber verletzt als tot.»

Jan schwieg. Es war Markus. Er war nett, aber er hatte keine Ahnung.

«Kommst du jetzt raus? Kiku sucht dich vielleicht schon.»

«Wie kommst du denn auf die?»

«Du schleichst doch ständig in ihrer Nähe rum. Ich glaube, dass sie das gar nicht schlecht findet.»

«Ist sie überhaupt hier?»

«Sie steht gewissermaßen auf dich, äh, dir, ich mein: über dir. Oder doch auf dich.»

«Sie ist mit Benni zusammen.»

«War, mein Lieber, war. Ich hab's aus erster Hand, naja fast. Angeblich arbeiten sie noch dran, aber ich glaube nicht, dass es noch mal was wird mit den beiden. Der Weg ist frei.»

«Komm, hör auf.»

Jan war nicht glücklich über diese Neuigkeiten. Wenn es stimmte, dass sie solo war, wurde alles nur noch komplizierter. Plötzlich fühlte er sich in seiner Höhle beengt. Schnell trank er noch ein paar Schlucke.

«Wie findest du sie eigentlich?»

«Kie-Kuh?» Markus dehnte die Vokale. «Ich weiß nicht. Ich meine, sie hat schon was. Wenn du mich fragst, setzt sie zu sehr auf ihren Exotenbonus. Sie spielt mit euch.»

Du hast echt keine Ahnung, dachte Jan. Für Markus

zählten nur Mädchen, die heiraten und Kinder kriegen wollten.

«Auch dass sie rumläuft wie 'ne Krähe, aber keine sein will», fuhr Markus fort.

«Sagst du jetzt auch Krähen?»

«Seid ihr das nicht? Du wirst jede Woche schwärzer.»

Er sagte «ihr». Er sagte «Krähen», wie die Leute, die sie nicht leiden konnten. Es waren keine Krähen, es waren Gothic Punks. Und Jan gehörte keineswegs zu ihnen. Er gehörte zu niemandem. Sie spürten beide, wie das Gespräch stockte.

«Es liegt was in der Luft da draußen», setzte Markus neu an. «Ich glaube, es wird ein richtig harter Abend werden.»

Jan fiel die Kassette ein. Er fummelte sie aus der Tasche und reichte sie rüber.

«Was ist da drauf?»

«Keine Ahnung. Es ist ein neues Tape von meiner Schwester. Kannst du ja nachher mal auflegen. Hey, seng es nicht an!»

Markus leuchtete mit dem Zippo die Hülle an. Das Cover war grafisch, schwarz mit ein paar dünnen weißen Strichen, die große Spannung ausdrückten. An machte tolle Cover für ihre Kassetten, die besten, aber sie kam nicht immer dazu. Skeptisch steckte Markus das Band ein.

«Mal sehen. Später vielleicht.»

«An kennt sich besser aus als ihr alle zusammen. Du kannst das ruhig auflegen.»

«Es ist eine Stufenfete, ok? Da kann ich nicht Musik auflegen, die nur euch Krähen gefällt.»

«Aber diese The-Walk-Scheiße, die kannst du schon auflegen. Gott, war das dämlich.»

«Woher willst du denn wissen, dass ich das gemacht habe?»

Das Licht reichte gerade noch, um sein saures Gesicht zu sehen, bevor Markus sein Zippo zuschnippte und nach draußen krabbelte. Auch wenn sie nicht mehr so viel miteinander zu tun hatten wie in der Mittelstufe, fühlte Jan sich nach diesem Gespräch einsam und verletzt. Nur seine sterbliche Hülle würde noch an der Party teilnehmen, der Rest blieb hier unten und allein.

13

Der Alkohol löste irgendwann Jans Füße vom Boden. Er tanzte, Fuß vor Fuß setzend, tief gebückt die dunklen Fugen der Bodenfliesen ab, immer eine Flasche in der Hand, die spitzen Enden seiner Jacke nah am Boden, den Blick auf seine Schuhe gerichtet, die Hände nah beim Körper, kleinschrittig, wie gefesselt, aber schnell. Das Hit-Gedudel, das ihn körperlich quälte, war vorbei; nach einer kleinen Rangelei legte Holger anstelle von Markus auf, und es liefen endlich die guten Sachen, die besseren Sachen, Ignore the Machine, Sleeper in Metropolis oder das göttliche The Sanity Assassin von Bauhaus. Außerdem jede Menge Stücke, die Jan nicht kannte. Er tanzte ganz in sich versunken, er flüsterte Textzeilen mit – he's the poison in your poison –, die er verstand oder zu verstehen glaubte, er trank, bis auch die über- oder überübernächste Flasche leer war, und seine Füße nur noch ungefähr den Linien folgen konnten. Es machte nicht viel, die meisten Leute waren schon gegangen – geflohen, wie sie nachher behaupteten. Er hatte viel Platz. Kiku war noch da, doch sie schien ihm weiter weg denn je. Den halben Abend hatte sie neben Britta gestanden, sich manchmal zu einem der Songs gewiegt, aber nicht ein Mal getanzt. Später sah er sie mit Mirko dastehen und den gut aussehenden Jungen unverhohlen anschmachten, der ihr mit ungehemmten Gesten sicher etwas über sein Fahrrad erzählte oder darüber, dass Computer doch nicht doof waren beziehungsweise es nicht mehr lange sein würden. Benni schien das nicht zu stören und Jasmin war überhaupt nicht gekommen. Immer wieder versuchte Jan, mit seinen träge werdenden Gedanken, zwei Dinge zu verstehen: Zum einen sagten alle, dass Mirko und Jasmin dabei waren, siamesische Zwillinge zu werden. Man sah sie nie getrennt, sie schienen sämtliche Interessen miteinander zu teilen – abgesehen vom Radfahren. Zum anderen äußerte Mirko sich zurückhaltend, ja beinah abwertend über Kiku. Und nun stand derselbe Mirko selig grinsend vor ihr, so nah, dass Jan es in seinem eigenen Unterleib spürte. Wie konnte es sein, dass er sie so unverhohlen anbaggerte, und warum nahm sie das hin? Als er seinen Arm direkt neben ihrem Kopf gegen die Wand stützte, schlüpfte sie endlich darunter durch und entzog sich ihm. Mirko schaute ihr nach ohne im Geringsten beleidigt zu wirken. Ob er wohl wusste, dass sein Vater auf An stand?

Trotz alldem freute es Jan, als Mirko nun mit einem lässigen Gruß auf ihn zukam. Das leicht scharfe Leuchten seiner etwas zu hellen Augen war selbst hier im Halbdunkel noch bemerkbar. Es entzückte Jan. Mirko verlor kein Wort über Kiku, auch nicht über die Sache mit Nils, sondern fing an von der Stadt-AG zu reden, für die er neben Andreas, dem Sohn des Stadtdirektors, Jan und auch Markus gewonnen hatte. Die Beschäftigung mit Füchten, erklärte er Jan, könne nur ein Ausgangspunkt sein. Er wolle eine völlig neue Stadt entwerfen. Jan stieg auf die Idee ein. Binnen kürzester Zeit hatten sie die Neugründung in wesentlichen Zügen geplant. Sie würde auf dem Rücken des Hügels liegen und nicht wie das alte Füchten im Tal, sie würde Kinos und ein Theater besitzen, einen riesigen Plattenladen und kostenlose BTX-Terminals für jeden Haushalt bereitstellen, dagegen auf das Rathaus und die Polizeistation verzichten. Die Bewohner der neuen Stadt sollten sich in kleinen Zellen selbst verwalten. Sie würden autonom leben und ihre Energie aus sanften Quellen beziehen. Jan konnte nicht erklären, was er damit meinte. Immer häufiger fiel sein Blick ins Innere der Flasche, seine Wahrnehmung hatte die Fähigkeit gewonnen, sich von seinem Körper zu lösen und frei zu flottieren, bevorzugt über die allmählich zum Weltmeer werdende schale Pfütze in dem braunen Glasbehälter in seiner Hand. Er tat nur noch so, als würde er trinken. In Wirklichkeit zog er die Lippen fest zusammen und bekam kein Bier mehr in den Mund.

Womöglich war Jan kurz eingeschlafen, denn Mirko war plötzlich nicht mehr zu sehen, und er selbst fand sich in einem Sessel wieder ohne sagen zu können, wie der dahin gekommen war. Irgendein Anne-Clark-Stück lief und Kiku kam fast geradewegs auf ihn zu. Einen Moment lang schien es Jan, als sei er ihr Ziel. Sie schaute ihn an, er schaute sie an, er fühlte sich alarmiert, er wünschte sich, im Erdboden zu versinken. Ihr Blick war warm, sie lächelte ihm einen Gruß zu. Jan dachte, dass sie auf ein Wort von ihm wartete. Doch er fühlte sich wie vernäht. Seine Gedanken zerfielen zu groben Brocken, die schwerfällig die Rampe seines Bewusstseins hinabkollerten und im Dunkeln verschwanden. Sprich zu mir, bat er das Mädchen, ohne zu sprechen. Dann ließ seine Aufmerksamkeit nach und als er sich Sekunden oder Stunden später wieder erinnerte, wo er sich aufhielt, und seinen Blick in einer halb unwillkürlichen Kopfbewegung durch den bald leeren Saal wischen ließ, sah er Kiku zwischen Bennis Beinen bei den Getränken stehen und knutschen. Der Schluck, den er von seinem Bier nahm, schmeckte so fürchterlich, dass Jan die Flasche unter den Sessel rollen ließ. Er brauchte unbedingt ein neues Bier, hatte aber kein Geld mehr. Jan stand auf. Er funktionierte noch vollständig, nur auf eine zackige Art.

Benni hatte den Ausschank übernommen. Jan kannte den Elektriker, wie man eben alle kannte, die irgendwo aufkreuzten, auch wenn sie nicht an der Schule waren, und er fand ihn komisch. Jemand mit langen Haaren und einer Fransenjacke, wie aus einer anderen Zeit, irgendwie schlapp aussehend und mit beinah stumpfem

Blick. He drops a capsule in your drink and spikes your dreams with madness. Wenn Jan noch etwas trinken wollte, und er wollte unbedingt, kam er an dem anderen nicht vorbei. Undeutlich dachte er darüber nach, ob Benni nun eine Art Nebenbuhler von ihm war oder er der von Benni, ob Kiku und Benni zusammen waren oder es gewesen waren und es nun nicht mehr oder schon wieder waren. Nebenbuhler. Was für ein Wort, es hakte sich fest, so beschissen er es auch fand. Kein Hölderlinwort. Es war nicht nur ein blödes Wort, es beinhaltete auch eine völlig absurde Angelegenheit. Als sollte er nun gegen Benni antreten und entweder diesem eine reinsemmeln – beziehungsweise, wenn es schlecht lief, eine reingesemmelt kriegen – oder vor Kiku, die übrigens gar nicht mehr da stand, balzen und seine schönen Schwanzfedern zeigen, bis sie zu ihm gelaufen kam. Nie! Es war so sinnlos einander wehzutun. Wer die Liebe ernst nahm, konnte schon deshalb nicht gegen einen anderen sein. Alles im Leben schien ihm vergiftet. Egal. Jan befand sich längst in einem Zustand, der ihn die Welt ertragen ließ. Besser noch: Sie war ihm gleichgültig.

Auf dem Weg zur Theke zog er das Buch aus der Tasche.

«Gibst du mir noch ein Bier? Ich geb dir das dafür.»

Er hielt den schmalen roten Band hoch.

«Ich les keine Bücher. Was ist'n das?» Benni fasste es nicht an, er packte Jans Handgelenk und zog seinen Arm samt Buch heran. «Der Fremde. Fremde interessieren mich nicht.»

«Das ist das beste Buch aller Zeiten. Über … es geht

los damit, dass seine Mutter gestorben ist. ‹Heute ist Mama gestorben. Vielleicht auch gestern, ich weiß es nicht.›»

Jan konnte die ersten Sätze noch, aber er konnte sie nicht mehr zitieren ohne zu lallen.

«Das tut mir leid.»

«Was?»

«Das mit deiner Mutter. Unter diesen Umständen …»

«Nicht meine Mutter. Seine, Meursaults Mutter. Er erschießt einen Araber, und er wird dafür hingerichtet.»

«Von wann ist'n das?»

«Von Camus.»

«Von wann, nicht von wem.»

Jan war ein ganz klein wenig schwindlig. Er klammerte sich samt Buch an den Tisch.

«Wann … neunzehnhundert … zweiundvierzig, glaub' ich.»

«Zweiundvierzig war mein Onkel in Stalingrad. Oder auf dem Weg dahin. Zurückgekommen ist er nicht.»

Mir doch egal, dachte Jan.

«Gibst du mir ein … Bier?»

Benni schüttelte den Kopf.

«Du hast genug.»

«Arsch», murmelte Jan. So leise, dass es mit Sicherheit niemand hörte. Was grinste der, und hatte er zu bestimmen, wann Jan betrunken war? Selbst wenn er bis zum Umfallen trank, wen ging es etwas an? Mir ist es einerlei, ça m'est égal. Égal, égal, égal. Einmal fragte Meursaults Freundin ihn, ob er sie heiraten wolle, und er sagte: egal. Es ist mir einerlei. Man wechselt nie sein

Leben. Es ist ganz egal. Ans Tape wurde auch nicht gespielt. Jan verlor sich in schlimmen Gefühlen.

Auf dem Weg zum Klo versuchte er auszumachen, wer geblieben war. Es war nicht leicht, das Licht war dumpf, und dicke Rauchschwaden hingen im Saal. Torsten war nirgends zu sehen, vielleicht ließ er sich gerade mal wieder vor der Tür die Fresse polieren. Die Bandmitglieder der Besten schienen überhaupt verschwunden zu sein. Hinten bei der Bühne stand möglicherweise Markus. Die spröde Cordula war noch da, so eine Freundin von Berenice und Sandra. Die beiden tranken nie etwas und standen sicher nicht auf diese Art Musik. Kiku tanzte, fast allein. In Gedanken trank Jan ein Bier auf sie. Es lief gerade If you want to sing out von Cat Stevens. Wer legte eigentlich so was auf? Egal. Jan war hinüber, über den Rand des Abgrunds hinaus, vielleicht stürzte er noch, vielleicht war er längst aufgeschlagen, zermalmt und tot. Es gab keinen Grund all das auszuhalten, es gab keinen Grund für diesen blöden Stolz, Sisyphos war ein Bestrafter, der musste den Stein doch wälzen. Aber freiwillig? Es gab keine Rechtfertigung, auch dafür nicht.

Auf einem Sofa bei den Fenstern saß noch eine einzelne Gestalt. Anke mit dem glatten braunen Haar. Sie hatte etwas, was Jan nicht beschreiben konnte, etwas, das sie von den anderen Schülerinnen abhob. Erst im Erwachsenenalter wurde ihm klar, dass es sich dabei um Persönlichkeit handelte. Sie war schon wer. Mit ihren magischen Augen zitierte sie Jan zu sich. Binnen einer Sekunde zog sich der Raum auf eine Grundfläche von einem Quadratmeter zusammen, der Boden wich zurück, Jan taumelte vor einem Abgrund. Knapp rettete er sich ins Polster. Wie dunkel es hier war. Wie hell ihre Kippe glomm. Wie nah er ihr war.

«Willst du mal ziehen?»

Er zog und hustete beinah. Jan rauchte wenig, schon gar kein Gras, das seine Bronchien vertrocknen ließ. Der Flash kam sofort. Ankes Gesicht war plötzlich groß wie der Mond, es leuchtete auch. Und es war tellerflach. Bis auf ihre Lippen, die … bis auf diese Lippen, die … die Lippen, die da seine suchten, die Hand … die Riesenhand, die seinen schlafenden Penis drückte. Sie hielt die Lider halb gesenkt. Die andere Riesenhand lag um seinen Nacken, zog, streichelte. Jan tat, was er für küssen hielt. Ein Engel war herabgekommen, um ihn zu erlösen. Die nächste Welt, in der er endlich wissen würde, wie es war mit einer Frau. Nur warum war sie fast doppelt so groß wie er? Ihm wurde schwindlig, ihm wurde leider rasend schlecht, er spürte schon das Würgen, entzog sich schneller, als sie ihn halten konnte, fiel vom Sofa auf die Knie, kam irgendwie auf die Beine. Ohne sie noch einmal anzusehen oder ihr irgendein Zeichen geben zu können, stolperte er voran und schaffte es gerade so bis zur Toilette. Dort übergab er sich, döste, erwachte, plötzlich leer und leicht, wie nüchtern. Und traurig. Er spülte seinen Mund mit Wasser aus, fuhr mit den Fingern in sein Haar und richtete die Strähnen auf. Die Musik war doch schon aus gewesen, oder hatte er sie nicht mehr wahrgenommen? Jetzt lief, ganz leise, wieder ein Stück, das er kannte.

Bevor er aus der Ecke in den Saal trat, spähte er umher, sah Ankes lange Haare als Bart an Holgers Gesicht. Er hätte alles gegeben, um noch ein Bier zu kriegen, viel mehr als ein Buch. Wo war es eigentlich? Wo war sie? Die Bar schien verwaist. Kiku bei den Sternen. Laufen. Und wenn es zwei oder drei Stunden dauerte, er konnte nach Hause laufen. Er konnte sich noch ein Bier klauen. Er konnte sich unterwegs auf die Erde legen und schlafen, egal, wie kalt es war. Er würde krank sein oder nicht. Er würde am nächsten Tag wieder aufwachen oder nicht mehr. Es machte keinen Unterschied. Schwarze, Weiße, Rote, Gelbe.

Cordula fuhr ihn heim. Sandra ging zu Fuß, sie wohnte in der Nähe. Jan saß vorn, er saß schweigend neben der Schweigsamen und war froh über die vollkommene Dunkelheit der Nacht. Er sagte nicht mal danke schön, aber er war froh, dass Cordula nüchtern war, dass sie auf der Straße hielt und nicht in die Einfahrt fuhr, er war froh, dass die Hunde keinen Laut gaben, als er am Haustürschloss rumfummelte. Er machte sich keine Gedanken, jahrelang nicht, warum Cordula das für ihn getan hatte.

14

«Mr. Bodenlos. How are you doing, Sir?»

Warum ein Bett ohne Decke? Er brüllte.

«I'm hungry.»

Zwei wunderschöne schwarze Amerikanerinnen, in schicker Uniform und mit rot-goldenen Krönchen auf dem dunklen Haar kamen mit riesigen Tabletts voller Burgerboxen und Cokebecher auf ihn zu, die Fritten so hoch aufgehäuft, dass sie zu allen Seiten fielen. Die beiden lächelten himmlisch. Das war mehr als antrainierte Freundlichkeit.

«Das ist Ihr Tag, Mr. Sie können essen, was immer Sie wollen. So viel Sie wollen. So lange Sie wollen. Bitte, wählen Sie!»

«Das ist ja unglaublich! Ich meine, ist das», er berührte die Boxen und die Spitzen der Kartoffelstäbchen mit den Fingern, «alles für mich?»

«Nur für Sie. Wählen Sie, bitte!»

Sie stellten die Tabletts vor ihn hin und schoben ihm das Essen unter die Nase. All die schönen bunten Päckchen, die duftenden goldgelben Fritten darüber … er konnte sich nicht entscheiden.

«Hören Sie, dürfte ich einen von … ähm … ähm … denen da nehmen?»

«Was Sie wollen! Wählen Sie! Wir füttern Sie.»

Klasse.

«Moment. Als Erstes möchte ich einen … einen …»

«Nehmen Sie sich Zeit, Mr.»

«Also, ich denke, ich … ich glaube, ich nehme …»

«Da ist ein Gespräch für Sie, Mr.»

«… vielleicht einen doppelten Cheeseburger als Appetizer? Oder …»

«Ihr Gespräch, Mr.»

Er wollte endlich essen.

«Hallo, Jan? Ja-an!»

Er war nicht sicher. Er hörte ihre Stimme, unterschied

Wörter, brachte sie aber nicht in einen klaren Zusammenhang.

«Jan!», hörte er. «Jani!»

Er kannte sie. Für einen Moment öffnete er die Augen, es kam ihm dunkel vor. Er schloss sie wieder. Er wusste nicht, wo er sich befand, in einer Art Käfig scheinbar, der seinem Körper angepasst worden war, ein vergrößertes Modell seiner fleischlichen Hülle. Vielleicht hatte man auch seinen Körper dieser zweiten Haut angepasst. Er machte keine Bewegung, er schien in einer bestimmten Position ausharren zu müssen. Es hätte ein Gefäß sein können, eine Flasche aus trübem Glas oder eine Porzellanvase, so fein gearbeitet, dass eine Ahnung von Licht zu ihm hereinschimmerte. Überhaupt schien diese zweite Körperhülle durchlässig zu sein, er spürte eine Bewegung an seinem Gesicht, eine Berührung auf seiner Haut, Stimme, eine Hand vielleicht, es ging wieder fort. Kehrte zurück, kratzte «geh doch ins Bett, Jan» an seiner Wange, leicht nur, einem Kitzeln nahe, und plötzlich wusste er, das war ihr Mohair-Pullover. Er hatte den Pullover vor Augen, sein Grau, sein Orange, das abstrakte Muster, die langen Bündchen an den Handgelenken und die Art, wie die sich weitenden Ärmel herabhingen, es war ein Käfig, ein Beweg-dich-nicht, schwer dämpfend, es schluckte vom Schall so viel, dass er seinen Atem kaum hörte, doch er spürte, wie stark und mechanisch dieser ging. Die andere Möglichkeit war, die Atmung mutwillig zu beruhigen und sich erneut der Übelkeit zu überlassen. Ein Gefühl davon, Erinnerung, kehrte zusammen mit dem Geschmack zurück.

«Jani, geh doch ins Bett. Kannst du aufstehen? Geh, leg dich hin.»

Etwas wischte ihm über den Mund, etwas Feuchtes über die Stirn, er kannte diese Stimme, er sagte «Karin» oder hauchte es oder nicht mal das. Er öffnete die Augen und sah nur das ein oder andere Ding, einen Handlauf, einen Trockenstrauß an der Wand. Sie schien sich über ihn zu beugen. Eine Empfindung am Fuß, am Unterschenkel. Dazwischen. Auf Höhe der Achillessehne. Eine harte Kante, die Kante einer Treppenstufe spürte er dort. Das passte zusammen. Stufe, Geländer. Es passte nicht zu seinem Gefühl, auf dem Boden zu hocken und diesen Panzer um sich zu haben, er hockte auch gar nicht, sondern lag auf dem Rücken, ein Bein leicht angewinkelt, das andere gestreckt, sodass der linke Fuß knapp über die erste Stufe hinausragte. Er sah jetzt seine Beine, sie waren nackt, überhaupt war er nackt, er sah ein Badetuch auf seinen Lenden, lose hingeworfen. Sein Kopf war klein, der Schädel spannte, von allen Seiten stach etwas hinein. Er schloss die Augen. Er sah die tollen sexy Frauen nicht mehr, die goldenen Fritten waren verschwunden. Er spürte das Streicheln, öffnete die Augen wieder, sah den Pulloverärmel seiner Mutter, hörte sie, begriff nun endlich seine Lage.

Karin saß im Schneidersitz am Boden und hatte seinen Kopf in ihren Schoß gebettet. Er spürte nun auch, wie er lag; er war schlapp, zu keiner Anspannung fähig. Gerade soviel konnte er ausrichten, dass er ihre Hand, die über seinen Schopf strich, packte und lange festhielt.

«Ich muss gleich zur Arbeit. Komm, lass dich ins Bett bringen.»

Er fand ihre Finger hart, die Gelenke dick. Jan hielt fest. Er gierte nach Wärme. Schließlich war sie es, die ihre Hand zurückzog. Er schämte sich, weil sie ihn nackt gesehen haben musste. Ganz sicher war er nicht mit einem Handtuch um die Hüften in seinem Halbkoma zum Bad gekrochen. Er quälte sich mit der Vorstellung, wie sie ihn zugedeckt hatte, wie sie die Kotze weggewischt hatte, von der sein Mund immer noch bitter war. Er spürte, dass sie nichts dafür haben wollte, und war ihr irgendwie dankbar. Jetzt kämmte sie mit den Fingern durch seine gelverklebten Haare. Sie legte seinen Kopf auf den Boden. Er wartete darauf, dass sein Schädel auf Hartes prallen würde. Das geschah nicht.

Etwas anderes geschah, beiläufig, unabsichtlich. Während sie langsam ihr Bein unter seinem Kopf wegzog, und ihre Hand unter seinen Nacken schob, spürte er zum ersten Mal die Steifheit seiner Muskeln, als wäre das Gefäß, das ihn umschlossen hatte, inzwischen in ihn eingedrungen und zu seiner neuen Haut geworden. Karin beugte sich vor. Ihr Blick traf ihn, die sorgende Sanftheit darin mischte sich mit der Unruhe des Aufbruchs. «Arbeite schön», sagte er. So hatte er als Kind mit ihr gesprochen. Sie lächelte irritiert und machte sich mit einer hastigen Bewegung auf die Knie. Dabei verlagerte sie ihr Gewicht so weit nach vorn, dass ihre Brust seine Schulter berührte. Jan zuckte zusammen. Es war nicht einfach ihre Brust, die er da spürte. Es war die Silikonprothese, deren Vorhandensein er völlig ausgeblendet hatte. Mit einem Schlag sah er die Falschheit der Erscheinung vor sich, die seine Mutter aller Welt bot. Ihre Büste wirkte doch wie aus Holz gestemmt! Die BHs, die sie trug, mussten steif wie Bretter sein. Manchmal verbarg sie das unter weiten Pullovern, manchmal schien sie es auszustellen. Im Sommer lief sie häufig ohne künstliche Ergänzung rum. Er musste irgendwie daran vorbei geschaut haben. Erst jetzt wurde das traurige Bild ihm bewusst. Es sprang ihn an wie ein Loch in der Welt. Er hätte das lieber nie gesehen, er hätte es lieber nie gespürt. Ihre Berührung brannte wie ein Mal auf seinem Schlüsselbein. Auf einmal waren auch Gespräche da, die ihn quälten, aufgeschnappte Fetzen über das mit diesem Teil verbundene Jucken und Rutschen. Er spürte das heftige Bedürfnis aufzuspringen und in der tiefsten Tiefe zu verschwinden. Er fand nicht in Ordnung, was sie ihm da zugemutet hatte.

Die Kraft sich aufzubäumen verließ ihn schneller als sie gekommen war. Jan lag weiter auf dem Rücken, er zupfte das Handtuch zurecht, weil ihn fror. Er hörte zu, wie Karin sich unten im Flur fertig machte, erkannte das Schaben ihrer Tasche auf der Telefonbank, lauschte dem Klimpern der Schlüssel, die sie vom Bord nahm, dem Klackern ihrer Schuhe auf den Fliesen, dem Zuschnappen der Haustür. Er hörte Hiram die Stufen heraufklettern und spürte die kleine kalte Hundeschnauze an den nackten Füßen. Ihm war nicht mehr heiß. Nils' dünner Vollbart schimmerte im Halogenlicht, verschwand darin und tauchte wieder auf, sein Auto vor irgendeinem Baum – solche Dinge erschienen und waren nur mit

Mühe im Blick zu behalten. Dazu Geräusche von knitterndem Blech und berstendem Glas. Ein lächerlich leiser, trockener Knall. Jan schwor, sich niemals wieder zu bewegen. Er lag am Rand des Schwarzen Loches, genau da, wo die Zeit stillstehen musste. Mindestens dort.

15

Wenn der Unterricht ihn langweilte, schrieb und zeichnete Jan. Es fiel niemals auf, weil er dazu seine Schulhefte benutzte. Die Lehrer werteten seine Notizen als ein Zeichen von Aufmerksamkeit, möglicherweise entschuldigten sie damit sogar seine bis gegen Null heruntergeschraubte Beteiligung am Unterricht. Auf ihre je eigene Art leisteten einige der Schüler einen im Hinblick auf seine Gründe und Ziele eher unklaren passiven Widerstand. Am weitesten ging dabei zum Erstaunen aller der Sohn des Wochenblättchenmachers Mühler. Der brave Uwe trug auf einmal keine Hemden mehr, deren Kragenecken im Ausschnitt seiner Pullover verschwanden, sondern langärmelige, schwarz gefärbte Unterhemden. Kurz nach den Sommerferien erschien er zum ersten Mal mit gestylten Haaren in der Schule, sprach kaum noch und schaute permanent zu Boden. Wenn man ihn etwas fragte, murmelte er sehr leise Antworten, ohne irgendjemanden dabei anzusehen. Sogar bei einem Gespräch mit dem Direktor hielt er durch, jedenfalls machte dieses Gerücht die Runde, und es erhöhte die Achtung seiner Mitschüler ihm gegenüber gehörig. Er suchte nirgends Anschluss. In den Pausen stand er für sich und schaute auf seine Füße, oder er war ganz verschwunden. Mittags konnten sie sich bereits nicht mehr erinnern, ob er überhaupt in der Schule gewesen war.

Fast alle machten zwei- bis dreimal die Woche blau. Diejenigen, die nah bei der Schule wohnten und deren Eltern tagsüber nicht da waren, gingen mit ein paar Freunden einfach nach Hause, hörten Musik und tranken Tee. Andere gingen ins Café Bogen, das war allgemein bekannt. Trotzdem tauchte dort nie ein Lehrer auf, um sie zu kontrollieren. Als Entschuldigung erfanden sie Geschichten über defekte Autos oder nicht näher definierte Krankheiten, manche gingen tatsächlich zum Arzt und kamen mit Attesten über Kopfschmerzen mit unklaren Ursachen und Ähnlichem wieder. Die neue Freiheit der jungen Erwachsenen ging mit einer unerwarteten Duldsamkeit, einer so empfundenen Ohnmacht der Lehrer einher; das verwirrte und entzückte die Schüler gleichermaßen.

Seit die Tische wieder in Reihen aufgestellt waren, saß Jan nicht mehr neben Kiku, doch sie gingen beide weiter in denselben Kurs, sodass er dreimal die Woche das aufregende Gefühl hatte, ihr nahe zu sein. Die Unterrichtssituation schützte ihn vor Überraschungen. Nur beim Reingehen konnte er sich dem Reiz des Zufalls überlassen. Würde sie zur gleichen Zeit in die Klasse kommen wie er? War es ein Zeichen für ihre innere Verbundenheit, wenn das geschah? Beim Rausgehen dagegen war es eine Frage seiner Befindlichkeit und seines

Mutes, wie viel Nähe oder auch Distanz zu Kiku er wagte, um daraus für sich abzuleiten, wie nah oder fern sie ihm war. Während der Stunde aber musste er lediglich seinen Blick maskieren, den sie nicht spüren sollte. Er konnte sie still beobachten und weitere Details an ihr entdecken. Zum Beispiel bemerkte Jan, dass eines ihrer Ohrläppchen häufig entzündet war. Daher rührte also sein Eindruck, es fehle ein Stück. Er sprach sie seit der Party kaum mehr an. Immer versuchte er es so zu arrangieren, dass sie auf ihn zukam und nicht umgekehrt. Wenn sie ihn bemerkte und grüßte, empfing er ihr Lächeln wie ein hungerndes Baby die Brust der Mutter, doch das war eine dünne Milch, die seine Sehnsucht niemals stillte, sie im Gegenteil weiter aufstachelte. Er schrieb:

Die Welt mag sein, ich (er)kenne sie nicht. Meine Welt liegt innen. Die Welt innen will nach außen. Nie mehr ein Nebensatz. Nie wieder ein Komma. Ich habe von dir geträumt. Du warst auf der Flucht. Rückwärts die Straße runter. Ich sah nur einen Schatten von dir. Wer war hinter dir? Ich fragte dich. Du sagtest: schau! Du zeigtest mir den Kopf unter deinem Arm. Von einem Rasenmäher abgetrennt. Nein. Ich werde dir das nicht schreiben. Es bleibt bei mir. In mir. Ich will meine Worte verbrennen, nur so werden sie eindeutig. Streiche diesen Satz. Du hast ein Komma gesetzt. Ich habe von dir geträumt. Das sollst du wissen. Ich will es dir nicht schreiben. Warum sprechen wir nicht miteinander? Nur ein Rauchzeichen soll sichtbar werden. Wie eine Wolke am Gipfel des Fudschijama. Schwarze Wolke Liebe. Ich bin gekettet an diesen Berg. Diesen tätigen Vulkan. Nur in Lava geschmolzen bekommen die Worte Bedeutung. Sieh! Einauge. Verbrenne. Mach deine Worte zu Asche. Am oberen Rand leckt die Flamme diese Welt weg. Links oder rechts ist egal. Ich träume von dir. Nur das ist real. Am unteren Rand brennt der Traum. Schon wird der Daumen heiß. Was ich fasse. Was ich lasse.

Hin und wieder riss er die kleinen Texte aus den Heften und verbrannte sie tatsächlich, diesen schon wenige Minuten, nachdem er die Schule verlassen hatte. Jan hätte nicht mit Bestimmtheit sagen können, was ihn stärker nach draußen trieb, die Angst vor dem Elend der kommenden Doppelstunde oder die vor der großen Pause. Es war ihm unmöglich, auch nur eine Minute länger in der Schule zu bleiben. Zunächst nahm er den Weg, der von der Stadt wegführte. Hier würde er keinen Mitschülern begegnen. Er wollte vor allem den Resten der Besten, wie sich die Band nun allen Ernstes nannte, nicht in die Arme laufen, er wollte nicht gefragt werden, warum er Nils' Beerdigung ebenso gemieden hatte wie die von den Jungs organisierte alternative Gedenkfeier. Die Schule selbst tat nichts, es gab keine Stellungnahme, schon gar kein Zeichen von Trauer. Einer fehlte, na und? Solange es den Lehrplan nicht durcheinanderbrachte, spielte es keine Rolle. In der Theater-AG hatte es eine Improvisation zum Thema Trauer gegeben; Jan auf seinem Beleuchterposten waren die Darbietungen albern und falsch vorgekommen. Selbst diese Leute, selbst Kiku, bereicherten sich an Nils' Tod, um ihr Spiel zu verbessern. Nein, er wollte keinem von ihnen begegnen.

Warum es ihn dennoch trieb, nach einer Weile umzukehren, sein Moped zu holen und damit zum Café Bogen zu fahren, hätte Jan nicht sagen können. Der Wunsch einmal zu tun, was die anderen taten, oder auch, sich wie die anderen beim Blaumachen öffentlich zu zeigen, mochte ebenso groß sein, wie der, niemanden zu sehen und zu sprechen. Jan wollte sich einfach an einen anderen Tisch setzen, einen Kaffee trinken und lesen. Auf dem Parkplatz vor dem Bogen stand Bennis Auto. Das überraschte Jan. Immerhin konnte Benni, der arbeitete, nicht ohne weiteres blaumachen. Möglich dass er Urlaub hatte oder dass sein Auto noch vom Vorabend da stand, weil es ein Glas zu viel geworden war. Der Gefahr, Benni – womöglich in Begleitung von Kiku, das war immer noch ein offenes Thema – zu begegnen, wollte Jan sich noch weniger aussetzen. Er wendete seine Maschine und fuhr durch die eigenen Abgase schnell auf die Straße zurück.

Ohne lang zu überlegen schlug er den Weg zu An ein. Sie hatte noch keinen neuen Job, sie wollte erstmal überlegen, wie es überhaupt weitergehen sollte. Ein paar Tage zuvor hatte sie sogar davon gesprochen, vielleicht doch noch Abitur zu machen. Auch sie war nicht da. Jan, der seinen Schlüssel nicht mehr benutzte, klingelte ein paarmal, dann kehrte er der vom Regen grau wirkenden Eternitfassade den Rücken. Seine Achtziger sprang nicht gleich an, das ließ seinen Mut noch weiter sinken. Es drohte ein richtiger Scheißtag zu werden. Aber was hätte er tun sollen, in der Schule bleiben? Zu Anke hingehen, die ihn freundlich und, wie er fand, immer noch einladend anschaute, wenn sie sich begegneten, und sagen: Hi, wenn du noch willst, lass uns zusammen irgendwo verschwinden, diesmal werde ich nicht kotzen?

Am Ende fuhr er nach Hause, vielleicht in der heimlichen Hoffnung, seine Schwester dort zu treffen. Seine Eltern waren bei der Arbeit. Jan stellte das Moped an seinen Platz in die Garage. Niemand würde denken, dass es schon seit dem Vormittag dort stand. Er sah nach der Post. Drinnen sprangen ihn die Hunde an. Deern fehlte, das fiel ihm sofort auf. Er rief sie, sie kam nicht, auch nicht aus dem Garten. Hiram wirkte lustlos. Das vergaß Jan aber schnell wieder, als er die Post durchsah. Da war ein Brief von ihr! Kikus Schrift war nicht zu verwechseln, sie war schön und gleichmäßig, hatte jedoch nichts von einer «Wir schreiben noch so wie im dritten Schuljahr»-Mädchenschrift. Wie Jan schrieb sie mit schwarzer Tinte. Eilig steckte Jan den Brief in die Innentasche seiner Jacke und lief damit in den Wald.

Es hatte ein paar kalte Nächte gegeben, anschließend Regen, und das Laub der Bäume war zum größten Teil zu Boden gefallen. Der neu gemachte Waldweg lag so voll davon, dass Jan glauben konnte, auf gefederten Sohlen zu gehen. Manchmal trat er mit den Schuhspitzen absichtlich tief in die Haufen und schleifte die nass verklebten Blätter mit, sodass er kaum noch vorwärts kam, dann zog er mit der größtmöglichen Kraftanstrengung durch, das Laub fiel ab und sein Fuß stand einen Moment lang frei und leicht in der Luft. Die Spur hinter ihm zeichnete einen Strich wie gegen den Wuchs durch das Fell eines Tiers gezogen. Es trieb ihn zur Höhe, er wollte über das Land und auf die erloschenen Vulkane schauen. Er konnte sich erinnern, wie die ersten Erzählungen, die er als Kind – wahrscheinlich von An – über diese sieben Berge hörte, ihn geängstigt hatten. Er bekam sie nicht zu sehen, der Tag war zu trübe.

Auf dem Rücken des Hügels frischte der Wind auf. Fiese kalte Tropfen sprangen von den Bäumen, fetter, gemeiner als Regentropfen, die mit einer anderen Geschwindigkeit auftrafen als jene und sich anders auf der Haut verteilten, wenn sie ein Stück davon erwischten an den Händen oder im Gesicht. Es machte Jan nicht viel aus, Hauptsache, dachte er, der Brief wird nicht nass. Schließlich kletterte er die Leiter zu einem Hochsitz hinauf. Es war ein kleines, abgeschlossenes Häuschen, dessen Schlüssel, wie Jan wusste, versteckt an einem Nagel unter dem Fußboden hing. Von außen war die Bude mit Dachpappe beschlagen, dürres Fichtenreisig tarnte sie notdürftig.

Drinnen roch es nach feuchtem Holz und kalter Asche. Die Enge war fast behaglich. Jan öffnete die Luken. Durch die vordere konnte er den Rücken des Hügels hinunter bis auf den Grund des Tals sehen, auf der anderen Seite wieder hinauf und so weiter, bis der Wald zu Ende war, die Wiesen begannen, die Dächer eines kleinen Dorfs und weiter rechts die breitbeinigen Masten einer Überlandleitung. Ein Eichhörnchen schien vom Quietschen der Klappe aufgeschreckt worden zu sein; Jan sah es an einem Stamm ganz in der Nähe nach unten laufen und auf der Rückseite verschwinden. Bald tauchte die Nase des Tiers wieder auf, kam es ganz vor und umrundete den Stamm aufs Neue, sprang schließlich auf den Boden und flitzte in schnellen Spiralen an einem anderen Baum, weiter weg, wieder in die Höhe. Fern hörte er einen Traktor, dessen Tuckern vom Grollen der Düsenjäger übertönt wurde, die in dauerndem Kampf zu liegen schienen. Das war also seine Heimat – den Ausdruck hätte Jan vermieden, für ihn war das ein Nazi-Wort, und was sollte es auch bedeuten? Das war der Landstrich, in den er geboren war und in dem er seit nun achtzehn Jahren leben musste. Er gestand sich zwar ein, dass er die Farben und Gerüche des Waldes mochte, dass er die Lichtschönheit der sommerlichen Abenddämmerung empfand, wenn die Fachwerkhäuser in den Dörfern nur noch dumpfe Schattenrisse vor dem glühenden Himmel waren. Aber damit hatte es sich. Die Menschen hier waren geistlos, für nichts Höheres empfänglich. Das Einzige, was sie besaßen, die Schönheit ihres Lands, gaben sie bereitwillig der Zerstörung preis. Dauernde Tieffliegerei, her damit, Atomraketen, warum nicht, den Mischwald drüben holzen wir auch endlich ab und pflanzen Fichten auf, die sehen zwar scheiße aus, aber dafür wachsen sie viel schneller. Falls der saure Regen sie nicht kaputt machte. Die Bäche waren begradigt, ausgesteint, verrohrt, die Straßen sollten mehr und breiter werden. Auf die Spitzen der Hügel kamen Krankenhäuser und Kurhotels, lieber aber noch neue Industriegebiete. – Und in der Schule Stifters Hochwald lesen. Es war dem Jungen gar nicht klar, wie sehr er sich in aller Kritik mit seiner Heimat in eins setzte und wie wenig das Land dafür konnte, dass er nicht zu sich kam. Das

Eigenständige, zu dem es ihn drängte, die Liebe, zu der es ihn zog, hätte er doch in sich verwirklichen müssen. Er konnte das nicht sehen, er hängte seine Sehnsucht in die Bäume, die Schlingen reichten bis zum Horizont.

Er las ihren Brief ein Dutzend Mal. Das war gar keine Antwort. Wieder und wieder suchte er nach Spuren seiner Worte in ihren, aber er fand sie nicht, höchstens in allgemeinen Wendungen, in denen Kiku sich über das Leben ausließ, darüber, wie sie in der Welt stehen wollte – als ein moralisches Wesen. Sie nahm alles ernst. Im Wesentlichen hatte sie ihm, was sie schrieb, schon gesagt, nur dass es damals im Gespräch freundlich geklungen hatte, während er in ihren Zeilen die Zurückweisung spürte. Kurz ging sie auf ihn ein, sie fand ihn hölzern, «zerbrich deine Schale», schrieb sie. Jan dachte: Der Vogel pickt sich aus dem Ei, wie? Er nahm an, dass sie Hesse gelesen und das Bild von da übernommen hatte. Das ärgerte ihn. Gleichzeitig zog es ihn zu genau diesem Absatz ihres Briefs immer wieder hin. Er schien ihm wenigstens zu beweisen, dass sie ihn nicht völlig übersah. Angestrengt versuchte er, aus ihren Zeilen ein paar Tropfen Zuneigung oder Liebe rauszuquetschen. Sie wollten nicht kommen.

Jan schloss die Klappen wieder und starrte im Zwielicht seiner Box vor sich hin. Er stellte sich vor, die Leiter zu lösen und wegzustoßen, zu verdursten, zu einer luftgetrockneten Mumie zu schrumpfen. Das Wissen war stärker, über die Äste des Baumes, an den der Hochsitz lehnte, leicht wieder runterklettern zu können. So verließ er nach einiger Zeit sein Versteck, schloss die Tür, hängte den Schlüssel an die vorgesehene Stelle. Seine Beine waren steif und sein Arsch in der Herbstluft kalt geworden. Er schnitt quer durch den Wald, um einen anderen Weg zu erreichen; diesen properen straßenähnlichen, der ihn hergeführt hatte, fand er blöde.

Nicht weit von dem Weg, der ihn zurück nach Füchten bringen würde, zog ein Auto seine Aufmerksamkeit auf sich. Es war ein grüner Scirocco mit Kennzeichen aus dem Ruhrgebiet. Jan sah, dass die Heckklappe nicht richtig geschlossen war. Das machte ihn neugierig, und er näherte sich dem Wagen vorsichtig. Als er auf wenige Schritte heran war, fiel ihm erst auf, dass die Karosserie in unregelmäßigen Abständen schaukelte. Die Scheiben spiegelten nicht nur, sie waren auch beschlagen. Jan hatte offenbar ein Liebespaar überrascht. Er stellte sich vor, wie ein nackter Mann aus dem Auto sprang und ihn als Spanner beschimpfte. Jede Lust, etwas mitzukriegen von dem, was da vor sich ging, war sofort weg.

16

Jans einzige Aufgabe in der Theater-AG bestand darin, den Verfolger zu bedienen. Die Schule hatte der Gruppe ein Lichtmischpult spendiert. Den Oberbeleuchter machte Erik, der knochige Junge, den Jan sich nicht mehr anders vorstellen konnte als mit einem fetten Steifen in der Hose. Anders als Nils und Carlo brachte ihn das nicht zum Grölen, eher machte es ihn verlegen, und so vermied er einen allzu nahen Kontakt zu dem Jungen, der ihm bei den Proben manchmal ein Kommando zurief oder auch schon mal besorgt nachfragte, wenn irgendetwas nicht gelang. Oben bei den Lampen war wenig Platz und es war heiß. Jan schaute auf die anderen runter, er schaute auf Kiku runter und hätte ihr in den Ausschnitt sehen können, scheute sich aber davor. Erneut bewunderte er das Widerspiel der Lichtfarben in ihrem Haar, ihre gelb, rötlich oder blau leuchtende Scheitellinie. Er schloss die Augen, und sie wechselte die Farbe auch im Gesicht und an den Händen. Gern hätte er sie berührt. Andererseits war er froh, für sich auf einem Klappstuhl bei den Leuchten zu sitzen – ein Ort, an den Kiku nicht kommen würde und der von der Bühne aus kaum einzusehen war. Seit ihrem Brief und ganz unabhängig davon, was darin stand, konnte er seine Hoffnung nicht mehr bezähmen.

Die AG erarbeitete zügig eine Dramatisierung der Gefährlichen Liebschaften, doch mit der Inszenierung ging es nicht voran. Es gab Unmut und Diskussionen. Der Raum war schuld. Sie probten in der Aula, einer frei stehenden Multifunktionshalle mit erhöhter Bühne. Genau da machten sie den Fehler aus – die Darsteller mussten von ihrem Sockel herunter. Als Alternative bot sich das Treppenhaus der Schule an. Nach dem Unterricht konnten sie dort ungestört proben. Welche Schwierigkeiten der Umzug lichttechnisch bedeuten würde, kümmerte niemand außer Erik. Stephan bot an, Stative zu besorgen. Damit war das Thema erledigt.

Sie zogen in den so gar nicht theatergemäßen Schulbau. Wasch- und weiß gestrichener Sichtbeton bestimmten die Atmosphäre. Die Treppen führten um einen quadratischen, von oben natürlich belichteten Hof. Jenseits davon, unter den Klassenräumen erweiterte sich der Raum im Erdgeschoss zu einer Halle mit niedriger Decke. Für die Zuschauer würde das reichen. Für die Beleuchtung war das nicht optimal, das Licht würde im Wesentlichen von der Seite kommen. Ein paar Leuchten ließen sich auch auf dem Geländer im ersten Stock montieren. Jan ging mit seinem Verfolgerspot da rauf.

Um ein Gefühl für die neue Situation zu entwickeln, wollte der Spielleiter fürs Erste auf Licht- und Sprechproben verzichten. Die Teilnehmer sollten sich spielerisch mit dem Raum vertraut machen. Dazu schlug er eine Übung vor, für die sich alle in dem Treppenhaus verteilten. Auch die Techniker nahmen teil. Wie selbstverständlich suchte Jan sich seinen Platz ganz oben, im dritten Stock, hinter der Betonbrüstung. Niemand sollte sich vor den anderen sehen lassen, vielmehr ging es darum zu hören. Jeder überlegte sich ein eigenes Geräusch, einen Stimmlaut, mit dem er sich zu erkennen gab. Die Aufgabe bestand darin, einen Partner zu finden, der merkte, dass man ihn anrief oder ansang, und der darauf mit seinem spezifischen Laut antworten sollte.

Das Treppenhaus klang bald wie ein Regenwald, die Schüler nannten die Übung hinterher auch den Dschungelgesang. Jan stieß in regelmäßigen Abständen einen kehligen Laut aus, der ihm selbst jämmerlich erschien. Deutlich hört er Andreas Stabs angeberischen, affenähnlichen Blöklaut, den der Sohn des Stadtdirektors zu allem

Überfluss mit Schlägen auf die eigene Brust begleitete. Kiku glaubte er mit einem suchenden Eia rauszuhören. Nach einer Weile bestand kein Zweifel mehr, dass Andreas sich auf Jan eingestellt hatte. Sein Blöken wurde seltener, kam aber jedes Mal sofort, wenn Jan seinen Jammerlaut ausstieß.

Als sich alle wieder versammelten und es darum ging, wer sich mit wem zusammengefunden hatte, ging großes Gekicher los. Von sechs möglichen Paaren hatten sich nur drei erkannt. Stephan, die männliche Hauptrolle, glaubte, er hätte mit Kiku kommuniziert, doch das stellte sich als falsch heraus und der Junge musste in den folgenden Tagen einige Frotzeleien einstecken. Niemand schien Kiku erkannt zu haben. Sie selbst behauptete, sie habe etliche Male versucht, sich auf eine der anderen Stimmen einzustellen, ohne Erfolg. Jan hätte sagen können, welches ihre Stimme gewesen war, aber nicht, ob ihr jemand geantwortet hatte. Auf ihn hatte sie sich jedenfalls nicht eingestimmt. Andreas war unsicher. Er beschrieb Jans Laute recht genau, konnte sie räumlich jedoch nicht zuordnen. Jan schwieg beharrlich. Er bemerkte, dass Erik seinen Blick suchte. Sie einigten sich unauffällig, Erik behauptete daraufhin, dass Jan und er sich ebenfalls aufeinander eingestimmt hätten.

Einen zweihundert Jahre alten Briefroman auf die Bühne zu bringen, lag für die Schüler nicht auf der Hand, und es gab anfangs einiges Murren. Nach einem Referat oder idealerweise der Lektüre des Buches schlug die Stimmung jedoch um, das Spiel der Intrigen und das vermeintlich Schlüpfrige des Themas reizte die jungen

Leute und die Frage, ob man in der Liebe der Gefühle des anderen je sicher sein beziehungsweise wie sehr man kühl kalkulierend mit ihr spielen könne, faszinierte sie gleichermaßen. Die großen Bösen in diesem Spiel, der Verführer Valmont und die ewig Ränke schmiedende Madame de Merteuil, erschienen ihnen bald wie ein reiner Ausdruck ihrer Gegenwart. Die Gemeinheit dieser beiden spiegelte nach Meinung der jungen Leute perfekt die Verlogenheit einer Regierung wider, die versprach, mit immer weniger Waffen Frieden zu schaffen, gleichzeitig aber neue US-Raketen ins Land holte. Die geistig-moralische Wende, propagiert von einem Kanzler, den kein halbwegs links und damit richtig denkender Mensch ernst nehmen konnte, bestand doch bloß darin, dass der soziale Gedanke, füreinander da zu sein, abgeschafft werden sollte. Weg mit dem Schüler-Bafög, sollten die Armen doch sehen, wie sich durchboxen. Nicht die Begabung, sondern der Geldbeutel würde endlich wieder zählen. Eine neue Ellbogenmentalität wurde gewünscht, die Schwächere billigend über die Klinge springen ließ. Nicht anders verfuhr doch auch Valmont, der kein Gesetz kannte und keine Lüge scheute, wenn es darum ging, das nächste Mädchen oder die nächste Frau ins Bett zu bekommen. Gedanken wie diese bewogen die Schüler endgültig, sich mit dem Stück zu identifizieren. Sie hatten die grandiose Idee als Titel «Die Liebe in den Zeiten der Kohl-Ära» zu wählen. Dass sie damit auf ein ganz anderes Buch anspielten, störte sie nicht.

Choderlos de Laclos – der Name des Autors stieß Jan ab. Der Gedanke ihn auszusprechen war mit einer spontanen Unlust der Zunge verbunden. Jan dachte außerdem an Lack und Lackmus. Er sagte sich, dass er mit seiner eigenen schlimmen Liebschaft genug habe. Dass er sich überhaupt mit dem Buch beschäftigte, kam durch einen Zufall. An hatte ihn nach Köln mitgenommen; sie wühlten sich bei Saturn durch die Platten. Auf ihre Empfehlung nahm er eine Wipers-LP mit, die war nicht aktuell, stellte sich aber schon beim ersten Hören als seine neue Lieblingsplatte heraus, und bald liefen die Songs auch in seinem Kopf pausenlos. Beim anschließenden Bummel durch die Stadt stöberten sie durch ein paar Zweite-Hand-Läden. Dabei fand Jan den Roman und kaufte ihn für Einsfünfzig. Zaghaft begann er zu lesen, diese gepuderten Perücken und der ganze galante Quatsch widerstrebten ihm. Doch schon bei der nächsten Probe merkte er, wie sein Blick auf die Mitschüler sich veränderte, wie er begann, ihre Rollen zu sehen und ihr Bemühen, diese mit Leben zu füllen. Kiku sollte die einfältige Fünfzehnjährige spielen, die Valmonts Opfer wurde. So viel hatte Jan inzwischen begriffen.

Die Probe verlief an diesem Tag sehr unruhig. Irgendwann machten sie einen Schnitt und sprachen in der Runde darüber, was den Schülern eigentlich die Konzentration nahm. Wie nicht anders zu erwarten, ging es um die Anti-Nachrüstungs-Demo, die am folgenden Samstag stattfinden sollte. Eine Volksversammlung für den Frieden in Stuttgart, Hamburg, West-Berlin und vor allem in Bonn, wo schon in den letzten beiden Jahren Hunderttausende demonstriert hatten. Der Wahnsinn der immer weiter anschwellenden Waffendepots musste ein Ende nehmen. Schon jetzt verfügten die Blockstaaten über ausreichend Nuklearwaffen, um die Erde mehrfach zu zerstören. Aber sie wollten immerimmer mehr.

Über die Wichtigkeit der Angelegenheit waren sich alle einig, nicht aber über den weiteren Verlauf des Nachmittags. Die Gruppe spaltete sich schnell. Ein Teil meinte, den Nachmittag für die politische Diskussion nutzen zu müssen. Andere wollten neue Szenen entwickeln, die den Bezug des Theaterstücks auf die neue Mentalität in den konservativ regierten Ländern Europas deutlich machen sollten. Der Rest wollte einfach weiterproben. Andreas verteidigte dabei als Einziger die Politik der Raketenstationierung und war mit seinen Ansichten bald jämmerlich isoliert.

«Geh doch zum Bund», schrie Stephan ihn an, «da kannst du dich auf eine Pershing binden und auf den bösen Feind schießen lassen.»

«Geh doch BWL studieren», sagte Cordula.

Schließlich teilte sich die AG. Die Aktivisten gingen zusammen weg. Diejenigen, die blieben, wollten tags drauf ebenso an den Demo-Vorbereitungen teilnehmen. Außer vielleicht Andreas kannte Jan keinen, der nicht nach Bonn fahren wollte. Kiku gehörte wie Jan zu denen, die blieben. Sie wollte spielen, eine merkwürdige Spannung war die ganze Zeit von ihr ausgegangen und ihre Beiträge zur Diskussion über die Friedensdemo hatten ungewöhnlich aggressiv geklungen. Jan dachte, dass sie sich womöglich endgültig von Benni getrennt hatte und deshalb so schräg drauf war. Es war nichts als eine Spekulation. Er versuchte sich auf No Fair zu konzentrieren, das in seinem Kopf als Endlosschleife dudelte. Nur am Rande kriegte er mit, wie der Spielleiter Kiku bat, sich einen Partner für eine Improvisation zu suchen. Sie nahm sich einen Stuhl. Jan hatte offensichtlich verpasst, worum es bei der Übung gehen sollte. Ohne jemanden zu fragen, ging er die Treppe rauf an seinen Platz.

Die Luft stand still wie in einer Grabkammer der Pyramiden. Kiku stellte sich vor den Metallrohrstuhl mit Kunststoffsitzschale. Erik dunkelte den künftigen Zuschauerraum ab. Jan richtete unaufgefordert den Spot auf Kiku. Es war, als hätte er sie nie gesehen. Wie alle Darsteller trug sie eine schwarze Gymnastikhose und ein schwarzes Oberteil. Blaue, selbst gestrickte Stulpen wärmten ihre Waden. Ihre Hände leuchteten und auf ihrem Gesicht schien weißes Make-up zu liegen. Die Lippen wirkten wie meistens sehr dunkel.

Kiku starrte den Stuhl an, als wollte sie ihn dazu bringen auf sie zuzugehen, dabei atmete sie tief.

«Komm!», sagte sie endlich.

Es vergingen Minuten. Vom langen Hinschauen bekam Jan das Gefühl, der Stuhl bewege sich tatsächlich auf Kiku zu. Er zwang sich wegzuschauen, auf der anderen Seite einer Stütze vorbei auf das Glaselement, das den Übergang zum nächsten Gebäudeteil markierte. Er bildete sich ein, das ins Sicherheitsglas eingebettete Drahtgitter zu erkennen. In seinem Kopf lief immer noch No Fair, die Stelle, an der ein schneller Basslauf Tempo in das schleppend beginnende Stück brachte. Er bekam Gänsehaut. Torsten fiel ihm ein, wie er seinen Bass vor

Wut auf Nils' Tod gegen die Box geschmissen hatte. Die Reparatur hatte eine Stange Geld gekostet. Take a piece of our lives! Didn't think that we would care? It is no, it's no fair, no fair, no fair, no fair …

Kikus erste Worte kamen so laut, dass Jan erschrak.

«Ich will mich nicht setzen.»

Ihre rechte Hand ging nach vorn.

«Du bist nicht wie ich.»

Der Stuhl antwortete nicht. Das Licht knallte auf die orange Kunststoffschale, die davon fett glänzte. Irgendwie hatte Jan den Eindruck, dass der Stuhl schwitzte. Kiku ging um ihn herum und ließ sich hinter ihm auf die Knie nieder. Sanft berührte sie seine dünnen Beine, streichelte mit dem Finger an ihnen runter.

«Du brauchst, um zu glänzen, das Licht. Schwitzt du? – So kleine Schuhe.»

Mit einer schnellen, kraftvollen Bewegung packte Kiku die Rückenlehne und kippte den Stuhl nach hinten, es sah aus wie beim Tango.

«Ziemlich verschlissen. Da gucken die Zehen raus.»

Andreas kicherte, nur ganz kurz, dann war es wieder still. Kiku kippte den Stuhl ganz um und drehte ihn mit den Beinen zu sich. Das Rohr schepperte dumpf auf dem Waschbeton.

«Ich schau dir unter den Rock.»

Ihre Hand verschwand in der Schattenzone.

«Kitzlig bist du nicht. – Weder Junge noch Mädchen.»

Bei dem Satz kicherten wieder ein paar.

Kiku war fantastisch. Niemand anderes hätte sich

das getraut. Sie stellte den Stuhl zurück auf die Beine. Wenn sie ihn so in der Hand hatte, wirkte er auf Jan nicht wie ein fester Gegenstand, oder jedenfalls nicht stabil, sondern als wäre er aus Stofffetzen zusammengenäht und schlapp. Kiku schaffte es dennoch ihn wieder hinzustellen, ein bisschen schräg, sodass ein dreieckiger Schatten auf der Rückenlehne lag. Für Jan war es wie ein Videoclip. Er fühlte die zunehmende Hitze des Strahlers neben sich, hatte diese Musik im Ohr und schaute der fantastischen Performance zu. Kiku stand wieder aufrecht, die Hände in die Hüften gestützt. Das hatte Jan noch nie an ihr gesehen, so eine Sportlehrerpose. Auch ihr Gesicht, das sonst eher mild und manchmal traurig wirkte, drückte in dem Moment Strenge aus. Wieder schien sie den Stuhl mit der Kraft ihrer Gedanken zu etwas bringen zu wollen.

«Ich will dich nicht benützen.» Die Spur einer Eingebung huschte über ihr Gesicht. «Ich will dich nicht besitzen.»

Jetzt nahm sie ihn und setzte ihn sich auf den Rücken. Die vorderen Beine hingen ihr über die Schultern, die hinteren klemmte sie mit den Armen ein wie die Beine von jemand, den man huckepack nimmt. Mühsam schleppte sie sich ein paar Schritte vorwärts, die Last wurde ihr zu schwer, sie brach darunter zusammen. Jan wollte den Stuhl mit Licht zum Schmelzen bringen. Er war drauf und dran, zu ihr zu laufen und sie von dem Möbel zu befreien, das er inzwischen wahrhaft hasste. Mühsam kroch sie hervor, müde hockte sie neben ihrem Peiniger. Es schien vorbei zu sein. Doch im letzten Moment der Spannung packte sie mit einer blitzschnellen Bewegung, fast einem Schlag, noch einmal zu, erwischte einen der Haken, mit denen die Stühle zu Reihen verkettet werden konnten, riss ihn in die Luft und schleuderte ihn aus der Drehung mit voller Wucht gegen den Betonpfeiler. Es knallte und schepperte laut. Wow, wer außer Kiku hätte sich das getraut? Wie oft hatten sie, jeder Einzelne, der hier war, wohl schon daran gedacht, so was zu tun, einfach alles rauszulassen, und dann doch nicht mehr hingekriegt, als heimlich den Tisch oder die Wand im Klo zu bekritzeln? Es gab großen Applaus. Der Spielleiter wollte Kiku umarmen. Sie wies ihn erschreckt zurück.

Kiku war längst in die Gruppe zurückgetreten, als Jan den Spot ausknipste. Sie sprach mit zwei anderen Mädchen und drehte sich eine Zigarette für danach – es ging gegen sechs und die Probe war vorbei.

Jan ließ sich Zeit mit dem Aufräumen. Absichtlich ging er als letzter zum Parkplatz, merkwürdig berührt wie nach einem tatsächlichen Theaterbesuch. Zu seinem Erstaunen war noch ein Auto da. Georg stand vor Tina, die vielleicht von irgendeiner anderen AG kam oder weiß der Himmel was noch in der Schule zu suchen hatte.

«Hey, Jan», rief sie zu ihm rüber. Es klang betreten.

Jan hob die Hand zum Gruß, er wollte sich nicht aufhalten. Doch sie winkten ihn zu sich. Er bekam ein flaues Gefühl im Magen.

«Tina hat es mir eben erzählt», sagte Georg.

Pause. Jan hasste das.

«Was?»

«Torstens Bruder ist tot.»

«Wahrscheinlich Selbstmord.»

«Man weiß es noch nicht sicher.»

«Olaf?»

Georg nickte leise. Tinas Augen schimmerten warm und feucht. Wie Kuhkacke, dachte Jan. Er fühlte einen dicken Klumpen Wut in seinem Hals festsitzen. Erzählt mir nicht so eine Scheiße, dachte er, ich glaube euch kein Wort. Die beiden schienen darauf zu warten, dass er sich schockiert zeigte. Was wollten die denn, die hatten doch gar nichts mit Olaf zu tun.

«Ein Arschloch weniger.»

Jan sagte das sehr cool und trocken. Dann ließ er die anderen beiden einfach stehen.

17

Eternit, schrieb Jan, Stoff für die Ewigkeit, Unvergänglichkeit, unvergängliche Anhänglichkeit ewiger Hässlichkeit. Viereckige Platten, Kreuze aus Latten bedecken Fachwerk. Was für ein Machwerk. Asbest hält sich bereit für die Befreiung aus der Ewigkeit, spielt selbst Unvergänglichkeit, unendlich zum Töten bereit. Kleinste Faser, größte Zerstörung, Zersetzung der Lungen, mit denen ihr einst gesungen. Die einst gesunden Lungen. Beide Flügel federlos. Zu zweit zu weit zerstört für die Ewigkeit. Säure- und feuerfest gibt sich Asbest. Treibt Inzest mit dem Tod, diese Unvergänglichkeit. Mach dich bereit für das Kind dieser zwei, es heißt ewiger Tod. Pershing zwei, P zwei, V einsundzwei, Atomrakete, Wasserstoffbombe, Neutronenbombe. Neutrale Bombe, der ist es einerlei, die zerstört allerlei. Menschenleben, keine Sachen. Wäre doch schade. Nicht schade ums Leben, so ist das eben. Kraft des Unsichtbaren, Kraft der Kleinstteile, die überwinden die Schranken zu Lungenzügen und Hirngedanken, kranken Gedanken. Krankengedanken, gedacht von zum Tode Verdammten, die nicht allein untergehen wollen, die von unter der Erde noch an deinen Beinen ziehen, dich runterziehen, von oben drücken mit eternitharten Rücken. Was wir als Einziges erben, ist der Fakt, dass wir alle sterben, auch die Blinden und Lahmen, in Ewigkeit Amen.

18

An telefonierte mit Karin, die in der Praxis war. Deern ging es seit Tagen nicht gut, nun war sie von einem nicht enden wollenden Muskelzittern befallen worden. Sie hob kaum noch den Kopf, wenn man sie rief. Karin bat An, die Dalmatinerhündin sofort in «ihre» Praxis zu bringen; das war vielleicht kopflos, jedenfalls wurde ein ziemliches Chaos daraus und es gab eine heftige Diskussion, bevor der wahrscheinlich ansteckende Hund hereingelassen wurde. An musste ihn tragen. Nun lag Deern isoliert in einem separaten Raum, Karin würde sie abends mit nach Hause nehmen. Auch zwei weitere Hunde, Thynsen und der kleine Hiram, wirkten schlapp und wollten nicht fressen. Was wirklich los war, wusste An nicht, sie hielt es auch nicht aus, in der Praxis zu bleiben und das Ergebnis der Untersuchung durch den Tierarzt abzuwarten. Sie ahnte, dass sie Deern nicht wiedersehen würde. Ziellos fuhr sie durch die Stadt und hörte ihre geliebten Pink Floyd. So hatte sie wenigstens das Gefühl, dass irgendetwas im Fluss war. Ja, sie hätte zu den anderen Hunden zurückfahren sollen, um nach ihnen zu sehen, das würde sie bestimmt auch noch tun. Vorläufig aber vermied sie es. In ihrem Elternhaus warteten lauter Sachen auf sie, von denen sie nichts wissen wollte. Die Hunde, Thynsen etwa war kaum jünger als Jan, waren ein Teil der Familie. Natürlich wusste sie, dass die Tiere schon aufgrund ihrer geringeren Lebenserwartung nicht immer da sein würden, aber diese Krankheit, mit der sich womöglich alle angesteckt hatten, machte ihr Angst. An sah sie aufgereiht daliegen wie erlegtes Wild nach einer Treibjagd. Ihre Augen füllten sich mit Tränen. Bitte nicht, flüsterte sie tonlos vor sich hin, hatte den Impuls, sofort nach den Tieren schauen zu müssen, nahm nach wenigen Metern jedoch den Fuß vom Gas und bog in irgendeine Seitenstraße ab, die garantiert nicht in Richtung ihres Elternhauses führte.

Neben der Sorge um die Hunde war es auch die Aussicht auf ihre Rückkehr, die sie von dem Haus fernhielt. An konnte sich ihr Apartment nicht länger leisten und hatte es zum Jahresende gekündigt. Ihr Mädchenzimmer wirkte klein und erstickend auf sie. Dass sie den alten

Plunder rausschmeißen und ihren eigenen Kram mitbringen würde, änderte daran nicht viel. Ihre Bewerbungen um eine neue Lehrstelle blieben bisher erfolglos und ein Job, mit dem sie genug verdiente, um wenigstens ihr Apartment zu halten, war auch nicht in Sicht. Sollte sie etwa als Bedienung in einen dieser Schuppen gehen, in denen fett gewordene Vierzigjährige der Kellnerin auf den Hintern klatschten? Sicher nicht. Bevor sie so enden würde, schwor sie sich, würde sie lieber in den Untergrund gehen. Ihren Eltern hatte sie von ihrer Rückkehr noch nichts gesagt. Karin würde in eine Angststarre verfallen und nicht mehr aufhören stumm den Kopf zu schütteln. René dagegen könnte auftrumpfen, er hatte schließlich all das vorausgesagt: Du solltest die Schule zu Ende machen, eine Ausbildung zur Fotolaborantin ist doch nichts für dich, dieser Typ – der Typ war Matze – hat dir Flausen in den Kopf gesetzt. Am Ende würden die Alten ihr sicher ermöglichen, eine Abendschule zu besuchen und das Abitur nachzumachen, doch das empfand An als Niederlage und es erregte ihren Trotz.

In ihren eigenen vier Wänden fühlte sie sich ebenso unwohl.

Seit Matze sie verlassen hatte und seine Fotografien an den Wänden fehlten, war das Nest kein Nest mehr. An hatte auch die gefärbten Tücher abgehängt. Die Raufaser strahlte seitdem genau jene Kälte aus, die An empfand. Neue Kontakte hatte sie nach ihrem Abgang von der Schule kaum geknüpft und die alten verloren sich immer mehr. Es blieb ja keiner da außer ein paar Spießern, die bei der Stadtverwaltung unterkrochen. Nun spürte sie, wie schwach ihr Rückhalt in Füchten war. Sie wollte weg, wenigstens eine Zeit lang. Doch für einen Trip nach London blieb ihr nicht genug Geld und zum Trampen nach West-Berlin fehlte ihr die Energie. Schon die Vorstellung, dass es Stunden dauern könnte, bis sie auf der Autobahn war, weil in der Füchtener Gegend kaum jemand Anhalter mitnahm, demoralisierte sie vollständig. Vielleicht könnte sie eine Mitfahrgelegenheit nach Berlin bekommen. Matze war wirklich ein kompletter Wichser. «Es ist ganz toll mit Gritt. Es ist so toll für mich mit ihr zu schlafen ...» Scheiße. Sie drehte die Musik lauter. Worin sollte das Leben bestehen, wenn nicht darin sich selbst auszudrücken, sich zu finden und dann noch jemanden, den man lieb haben konnte. Jemanden, der kein Chauvi war wie dieser Matze-Arsch. Sie dachte an die Hunde. Noch eine halbe Stunde. In einer halben Stunde würde sie hinfahren.

Vielleicht hätte An sich noch weiter runterziehen lassen, wenn sie nicht vor sich auf der Straße in einer provozierend breiten Reihe ein paar Jungs erblickt hätte, von denen einer zweifellos ihr Bruder war. Jans Anblick ließ ihre Stimmung binnen einer Zehntelsekunde um mindestens hundert Punkte auf der Skala steigen. An rollte langsam an die Jugendlichen heran und hupte. Erschreckt und wütend fuhren sie herum, einer von ihnen zeigte ihr den Stinkefinger. Aber sie machten so viel Platz, dass sie neben die Gruppe fahren konnte. An stellte die Musik aus und kurbelte die Scheibe runter. Jan hatte sie längst erkannt und versuchte, seine Freunde durch Ärmelzupfen und leise Worte aufmerksam zu machen. Als sie kapierten, wer da neben ihnen fuhr, entspannten sich die Jungen.

«Wo wollt ihr hin?»

«Wir gehen in den Wald.»

Die Richtung passte.

«Was wollt ihr denn da?»

«Zapfen sammeln.»

«Munition sammeln.»

«Quatsch nicht so viel, du Spast.»

«Selber.»

«Zurück zur Natur», grinste Carlo.

An erkannte den Schlagzeuger dieser unsäglichen Band, deren Keyboarder bei einem Autounfall ums Leben gekommen war.

«Zurück zur Natur, aber bloß nicht zu Fuß.»

Holger, den kannte sie auch. Seine Cousine war in ihrer Stufe gewesen. Die anderen lachten heiser und, so schien ihr, möglichst tief.

Holger, Simon und Carlo quetschten sich auf den Rücksitz des Minis; sie kicherten wie Vierzehnjährige. Jan setzte sich neben seine Schwester. Auch er war aufgekratzt und auf seine zurückhaltende Art albern. Das freute An. In der letzten Zeit hatte sie ihn immer sehr zurückgezogen und linkisch erlebt. Der Schock über seine Aktion mit dem laufenden Moped in der Garage saß ihr immer noch in den Knochen. Er schien ganz und gar mit sich selbst beschäftigt zu sein, auch in diesem Moment. Für seine Schwester hatte er jedenfalls keinen Blick und von ihrer Stimmung schien er nicht das Geringste mitzubekommen. An wünschte so, dass es ihm gelingen würde, sein Schneckenhäuschen zu zerbrechen und der kleinen Japanerin zu sagen, was er ganz offensichtlich für sie fühlte. Das konnte ihm nur guttun, egal wie es ausging. Im nächsten Moment war sie schon nicht mehr sicher. Vielleicht war er klüger? Jan schützte sich vor Verletzungen, aus seiner Position heraus würde er in Kiku immer etwas Besonderes sehen können, sie würde ihn nicht verletzen, das konnte gar nicht geschehen. Sie konnte nicht eines Tages zu ihm kommen und sagen: Du, ich habe mit Mirko geschlafen, es war unheimlich toll, ich wollte ihn so sehr und er mich auch, deshalb wäre es bestimmt nicht gut gewesen darauf zu verzichten. Ihr Schmerz kam wieder. Nicht jetzt, dachte sie. Scheiß auf Matze. An drückte den Auswurfknopf so kräftig, dass die Pink-Floyd-Kassette mitten zwischen die Sitze schoss. Mit einer Hand fischte sie unterm Sitz, bis sie ein anderes Tape in der Hand hielt, eine Clash-Kompilation. Viel besser.

Sie fuhren an der Hitlermauer mit dem immer noch leuchtenden Schriftzug NIE WIEDER KRIEG vorbei. Inzwischen hatte sie begriffen, dass die Jungs losgezogen waren, um sich für die große Demo mit Lärchen- und Tannenzapfen auszurüsten, die sie bei Bedarf auf missliebige Redner schleudern wollten. Diese Idee kam ihr kindisch und bäuerisch zugleich vor, sie schwieg jedoch. Sie hätte ihnen sagen können, was Matze sagte: Der Imperialismus lässt sich nur durch den bewaffneten Kampf besiegen. Stadtguerilla. Dass dabei Leute starben, die irgendwo auch Menschen waren und eben nicht bloß Schweine, hatte ihr immer widerstrebt. Vielleicht war es besser, mit Zapfen zu werfen als zu gewinnen. Vielleicht-vielleicht. Shit, was war los mit ihr, sie schaute sich an und sah einen Pudding ohne Haut.

«Sag mal, wie fährt denn die», hörte sie Holger im Fond, und Jan, der sich offensichtlich angesprochen fühlte, drehte sich um, und sagte: «Sie fährt wie'n Mädchen.» Großes Gelächter, haha.

Das klappt auch nicht zweimal, kleiner Bruder, dachte An. Sie musste sich aber zwingen den Fuß vom Gas zu lassen. Stattdessen sagte sie: «Du traust dich ja nicht mal, in den zweiten Gang zu schalten.»

Jan zog den Kopf zwischen die Schultern. Seit kurzem nahm er Fahrstunden, und einmal hatte er mit seiner Schwester im Wald fahren geübt. An wusste, dass es blöd war eine Bemerkung darüber zu machen. Seine Kumpel sagten nichts Boshaftes dazu. Wahrscheinlich machten sie selbst gerade den Führerschein.

«Es ist nie zu spät, um als schlechtes Beispiel zu dienen», tönte Carlo von hinten.

Simon ergänzte: «Ein Hoch auf die Kinder unserer Eltern.»

Als hätten sie es bestellt, knatterte plötzlich ein Motorrad hinter ihnen, der Scheinwerfer stach in den Rückspiegel des Minis. Obwohl sie in einer Kurve waren, versuchte der Fahrer, sie mit der Cross-Maschine zu überholen. An ging aufs Gas, der Mini zog, obwohl er voller Leute war, schnell an. Eine Weile fuhren Auto und Motorrad gleichauf. An hatte die bessere Ausgangslage, sie würde in der nächsten Kurve innen sein. Da ließ der Motorradfahrer sich zurückfallen und bog hinter ihr in den Wald ab. Dieser Idiot wollte offenbar die Kurve abschneiden.

«Was ist'n das?», rief Holger.

«Ein Geländemotorrad, Mann.»

«Ja, du Schlauscheißer, aber weißt du auch welches? Das ist die Maschine von Olaf. Die hat überhaupt keine Straßenzulassung. Und Olaf ist –»

Niemand sprach es aus. Allen, auch An war inzwischen klar, dass es Torsten sein musste, der da wie ein Wahnsinniger mitten zwischen den Bäumen durchfuhr. Sie sahen ihn nicht wieder. Entweder hatte er es geschafft, sie auf diese Weise zu überholen, oder er klebte an irgendeinem Baum. An beobachtete, wie ihr Bruder die Lippen zusammenkniff. The Clash sangen White Riot. Endlich machte einer der Jungs im Fond den Mund auf.

«Bist du Popper oder Punker bist noch lange du kein Kranker.»

Ein Spruch, und die Stimmung war wieder gelöst.

«Lieber gute Punkerfeten als US-Atomraketen.»

So ging es weiter, bis sie an der Einmündung des Waldwegs angekommen waren. Die Jungs beschwerten sich, sie wollten noch weiter in den Wald gefahren werden. Aber An, entschlossen die Ältere zu spielen, zeigte auf das Verbotsschild.

«Wir müssen aussteigen. Sperma die Tür auf!»

«Sperma den Mund auf, heißt das.»

«Ey, ihr armen Willis. Ihr seid echte Chauvis, ihr Wichser.»

Wollte Holger bei ihr punkten? Denkbar. In ihrer Persönlichkeitsentwicklung waren sie alle auf dem Stand von Zwölfjährigen. Jan schienen die Zoten seiner Freunde peinlich zu sein, aber er sagte nichts. Schubsend und frotzelnd stiegen sie einer nach dem anderen aus dem Auto, eine laute und fröhliche Truppe. Keiner von ihnen kam auf die Idee, danke zu sagen. An wollte schon wenden, als sie den Jäger auf den Weg treten sah. Deerns Krankheit und Dragos Wildern fielen An gleichzeitig ein. Der supergesunde und glänzende Jagdhund an der Seite des Mannes in Kniebundhosen und mit dem an einem Riemen unter dem Arm hängenden Gewehr drängte zu der Schülergruppe hin. Es schien ihn nicht zu kümmern, ob sein Herrchen damit einverstanden war. Wahrscheinlich hatte der Jäger den Jungs irgendwas zugerufen, während An die Scheibe runterkurbelte, nun hörte sie, wie Holger den Mann als «Waldfaschist» bezeichnete, was von Simon mit «Wildfaschist» ergänzt wurde.

«Welche wie euch, die sollte man –», rief der grüne Mann aufgeregt. Doch er brachte seinen Satz nicht zu Ende und unternahm auch sonst weiter nichts. Der Jagdhund zog ihn weiter, über die Straße, die Böschung hinab, das nächste arme Reh schon in der Witterung.

«Naja. Auch Arme haben Beine.»

Das war das Letzte, was An von ihrem Bruder an diesem Tag hörte. Um ihren Beitrag zur allgemeinen Verständigung ebenfalls zu leisten, fuhr sie die Gänge extra hoch aus. Sie schaute in den Innenspiegel und erblickte überrascht ihr eigenes Gesicht. Jan musste beim Aussteigen gegen den Spiegel gestoßen sein.

Vor ein paar Tagen hatte sie sich selbst betrachtet beim Licht von zwanzig Kerzen in dem großen Spiegel ihres Schranks, um ihre eigene Lust zu sehen. An verglich die beiden Gesichter. Sie hatten kaum etwas gemein.

19

«Hey, Hodenlos! Hast du ein Ei am Wandern?»

Jan hatte nicht mal die Zeit sich den Raum anzuschauen, bevor Torsten ihn auf diese Art begrüßte. Der Freund saß in seiner selbst bemalten Lederjacke auf einem dreh- und rollbaren Bürostuhl, die frisch lackierten Springerstiefel weit von sich gestreckt, und nahm einen großen Schluck Bier. Jan konnte sich in keiner Weise vorstellen, warum Torsten derart auf ihn losging.

«Hodenlos! Woran merkst du, dass Ostern vorbei ist? – Wenn deine Eier nicht mehr da sind.»

Das Beste war vermutlich, nicht zu reagieren. Jan kannte Torstens schräge und verzweifelte Zustände, seine manchmal unheimliche Reizbarkeit und völlige Unzugänglichkeit, nur war er zum ersten Mal selbst Ziel seiner Angriffe. Torsten grinste und schaute im Raum herum, ob er nicht irgendwo Beifall fand. Niemand beachtete ihn groß. Das Wortspiel mit seinem Namen verletzte Jan, so was hatte er zum letzten Mal in der siebten Klasse gehört. Als Torsten die leere Flasche lärmend auf den Boden fallen ließ, schaffte Jan es, nicht hinzusehen.

Das war also der Raum, in dem das wöchentliche Anzeigenblättchen gemacht wurde. Schreibtische standen da, Papierschneider, zwei Fotokopierer! Über allem schien nüchternes Neonlicht. Er mochte diese Atmosphäre, alles was mit Papier zu tun hatte, Kleben, Tippen, Vervielfältigen, zog ihn an. Das war wie mit der Schmalfilmkamera, deren Anblick ihm sofort Lust machte, einen Film zu drehen. So gut wie alles war geeignet, die jungen Leute kreativ zu machen.

Uwes Eltern waren übers Wochenende an den Rhein gefahren, also waren die Schüler in dem Redaktionsraum ungestört. Uwe wirkte gelöst, anders als in der Schule hob er den Blick, wenn er mit den anderen sprach. Er versuchte die Balance zu halten zwischen der Verantwortung, die er für die teuren Geräte hatte, und der Großzügigkeit, mit der er sie für die Vorbereitung der großen Friedensdemo zur Verfügung stellte.

In seinem Rücken hörte Jan Torsten rülpsen, wieder beachtete er es nicht. Sie hatten noch nicht miteinander gesprochen, seit Olaf tot war, und Jan wollte das dringend tun, aber nicht unter allen Umständen. Außer Uwe sah Jan Georg, Markus und Dirk, die eine Art eigene Abteilung bildeten; sie würden sicher ein Musterflugblatt herstellen. Von den Mädchen waren nur die schweigsame Cordula da und Jasmin, Letztere natürlich mit Mirko oder auf Mirko, auf seinem Schoß also saß sie. Siamesische Zwillinge, an der entscheidenden Stelle miteinander verwachsen. Beide trugen die gleiche dunkelviolette Latzhose und das gleiche gelb-violette Batikhemd, beider Füße steckten in beige-grauen, hell melierten Schafwollsocken und diese wiederum in Birkenstock-Clogs. Mirko hatte sich einen flaumigen weichen Bart stehen lassen. Jasmins Handgelenk umschloss ein dunkelblaues Lederbändchen, das Jan gleich auch bei ihrem Freund entdeckte. Ihn faszinierte weniger die neue, müslimäßige Richtung in der Aufmachung der beiden als vielmehr ihr perfekter Partnerlook. Jeder sollte mitkriegen, wie wahnsinnig glücklich die beiden miteinander waren – ob er es wissen wollte oder nicht. Jan entschied sich, das lächerlich zu finden. Demnächst würde vor ihren Füßen ein kleines weißes Baby in einer niedlichen lila Latzhose rumkrabbeln und brabbeln. Dass Jan selbst den Leuten, die ihn anzogen, immer ähnlicher sah, dass er auf dem besten Weg war, Mitglied eines kleinen, tapferen Stammes zu werden und in dessen Trachten und Symbolen als Einzelner ebenso zu verschwinden wie diese beiden ineinander, übersah er dabei völlig. Selbst Torsten hob sich ja nur vor dem kontrastreichen Hintergrund ab; er war damals der einzige Punk in Füchten. Verstohlen blickte Jan zu ihm hinüber. Seit er eine weitere Flasche geleert hatte, wirkte Torsten wesentlich ruhiger. Bei aller Unwahrscheinlichkeit flammte eine kleine Angst in Jan auf, dass Torsten von Jans Arschloch-Spruch gehört oder einfach etwas gespürt haben könnte. Nie zuvor in seinem Leben hatte Jan so einen Satz gesagt. Und es hatte ihm unendlich gutgetan, auch wenn eine Sekunde später schon der Schock überwog. Beide Brüder seines Freundes hatten sich umgebracht. Armer Torsten. Plötzlich hatte Jan es eilig mit ihm zu sprechen. Er durfte ihn nicht länger mit diesem Mist alleinlassen.

Carlo, Simon und Holger kamen herein. Obwohl sie wie Jan den Wald vor schon vor Stunden verlassen hatten, brachten sie einen Hauch von Feuchte und Kälte mit, der sofort bemerkt wurde.

«Wo kommt ihr denn her?»

Sie erklärten grinsend, warum sie im Wald gewesen waren.

«Die Scheißzapfen waren aber alle nass und total weich.»

«Warum habt ihr keine Kastanien gesammelt?»

«Im Wald gibt's doch keine Kastanien, du Willi. Dafür haben wir ein Wildschwein erschreckt.»

«Eins auf zwei Beinen», ergänzte Simon. «Eins mit 'ner grünen Kniebundhose.»

«In Wirklichkeit?»

«Was heißt hier in Wirklichkeit? Realität ist was für Leute, die mit Drogen nicht zurechtkommen.»

Sofort waren sie zurück auf der Schiene vom Nachmittag. Jan nicht. Er befürchtete, dass sie Witze über seine Schwester machen könnten. Wahrscheinlich jedoch hatten die Jungen schon vergessen, dass sie überhaupt jemand in den Wald gebracht hatte. Etwas an ihr ist komisch gewesen, überlegte Jan, aber er fand nicht genau heraus, was es war. Sie hatte die Verbindung nicht freigegeben, diesen Große-Schwester-kleiner-Bruder-Kanal, auf dem sie sonst funkten. Etwas in der Art empfand er, ohne es klar zu bekommen. Die Verbindungstür zwischen Empfinden und Benennen blieb für ihn meistens verschlossen, und selbst als sie in späteren Jahren offen zu stehen schien, war Jan nie sicher, ob es nicht ehrlich oder wahrer wäre, sie zu schließen. Es gab da so ein trügerisches Hin und Her, dem wurde er niemals Herr.

Eine ganze Zeit lang saßen sie alle zusammen und bastelten an einem Text für ihr Flugblatt herum, sogar Torsten schaltete sich ein. Schnell bildeten sich zwei Gruppen. Auf der einen Seite standen die Aufklärer, denen es hauptsächlich darum ging, die schrecklichen Wahrheiten über das Vernichtungspotenzial der Blockmächte bekannt zu machen, und auf der anderen Seite die Aktionisten, die am liebsten gleich morgen alle bestehenden Verhältnisse umgewälzt hätten.

«Sie werden die Welt in die Luft jagen, die es dann nicht mehr geben wird. Bumm, nicht mal der Mond bleibt übrig.»

Holger hatte sich in Rage geredet. Er war der Typ, der mit dem Megafon vornweg laufen konnte.

«Das von Menschen angehäufte Arsenal an Nuklearwaffen hat die 1,6-millionenfache Sprengkraft der Hiroschima-Bombe.»

«Füchten würde damit endlich von der Landkarte verschwinden», sagte jemand und erntete Lacher.

«Deine Scheißzahlen interessieren keinen.» Überraschend mischte Uwe sich ins Gespräch. «Auf einem Flugblatt musst du eine klare Botschaft rüberbringen: Friede den –»

«Willst du das Schaf und nicht der Schlächter sein, dann reih dich bei uns ein», rief Torsten dazwischen. «Damit kannst du zu den Scheißjusos gehen.»

«Aber wie willst du die Leute überzeugen, wenn du ihnen nicht sagst, was Sache ist. Die Logik der Vernichtung. ‹Bevor du mich tötest, töte ich lieber dich.› – ‹Weil ich das weiß und mich davon bedroht fühle, muss ich dich leider vorher umbringen.› Das ist doch der ganze Mist. Das müssen wir auf unserem Flugi erklären.»

«Du kannst dir auch eine Frikadelle ans Knie nageln und so lange drehen, bis Radio Luxemburg kommt.»

«Was würdet ihr denn draufschreiben?»

Die Frage ging an die Pullunderfraktion, Markus, Georg und Dirk.

«Weiches Wasser höhlt den Stein, wir wollen wie das Wasser sein.»

Allgemeines Gelächter.

«Schreib doch drauf: –»

«Gott ist groß, aber Gras ist sanfter.»

«Halt du erst mal die Fresse. Schreib drauf: Unsere Straßen müssen wieder sauber werden. Weg mit linkem Gesindel und radioaktiven Raketen.»

«Ja, du bist auch so'n Arschloch.»

Jan stand auf, um sich ein Bier zu holen. Er sah Uwe am Kopierer stehen, einen Arm auf der Glasplatte. Jan hörte zu, wie die Mechanik eine Stablampe hin- und herfahren ließ, die Trommeln im Innern des Gerätes drehte und schließlich ein fast schwarzes A3-Blatt rausschob.

«Wir haben die Frauen noch nicht gefragt», sagte Carlo.

«Ja, was denkt ihr? Was sollen wir auf das Flugblatt schreiben?»

«Schreibt drauf, wie blöd und kindisch ihr seid.»

Cordula sagte das kühl und sachlich. Ähnlich wie Kiku gehörte sie zu keiner Gruppe unter den Schülerinnen, genoss aber einen gewissen Respekt. Die Maske der schweigenden Schönen trug dazu sicher ihr Teil bei. Nun stand sie auf und zog ihre Jacke an.

«Ich finde es auch blöd, wie das hier läuft», schloss Jasmin sich an. «Wir kriegen nichts hin. Wenn wir morgen nach Bonn fahren, werden wir nicht mal ein Transparent haben, von einem Flugblatt zu schweigen.»

«Genau», bestätigte Mirko. Die beiden standen ebenfalls auf.

«Was wollt ihr denn? Wir haben morgen schulfrei. Wozu noch zur Demo fahren.»

Torsten war schon beim vierten Bier, seine Worte klangen zynisch, aber auch schwerfällig. Er hatte sich seit dem Abend im Butterfly nicht mehr über Jasmin geäußert, das war Jan entgegengekommen, der alle Gespräche, die auf Liebesdinge kamen, noch mehr fürchtete, als er sie herbeisehnte. Er war zu dem bequemen Schluss gekommen, dass Torsten die Jasmin-Angelegenheit abgehakt hatte.

«Du fährst bestimmt mit einem Sattelzug hin», sagte Jasmin, «wenn du nicht zu besoffen bist.»

«Ja, mitten in die Menge.»

Torsten spannte seine Muskeln, seine Augen flackerten böse auf. Er schien noch mehr sagen zu wollen, schwieg aber oder brachte nichts raus. Mirko hatte sich halb vor seine Freundin gestellt, die beiden hielten immer noch Händchen. Auch er war kurz davor, etwas zu sagen, ohne es zu tun. Markus wog offenbar ab, ob er es riskieren sollte, dazwischen zu gehen. Jan war sicher, dass er besser war, nicht dazwischen zu gehen. Die Mädchen hatten den Raum zum größeren Teil schon verlassen. Auch Mirko angelte sich seinen Anorak und wandte sich mit verächtlichem Blick ab. Mit ausgestellter Zärtlichkeit schob er Jasmin zur Tür. Sie waren schon halb draußen, als Torsten schrie: «Dann geht mal schön die Welt retten, ihr Müslifressen!»

20

Kurz danach gingen auch Markus und Dirk. Ihre Betttücher und Pappen nahmen sie mit. Dirk, der ganz gut zeichnen konnte, hatte eine riesige schwarze Bombe gemalt, in die ein kleines Männchen eine Beule trat. Darüber stand «P E R». Weiter waren auch sie nicht gekommen. Später kamen ein paar andere Jungs, die eigentlich ins Butterfly wollten, sich dann aber nicht aufraffen konnten. Sie brachten einen Kassettenrekorder und ein paar Flaschen billigen Wein mit. Endlich lief Musik. Als sie hörten, was Stand der Dinge war, meinten sie: «Eh Scheiße. Was wollt ihr mit einem Flugblatt. Das treten die Leute nur in den Dreck. Jede Wette: morgen wird's tausend verschiedene geben. Und auf allen steht dasselbe drauf.»

«Schreibt lieber was von Nils drauf. Die Schule hat seinen Tod vollkommen ignoriert.»

«Ja, oder von Olaf.»

«Dass die Arschlöcher in der Schule einfach drüber hinweggehen, wenn einer von uns draufgeht, kann man ja noch kapieren. Aber ihr bringt auch nichts darüber. Wieso nicht?»

Lars tippte Georg mit dem Zeigefinger auf die Brust, während er das sagte. Der Redakteur des Umgang, der Füchtener Schülerzeitung, wollte sich darauf rausreden, dass es zu kurzfristig passiert sei, und als er damit nicht durchkam, sagte er, es sei halt so viel Zeit für das Einwerben von Anzeigen draufgegangen.

«Genau das ist die Scheiße. Wenn ihr über Nils nicht schreibt, weil ihr Angst um eure Anzeigen habt, seid ihr korrupt.»

«Aber es ging gar nicht um ... wir hätten echt gern was gebracht.»

«Schreibt halt jetzt noch was.»

«Jetzt ist sie schon gedruckt.»

«Vergiss doch den Umgang. Die da mitmachen, sind eh die Spießer von morgen. Wir müssen selbst was machen.»

«Ja, Mann, lass uns ein Zeichen setzen. Die Stadt soll noch lange an uns denken.»

Lars wirkte aufgeregt.

«So wie ihr die Mauer bemalt habt?»

«War'n wir gar nicht. Außerdem geht's hier nicht ums Parolensprühen, –»

«– sondern darum, diesen Ärschen in ihren Spießerhäuschen mal da hinzufassen, wo's wehtut.»

Torsten hatte sich von wasauchimmer erholt. Er stand. Seine Augen waren klar, als hätte er den ganzen Abend nur Wasser getrunken.

«Du kannst ja so lange auf den Kopierer furzen.»

Zehn Minuten später hatten sie sich richtig heiß geredet. Sie würden Krawall machen. Zwei der Jungs liefen zur nächsten Telefonzelle, um von da aus die Polizei anzurufen. Sie behaupteten, dass es vor dem Butterfly eine riesige Schlägerei gäbe. Die anderen steckten noch ein paar Flaschen ein, zogen die Kapuzen über oder setzten ihre Sturmhauben auf. Die Stimmung war nun ruhig und konzentriert. Es fiel Jan nicht leicht zu sagen, dass er nicht mit ihnen rumziehen wollte. Er fragte Uwe, ob er noch Kopien machen dürfe, nur ein paar und für sich. Uwe zeigte ihm nach kurzem Überlegen, wo er die Maschinen und das Licht ausschalten musste, wenn er gehen würde. Er gab ihm sogar den Schlüssel für den Laden, Jan würde ihn einfach in den Briefkasten werfen.

«Ich mach da auch nicht mit», sagte Uwe.

«Gehst du nach Hause?»

«Weiß ich noch nicht.» Er zögerte. «Hör mal, Jan. Hier bitte nicht, ok?»

«Klar. Hier wird alles heil bleiben.»

Bevor Uwe die Tür hinter sich zugezogen hatte, war schon Torstens Schrei zu hören. Jan erblickte ihn durch das große Fenster des Büros, wie er auf das Dach eines Passats kletterte und von dort auf die Haube des dahinterstehenden Ford Taunus sprang. Das Blech schien nicht so nachzugeben, wie er sich das vorgestellt hatte, jedenfalls sprang Torsten von der Motorhaube wieder auf die Straße, und begann sie mit den Fäusten zu bearbeiten. Eine ganze Weile blieb er über den Wagen gebeugt stehen, bevor er den anderen in die Dunkelheit folgte. Als Jan später nach Hause ging, näherte er sich mit klopfendem Herzen dem Auto und sah, dass Torsten mit einem Messer oder einem Schraubenzieher in den blauen Lack der leicht eingedellten Haube die weiß schimmernden Umrisse einer Friedenstaube geritzt hatte.

Torsten war keineswegs der Einzige, der in dieser Nacht randalierte. Die Balance zwischen der Friedensliebe der jungen Leute und ihrer Ohnmacht, die sie umso stärker zur Aktion drängte, war verloren gegangen. Was für ein Verhältnis zwischen der Vorstellung einer Bombe, die eine Millionenstadt auszulöschen vermochte, und dem, was sie mit eigenen Kräften ausrichten konnten! Sicher trieb nicht nur der Wunsch, ein Zeichen zu setzen, die Schüler in jener Nacht zum Krawall. Sie spürten vielmehr, dass sie auf die Mächte, die ihre Welt bestimmten, keinen Einfluss hatten. Innerlich war die große Demo in Bonn schon für sie abgehakt, bevor sie überhaupt angefangen hatten, über Flugblätter und Transparente nachzudenken. Es ging dabei nicht so sehr ums Coolsein oder darum zu zeigen, dass man frei war nicht mitzumachen, sondern um die Erkenntnis, dass es besser war, der Welt den Rücken zu kehren. Sie wussten, dass sie in der deformierten Erwachsenenwelt keinen Platz hatten, solange sie sich nicht selbst verbogen.

Jan aber wollte einfach allein sein. Die anderen brauchten ihn nicht, sie hatten ihn für ihre Flugblätter nicht gebraucht und sie brauchten ihn nicht für ihre Randale oder was immer sie vorhatten. Genauso wenig benötigte Jan sie. Er machte in dieser Nacht Fotokopien von seinen Körperteilen. Erst legte er die Hand auf die Glasplatte, dann die Faust, seinen Kopf. Später zog er sogar Schuhe und Strümpfe aus, um einen nach dem anderen seine Füße zu kopieren. Die Elektrofotografie übte einen ganz eigenen Reiz auf ihn aus. Vor allem dachte er an die unendlich scheinenden Möglichkeiten der Vervielfältigung. Für wenig Geld konnte man etwa im Büro des Lokalblättchens einen Text beliebig oft vervielfältigen lassen. Oder auch ein Gedicht. Man konnte sich selbst an die Maschine stellen. Niemand kriegte mit, was die Vorlage war. Jan hatte das Gerät schon mehrfach genutzt, sich aber nicht getraut, seine Blätter zu verteilen. Jetzt seinen Körper zu fotokopieren hatte eine ganz andere Dimension. Es ging nicht darum ihn zu multiplizieren, sondern darum ihn völlig neu zu sehen.

Siebentausend Volt, hatte Uwes Vater ihm einmal erklärt, luden die selenbeschichteten Trommeln auf, die im Dunkeln bleiben mussten, um die Hochspannung zu halten. Die Vorlage wurde gespiegelt und auf diese Trommeln projiziert. Das Projektionslicht entlud die Trommeln wieder, nur an dunklen Stellen blieb die Ladung erhalten. Durch diesen fotoelektrischen Effekt entstand ein unsichtbares Abbild des Originals. Die geladenen Stellen auf den Trommeln zogen den ebenfalls geladenen Toner an, der nun wie eine Staubschicht darauf lag. Um ihn aufs Papier zu bringen, musste dieses noch stärker aufgeladen werden als die Trommeln. Das Abbild wurde verfertigt, doch es war noch verwischbar. Deshalb wurde das Papier erhitzt; der unter Wärme formbare Toner verschmolz mit den Bögen. Und von all dem bekam man nichts mit, man hörte lediglich die Lampe hin- und herfahren, die Seiten durch die Walzen laufen, sah das helle Licht und fühlte die leblose Wärme des Papiers.

Da die Ablage sich nicht gut schließen ließ, wölbte sich über jedem kopierten Teil von Jans Körper ein schwarzer Dom. Die abgelichteten Partien zeichneten sich jedoch gut ab. Grellweiß leuchtete seine Hand an den Stellen, an denen sie fest auf der Glasplatte aufgelegen hatte. Dazwischen wurde die Haut in verschiedenen Abstufungen von Grau wiedergegeben und so scharf, dass die feinen Rillen seiner Fingerkuppen zu sehen waren. Schwarz piksten die Härchen an seinen Armen in dieses Bild. Je weiter eine fotokopierte Partie von der Glasplatte zurückwich, desto dunkler erschien sie.

Jan wurde mutiger. Er beschloss seinen gesamten Körper wenigstens von der Vorderseite zu fotokopieren. Dass er im Licht des Büros von der Straße aus gut sichtbar sein musste, machte er sich nicht klar oder er vergaß es irgendwann. Er baute sich Hilfen aus Stühlen und Tischen, um etwa seine Oberschenkel auf den Kopierer legen zu können. Alles kein Problem, nur beim Kopieren seines Geschlechts zögerte er, als stände zu befürchten, dass das grelle Licht der Maschine an seiner empfindlichsten Stelle Schaden anrichten könnte.

Mitten in einer Umbaupause für seine Hilfskonstruktionen fiel sein Blick auf den Papierkorb. Ein dunkles A3-Blatt – diese Größe benutzte er längst – schaute hervor. Neugierig nahm er das Blatt. Es sah seinen Blättern ähnlich; ein schwarzes Dach wölbte sich über einen Arm, der mit Sicherheit nicht seiner war. Jan erinnerte sich, wie Uwe vorhin an dem Gerät gestanden hatte. Er dachte an das Geräusch der Walzen, das er so mochte. Deutlich sah Jan einen dunklen, sicher zehn Zentimeter langen, mehrfach gekreuzten Strich auf dem Bild. Er sah aus wie eine frische Narbe. Konnte das sein, ritzte Uwe sich den Arm auf, und hatte Jan das Blatt finden sollen? Jan legte die Kopie zu seinen eigenen Blättern, obwohl er wusste, dass das nicht richtig war. Er beendete sein Projekt ohne Freude. Uwes Wunde tat ihm weh, sie brach gewissermaßen in ihm, vor ihm, durch ihn wieder auf. Das schwarze Blut färbte sich wieder rot.

Nachdem er Torstens Taubennegativ auf der Haube entdeckt hatte, vermied Jan die Hauptstraße und schlich sich durch ein unregelmäßiges Muster von Linien ziehenden Nebenstraßen nach Hause. Die Nacht war dunkel, nicht sehr kalt. Er kam nah an den Neubauwürfeln vorbei, aber natürlich konnte er um diese Zeit nicht einfach so zu An gehen. Er musste die Stockwerke zählen, um ihr Fenster zu finden. Es brannte kein Licht. Einmal hörte er ein Martinshorn schallen. Jan spürte bereits, dass die Nacht ungute Folgen haben würde. Er dachte an diesen Nietzsche-Satz, den Holger ihm vorgequasselt hatte: Wer das gesehen, was du gesehen, macht nirgends halt. Und weil er ihn damals weder mit dem Kopf noch mit dem Herz begreifen konnte, dachte er: was für ein Schwachsinn.

21

ONLY THE YOUNG DIE GOOD. Dir hilft kein Hirn, dir hilft keine Hand: dir hilft nur der Tod! – Erinnert ihr euch noch an Nils? Wie lange ist das her? Ein paar Wochen, und immer noch fühlen wir uns traurig und wütend, weil niemand in dieser Sch…schule sich daran kehrte. Einer weniger, na und? Das ist die unerträgliche Haltung der Lehrer. Unter den Schülern die gleiche längst gültige Gleichgültigkeit. Ein paar hörten wir sagen: Nur die Guten sterben jung. Aber das ist ein zynischer Satz, der uns einteilt und spaltet in Schafe und Böcke, Schafe und Schlächter, Kreuziger und Gekreuzigte. Nein, liebe Freunde. Dieser Satz ist nicht wahr. Wir Todesmutige halten dagegen: NUR DIE JUNGEN STERBEN GUT.

Nehmen wir Nils. Er war der Dritte, der binnen zwei Jahren auf unseren Straßen gestorben ist. Der Dritte von uns. Zu schnell gefahren, wie so viele, die eine Kraft von tausenden PS hier wegtreibt. Die nicht warten wollen, bis sie elend, entkräftet, entmutigt, enttäuscht vom wirklichen Leben hier nicht mehr wegkommen. Denen weit hinten am Horizont ein aus der Erde hervorragender Arm zuwinkt: Schließ dich an. Du musst nicht warten. Du wirst nicht bereuen. Bevor die Wirklichkeit dich überholt, gib lieber Gas.

Zu schnell Autofahren ist die feige Art mutig zu sein.

In diesem Sinne denken wir an Nils, wie wir zuvor an Gert und Frank dachten, die es auch geschafft haben. Habt bloß keine Angst.

Es gibt auch andere Möglichkeiten. Erinnert ihr euch an Torsten? Den haben sie vorzeitig aus diesem Schulknast entlassen – rechtzeitig, denken wir. Erinnert euch an seine Brüder. Erinnert euch an Jörn, der es schon mit fünfzehn kapierte und den Weg auf den Dachboden fand. Erinnert euch an den Strick, erinnert euch an seine blaue Zunge und die umgetretene Treppenleiter. Viele von euch werden gar nicht wissen, dass Torstens zweiter Bruder Olaf sich ebenfalls entschlossen hat zu gehen. Er hat lange gewartet. Mit über zwanzig erst hat er die Tür aufgemacht. Hat die Abkürzung genommen. Uns scheint das richtig.

Gottseidank nicht England, denkt ihr. Aber passt auf, irgendwann seid ihr dort. Die Wirklichkeit besitzt eiserne Klauen. Hat sie die einmal in euer Fleisch geschlagen, lässt sie euch nicht mehr los. Lasst euch nicht einlullen. Lasst euch nichts vorschwatzen vom Licht am Ende des Tunnels. Nur weil ihr Gefangene in dem Tunnel seid, von dem sie behaupten, er sei das Leben, seid ihr im Dunkeln. Nur darum! Nur seine Höllenhülle schließt euch vom Licht ab. Nutzt die unbeschilderten Notausgänge. Lasst euch fallen, springt, wo immer ihr eine Lücke seht. Zögert nicht! Bald wird es keine Alternative mehr geben, die Ausgänge werden rar. Kommt zu euch! Kommt zu uns! Schaut euch bloß nicht um.

Schließt die Augen und ihr seht einen Tänzer auf einer Mauer. Er hält ein Schwert. Ihr seht ihn balancieren und ihr seht ihn kippeln, dann fällt er, breitet die Arme aus und fliegt. Denkt ihr. Nein, er fällt, verdammt noch mal, er wird immer schneller, im freien Fall rast er auf den Boden zu, ein Moment, der ihm vielleicht EWIG erscheint, aber für euch ist er im Bruchteil einer Sekunde vorbei. Ihr seht ihn unten liegen: zerschellt, zermalmt, zerqualmt. Kommt zu miiiiir, spricht der Herr auf dem Grund, die ihr müdselig und beladen seid, je schwerer desto besser, desto schneller seid ihr da. Liebe Freunde auf der Mauer, liebe Genossen Anwärter, ich glaube, ihr seht gar nicht den Grund. Der Grund ist tief, der Weg dahin kurz und gut. Fünfhundert junge Menschen in diesem Land nutzen jedes Jahr ihre Chance, die unter fünfzehn, die über zwanzig nicht mitgerechnet. Zweitausend sterben auf der Straße. Wie viele davon haben begriffen, dass sie das Bessere tun? Dazu schweigt die Statistik. Eintausendzweihundert Schüler gehen in unsere Schule. Davon starben vier in den letzten beiden Jahren. Zehntausend Einwohner hat die Stadt. Sechzehntausend die Gemeinde. Rechnet's euch aus. Wir meinen, dass viel zu wenige abtreten. Immer noch glaubt man, schweigend über sie hinweggehen zu können. Man lässt das Gras über sie wachsen. Wir ätzen es weg. Wir schweigen nicht. Wir sagen: Schaut hin, es sind UNSERE Toten. Wir trauern nicht um sie. Wir sind wütend. Unser Zorn gilt all denen, die stur weitergehen. Stumpf durch jahrzehntelanges Dunkel. Den Entkommenen wünschen wir, dass sie mehr werden. Beeilt euch. Bevor die Seitenausgänge verschwinden, euer Leben ausweglos auf das ferne Ziel zuläuft und der Tod müde wird.

Wir versprechen euch Licht. Willkommen im Jenseits der Wirklichkeit.

«Und was soll die Scheiße?»

«Eigentlich wollte ich es dir nicht zeigen.»

«Kannte ich eh schon.»

«Warum kommst du nicht da runter?»

«Wieso denn?»

«Das macht mir Angst. Vielleicht fällst du.»

«So bin ich näher dran. Du hast es doch gehört, man soll nicht so lange warten.»

«Lass doch den Mist sein. Ich find's echt nicht lustig.»

«Wie wär's, wenn du hochkommst.»

«Auf die Hebebühne?»

«Du weißt nicht wie, hm? Soll ich sie runterfahren?»

«Ja, fahr sie runter.»

«Pass auf, was ich mache.»

«Torsten!»

«Halli, Jörni. Jetzt steh ich wieder mit beiden Beinen fest auf dem Boden. Naja, unter uns ist noch die Werkstattgrube. Wenn du mal in Altöl baden willst … Mit dem Kettenzug hier kannst du einen kompletten Motor hochhieven.»

«Mannmann, irgendwann wirst du noch mal richtig Scheiße bauen.»

«Und warum nicht. Letzte Woche habe ich den Manuel beim Supermarkt Bierkästen stapeln sehen. Weißt du noch, wie er und ein paar andere von der Hauptschule manchmal auf unseren Pausenhof kamen und sich einen von uns vorgenommen haben?»

«Mich haben sie sich vorgenommen.»

«Stimmt, du warst auch mal dran. Genauso wie der Manuel werde ich demnächst dastehen, schätze ich. In so einem weißen Kittel …»

«Du spinnst. Du kannst immer noch auf ein anderes Gymnasium gehen.»

«Vergiss es. – Sie haben nicht genau rausgekriegt, wie Olaf es gemacht hat. Wahrscheinlich hat er sich mit der Bühne hochgefahren und sich die Kette da um den Hals gelegt.»

«Mit der bist du gerade runtergerauscht …»

«Die lässt sich feststellen, Jörni.»

«Hey! Sag Jan zu mir, bitte.»

«Warum nicht Jörn? Gefällt dir das nicht? Du wärst jetzt tot … kleiner Seitenausgang, rechtzeitig im Licht gelandet.»

«Ich frag mich, wer den Mist geschrieben hat. Es gab einen Riesenaufstand. Der Umgang wird verboten … hö … der Umgang mit dem Umgang ist strengstens verboten …»

«Ich dachte, die ‹Krawalle› waren das Schlimmste, was Füchten je erlebt hat. Anscheinend ist das jetzt schon wieder getoppt von so einem zersetzenden Schrieb. Weißt du, was meine Alten behaupten?»

«Ich fand es super unfair, dass sie dich zum Sündenbock gemacht haben. Als wärst du allein losgezogen. Sie sollten sich mal Gedanken machen, was uns eigentlich so wütend macht.»

«Vor allem du warst ja ganz vorn dabei … Weißt du, was meine Alten gesagt haben, nachdem sie Olaf hier in der Werkstatt entdeckt hatten? … Die wollten nicht wahrhaben, dass er sich umgebracht hat. Sie sagten, da stecken diese Typen dahinter, mit denen er irgendwelche Geschäfte gemacht hat.»

«Wahrscheinlich der KGB.»

«Nein, kein Ostblock. Mehr so Südländer, Spanier oder so. Der Polizei haben die Alten erzählt, es wären drei Männer hier gewesen, in einem grünen Scirocco. Olaf wäre dann mit ihnen gefahren. An dem Nachmittag, bevor er sich das Licht ausgeknipst hat.»

«Hatte das Auto ein Duisburger Kennzeichen?»

«Angeblich. Woher weißt du das?»

«Wann genau ist Olaf … gestorben?»

«Neunzehnter oder zwanzigster Oktober.»

«Das haut hin. Nein, warte mal, es war eine Woche davor. Ich bin jetzt nicht sicher. Jedenfalls hab ich im Wald genau so einen Scirocco gesehen. Die Heckklappe stand einen Spalt weit offen und … ich bin nicht näher hin, weil ich dachte, da vögeln zwei. Der hat immer so hin- und hergewackelt.»

«Und da bist du nicht näher hin?»

«Überleg doch mal. Vielleicht haben sie Olaf da drin gehabt. Es ist zum Kampf gekommen …»

«Das glaub ich nicht. Ok, vielleicht waren diese Typen wirklich da. Aber Olaf hat sich selbst umgebracht. Genau wie Jörn. Das ist unser Gesetz.»

«Neulich hast du noch gesagt, Olaf bringt sich nicht um.»

«Wenn ich es aber spüre. Der Tod ist ein Gewicht an meinen Füßen. Oder es sind die Hände meiner Brüder, die meine Stiefel packen und mich runterziehen wollen. Mein Alter guckt auch schon nach dem besten Haken.»

«Mann, hey, red doch nicht so.»

«Jetzt sind die Bullen an ihm dran. Sie haben sein Fuhrwerk stillgelegt, wegen mangelnder Verkehrssicherheit.»

«Ist das so schlimm?»

«Na, klar! Er verliert sämtliche Aufträge. Weißt du, was ich denke? Wenn sie einmal dabei sind, finden sie vielleicht noch mehr raus.»

«Hat dein Vater denn auch krumme Sachen gemacht?»

«Ich weiß es nicht. Mama macht so Andeutungen, dann flippt er jedes Mal aus.»

«Kacke. Weißt du schon, was du jetzt machst?»

«Ich mach jetzt erst mal das Licht an. Das wird ja schon wieder dunkel. Was soll das eigentlich auf dem Titelblatt sein?»

«Eine umgefallene Pershing als Katze. Die ganzen Mäuse da drauf und drum herum sind wir. Wenn du genau hinschaust, siehst du einen Soldatenstiefel unter der Rakete hervorschauen.»

«Ein Stiefel? Sieht aus wie ein platt gewalzter Pimmel. Wer hat es gemacht?»

«Dirk.»

«Ich dachte, der malt nur Kreuze.»

«Hehe, das sieht voll krank aus, wenn du deine Arme so abspreizt. Als wären sie tatsächlich festgenagelt.»

«Sind sie ja auch. Dass sie diesen Umschlag in der Schule durchgewinkt haben. ‹Eine Verhöhnung unserer amerikanischen Freunde und Beschützer!›»

«Ach, die haben es gar nicht kapiert.»

«Und dieses Pamphlet steckte wirklich drin, ohne dass jemand erklären konnte, wo es herkam?»

«Angeblich lag die fertige Zeitung zwei Tage im Redaktionszimmer. Da war nicht abgesperrt. Der Hausmeister hat bestätigt, dass die Tür am betreffenden Nachmittag nicht abgeschlossen war. Er hat sie dann zugemacht, damit niemand was klauen kann.»

«Vielleicht war der es?»

«Der kann doch gar nicht schreiben.»

«Und als ihr Unschuldslämmer den neuen Umgang verkauft habt, lag das lose Blatt drin. Huch, haben wir gar nicht gemerkt. – Haha, das würde nicht mal meine Oma glauben.»

«Drei von unseren Hunden sind tot. Sie hatten Staupe. Scheiße, ist nicht so wichtig. Es waren nur Hunde.»

«Wir sind alle nur Hunde. Wusstest du, dass sie in Korea Hunde an den Hinterbeinen aufhängen und über Stunden zu Tode prügeln? Hinterher essen sie ihr Fleisch. Sie glauben, es macht potent.»

«Dieser blöde Fehlfarbenspruch: ‹Zum Glück nicht England› – wenn du mich fragst, war dieses Manifest eher von jemand in Ans Alter. Sie zieht übrigens wieder bei uns ein.»

«War sie zu allein am anderen Ende der Stadt?»

«Blödmann. Sie hat ihre Lehre geschmissen, das hab ich dir doch erzählt. Sie hat nicht mehr genug Kohle für eine eigene Bude. Vielleicht bleibt sie jetzt ganz hier hängen. Deshalb musst du jetzt nicht mit der Rohrzange auf mich losgehen, Torsten!»

«Scheiße, dann erzähl mir auch nicht dauernd solche Sachen. Was glaubst du denn, wie ich mich fühle, meinst du, ich hab keinen Schiss, ewig hier kleben zu bleiben?»

«Warum entschuldigst du dich nicht, wie sie's von dir verlangt haben?»

«Auf den Knien rutschen? Nä, Hodenlos, vergiss es.»

«Du hast mich schon mal so genannt, das … finde ich blöd.»

«Wenn's aber stimmt.»

«Es stimmt aber nicht. Mann, ich mach mir Vorwürfe wegen neulich. Ich wollte an dem Abend mit dir über diese ganze Olafscheiße reden. Irgendwie hab ich's nicht gepackt.»

«Du bist ein kleiner Spießer.»

«Bin ich nicht. Ich mach noch was, du wirst schon sehen. Jasmin und Mirko haben sich übrigens getrennt.»

«Mir doch egal.»

«Mirko hat die Latzhose ausgezogen und sich rasiert. Jetzt macht er mehr so auf Popper. Dabei –»

«Was für ein Wichser.»

«Eigentlich ist er nett. Aber im Moment hat er ein echtes Brett vorm Kopf.»

«Er ist ein Wichser. Ihr seid alle Wichser. In zehn Jahren sitzt ihr allesamt im Garten eurer Reihenhäuschen und grillt Würstchen.»

«Bestimmt nicht.»

«Mach bloß nicht so 'ne bürgerliche Scheiße, Jan.»

«Mach dir doch mal Sorgen um dich, Torsten. Du bist von der Schule geflogen, das ist –»

«Quatsch mir nicht die Ohren voll. Du kriegst meine Jacke, steht in meinem Testament.»

«Ich geh gleich, wenn du nicht damit aufhörst. Echt.»

«Ja, hau ab. Mann, kapierst du nicht, dass mich der Schuldreck nicht interessiert? Meine beiden Brüder haben sich aufgehängt. Das interessiert mich. Sie rufen nach mir. Was ist los, was ist so beschissen faul in meiner Familie, dass alle sich nur noch einen Strick nehmen können? Ich kämpfe dagegen, demnächst auch da oben zu hängen und den Fledermäusen Küsschen zu geben. Geht das in deine Birne? Im Sommer dachte ich mal, du kapierst was davon. Ich werd dir sagen, was ich tue: Ich bau ein Perpetuum mobile aus Henkerstricken. Das muss ich nicht mal erfinden, das gibt's schon. Der Tod ist die unerschöpfliche Kraft, die einzige Energie. Schau mal hier unter die Bohlen. Vielleicht liegt da wieder einer. Oder drei. Hast du dich eigentlich schon mal gefragt, wer Nils entgegengekommen ist?»

«Wieso, ich dachte, der ist einfach von der Straße geschlittert, weil es nass war. Meinst du, jemand anderes war schuld?»

«Ja, so ungefähr. Vergiss es, Mann. Ich bin dermaßen wütend.»

Torsten nahm einen dicken Schlosserhammer und ließ ihn mit voller Wucht auf die Werkbank knallen. Das darauf rumliegende Werkzeug hüpfte scheppernd in die Luft.

«Lass uns rausgehen», sagte Jan. «Komm, wir prügeln uns noch mal.»

Nur, so einfach war es nicht.

22

Der Platz auf den Teppichfliesen vor seinem Bett reichte gerade aus, um sich mit ausgebreiteten Armen hinzulegen. Jan nahm den Stapel mit Kopien, Klebstoff und Schere. Er breitete die Blätter auf dem Boden aus. Er hatte sich in rund dreißig Teilen abgelichtet, die sich zum Teil großzügig überschnitten. Größere Fehlstellen schien es nicht zu geben. Die Kopie seines Gliedes erfüllte ihn mit Scham, als wäre es falsch, sein eigenes Geschlecht zu betrachten. Komisch zur Seite gelegt und breit gedrückt präsentierte es sich da. Jan fühlte den Impuls einen Stift zu nehmen und darüberzukritzeln. Er legte das Blatt beiseite. Beim Anblick seiner von einzelnen Haaren bestandenen Brust mit den kleinen Warzen, die aus Protest gegen die Kühle zaghaft gegen die Glasplatte geklopft hatten, fühlte er sich wie ein Mädchen im Schwimmbad, das auf einmal merkt, dass es kein Oberteil trägt.

Auch die Kopie seines Gesichts hätte er am liebsten überkritzelt. Die geschlossenen Augen, der die Nasenspitze bezeichnende weiße Fleck, die fast schon im Dunkeln verlorenen Ohren zeichneten eine unlustige Karikatur seiner selbst. Oder sprachen sie einfach die Wahrheit, war diese Mischung aus Totenmaske und Clownsgesicht etwa er, Jan Bodenlos? Er zog aus seinem Abbild Rückschlüsse auf sich selbst, als wäre die Bedeutsamkeit von etwas, das gar nicht gestaltet war, sondern nur aufgrund technischer Gegebenheiten so aussah wie es aussah, automatisch gegeben. Jan schrieb die Wörter untereinander. Vom Gesicht zum Geschlecht war es ein kleiner Schritt, ein Buchstabe flog raus, vier andere kamen rein. Chle. Lech. Elch. Vielleicht hatten diejenigen es besser, von denen es hieß, sie würden mit dem Schwanz denken.

Zwischen den Kopien von seinem eigenen Körper fand er die von Uwes Arm wieder. Jan hatte keine Ahnung, warum der Junge sich selbst verletzte. Irgendwas zwang seinen Blick zu Boden und sperrte seinen Hauch in einen unsichtbaren Behälter, sodass er die anderen mit Worten nicht mehr erreichen konnte. Wer wollte wissen, wem die Schnitte eigentlich galten, mit denen er sich selbst wehtat. Vielleicht hätte er besser mitrandaliert, am besten vielleicht den ganzen blöden Zeitungsladen seines Vaters auseinandergenommen und am Auto seiner Mutter die Reifen aufgeschlitzt? – Hier nicht … hier doch, hätte er womöglich besser gesagt, gerade hier. Jan dachte daran ihn anzusprechen, für einen Moment fühlte er klar, dass sie ihn mit dieser Sache nicht alleinlassen durften. Aber er fürchtete sich vor Uwes Reaktion. Der würde es sicher nicht besonders toll finden, dass Jan im Papierkorb gewühlt und diese Kopie rausgefischt hatte. Andererseits, dachte Jan, hat Uwe die Kopie gemacht, er hat seine Wunde gezeigt, er hat das große Blatt nicht zerknüllt oder zerrissen, sondern es obenauf in den Papierabfall gelegt. Hätte Jan es dort liegen gelassen, wäre es womöglich am folgenden Montag von Uwes Vater entdeckt worden. Oder eine achtlose Reinigungskraft hätte die Kopie schon vorher mit all den anderen Fehlkopien und Schnipseln in einen blauen Sack gesteckt.

Eigentlich gehörte dieses Bild auf die erste Seite der Zeitung, es sollte den Leuten in ihre blöden Fernsehkisten gesendet werden oder auf allen Plakatwänden Füchtens hängen. Man müsste die Menschen zwingen es eine Stunde lang anzuschauen. Nicht eine Stunde, einen ganzen Tag! Jan beschloss, selbst ein Zeichen zu setzen. Er würde protestieren. Auf eine Art war er froh gewesen, dass er an der nächtlichen Randale nicht teilgenommen hatte. Was da geschehen war, fand er falsch. Die Sterne von den Kühlerhauben zu holen, war ein Akt der Zerstörung, auch wenn es sich um Bonzenkarren handelte. Auch das Anzünden von Papierkörben schien ihm sinnlos, und die Scheibe, die zu Bruch gegangen war, hatte zum Laden des letzten kleinen Lebensmittelhändlers in Füchten gehört und nicht etwa zu einem der blöden Supermärkte. Mit so was wiederholte man nur denselben Scheiß, den auch die anderen machten. Wie schnell wurde daraus eine Spirale. Aber wenigstens hatten sie deutlich gemacht, dass etwas faul war. Ein Tritt in den Arsch aller braven Bürger des Städtchens. Jan wollte kein Verräter an der Sache sein. Er wollte nicht das Gefühl haben, nur sinnlos mit dem Kopierer gespielt zu haben, während die anderen ihre Zukunft aufs Spiel gesetzt hatten, um ihrer Wut endlich Ausdruck zu verleihen. Er würde aus seinen Kopien ein Kunstwerk schaffen, so schmerzlich, dass es die Füchtener bis ins Mark erschüttern würde.

Den ganzen Nachmittag schnibbelte und klebte er. Immer wieder verschob er Körperteile und Gliedmaßen, ließ Löcher, baute ein schmales Wesen, das dreimal seine Körperlänge hatte und bis in den Flur reichte. Anschließend schob er es wieder zusammen. Er zog sich in die Breite oder montierte zusätzlich zu den Beinen auch noch die Arme unter seinen Leib. Er holte sich einen Stapel alter Zeitschriften aus dem Keller und ersetzte seinen eigenen mit einer Reihe kleiner Köpfe aus dem Stern. Aus dem langen lockigen Haar einiger Frauen bastelte er sich einen schwarzblonden Schnurrbart. Das alles stellte ihn nicht zufrieden. Schließlich fand er in einem Magazin die Nahaufnahme eines Hundekopfes und nähte diesen mit dem Filzschreiber an seinen Hals. Aus seinem Maul ließ er schleimige Kotze triefen, wie er es bei den Hunden gesehen hatte. Deern und Drago waren die Überlebenden. Jans Schmerz galt vor allem Hiram und der lieben Lisa. Er wollte nun auch Hundepfoten haben anstelle der Hände und Füße, fand aber keine.

Zuletzt schnitt er aus farbigen Flächen geometrische Formen aus. Seine Hände wurden zu Quadraten, eine grau bis schwarz, die andere blau und ocker. Seine Füße wurden zu Kugeln in gelben und erdigen Tönen. Jan fand noch einen Baum, eine einzeln stehende Tanne, die er Ast für Ast sorgsam ausschnitt und in seine Mitte klebte. An vielen Stellen des Körpers zeichnete er rote, russischen Kreuzen ähnelnde Schnitte ein. Ein Fernsehturm brachte der Figur ihre tiefe Seitenwunde bei.

Als Jan endlich fand, dass er auf diesem lebensgroßen Bild keinesfalls wiederzuerkennen sei, ließ er ab. Ein wahrer Schmerzensmann war entstanden, ein neuer Christus, der keinen Anspruch auf Gottessohnschaft erhob, der nicht für andere litt, sondern sinnlos gequält wurde. Das war ihr Abbild, der Ausdruck einer gedemütigten, aus stumpfer Gewohnheit gekreuzigten Jugend. Er würde sein Werk nicht einfach zu Hause an die Wand pinnen, nein, es sollte am schwarzen Brett vor dem Rathaus hängen, über den fotokopierten Plakaten von spießigen Tanzveranstaltungen und anderen Belustigungen der Füchtener Zombigesellschaft. So wie es ihn berührte, würde es auch sie endlich rühren, stellte Jan sich vor. Und malte sich aus, wie die Leute fassungslos vor dem Bild stehen blieben, eine Menschentraube, die sich kopfschüttelnd «also so was» zuraunte und erleichtert applaudierte, als ein Polizeiwagen vorfuhr, um das corpus del. zu entfernen.

Er tat es. Mitten in der Nacht quälte er sich aus dem Bett, schlich zum Rathaus und heftete sein lebensgroßes Bild an die Tafel dort. Den nächsten Morgen über quälte ihn die Angst gesehen worden zu sein. Er rechnete ernstlich damit aus der Schule abgeholt und zum Revier gebracht zu werden. Als er in der Abenddämmerung auf Umwegen zum Rathausplatz zurückkehrte, fand er sein Werk nicht mehr. Nicht ein einziges Mal in den kommenden Tagen und Wochen hörte er jemanden darüber sprechen, es gab keine Zeitungsnotiz, nicht mal die Mitschüler schienen etwas von seiner Aktion zu wissen. Die Gleichgültigkeit hatte ihr Maul geöffnet und Jans Protestzeichen zwischen ihren ruhelosen Kiefern restlos zermahlen. Am Ende behielt Torsten recht. Wenn man ihnen nicht wehtat, wenn man nicht kaputt machte, was ihnen lieb und teuer war, merkten sie nichts. Diese

Dumpfheit machte ihn rasend, umso mehr, als sie in menschenverachtende Härte umschlug, sobald man die Dumpfbacken reizte. Torsten war von der Schule geflogen, sie hatten ihm das Leben versaut. Und das nur, weil er die einzige Möglichkeit sie aufzurütteln genutzt hatte, weil er eine blöde Kühlerhaube verkratzt hatte, die leider zum Wagen eines Stadtrates gehörte. Weil sie gar nicht warten mussten, bis sie wirkliche Beweise hatten, sondern ihm einfach in den Arsch traten, ihn zu Boden und in den Dreck traten, ihn vernichten wollten.

Jan sprang zu Füchtens Schwarzem Brett. Jetzt war es egal, ob jemand ihn sah. Sämtliche daran hängenden Plakate und Zettel riss er wütend runter und in Stücke. Er hämmerte gegen die nackten grauen Bretter. Nicht mal die Nägel ächzten.

III

1

Jans Liebe flackerte. Sein Leben flackerte. Keine zwei Tage hatte er abwarten können, bevor er Kiku zurückschrieb. Er teilte ihr mit, was er empfand: schon wieder vergangenes Glück über ihre Antwort, den Wunsch nach geistiger Gemeinschaft, die er suchte. Er entschuldigte sich für seine Unfähigkeit mit ihr zu reden, abgesehen von dem Gespräch am Turm. Er schrieb: «Ich würde gern mit dir auf ein gemeinsames Level kommen. See you, Jan.»

Der Brief ging ihm leicht von der Hand, jedes Wort darin floss aus seinem Innersten heraus und aufs Papier. Dass die Worte aus seinem Herzen flossen, hätte er nicht zu sagen gewagt. Als er den Umschlag zuklebte, glaubte er schon nicht mehr, irgendetwas von Bedeutung geschrieben zu haben. Er hatte den Ton noch im Ohr, auf den die Gefährlichen Liebschaften gestimmt waren, und es schien ihm, dass in diesen fiktiven Briefen alle Schreiber so eine Sprache des Herzens gefunden hatten. Sie waren in der Lage zu beschreiben, was sie fühlten. Insgeheim bewunderte Jan sogar Valmonts Fähigkeit Liebe vorzutäuschen, etwa wenn er der Präsidentin de Tourvel offen gestand, worüber er nicht lügen konnte: dass er ein Lüstling gewesen, im selben Atemzug aber behauptete, mit der Liebe, die sie in ihm geweckt habe, gehöre alles andere der Vergangenheit an. Jan dagegen konnte über die Regungen seines Herzens nur stammeln. Er kehrte zu de Laclos zurück und fand die Sprache der Liebe in dem Buch auf einmal abstoßend. Wenn man mit ihr genauso gut lügen wie die Wahrheit sagen konnte, war sie wert- und bedeutungslos.

Mit dem Einwerfen seines Briefs kehrte Jans innere Spannung, die sich eben erst gelöst hatte, sofort zurück. Er sehnte sich nach ihrer Antwort noch bevor die Post sie hätte bringen können. In der Schule belauerte er sie. Er wollte aus ihrer Haltung, ihren Blicken, ihren Händen schließen, ob eine Antwort unterwegs war. Er fand es nicht heraus. Mittags hetzte er nach Hause und öffnete den Briefkasten. Da war ein Schreiben von der Stadt an ihn. Tief enttäuscht und angewidert nahm Jan die gesamte Post und stopfte sie in die Mülltonne. Eine Viertelstunde später holte er sie wieder raus.

Sehr geehrter Herr! In der Anlage überreiche ich Ihnen Ihre Wehrerfassungsunterlagen. Da der Fragebogen beim Rechenzentrum der Bundeswehr von einem elektronischen Lesegerät erfasst wird, bitte ich Sie, den Bogen nur mit Bleistift auszufüllen und nicht zu falten bzw. zu beschädigen. – Bereits das Wort Erfassung machte Jan wütend. Da nahmen sich irgendwelche Leute, die auch nicht mehr waren als er, heraus ihn zu erfassen, ihn anzufassen, ihn zu mustern, seinen Rücken, seine Füße, seinen Pimmel zu begutachten, um ihn bei Bedarf in den Krieg schicken zu können. Das war also die Post, die er bekam! Nicht mal An schrieb ihm – er wusste gar nicht, wo sie steckte. Vielleicht sollte er lieber gleich in die Mülltonne schauen, ob der Brief, auf den er hoffte, nicht dort lag.

Bis kurz vor Weihnachten wartete er vergeblich auf Nachricht von Kiku. Bis kurz vor Weihnachten schrieb er fünf oder sechs weitere Briefe an sie, die er nicht abschickte. Sie enthielten, was er ihr nicht zu schreiben wagte, den Satz «ich liebe dich». Das hätte einfach sein können, oder eindeutig, aber selbst in diesen Seiten, die er von vornherein für sich zu behalten plante, war es kompliziert. Zugleich mit seinem Geständnis behauptete er jedes Mal, Kiku nicht als Frau zu lieben, sondern als Menschen. Und er wollte von ihr nicht als Mann gesehen werden, sondern als Frau oder Doppelwesen. Nach dem, was Jan von der Psychoanalyse zu wissen glaubte, hielt er seine Gedanken für abgewehrte sexuelle Wünsche und fragte sich in einem langen Gedicht, ob in seinen Gefühlen zu Kiku nicht die Sehnsucht zurückkehrte, die eigentlich seiner Mutter galt. Aber was war mit den gesellschaftlichen Aspekten? Den Satz von den Männern, deren jeder ein potenzieller Vergewaltiger sei, hatte er sich wie viele Jungen seines Alters einimpfen lassen. Sie sahen die Welt als eine durch männliche Macht schlecht gewordene und nun in ihrer Existenz bedrohte Welt. Jahrtausende Patriarchat hatten die Menschen vergessen lassen, dass sie Teil des natürlichen Kreislaufs waren und die Erde ihre Mutter. Krieg, Tod, Unterdrückung schienen ihnen fraglos auf die Dummheit ihres eigenen Geschlechts zurückzugehen. Dass die Frauen es besser könnten, war überhaupt keine Frage. Die Jungen seiner Generation würden nicht so werden, keine Macht-Männer, keine, die sich Frauen nahmen; sie alle würden liebevoll miteinander umgehen und darauf achten, sich gegenseitig nicht zu kränken. Kurz streifte ihn die Idee, dass auch der Liebe zur Mutter Erde eine abgewehrte Sehnsucht nach der eigenen Mutter zugrunde liegen könnte.

Manchmal packte ihn die Wut gegen Gott, den er für eine Männerfantasie hielt und gegen die Welt, die sich das alles bieten ließ. Er steckte in ihr fest. Ein weiteres Jahr, selbst ein Dreivierteljahr, würde er keinesfalls aushalten. Jan wütete auch gegen Kikus Satz von der Schale, er war kein Küken im Ei. Eher betrachtete er sein Inneres als hart gekocht, alles geronnen und fixiert bis in den Kern. Niemals hätte er Kiku selbst einen Vorwurf gemacht. Ihre Worte waren heilig, und wenn sie ausblieben, schwieg sie als eine Gottheit.

Einmal überwand er sich und fragte sie, ob sie in der kommenden doppelten Freistunde mit ihm ins Café Bogen fahren wolle. Kiku lehnte ab. Jan verstand nicht warum. In der Woche davor war sie mit Lars, der ein Auto besaß, sogar ins Nachbarstädtchen gefahren, um Pool zu spielen. Also wollte sie nichts von ihm, er ging ihr bloß auf die Nerven. Er ließ sich allzu schnell in seinem Passivsein bestätigen.

Jan entkleidete sich vor dem Spiegel im Schlafzimmer der Eltern. Ein orangefarbener, aber durchscheinender Vorhang sorgte dort für immerwährendes Schummerlicht. Der Spiegel war riesig, die ganze Familie hätte sich darin anschauen können. Jetzt war es ein dünner, wenig muskulöser junger Mann, der im Lauf des Jahres den letzten Pubertätsspeck verloren hatte und dem sein eigener Anblick nicht recht vertraut war. Die Härchen an den Armen wurden dichter, auch auf der Brust und an den Beinen zeigten sich ein paar Haare. Die mochte er nicht. Seit etwas über einem Jahr rasierte er sich, das wiederum fand er in Ordnung. Sein Blick schien ihm traurig, die Züge wirkten eremitenhaft schmal. Er drehte und wendete sich. Seine Bewegungen waren doch geschmeidig, nicht steif, als säße er in einer Schale fest. Auch die Vorlage für seinen Schmerzensmann fand er im eigenen Anblick nicht. Die Brauen, dachte Jan, sollten eigentlich schwarz sein wie neuerdings sein Haupthaar. Bei der Erinnerung, wie entsetzt seine Mutter auf die neue Farbe reagiert hatte, grinste er sich im Spiegel zum ersten Mal an. So schönes Haar hatte die Natur ihm gegeben, wozu färbte er es? Dann noch mit einem billigen Mittel, das seinen Haaren und seiner Kopfhaut sicher schadete? Hatte er keine Angst vor Schuppen? Nein, dachte Jan, Angst hast du, weil ich dir zeige, dass ich eurer DNS entkommen kann. Ihr bestimmt mich nicht. Ich mache mich selbst.

Jan schob die Wolle seiner Schambehaarung zurück und besah sein Geschlecht. War das der Penis eines Mannes? War dieser weiche Teil von ihm mit seiner zarten Haut der Knüttel, der seit Jahrtausenden das andere Geschlecht unterdrückte? War dieses Einauge wirklich die neunschwänzige Katze des Patriarchats? Herr Stabsarzt, Amtsarzt, Misstrauensarzt, sagen Sie mir das: Brauche ich meinen Schwanz, um zu kämpfen, ist das so ein Wehrschwanz, Bundeswehrschwanz nach ihrem Geschmack? Werden sie mich nun ausmustern oder nur dann, wenn sie in meinem Urin das Schwangerschaftshormon finden, muss ich eine Niere oder ein Ei am Wandern haben, um dem Volk nicht mit der Waffe zu dienen? Hilft es, wenn ich schwul werde? Muss ich darauf bestehen, tatenlos zuzusehen, wenn der Unhold aus dem Gebüsch springt, um meine Freundin zu notzüchtigen? Das jedenfalls kann ich versprechen, ich habe ja keine Freundin. Keine, der ich mit meinem Schwanz zu Leibe rücken würde wie Sie mit Ihren Raketen dem Feind. Ich bin gerührt. Ich grüße. Grüße Sie. Er ließ die Hand sinken und tastete nach seinen Hoden. Sie wirkten auf ihn groß, fest und lebenslustig. Von Frank, der Sport als Leistungskurs belegte, hieß es, er sei ausgemustert worden, weil er nur einen Hoden hätte. Vielleicht war doch was dran? Brauchten Männer, um Krieg zu führen, ihre Eier? Führten sie Krieg, weil sie so, wie sie aussahen, nicht liebenswert waren? Wollten sie dominieren, um zu erzwingen, dass man sie liebte? Und wenn man sie nackt in die Schlacht schickte? Diese Idee rührte An zufolge von einem Autor her, der den Tod hasste und bekämpfte. Jan sollte Canetti später noch lesen.

Er hörte, wie die Haustür geöffnet wurde. Panisch raffte er seine Kleider zusammen und sprang über den Flur in sein Zimmer. Karin war früher als gewohnt nach

Hause gekommen. Sie verlor kein Wort darüber, dass sie an diesem Nachmittag eine Unterhose ihres Sohnes auf dem Bettvorleger fand.

Kiku sprach Jan vor der Probe an. Das war schon während der Adventszeit. Sie legte ihm eine Hand auf die Schulter, nicht mal das, etwa mit drei Fingern wird sie ihn berührt haben und nicht länger als eine halbe Sekunde, aber diese Berührung spürte Jan noch wochenlang wie eine kühle Stelle am Körper. Sie konnte ihm nicht schreiben, sie fühlte sich komplett unfähig dazu. Sie gab ihm noch eine weitere Erklärung, die er am nächsten Tag schon wieder vergessen hatte. Sie schenkte ihm einen Blick voller Klarheit und Wärme, den er nie vergaß. Ihre dunklen, leuchtenden Augen sagten, ich mag dich. Sie sagten, ich freu mich, dass du mir schreibst. Bei soviel Zuwendung kam er gar nicht auf die Idee, um ihre Antwort zu bitten.

Er bildete sich ein, nun ruhiger zu sein. Das ewige Warten würde ein Ende finden. Er glaubte den Beweis zu haben, dass seine Worte sie erreicht hatten. Sie war nicht zurückgezuckt; er hatte nicht alles zerstört. Trotzdem sah er sie immer mehr als Trägerin seiner Projektionen und nannte sie auch so. Eine von Jan gemachte Kiku sollte, ohne dass dies eine bewusste Absicht gewesen wäre, an die Stelle der echten treten – falls es die echte überhaupt gab. In jedem Fall schien es eine zu geben, die von seinen Wünschen, Ängsten und was oder wem auch immer unabhängig zu handeln schien. Jan wollte seine ganze Zuneigung mit auf die Innenseite seines Lebens nehmen.

Irgendwas ging dabei schief. Er vermied den Kontakt mit ihr nicht mehr sorgfältig genug. Kurz vor den Ferien sprach Kiku ihn noch einmal an. Sie sah nun eine Möglichkeit ihm zu schreiben. Erwartung und Sehnsucht, alle Qualen kamen sofort zurück. Wieder traf kein Brief von ihr ein.

2

«Betest du manchmal?»

«Nein, ich glaub nicht mehr an Gott.»

«Du willst nicht mehr an ihn glauben.»

«Ich glaube, dass er tot ist.»

«An was glaubst du dann?»

«An nix. An das ewig gleichgültige Antlitz der Erde. Und du?»

«Ich würde gern glauben, dass alle Wesen dieser Erde, auch die Pflanzen, auch das Wasser und die Luft, das Göttliche in sich tragen. Aber das Gegenteil ist der Fall.»

«Die Welt ist schlecht geraten. Wenn das ein Gott war, der sie schuf, war es ein Fehlversuch.»

«Wie Leopardi schrieb: Nichts lebt, das würdig wär deiner Regungen und keinen Seufzer verdient die Erde. Schmerz und Langeweile ist unser Sein und Kot die Welt, nichts anderes – beruhige dich.»

«War das nicht Lampedusa?»

«Wenn's nach dir ginge, wahrscheinlich Lamborghini.»

«Unten stehen zwei Bananenkartons. Ich bin vorhin

beim Supermarkt vorbeigefahren. Mehr hätte ich ohne Expander nicht aufs Moped bekommen.»

«Warum hast du sie nicht hochgebracht?»

«Ich stell sie nachher zu den anderen. Es ist eh schon so ungemütlich geworden bei dir. Wie in einer Abstellkammer.»

«Hast du frei oder machst du blau?»

«Frei, glaub ich.»

«Haha. Schön dass du da bist. Du warst lange nicht bei mir.»

«Du bist lang weg gewesen, Schwester.»

«Ich hab in Berlin ein paar super Typen aus Nürnberg kennengelernt, die leben in einer riesigen autonomen Gemeinschaft.»

«Du warst in Berlin? Ich dachte, du bist pleite?»

«Ich habe so ziemlich meine letzte Kohle auf den Kopf gehauen … René hat mir was dazugegeben.»

«Bist du getrampt?»

«Hast du ein Ei am Wandern? Wenn du per Anhalter hier weg willst, brauchst du allein drei Tage bis zur Autobahn. Ich hatte 'ne Mfg.»

«Aber du warst vier Wochen weg! Wie kriegst du das hin ohne Kohle?»

«Wenn du die richtigen Leute kennst, kostet das Leben nicht viel. Ich kann da umsonst pennen und so. Weißt du doch.»

«Hast du dich verliebt?»

«In wen soll ich mich verliebt haben?»

«In einen von den Nürnberg-Typen. Bist du da auch gewesen?»

«Für 'ne Woche. Und ich habe mich nicht verliebt, leider.»

«Wieso leider? Willst du etwa nach Nürnberg?»

«Ein paar von denen gehen nach Portugal. Das Ding ist, dass die nach und nach alle aus der Innenstadt rausfliegen. Baulöwen und Spekulanten übernehmen da das Terrain. Es wird sauteuer.»

«Deshalb hauen sie ab?»

«Sie haben die Schnauze voll von Deutschland. Genau wie wir, ey. Ich möchte auch in Portugal leben. Da ist es warm und hell, die Leute machen sich nichts aus Geld. Sie genießen lieber das Leben.»

«Mir wird's ganz komisch, wenn du das sagst.»

«Bei den Leuten aus Nürnberg kann keiner mehr einsteigen. Sie haben schon ein Stück Land gekauft und Häuser in einem verlassenen Dorf im Alentejo.»

«Bestimmt gibt es da noch ein anderes Dorf.»

«Ich habe immer öfter das Gefühl, dass ich bald von hier abhaue. Also richtig weggehe.»

«Wir könnten doch zusammen abhauen.»

«Du willst Ziegen melken?»

«Warum nicht, ich könnte es lernen. Von mir aus können wir heute noch die Koffer packen. Ehrlich. Mir geht hier alles auf den Senkel.»

«Du sollst doch dein Abi machen.»

«Ich scheiß drauf.»

«Du willst deinen Führerschein machen.»

«Das kann ich auch da. Ist bestimmt viel billiger.»

«Du darfst dir das nicht so romantisch vorstellen. Das einfache Leben bedeutet harte Arbeit.»

«Lieber Schwielen an der Hand als im doofen deutschen Land.»

«Wir beide in Portugal, mit noch ein paar guten Leuten in unserem eigenen Dorf ...»

«Lass uns endlich Portugiesisch lernen.»

«In Füchten kann man das nicht lernen.»

«Dann kaufen wir uns ein Buch.»

«Wovon willst du das bezahlen? Die sind teuer.»

«Oder wir lassen uns das zu Weihnachten schenken. Am liebsten würde ich Weihnachten schon weg sein. Würgnachten sollte es heißen.»

«Ach, Kleiner.»

«Findest du es etwa gut?»

«Nein, es ist zum Kotzen. Jedenfalls so mit Lamettaständer und Plätzchentellern.»

«Lamettaständer? Haha, wo hast du denn das her?»

«Hast du das noch nie gehört?»

«Bis Weihnachten ist es nur noch eine Woche. Wie willst du bis dahin weg sein?»

«Das schaffen wir. Komm, ich mein's ernst. Lass uns abhauen!»

«Glaubst du, dass wir weiterleben werden?»

«In Portugal?»

Er wusste, dass sie das nicht meinte.

«Nein, im Jenseits. Mal ohne Scheiß.»

«In welchem Jenseits. Das Jenseits ist einsachtzig tief, und die Häuser da sind verdammt eng, mit Wänden aus Holz. Es gibt keine Fenster, dafür rundherum Tüll.»

Sie nickte.

«Wie kommst du jetzt darauf?»

«Ich dachte nur gerade, dass man den Tod müde machen muss. Erst recht wenn hinterher nichts kommt.»

«Wenn wir sterben, sterben wir. Es macht eh keinen Unterschied, ob wir leben oder nicht.»

«Du musst es ja wissen.»

«Nicht besser und nicht schlechter als du.»

«Warum willst du denn auswandern, wenn dir doch alles gleichgültig ist?»

Er zuckte die Schultern.

«Ii, der Tee schmeckt ja fies.»

«Bäh, ja. Total ungenießbar. Hast du da was reingetan?»

«Was war das eigentlich für 'ne Randale, die ihr da angezettelt habt?»

«Ich war nicht dabei. Eigentlich wollten wir ein Flugblatt für die Demo in Bonn machen.»

«Ihr wart doch gar nicht in Bonn.»

«So weit ist es nicht mehr gekommen. Ein paar von den Jungs sind ausgerastet. Weil wir hier allen scheißegal sind. Weil es nicht mal jemanden kümmert, wenn einer von uns draufgeht.»

«Du meinst Nils.»

«Ich meine Nils. Abgesehen von dem üblichen Artikel ‹Aufgrund von überhöhter Geschwindigkeit ...› im Lokalteil, gab es keinerlei Reaktion. Kein einziger Lehrer von der gesamten Scheißschule hat ein Wort über Nils verloren. Nicht mal unsere Alten hatten was dazu zu sagen.»

«Papa hat mich gefragt, ob ich ihn kannte.»

Oho, Papa.

«René? Hat der das überhaupt mitgekriegt?»

«So mies ist er auch nicht, Kleiner.»

«Wenn ich jetzt, hier, in diesem Moment, versuche ihn mir vorzustellen, bekomme ich nicht mal ein Bild von ihm. Ich muss ihn mir zusammenmontieren. Seine Haare sind schwarz, an manchen Stellen grau. Er trägt einen blauen oder beigen Anzug aus irgendeinem Poly-Zeug. Den hat er an, seit ich zehn bin. Er hat Haare auf den Fingern. Und an einem diesen fetten Goldring, den er nicht mehr runterkriegt.»

«Jetzt hör schon auf. Papa hat mich wenigstens auf den Knien geschaukelt, als ich klein war. Weißt du, dass ich immer zu ihm gegangen bin, wenn ich traurig war, nie zu ihr?»

«Mama ist nur eine Sprechpuppe. Die könnten beide bei den Muppets auftreten.»

Sie lachte.

«Als Statler und Waldorf.»

«Weißt du was? Ich hab dich lieb, Jan.»

Seine Kehle schnürte sich ein. Er schloss die Augen. Er hatte die merkwürdig deutliche Vorstellung von einem langen Bambusstab, dessen bleiummanteltes Ende ihm schwer auf der Kehle lastete, während der Stab von selbst in der Luft stand, von niemand Sichtbarem gehalten. Was soll's, sagte er sich, erst mal geht sie nicht weg, sondern kommt nach Hause. Das war sicher blöd für sie, aber Jan musste sich eingestehen, dass er sich darauf freute. Sie würde eine Lücke schließen.

3

«Oah, quietsch nicht so mit dem Zeug!»

Markus und Andreas hatten wahrhaftig ein Modell Füchtens gebaut. Das Relief des lang gestreckten Tals war aus Styropor nachgebildet, die Häuser aus grauem Pappkarton, zwischen ihnen hatten die beiden kleine Bäume aus Birkenreisig aufgepflanzt und die Baumkronen mit so einem Modellbauzeug hübsch grün gemacht. Die Kopie war recht exakt, nicht mal die Schriftzüge auf dem Dach der Schule und an der Mauer fehlten.

«Jetzt kuck's dir doch wenigstens mal an.»

«Wozu?» Mirko blieb dem Fenster zugewandt. «Ich kann Füchten auch von hier aus sehen.»

«Aber du hast nicht den Überblick.»

Immer der blöde Überblick, dachte Jan. Das war die falsche Perspektive, Menschen waren nun mal keine Vögel, sie sahen sich die Dinge nicht von oben an.

«Wir sind doch mal davon ausgegangen», sagte Markus, «dass wir die Entwicklung nicht gut finden, die unsere Stadt genommen hat.»

Andreas stand in seinem Wollpullunder neben ihm und nagte kleine Stückchen Haut von seiner Unterlippe, die er vermutlich runterschluckte. Sein fest geschlossener Mund kam Jan unglaublich breit vor, Stab junior war ein Frosch.

«Man muss etwas für den Einzelhandel tun», quakte er. «Ihr seid gegen Stellplätze, aber ohne Parkmöglichkeiten funktioniert eine Stadt nicht. Außerdem braucht Füchten Industrie. Sonst ist für alles andere auch kein Geld da.»

Du Politikersöhnchen, dachte Jan. Du Angeber. Du Schultreppenhausblöker. Leute wie du tragen die Schuld daran, dass bald alle Städte gleich aussehen.

«Sorry», sagte Mirko. «Aber Jan und ich sind schon einen Schritt weiter. Wir haben beschlossen, dass es hier gar nicht um Füchten gehen kann. Wir wollen eine neue Stadt, völlig unabhängig von verquasten Strukturen.»

«Du willst nur Luftschlösser bauen, statt konkrete Probleme zu lösen. Wenn Füchten eine Ortsumgehung hätte ...»

Andreas leierte wieder denselben Sermon runter. Jan fühlte Markus' Blick auf sich. Er ignorierte ihn. Sechs Jahre lang waren sie in dieselbe Klasse gegangen, und jetzt besuchten sie zusammen den Physikkurs. Sie hatten miteinander Minigolf und später Volleyball gespielt. Nun liefen ihre Wege auseinander. Markus gehörte zu den Leuten, die in der großen Pause Skat spielten, die nach dem Abi an die Fachhochschule gehen und beruflich erfolgreich sein würden, die heiraten und Kinder kriegen würden. Jan fühlte sich von solchen alten Freunden zurückgehalten in einer Welt, die er gerade verließ. Sie sollten ihn gehen lassen wie die Arme am Starttisch einer Sojus-Rakete seitwärts wegkippen müssen, damit das Ding hochgehen kann.

«Du kannst einem echt auf den Sack gehen, Andreas.

Deine Idee mit dem Modell fand ich gut. Aber was du dir hier verzapfst, ist keinen Deut besser als irgendein Politikergewäsch.»

War das wirklich Markus, der das gerade gesagt hatte? Derselbe Markus, der mit Andreas zusammen ein Modell gebaut hatte? Der Frosch glotze mit leicht abgewinkeltem Kopf die Wand an und schwieg breitmäulig.

«Ich bau keine Luftschlösser», sagte Mirko in die Stille. «Das alles ist machbar. Las Vegas wurde mitten in die Wüste gebaut.»

«Dann geh doch in die Wüste.»

«Das habe ich tatsächlich vor. Während du deinen Arsch die nächsten vierzig Jahre auf irgendwelchen Bürosesseln platt sitzen wirst.»

Der Frosch schwieg wieder. Aber Jan sah, wie er seine Beine zum Sprung bereit machte.

«Wir brauchen Visionen. Wir brauchen den Mut, das Undenkbare zu denken. Nur so kommen wir weiter.»

Mirkos Selbstbewusstsein schien keine Grenzen zu kennen. Die Unverkrampftheit dieses Jungen imponierte Jan, er fragte sich aber, ob sie wohl echt war.

«Wir brauchen große Ideen – wie die von Jan. Erzähl ihnen, wie du Energie gewinnen willst.»

Jan fühlte sich überrumpelt. Das Gespräch mit Mirko auf der Party kehrte nur vage in sein Gedächtnis zurück. Markus sah ihn misstrauisch an. Andreas glotzte die Wand an.

«Es ist nur eine Theorie», begann er zögernd, «eigentlich nur ein Gedanke.»

«Mach dich nicht klein.»

Mirko fing an, Jan zu nerven.

«Die Art und Weise, wie wir Energie gewinnen, ist meistens brachial. Kernkraftwerke bedrohen die Menschheit, was in ihnen geschieht, ist reine Zerstörung. Für den Kohletagebau werden gar nicht so weit von hier zwanzigtausend Menschen umgesiedelt. Bagger fressen die alten Dörfer. Das sind die größten Maschinen der Welt. Aber auch bei der Wasserkraft geht es ziemlich brutal her. Ich meine nicht nur die riesigen Staumauern und Flussverbauungen. Ich habe gelesen, dass Wasser zurück in die Stauseen gepumpt wird, damit die Turbinen in Spitzenzeiten mehr Energie liefern.» Nun kam der schwierige Teil. Umso schlimmer, dass sie ihm alle aufmerksam folgten. «Wenn ich mir dieses Gerenne nach Rekorden bei der Energiegewinnung ansehe, frage ich mich, ob wir nicht völlig falschliegen. Womöglich müssen wir lernen, Energie aus sanften Quellen zu beziehen. Wie ein Liebespaar seine schönsten Momente vielleicht gerade dann hat, wenn es die Wärme zwischen sich einfach fließen lässt.»

Andreas lachte dreckig.

«Ich seh's schon vor mir. So Strommasten, die sich paarweise umarmen. Einer legt den anderen flach.»

Dieser Typ hatte die Sensibilität eines Panzers. Er benötigte dringend eine mentale Umgehungsstraße.

«Du brauchst nicht zu lachen. Viele große Ideen haben am Anfang komisch gewirkt.»

Dass Mirko ihn zu retten versuchte, tat Jan gut.

«Ihr spinnt ja beide total. Ich muss sagen, dass ich mich getäuscht fühle. Ich bin eurer AG unter der Voraussetzung beigetreten, dass es hier um etwas Reales geht. Wie die Dinge nun liegen, kann ich euch nicht länger unterstützen. Markus?»

Schon wieder schaute Markus Jan an. Vielleicht wartete er darauf, dass sein alter Freund ihn bitten würde zu bleiben. Jan versuchte zu tasten, wie viele Haare er sich gerade ausgerissen hatte.

«Wir werden froh sein, dass du weg bist», rief Mirko Andreas hinterher. «Wir sind es jetzt schon.»

Die Tür stand jetzt offen. Sie schien auf Nachmacher zu warten.

«Ich gehe auch. Schade dass nichts aus der Sache geworden ist. Wir haben uns verdammte Mühe gegeben.»

Markus machte die Tür hinter sich zu. Mirko und Jan schauten sich an.

«Was machen wir jetzt mit dem Modell?»

«Was weiß ich. Wir lassen es einfach hier stehen. Bestimmt haben die beiden ihre Namen draufgeschrieben. Oder wir machen ein bisschen Randale.» Mirko stieß eines der Häuschen um. «Vielleicht will Torsten ja bei uns mitmachen.»

«Bestimmt nicht.»

«War auch bloß ein Scherz. Hast du gehört, dass er auch das Auto von Kikus Mutter verkratzt hat? Einen ganz normalen Kleinwagen.»

«Wie kannst du behaupten, dass er das war? Er ist doch nicht als Einziger damals rumgezogen.»

«Kiku hat übrigens Nacktfotos von sich machen lassen, wie ich gehört habe. Hat An dir nichts erzählt? Ach, sie arbeitet ja nicht mehr in dem Fotogeschäft.»

Popper, dachte Jan. Du Haar-Föhner, du Weiße-Hosen-Träger.

4

Kurz vor dem Fest lief Jan durch den Ort auf der Suche nach einem Geschenk. Es war ein mieser Tag, Schnee fiel auf den zu warmen Boden, glasierte dort und bildete matschige Lachen, in die er nicht treten mochte und doch fortwährend trat. Dieses Übergangsstadium zwischen Wasser und Eis war dem Jungen zuwider, das vom Straßenschmutz eklig graue Zeug saugte seine Sohlen am Boden fest und sickerte gleichzeitig durch die Nähte in seine Schuhe. Zusammen mit dem wolkenvollen Himmel bildete der Brei die düstere Verpackung, in die Füchten gesteckt worden war, mitsamt Jan und den Passanten und den Autos und Lkws – ein Geschenk, das wohl kaum jemand haben wollte. Schnell kam der Abend. Die funzelige Straßenbeleuchtung war gegen die Dunkelheit machtlos. Die hell leuchtenden Schaufenster stachen aus dem düsteren Bild wie die geöffneten Türchen eines Adventskalenders. Sie zogen Jan an. Sobald er jedoch an eine Ladentür trat, fand er die vollgesabberten Fußmatten und braun überschlierten Böden derart abstoßend, dass ihm das Eintreten schwerfiel.

Lange stand er im Buchladen vor den Drehständern und suchte die Titel ab. Es war aussichtslos, hier für An etwas zu finden; sie hatte viel mehr gelesen als er, wahrscheinlich alles, was es da zu kaufen gab – außer dem

Mist. Selbst Jan bekam langsam Schwierigkeiten, im Sortiment von Füchtens einziger Buchhandlung noch etwas zu finden. Es kam ihm vor, als würde er die Welt der Wörter bald komplett erobert haben. Er ging mit einem überlegenen Gefühl. Mehrfach kam Jan am Elektrogeschäft vorbei. Er hatte es seit dem Sommer nicht mehr betreten. Die Erinnerung an Kiku, die erst rückwärts durch die Ladentür kam und ihn, als sie sich umgewendet hatte, mit ihrem nettesten Lächeln ansprach, gab ihm ein schönes Gefühl, das gleich darauf von einem weniger schönen abgelöst wurde. So unbelastet wie dieser Moment war nichts mehr zwischen ihnen.

Im Spielzeugladen würde er nichts für seine Schwester finden; trotzdem trat er ein. Der alte Zauber berührte ihn sofort wieder. Dieses verwinkelte und vollgestopfte Geschäft war früher ein heiliger Ort gewesen, die Auslagen hatten seine Wünsche aufgestachelt wie nichts sonst. Gleichzeitig schien ihre Erfüllung häufig in nicht geringere Ferne gerückt als die Auferstehung des Fleisches. Immerhin, hier durfte man sie berühren, die Matchboxautos, Traktoren und Landmaschinen, Ballenpressen, Ladewagen, Miststreuer, Eggen, Pflüge, Walzen und Heuspinnen, die Jauchefässer und Mähdrescher. Immer noch spürte er Lust diese Dinge zu besitzen, auch wenn er sich nicht mehr traute, sie in die Hand zu nehmen. Jan schlenderte weiter zu den Knallplättchenrevolvern und Schreckschussgewehren, den Bögen und Pfeilen mit echten Eisenspitzen. Peng, du bist tot. Wie schlecht die Kunststofftipis gefertigt waren, wie lieblos der Federschmuck – zum ersten Mal verstand er, warum seine Eltern sich stets geweigert hatten, ihm dieses Zeug zu kaufen. Er sah die Kästen mit Lego und Fischertechnik, die in einer Bauernhofszene arrangierten Steifftiere. In Gedanken schloss er das Modell Füchtens, wie Markus und Andreas es für die AG gebaut hatten, daran an. Riesige Hühner marschierten durch die Straßen und pickten nach Körnern; Schweine schnupperten mit ihren gigantischen Rüsseln an den Häusern, als suchten sie Trüffeln. Ein Hund bellte die zitternde Schule an. Warum nur hatte Jan Markus erklärt, es sei kein Problem, die Platte in der Garage seiner Eltern zu lagern, was wollte er damit? Er spürte, dass er diese Welt sofort verlassen musste.

Jan rannte wie ein Dieb die Straße runter. Beinah wäre er über einen stoffbespannten Klapphocker gestolpert, der auf dem Gehweg stand. Eine rote Mütze mit weißem Rand lag darauf und eine Thermoskanne stand daneben auf dem Boden, ein Mann in einem roten Mantel ein paar Schritte weiter vor dem Schaufenster des Schuhgeschäfts. Er schien kalte Füße zu haben, er trug ja auch nur Turnschuhe, und trat von einem Fuß auf den anderen. Vielleicht glaubte er, mit hypnotischem Starren ein Paar warme Stiefel direkt an seine Füße beamen zu können? Jan nahm die Mütze von dem Hocker und rannte weiter. Er fühlte sich überreizt und übersättigt, jetzt hatte er auch noch ein schlechtes Gewissen. Obwohl er sicher war, dass ihn niemand verfolgte, blieb er auf der Flucht. Mehrmals bog er ab, sein Weg ergab ein sinnloses Muster.

Völlig erschöpft, mit nassen, mittlerweile kalt gewordenen Füßen, betrat er schließlich einen weiteren kleinen

Laden. Dort herrschte statt des ewigen Neonlichts der milde Schein von Kerzen, nur an der Kasse gab eine elektrische Lampe helleres Licht. Es duftete süß nach Vanille und es war vor allem außer der Besitzerin niemand da. Hier kaufte Jan für seine Schwester zwei Päckchen aromatisierten Tee.

Das Weihnachtsfest selbst verlief wie immer undramatisch in der Familie Bodenlos. Man ging essen, las, schaute fern. Niemand hatte besondere Ansprüche an diese Veranstaltung, und so gab es auch keinen Streit. Die Hunde, also Drago und Deern, die beiden, die noch lebten, wurden ebenfalls träge und lagen, wenn es eben ging, in der Wärme eines Sonnenflecks hinter der Terrassentür oder zwischen den Polstermöbeln im gut geheizten Wohnzimmer. Die Kinder, Jan und An, waren überhaupt gegen Weihnachten. Sie fanden das Fest spießig, unter dem religiösen Aspekt überholt, als Fest der Liebe lächerlich, und der Konsumgier, der diese Feiertage ja eigentlich gewidmet waren, wollten sie bestimmt nicht frönen. Jan hätte am liebsten gar nicht mitgefeiert, aber das konnte er seinen Eltern nicht sagen. Es ist das letzte Mal, sagte er sich, gönn es ihnen. Womöglich wollte er sich dieses letzte Mal auch selbst gönnen und machte sich das nur nicht klar. Außerdem würde An kommen und später am Abend mit ihm in die Kneipe fahren, um Pool zu spielen. Doch Jan wurde enttäuscht. Am Nachmittag des vierundzwanzigsten rief seine Schwester an und teilte mit, dass sie leider erst tags darauf erscheinen könne.

Bei der Bescherung streifte Jan den neuen schwarzen

Pullover über, den er nicht mal schlecht fand, und nahm sich Einsteins Universum vor. Er hatte sich das Buch gewünscht, das Torsten so begeisterte. Seine Eltern saßen vor dem Fernseher, je im eigenen Sessel, und schauten sich Die Dinge des Lebens auf Video an. Mittendrin wechselte René die Kassette, weil er eine Fernsehsendung aufzeichnen wollte. Karin schien das egal zu sein. Der Weihnachtsbaum hing wie immer voller Lametta, sie mussten das Zeug im Kilo kaufen. Im Übrigen war er nicht mehr bunt wie früher, sondern ausschließlich mit roten Kugeln und roten Schleifen geschmückt. Diese Zurückhaltung gefiel Jan gut. Als eine der elektrischen Kerzen durchbrannte und sich keine Ersatzkerze fand, blieb die Festbeleuchtung eben aus.

Am ersten Weihnachtstag musste Jan noch mal lange warten, bis seine Schwester auftauchte. An kam erst heim, als die Familie schon den Nachmittagskaffee trank. Obwohl der Adventskranz auf dem Tisch stand – Karin wollte alle Kerzen abbrennen lassen, sie mochte die Stummel weder wegwerfen, bevor sie ganz verbraucht waren, noch aufbewahren müssen – und das Licht sanft und gelb schien, sah Jan sofort, dass An verkatert war, weiß wie die Wand, mit mattem Blick und ungewaschenen Haaren. Ihre Stimme klang rau, sie war maulfaul. Karin und René bekamen nichts davon mit oder es war ihnen egal, jedenfalls sagten sie nichts dazu. Sie brachen bald nach Köln zu einem Jazzkonzert auf und würden erst im Lauf des folgenden Tages zurückkehren. Seit Jahren waren sie am zweiten Feiertag nicht da.

«Jetzt brauch ich erst mal ein Bier.»

Grinsend holte An sechs Dosen gut gekühltes Tuborg aus einer Plastiktüte. Die Geschwister fläzten sich in die Sessel und ließen die Biere zischen. Der Abend, den sie im Haus ihrer Eltern verbrachten, war dem vorangegangenen nicht unähnlich, nur etwas gesprächiger, etwas lustiger. Aber waren die Abende der Eltern das nicht auch gewesen, als die noch jünger waren? Es kam den Kindern nicht so vor. Sie probierten den neuen CD-Spieler aus, hatten jedoch bald genug davon, weil es neben drei oder vier Klassik-CDs nur das Köln Concert von Keith Jarrett gab, und das fand An schon geil, aber es passte nicht zu ihrer Stimmung. Deern nickte zu allem mit dem Kopf, die Staupe schien ihr einen unsichtbaren Walkman verpasst zu haben. Jan machte eine Bemerkung über den Baum, An korrigierte seine Meinung. Baumschmuck in nur einer Farbe fand sie noch viel spießiger als Lametta, und die nach wie vor oben thronende Silberspitze bewies ihr, dass die Eltern keinen Geschmack hatten.

«Wenn schon, hätten sie die Spitze auch rot machen müssen. Übrigens muss ich noch mal zum Auto.»

Jan freute sich, er fragte sich schon den ganzen Abend, wann sie wohl Geschenke tauschen würden. Er lief in sein Zimmer und holte sein Päckchen für An. Plötzlich fiel ihm die Mütze ein, die er dem Weihnachtsmann gestohlen hatte. Er kramte das ziemlich schmutzige Teil unterm Bett raus und rannte zurück ins Wohnzimmer. An war noch draußen. Schnell stieg Jan auf einen Stuhl und setzte dem Weihnachtsbaum die rote Mütze auf seine silberne Spitze. Die vornehme Zurückhaltung beim

Baumschmuck, oder welche Art von Chic auch immer dahintersteckte, wirkte nur noch albern. An bemerkte die Veränderung zunächst nicht. Sie kam mit einem Riesenpaket wieder, eingeschlagen in ein grün gefärbtes Tuch. Sein Geschenk hatte Jan in selbst bemaltes Zeitungspapier gewickelt.

Die Dostojewski-Ausgabe habe sie günstig auf einem Flohmarkt in Berlin bekommen, behauptete An, als Jan ihr vorwarf, viel zu viel Geld ausgegeben zu haben. Er schämte sich ein bisschen für den armseligen Tee; schnell überwogen aber der Stolz und die Freude über die Bücher desjenigen Schriftstellers, den alle guten Autoren des zwanzigsten Jahrhunderts verehrten. An freute sich auch über den Tee.

«Weißt du noch, die Kräuterbrühe, die wir neulich getrunken haben?»

Plötzlich verzog sich ihr Gesicht, ihr Blick hatte etwas Ungläubiges. Sie begann zu lachen, erst in sich rein, dann hörbar und immer lauter. Sie zeigte auf die Mütze oben am Baum. Jan lachte mit. Sie schüttelten sich.

«Gott», hechelte An, «hat Mama was in die Plätzchen rein?»

Und Jan, der gerade eines in der Hand hielt, zeigte es einem imaginären Publikum und rief: «Space … haha … Sp-s … hehe … Spacecakes …»

Und beide: «Danke, Mama! Die sind sooo lecker!»

Noch am Abend, als er im Bett lag und sich glücklich fühlte, weil er Ans Geräusche im Haus hörte, begann er zu lesen. Obwohl er keine Bilder hatte, mit denen er die «S…gasse» und die «K…brücke» vor sein inneres Auge rufen konnte, und obwohl er sich im ungewohnten System der russischen Namen verhedderte und die Figuren des Romans oft durcheinanderbrachte, hörte er die ganzen Ferien über mit dem Lesen nicht mehr auf.

Am Donnerstag nach Weihnachten, dem neunundzwanzigsten Dezember, klopfte seine Schwester an Jans Tür. Er bat sie nicht herein, er rief nur: «Was ist?»

An fragte ihn durch die Tür, ob er ihr beim Kistenschleppen helfen wolle. Er fühlte sich so schlapp und gleichzeitig so angenehm getrennt von aller Außenwelt. Er wollte nicht gern raus aus dieser Blase. Bei der nächsten Fuhre würde er mithelfen. Das sagte er An ohne aufzumachen, und die hakte auch nicht weiter nach.

Vielleicht machten beide Geschwister sich nicht ausreichend klar, was sie voneinander wirklich erwarteten oder auch was sie ängstigte. An wünschte sich wahrscheinlich, dass sie den schweren Weg zurück ins elterliche Haus, den Weg nach einer Niederlage, nicht allein gehen müsse. Jan vermied es schon seit Wochen, das unwirtlich gewordene Apartment zu betreten; für ihn mochte es wie ein Vorgriff auf die kommenden Gefahren eines eigenständigen Lebens wirken. Wenn wir spekulieren wollten, wie es weitergegangen wäre, wenn Jan seinen Arsch aus dem Bett gekriegt und An begleitet hätte, kämen mehrere Möglichkeiten in Betracht. Nur wozu sollte das führen? Hätte, wollte, könnte. Jan selbst gab sich später häufig solchen Betrachtungen hin, und er quälte sich damit nur. Ob man nun daran glaubt, dass der Flügelschlag eines Schmetterlings oder ein ins Meer geworfener Kiesel den Lauf der Welt verändern können oder nicht, es fällt im Leben immer schwer, das Unangenehme anzunehmen – die Konflikte, die Verluste. An jenem Donnerstagmorgen ging es für Jan darum, seine behagliche Höhle nicht zu verlassen. Vielleicht hätte er es getan, wenn er da schon gewusst hätte, was er am frühen Nachmittag erfuhr, dass An bei einem Unfall schwer verletzt worden war, dass es keine zweite Fuhre geben würde. Vielleicht hätte es keinen Unfall gegeben, wenn er mitgefahren wäre, vielleicht wäre er selbst dabei draufgegangen. Vielleichtvielleicht. Tatsache ist: Er blieb im Bett. Er hatte einfach keine Lust.

5

Jan schrieb: Oxidation. Oxydation. Oxyd-Aktion. Oxymoron. Sauerstoff. Sauerteig. Sauerei. O_2. O_2-Fresserei. Fressereis, Fressereise, Fressereisen, Sauerstoff frisst Eisen. Scheißt Rost. Keine Post. Sauerstoff macht hartes Eisen zu haltlosem Rost. Welch scharfsinnige Dummheit. Erst Eisen, dann Rost. Gib deinen Elektriker ab, gib mir dein Elektron, ich warte auf Reduktion. Geh mit dir auf die Reise. Wie hoch kann meine Oxidationsstufe sein? Die tief gestellte Ziffer zählt nicht für den Kiffer, zählt für den Koffer, im Zahlenschlosskoffer eingesperrt hockt ein Metamorphosenhoffer. Will weg sein, will gefressen sein, will nicht fest sein, nicht steif sein, will im Übergang sein. Kein Bananenschalenmodell. Will Welle sein, Teilchen sein. Würde ganz dein sein. Würde mich nur an dich binden. Mit dir Molekül sein ist besser als kühl sein. Oder ist es der Tod. Gibt es nicht: tot. Gibt nur den Übergang. Gang ohne Licht, auch draußen leuchtet es nicht. Gibt es nicht: Notausgang. Gibt es nicht: Todesdrang? In der Garage atme ich monoxidierten Kohlenstoff, überlebe im Off, wechsle den Stoff. Welche Blamage. Quelle Blamasch. Ich bin im Aasch. Sch, chön und blöd. hön un löd. ön u öd. öuö. özwö –

6

An sei nicht bei Bewusstsein, sagte Karin. Sie habe alle möglichen Verletzungen, mehrere Wirbelbrüche, einen Milzriss, eine Leberquetschung. Auch ihr Kopf sei verletzt. Eine Hand sei bei dem Unfall abgetrennt und nicht mehr aufgefunden worden.

Auf diese verloren gegangene Hand starrte Jan. Er ging nicht mit ins Krankenhaus. Er wollte sie nicht sehen, er wollte seine Schwester nicht so sehen. Noch nicht, dachte er. Ich will warten, bis es ihr ein bisschen besser geht. Er fühlte sich dumpf, selbst wie betäubt. Nachts schlief er nicht. Tags blieb er im Bett liegen und versuchte weiter, Raskolnikow zu folgen. Aber er las mechanisch. An anderen Tagen lief er in den Wald, bis das Licht verlöschte, und kehrte durchgefroren, leer nach Hause. Er sah Drago vor sich, wie er zwischen Bäumen und Büschen durchhetzte, die Hand im Maul. Hatten die Dachse sie weggeschleppt? – Drago, scharr ihn mir nicht aus! Im Herbst hatte Jan durchgesetzt, dass Hiram nicht wie Thynsen und Lisa in der Tierkörperbeseitigungsanstalt gelandet war. Er hatte ihn neben der Laube hinterm Haus begraben. Scharr ihn nicht wieder aus, Drago. Sowieso ging Drago lieber jagen.

Es war wahrscheinlich kurz nach Einbruch der Dunkelheit geschehen. An fuhr auf der Bundesstraße, sie pendelte nicht zwischen ihrem Apartment und dem Elternhaus. Niemand wusste, wohin sie unterwegs gewesen war. Ein Lkw stand mit qualmendem Motor in der Kurve. Sie sah ihn zu spät. Sie konnte nicht mehr anhalten und versuchte auszuweichen. Dabei verlor sie die Kontrolle über ihr Fahrzeug und wurde aus der Kurve getragen. Der Mini durchbrach die Leitplanke, rollte die Böschung runter, überschlug sich dabei und prallte gegen einen Baum. Das war eine Rekonstruktion, es gab keine Zeugen. Der Lkw-Fahrer war weggegangen, um Hilfe zu holen. Er hatte die Unfallstelle nur nach der anderen Seite gesichert. Man vermutete, dass An bis zu einer Stunde lang in dem Wrack eingeklemmt war, bevor ihr Unfall bemerkt wurde. Sie verlor eine Hand. Sie verlor Blut. Sie verlor das Bewusstsein. Sie verlor womöglich das Lederarmband, das er ihr letztes Jahr zum Geburtstag geschenkt hatte. Jan fragte nicht danach.

Sie habe sehr viel Blut verloren, sagte Karin. Wie viel war sehr viel Blut? Eine Tasse voll? Ein Krug, ein Kochtopf, ein Eimer voll? Wer hatte das verlorene Blut gefunden, konnte es einfach im Boden versickert sein, klebte es dort unten auf den Steinen? Jan kannte die Stelle, er war als Junge da rumgelaufen und hatte die künstlich erhöhte Böschung nach Brauchbarem durchstochert; irgendetwas ließ sich an der Straße immer finden. War das etwa eine Stelle, um zu sterben? Er erschrak, als er bemerkte, dass er ans Sterben gedacht hatte.

Man konnte die Schuld nicht allein dem Lkw-Fahrer geben. An war in jedem Fall zu schnell gefahren. Nicht wie ein Mädchen. Obwohl er spürte, dass es nicht stimmte, versuchte Jan immer wieder, sich selbst Schuld an dem Unfall zu geben. Er malte sich aus, wie er an ihr Bett treten würde, er sah ihren verbundenen Stumpf vor sich. Er würde sie um Verzeihung bitten. Er würde alles für sie tun, was sie mit einer Hand nicht mehr selbst tun konnte. Er würde sie besuchen, sobald es ihr etwas besser ging und vorausgesetzt, dass Karin ihn nicht dazu drängte. Jan stutzte. Er hätte nicht sagen können, welche Hand seiner Schwester fehlte. Es fiel ihm wieder ein. Die linke. Gottseidank die linke, hatte René gesagt. Eine schwachsinnigere Bemerkung hatte Jan in seinem Leben noch nicht gehört. Wie konnte René Gott danken, dass seiner Tochter eine Hand fehlte? Auch wenn es nur ein Spruch war. Gerade dann. Er war überhaupt der Schlimmste. Er telefonierte, organisierte, fuhr mit Mama, wie er seine Frau jetzt nannte, zur Klinik, informierte die Verwandtschaft. Er kümmerte sich sogar um den verdammten Haufen Schrott, der von dem Mini übrig geblieben war. Es war ja nicht ihr Auto, das musste geregelt werden. Er räumte noch vor dem Monatsende ihr Apartment aus. Es war ja gekündigt worden. René war eine beschissene Maschine.

Es wurde Silvester. Es wurde Neujahr. An schlief in

ihrem Sarg aus Plexiglas. Der dritte Januar kam, An wurde dreiundzwanzig. Jan kaufte ein paar Blumen und stellte sie daheim in ihr Zimmer. In diesem Raum hatte er ein mulmiges Gefühl. Das Bett war bezogen, auf ihrem Jugendschreibtisch lagen ein paar Plattenhüllen, auf dem Boden noch ihre Schafwollsocken – ein paar Tage später waren sie verschwunden. Daneben stapelten sich die Bananenkartons, die Möbelteile. Es war Zimmer und Abstellraum zugleich. Jan konnte nicht lange darin bleiben. Aber er kehrte häufig zurück und schaute sich um. War es richtig, dass sie dreiundzwanzig wurde? Konnte man überhaupt älter werden, wenn man im Koma lag?

«Hat sie sich bewegt», fragte René, wenn Karin nach Hause kam. «Glaubst du, sie versteht, was du sagst? Aber du musst mit ihr sprechen, Mama.»

Ans Geburtstag ging vorüber. Noch am Abend schmiss Jan die Blumen in den Müll. Er sprang hinterher und stampfte sie so tief wie möglich in die Tonne. Er hatte sie wieder nicht besucht, nicht mal an diesem Tag. Ihr Ehrentag – so eine Spießerkacke. Fuck. Jan fühlte sich vollkommen hilflos. Bewegungsunfähig. Die Eltern waren mit sich selbst und ihrem lieben ersten Kind beschäftigt und ließen ihn in dem Schlamassel stecken. Er konnte ihnen nichts sagen. Er hatte gar keine Worte für das, was in ihm vorging. Sein weiches Inneres wurde von allen Seiten eingedrückt. Und wie ein Tier auch auf drei Beinen weiterhumpelt, bis es zusammenbricht oder getötet wird, schleppte er sich von Tag zu Tag. Schließlich lag er am Boden.

Es war nicht sein junger Körper, der das erlitt. Im Gegenteil, der fühlte sich unzerstörbar an. Jan hatte ihn in seinen jungen Jahren des Öfteren herausgefordert, indem er bis zur Erschöpfung rannte oder alten Leuten auf den Dörfern beim Holzspalten oder Gartenumgraben half. Mehr als ein schwerer Muskelkater folgte darauf nie. Er fühlte sich nur umso stärker. Er wollte laufen und springen, sich verausgaben, verschleudern, und hatte bald ein Übermaß an sexueller Energie. Jan fuhr Rad und spielte, obwohl er eher klein war, leidlich Volleyball. Er wuchs, er nahm in jeder Hinsicht zu. Er konnte nicht mit allem einverstanden sein. Wie anderen jungen Menschen war ihm die Endlichkeit der eigenen Kräfte nicht bewusst. Die unmissverständliche Lehre, die der Körper einem jedem im Lauf seiner Jahre erteilt, dass er nur eine kurzfristige Anleihe an die Stofflichkeit der Erde ist und diese Erde ihn letztlich zurückruft, erreichte Jan erst viele Jahre später und auch da zunächst von außen, als er miterlebte, wie der Körper seiner Frau binnen kurzer Zeit fast vollständig den Dienst versagte und wie sie selbst nach anfänglichen Kämpfen schnell mit allem einverstanden war.

Dass An etwas Derartiges fühlen könnte, oder besser gesagt, etwas Derartiges irgendwo in ihrem vom Koma gefangen genommenen Hirn vorgehen könnte, dass Entscheidungen fielen, für die wir ein angemessenes Wort noch suchen, konnte der Achtzehnjährige sich nicht vorstellen. Als seine Schwester starb, war er voll Hass – auf eine Welt, die diesen Lebenswillen gleichmütig brach. Noch mehr hasste er die scheinbare Schicksalsergebenheit seiner Umgebung. Da kam etwas und sprach: Ich nehme An jetzt von euch fort. Sie murrten nicht einmal. Vieh.

7

Es war der sechste Januar, und Jan kam gerade völlig aufgeweicht aus der Badewanne. Er hörte, wie seine Mutter die Tür aufschloss. Der Junge beeilte sich in sein Zimmer zu kommen, er hatte noch keine Hosen an. Er war nicht schnell genug. Plötzlich standen sie sich gegenüber. Ihr so zu begegnen war ihm unangenehm. Karins Augen waren rot und trugen einen glänzenden Schleier. Jan wusste im selben Moment, was sie sagen würde.

Sie schaute auf seine Unterwäsche und begann zu weinen. Jan spürte den doppelten Knoten in seinem Hals. Er spürte die Kälte aus den Bodenplatten in seine nackten Füße eindringen und stellte sich auf die äußeren Kanten seiner Sohlen. Wie in einem Umkehrprozess, wenn man den Abzug eines Fotos auf ein neues Papier legt und belichtet, verwandelte seine Haut sich in erstarrendes Metall. Sein Inneres dagegen fühlte sich an wie ein Brötchen, das im Wasser lag. Er sah die Tränen auf den Wangen seiner Mutter, die unverwandt seinen Blick suchte, und sah durch sie hindurch die letzte Szene vor sich. Darin war An noch einmal wach geworden. Karin stand am Bett ihrer Tochter und drückte über die gläserne Brüstung – Jan stellte sich Ans Bett fast wie einen

Brutkasten vor – hinweg ihre Hand. An schaute zur Decke. Ihre Hand wurde in der ihrer Mutter plötzlich schlaff, sie verdrehte die Augen und war weg. Jan saß in einem Krater, dessen Ränder sekundenschnell abbröckelten, nach innen stürzten und ihn zudeckten. So stelle ich mir das Sterben vor, dachte er, gib mir dein Pfötchen. So oder mit aller Gewalt. Er selbst kämpfte nun gegen die Tränen.

Dann wurde ihm klar, dass sie alles schon gewusst hatte. Die ganze Zeit über war ihr klar gewesen, dass Ans Überlebenschance gegen null ging. Seine Schwester war praktisch schon tot, als sie ins Krankenhaus eingeliefert wurde, nur ihm hatte man das nicht gesagt. Und seine Mutter war an diesem Morgen gar nicht zur Arbeit gefahren, sondern direkt in die Klinik. Jan war sich plötzlich sicher, dass sie ihm diese letzte Gelegenheit, seine Schwester lebend zu sehen, genommen hatte. Er dachte kaum daran, dass er ihre anfänglichen Aufforderungen mit in die Klinik zu fahren, schweigend ignoriert hatte. Im Grunde mochte er sich schämen, weil er nicht mutig genug gewesen war, um seine Schwester zu besuchen. Von seinem warmen Zimmer aus hatte er immerzu auf ihre Hand gestarrt und überlegt, wo sie hingekommen sein mochte. Er wurde wütend. Wo blieb sein Vater, war der schon in die Stadt gelaufen, um den Sarg zu bestellen, ein schlichter muss es sein, wissen Sie, ich bin Architekt? Oder saß er in der Kirche und dankte Gott: Nimm die Hand meiner Tochter, ich lege sie auf deinen Tisch, mein Dank ist schlicht, denn wie du weißt, bin ich Architekt?

Jan spürte, dass seine Mutter etwas von ihm wollte. Er sollte sie in den Arm nehmen, so sah er das, er glaubte, dass sie schon im Begriff war, einen Schritt nach vorn zu tun. Hätte er eine Sekunde länger gezögert, wäre vielleicht alles für alle leichter geworden. Sie wäre an seine Schulter gesunken und sie hätten sich aneinander ausweinen können, Mutter und Sohn. Aber er dachte plötzlich an ihre falsche Brust, die zwischen ihnen eingeklemmt sein würde, er dachte daran, dass er in Unterwäsche vor ihr stand und drehte sich schnell weg, rannte die Treppe hinauf in sein Zimmer, warf sich in seine Kleider und verließ das Haus durch das Fenster. An den knackenden Rippen des Rankengerüsts turnte er nach unten.

Draußen fühlte er sich besser. Als wäre es ein x-beliebiger Tag ging er in die Garage, suchte sich einen Lappen und altes Öl, nahm beides mit in die Laube und begann die Gartengeräte zu reinigen. Kaum saß er drinnen auf der Bank, da hörte er Drago an der Tür scharren. Jan machte auf. Der große Hund drängte sich mit seiner ganzen Kraft an Jans Beine. Der gab dem Druck nicht nach. Womöglich war Drago wieder im Wald gewesen, jedenfalls roch er nach frischer, kalter Luft, noch kälter als die in der Laube, und nach sich selbst. Der Tiergeruch wurde Jan bald unerträglich. Er schob den Hund zurück nach draußen. Schnell stieß er den Lappen in die Büchse und schnupperte daran. Das Öl roch unlebendig, es sandte keine Botschaft und verlangte niemandem etwas ab. Ein voll gesogenes Stoffstück und Benzin in einer Flasche – ein Molli sollte fliegen, der die ganze Welt in

Brand steckte. Wenigstens Füchten sollte in Flammen aufgehen. Die Gleichgültigkeit müsste ein Ende haben. Jans Schmerzensmann war sang- und klanglos in einem städtischen Müllsack verschwunden. So etwas durfte nicht noch mal geschehen.

Seit Hirams Begräbnis war der Spaten in einem schlechten Zustand. Stellenweise hatte Rost das Blatt beflogen; trotz langem Reiben blieben dunkle Stellen auf dem Eisen zurück. Getrockneter Dreck hing in dicken Klumpen auf beiden Seiten des Blattes und haftete ebenso – was schlimmer war – an Stiel und Griff. Von dort war er kaum zu entfernen und die Hände, die mit ihm arbeiteten, würden schnell Schwielen und Blasen bekommen. Es stimmte, dass An und er dafür die Verantwortung trugen. Es stimmte genauso, dass der Spaten kaum besser ausgesehen hatte, als sie ihn damals von der Wand nahmen, um damit dem kleinen Hund sein Grab zu schaufeln.

8

«Ist das 'ne Spitzhacke oder 'ne Kreuzhacke?»

«Woher soll ich das wissen. Brauchen wir die?»

«Klar brauchen wir die. Wie willst du sonst in den Boden kommen.»

«Mit dem Spaten?»

«Damit stichst du oben den Rasen ab.»

«Den Rasen abstechen? Wiiia, das Blut wird spritzen. Kann man den Rasen nicht damit abtragen?»

«Mit dem da? Das ist eine Ziehharke, Mann.»

«Sag nicht ‹Mann› zu mir.»

«Fräulein.»

«Werd nicht frech. Wie heißt das Ding jetzt, Unkrautharke?»

«Bügeljäter.»

«Weißt du eigentlich, dass Hiram fast der älteste von den Hunden war? Nur Thynsen war noch länger bei uns.»

«Ich bin achtzehn, An.»

«Ja, du bist auch schon länger bei uns. Das vergess ich immer.»

«Du bist blöd.»

«Eigentlich nicht. Ich wollte aber ganz was anderes lernen.»

«Nicht Totengräber?»

«Als Thynsen jung war, ist er immer hinter den Katzen hergerannt. Er war auf der einen Seite des Zauns, sie auf der anderen. Hiram hat sich das bei Thynsen abgekuckt. Nur eines hat er übersehen.»

«Den Zaun.»

«Da war kein Zaun, als Hiram seine erste Katze jagte. Prompt hat er einen Schlag auf die Nase gekriegt. Daher rührt die kleine Narbe, die er … immer noch hat.»

«Jetzt heul doch nicht.»

«Wieso denn nicht? Heul lieber mit. Das ist doch die Scheiße an dem ganzen Haus hier, dass immer alles unter den Teppich gekehrt wird. Bitte keine Gefühle einwerfen. Die könnten den Betriebsablauf stören.»

«Was meinst du mit einwerfen?»

«Was soll ich damit meinen: wie die Post, Mann.»

«Ich glaube, du hast recht. Mit dem Spaten kommen wir hier nicht weit. Jetzt muss ich diese –»

«Kreuzhacke?»

«– Kreuzkacke nehmen. Nimmt man eigentlich das spitze oder das breite Ende?»

«Wahrscheinlich ist es doch 'ne Spitzhacke. Was stört denn im Boden, Steine oder Wurzeln? Wenn es Steine sind, musst du die spitze Seite nehmen, würde ich sagen.»

«Ein Pickel ist das, 'ne Pickhacke.»

«Kreuzpickel.»

«Fühlt sich an, als käme da schon der Fels. Hey, schau mal, da kuckt was Rotes raus.»

«Die Erde blutet wirklich.»

«Das ist ein Ziegelstein.»

«Echt?»

«Die haben hier ihren Bauschutt entsorgt!»

«In ihrem eigenen Garten!»

«Da kommt noch mehr so Zeug raus. Ist es so tief genug?»

«Längst nicht.»

«Wie … ich meine, wer legt ihn rein?»

«Das machen wir zusammen. Hast du Schiss?»

«Fährst du wieder weg an, An?»

«Klar fahr ich wieder weg. Früher oder später. – Doch nicht mit der Decke.»

«Warum nicht, willst du die etwa noch verwenden? Da hat er fast drei Tage drauf gelegen. Nachher kriegst du auch die Staupe.»

«Sieht irgendwie flach aus, das Paket. Armer Dackel.»
«Glaubst du, jemand hat ihn leer geschlürft?»
«Hä?»
«Nix.»
«Deck ihn auf, Jan. Deck ihn auf!»

9

Füchten, 9. Tag p.m. (post Anam mortem). Ihr mögt meine Füße nicht. Ich kann nicht gut sehen. Angeblich ist mein Rücken krumm. Für mich bedeutet das: Tauglichkeitsstufe zwei. Mustert mich nicht T2, mustert mich P2, 2 p.m., 9 p.m., 1000 p.m. So gehe ich, so ticke ich. Es kann außerdem keinen Krieg geben, die Zeit wird nämlich bald angehalten. Meine Schwester ist tot, ich wäre für sie gestorben, aber ich werde für euch niemanden totschießen.

Füchten, 12. Tag p.m. Lasst mich fallen. Die Zukunft aller Dinge liegt im Zentrum der Erde. Im Fallen sind wir frei. Der Mann, der vom Dach seines Hauses springt, spürt im Fallen keinerlei Schwerkraft. Er ist gewichtslos. Dieser Mann bin ich. Ich werde euch davonfallen, ich diene nicht. An ist tot. Das Gewicht, das ich auf den Fußsohlen spüre, drückt nach oben. Eine standfeste Unterlage ist eine Möglichkeit, sich von der Erde Kraft zu entleihen, um der Schwerkraft zu widerstehen. Ich habe keine Grundlage, ich will keine. Die Schwerkraft nimmt zu. Bald ist es so weit.

Blase, kein Tag – jeder Tag. Ich habe mich euch schon immer für immer verweigert. Die Zukunft hat eine Neigung zur Seite hin. Bald sind wir am Punkt. Unser Raumschiff bewegt sich in einer Blase aus Licht. Es ist nicht möglich schneller zu sein als das Licht. Also ist die gesamte Zukunft, alle Möglichkeiten, die wir haben, in dieser Blase enthalten. Je näher wir an das Schwarze Loch herankommen, desto mehr verlagern sich unsere Möglichkeiten in seine Richtung. Die Gravitation verlagert unsere Lichtblase, bis unsere Zukunft vollkommen innerhalb des Schwarzen Loches liegt. Hallo Torsten, bist du schon drin? Dann kehrst du nie zurück. Hey, An, willst du wirklich diesen weißen Fummel behalten? Du siehst damit aus wie eine Konfirmandin. Wie eine einhändige Konfirmandin. Kuckt da so ein Haken aus dem Ärmel? Die Braut am Schwarzen Loch, sie wartet und wartet immer noch. Wir müssen nun achtgeben. Am Rand unseres Schwarzen Lochs steht die Zeit still. Unser Raumschiff wird vollkommen außerhalb jener Blase liegen, die Zukunft heißt. Hallo Ewigkeit. Hallo Gott, du bist ja ein Schwarzes Loch! Oder existierst am Rande eines solchen. Um ewig zu sein, darfst du dich nicht bewegen. Du kannst dich gar nicht bewegen, du hast nicht die Zeit dazu. Wir sind bald bei dir.

Schwarzort, kein Tag. (Eine Flasche Bier auf ex.) Wir haben den Punkt erreicht An, oder? Die Zeit ist stehen geblieben, wir sind bei Gott, oder wir sind Gott (und damit tot)? Netter Versuch, in der Zeit rückwärtszugehen. Weißt du noch? Letzten Sommer beim Sprungturm, ich winkte dir heimlich zu. Torsten mit platten Haaren, er sah so lustig aus. Jetzt wollen wir nicht mehr hin und her spazieren, wir wollen bleiben. Wir wollen doch bleiben? Zunächst – ein Wort, das hier ohne Bedeutung ist. Die Umstände sind jetzt andere, wir müssen neue Bestimmungen finden. Auch alle Zeitwörter ~~gehören~~ auf den Müll, alle Wörter. Wir ~~brauchen~~ auch gar keine. Unser Schwarzes Loch ~~schluckt~~ die Wellen des Schalls. Hier aber noch, so lange wir auf der Reise sind: Zunächst wollen wir uns ein wenig umschauen. Schau dich nur um, ich reise schnell noch mal zurück und besorge dein Geschenk. Ich hatte keins für dich, weißt du, weil ich nicht sicher war, ob du im Koma Geburtstag hast, hattest, haben konntest. Haben wirst, würdest. Gehabt haben hättest. Ich schenke dir einen Apfel. Der hat eine Macke. Er ist vom Baum gefallen, er hat seine Bewegungsenergie in Ruheenergie umgewandelt und muss jetzt mit diesem niedrigeren Niveau zufrieden sein. Es sei denn, du isst ihn. Du kannst ihn gar nicht essen, dazu benötigst du Zeit. Der Moment, bevor du ihn isst, wird ewig sein. Wenn die Zeit tatsächlich stehen geblieben ist, werden wir dann auch ewig betrunken sein? Es gibt ja einen viel leichteren Weg, jede Zukunft auszuschließen: Wir machen einfach das Licht aus. Wommm! Dann sehen wir auch nicht mehr, dass diese Aha-Mauer, ehm Schweigemauer, die, wenn man sie mit dem Auge peilt, so deutschgerade ausschaut, in Wahrheit aber gekrümmt ist. Was habt ihr da für einen Mist gebaut. Keine Ahnung von der Schwerkraft. Jaaa!

Schwarzes Loch, den. Hiermit verweigere ich den Dienst mit der Waffe. Auch den mit der Karaffe. Ich bin nämlich ein Affe. Mein ScheiSS-Opa war bei der Scheiß Schwarzen SS. Da mach ich nicht mit. Verteidigen muss man sich nur gegen die Zeit. Die ist jetzt vorbei. Friedfertige Grüße, Jan B.

10

«Wie willst du auf dem Land überleben, wenn du nicht Auto fahren kannst», hatte An einmal gesagt. Sie benutzte tatsächlich dieses Wort, und schon damals hatte es ihm auf der Zunge gelegen zu erwidern: Wie willst du sterben auf dem Land, wenn du nicht Auto fährst. Wenn er nun daran dachte, fühlte er jedes Mal einen Stich. Doch er besuchte weiter die Fahrschule. Er ließ die Dinge laufen, er ließ eigentlich alles laufen, wie es lief. Aktiv zu werden wie in jenem Moment, als er seine Verweigerung schreiben musste, fiel ihm äußerst schwer und er brachte es nicht fertig, ohne seinen Handlungen einen Schuss Verweigerung beizumischen. Also ging er zur Schule, beteiligte sich aber gar nicht mehr am Unterricht, also nahm er die den Schülern aufgedrängte Berufsberatung wahr, legte aber innerlich fest, dass jede Ausbildung sinnlos war, also machte er den Führerschein, absolvierte seine Strecke aber wie ein Automat, korrekt, die Regeln befolgend, als hätte ein Prozessor in seinem Innern das entsprechende Programm gespeichert. Als er den Lappen in der Tasche hatte, konnte er einem Anflug von Stolz und Freude nicht entkommen.

Er bekam Lust auf ein Auto. Er hoffte, dass seine Eltern ihn unterstützen würden, wurde aber wie schon beim Führerschein enttäuscht. René fand, dass für Jan nur ein sicheres Auto in Frage käme, am besten ein Mercedes, wie ihn der Alte selbst fuhr. Das war natürlich zu teuer, außerdem hätte Jan sich mit einer Bonzenkarre geschämt. Ein Junge aus seiner Stufe gurkte mit einem alten 200 D rum, den er von seinem Opa geschenkt gekriegt hatte, aber das war eine andere Sache. Karin weinte. Sie wollte nicht, dass ihr Sohn sich jemals hinter ein Lenkrad setzte. Als Jan hörte, dass jemand seinen R4 mit über einem Jahr TÜV für dreihundert Mark verkaufen wollte, griff er zu. Die Summe konnte er allein aufbringen. Er hätte nicht sagen können, welche Kraft in ihm diese Dinge vorantrieb, als wäre nichts geschehen, während sein Bewusstsein in einer Art Schockstarre verharrte. Immerhin war das eigene Auto ein Lichtblick in seinen düsteren Tagen. Jan spürte die Freiheit, die er durch den Wagen erhielt – nicht nur Freiheit egal wohin abzuhauen, sondern auch Freiheit lautstark seine Tapes zu hören, ohne dass es jemanden störte. Er konnte mit dem Auto in den Wald fahren, wenn er wollte, zum Turm oder in die Nähe der Raketenbasis, und sich dort in aller Ruhe betrinken, tat es einmal, schlief im Auto ein und erwachte vor Kälte jämmerlich schlotternd. Zum Glück hatte An ihm beigebracht, wie man ein Auto anrollen ließ – Radio und Innenbeleuchtung hatten die Batterie vollkommen ausgelutscht. Jan bekam zu der Zeit hundert Mark Taschengeld, und da er für Kleider wenig ausgab und noch nicht rauchte, würde er eine Menge Benzin kaufen können. Karin und René übersahen die Kiste einfach. Sie schienen zu wissen, dass sie ihrem erwachsenen Sohn letztlich nicht mehr reinreden konnten.

An einem Samstagvormittag begegneten Jan und René sich im Hausflur. Überrascht blieben sie beide stehen. René trug ein kariertes Hemd und eine Jeans. Er ließ sich nur selten so blicken, meistens trug er einen Anzug, oft Krawatte. Für Jan war er in dieser legeren Aufmachung bloß noch eine traurige Gestalt.

«Du musst dein Auto wegfahren, ich komme nicht aus der Garage.»

«Ich habe den Schlüssel extra auf der Telefonbank liegen lassen.»

«Du könntest ruhig ein bisschen Rücksicht nehmen.»

Sie vergaßen aneinander vorbei zu sehen. Beide spürten den Druck zu sprechen, wussten aber nicht, was sie sagen sollten oder jedenfalls nicht, wie sie anfangen sollten.

«Am Mittwoch ist der Jäger zu mir gekommen», sagte René endlich. «Er hat Drago beim Wildern erwischt und hätte ihn beinah erschossen. Wir müssen etwas unternehmen.»

Jan schwieg.

«Ich habe ihn bei der Hundeschule angemeldet. Heute Nachmittag ist die erste Stunde. Fährst du mit?»

Jan zog vielleicht die Brauen zusammen.

«Ich hätte gern, dass du fährst.»

Zwei Stunden später saßen sie zusammen im Auto. Jan fuhr den Mercedes zum ersten Mal und staunte über alles. Der Fahrersitz schien genau an seinen Körper angepasst, nirgends spürte er das Gestänge eines Rahmens. Der Motor lief mit einer unglaublichen Selbstverständlichkeit, das Steuer ließ sich dank Lenkhilfe selbst im Stand mit zwei Fingern drehen und der ganze Wagen glitt wie auf einem Film über die Straßen, es gab praktisch nichts zu tun. Der Schalthebel fand die Gänge von allein. Wenn Jan aufs Gas trat, reagierte der schwere Wagen so kraftvoll, dass man seine Massigkeit sofort vergaß. Hundertsechsunddreißig PS waren eine Menge. Es war eben eine Bonzenkarre, fand Jan. René hatte fast vierzigtausend Mark dafür ausgegeben. Drago lag brav hinter dem Gitter, das den Rückraum von der Fahrgastzelle trennte. Aus dem Augenwinkel beobachtete Jan, wie die Füße seines Vaters mitarbeiteten, besonders, wenn René das Gefühl hatte, dass gebremst werden müsste. Mein Vater ist eine Maschine, dachte er.

René sprach eine Zeit lang über die neuen privaten Fernsehkanäle PKS und RTL plus, die allerdings erst hundert- bis zweihunderttausend Menschen erreichten. Er fluchte, weil es mindestens noch zwanzig Jahre dauern würde, bis das Fernsehkabel Füchten erreicht hätte, und sprach davon, sich eine Satellitenantenne zu kaufen. Leider waren diese Anlagen sehr teuer. Du bist doch eine Art Gelddruckmaschine, dachte Jan. Du hast siebenunddreißigtausend Mark für ein Auto ausgegeben, du hast einen Videorekorder und eine entsprechende Kamera, du hast einen CD-Spieler und wirst dir auch dieses Spielzeug kaufen. Es wird dich nicht mal verblöden, weil Verblödung einen gewissen Grad an Intelligenz voraussetzt. Jan sah nicht fern. Höchstens Formel 1 mit den Musikclips. Er versuchte, mit seinem inneren Ohr ein Stück von Killing Joke anzuhören. Endlich hielt die Maschine die Klappe. Etwa fünf Minuten stand sie still.

«Du fährst ganz gut», sagte sie dann.

«Ich fahr zu langsam. Hinter uns ist schon 'ne Schlange.»

«Mir ist es lieber, du fährst vorsichtig.»

Wie ein Blitzstrahl schoss das Thema zwischen sie. Das Thema.

«Weißt du, es ist komisch. Als mein Vater starb, war ich traurig. Ich habe ihn sehr geliebt, weißt du?»

Nein, weiß ich nicht. Wie lieben Maschinen?

«Aber irgendwie ... ich konnte ihn begraben. Vielleicht auch, weil er nicht mehr jung war. Es war ein Verlust. Aber es ging auch in Ordnung. Ich meine, ich hatte irgendwie das Gefühl, es gehört zum Leben dazu. Also zum Lauf der Dinge.»

Ein Rädchen greift ins andere, ja. Aber was können Maschinen über sich selbst wissen? Sie laufen, sie laufen, bis sie endlich alt aussehen, stillstehen, kaputt gehen.

«Mit An jetzt ...»

Hör auf! Hast du keinen Ausschalter?

«Ich weiß nicht, ob du das verstehst. Ich habe sie gezeugt, ich habe ihr in gewissem Sinn das Leben gegeben. Jetzt fühle ich mich, als wäre ein Teil von mir gestorben.»

Seufz nicht. Maschinen seufzen nicht. Sie ächzen höchstens. Und merk dir eins: Du hast An gar nichts gegeben. Glaubst du, der Tropfen Sperma hätte irgendwas bewirkt? Wir waren nie von eurem Fleisch und Blut. Wir wurden von einem fernen Planeten hierher gebracht. Wir wissen nicht, wer wir sind, doch nach Lage der Dinge können wir unmöglich menschliche Wesen sein.

«Gib acht, von links kommt was.»

«Ich dachte, links bezahlt die Versicherung.»

Das war beinah das Einzige, was Jan während der gesamten Fahrt sagte. Sein Vater kommentierte das nicht. Er saß da und ertrug hilflos das gnadenlose Schweigen seines Sohnes. Nach einer Weile kam er noch mal auf das Thema zurück.

«Weißt du, ... An ...»

Diesmal betonte er ihren Namen scharf. Der hinten eingesperrte Drago sprang auf und begann schwanzwedelnd gegen die Heckscheibe zu klopfen. Er war immer aufgesprungen, wenn An gekommen war. Er hatte sie geliebt. Was für eine Scheißidee, ihn in die Hundeschule zu schicken. Drago war viel zu alt, und, im Sinne der Maschinen, der traurigen Maschine auf dem Beifahrersitz und der Tiere mordenden Maschine mit der grünen Kniehose, zu verdorben. Hoffentlich war er zu verdorben! Jan wollte sich nicht vorstellen, wie Drago auf Kommando zwei Meter hohe Holzwände überkletterte oder sich im gepolsterten Arm eines Mannes festbiss. Er war doch kein Lagerhund!

René schien bemerkt zu haben, dass es einen Zusammenhang gab zwischen dem Unsinn, den er absonderte, und der Unruhe des Hundes im Heck. Er senkte die Stimme, die dadurch wackelig zu balancieren begann auf einer Linie zwischen männlicher Tiefe und einer helleren, gespannten, fast heiseren Tonlage.

«Vielleicht müssen wir dankbar sein, dass deine Schwester sterben durfte. Sie wäre vollständig gelähmt gewesen, vom Hals abwärts. Wahrscheinlich hatte sie bedeutende Gehirnschäden davongetragen.»

Ab nach Hadamar, wie? Faschist, dachte Jan, du verdammter Nazi. Du entscheidest also, welches Leben lebenswert ist, und welches nicht. Er war nahe dran zu weinen.

«Warum lässt du ihn nicht einschläfern?»

«Hä?»

«Du wirst Drago doch nicht korrigieren. Lass ihn einschläfern. Oder ruf den Jäger an, der soll ihn abknallen. Das ist billiger.»

René war still. Jan fuhr mit ihm und dem nun unruhigen Hund einen langen Berg hinauf. Die Sicht wurde schlecht. Er fand das Licht nicht, sein Vater musste ihm erklären, wie es eingeschaltet wurde. Die Gerippe der Bäume schimmerten düster aus der Nebelbank. Auf den dunklen Fichten dazwischen lagen eingeschüchterte Reste von Schnee. Im letzten Moment erkannte Jan vor sich auf der Fahrbahn die minikleinen Rücklichter eines alten Wagens, der von einem ebenso alten Traktor mit einem höchstwahrscheinlich noch älteren Mann am Steuer gezogen wurde. Jan bremste scharf, doch es fühlte sich nicht wie scharfes Bremsen an.

«Bleib ruhig hinter ihm», sagte René.

Es gab ohnehin keine Möglichkeit zu überholen. Jan dachte an einen Traum, den er ein paar Wochen zuvor gehabt hatte. Darin war er mit seinem Vater durch ein Waldstück gefahren, das plötzlich voller Hunde war, die Tiere wuselten überall herum. Nicht wie so eine Meute Jagdhunde, die längst Witterung hat und gleich losbricht. Die ihrem Instinkt auf vom Menschen vorgegebene Art folgen durfte. Was für komische Ideen: Die einen mussten auf Befehl hetzen, die anderen durften es auf gar keinen Fall. Beide Gruppen mussten in jedem Fall abgerichtet werden. Anders ging es ja nicht. Immer alles schön verbiegen und sich hinterher über die Folgen wundern.

Kurz hinter der Kuppe bog der Traktor in einen Waldweg ab. Der Nebel lichtete sich allmählich. Jan gab behutsam Gas.

«Hör mal. Diese Kamera. Willst du die vielleicht?»

René hatte für An eine Hasselblad aufgetrieben. Das hätte ihr Geschenk zum Dreiundzwanzigsten sein sollen. Die Eltern hatten darüber gesprochen, ob sie die Kamera mit ins Krankenhaus nehmen sollten. Sein Vater wollte es, seine Mutter glaubte, dass der Apparat dort nur geklaut würde.

Jan sah den Alten von der Seite an, sah seine grau melierten dunklen Haare und sein eingefallenes Gesicht, bei dem die Haut nur lose aufzuliegen schien. René starrte geradeaus durch die Frontscheibe. Mit einer Hand klammerte er sich an den Haltegriff, als wüsste er nicht, dass da noch eine Tür war, die ihn vor dem Hinausfallen schützte. Plötzlich tat er Jan leid. Plötzlich nahm der Junge wahr, dass An auch seinem Vater fehlte. Er bestand nicht ausschließlich aus Maschinenteilen. Er hatte ihr die Kamera schenken wollen, die sie sich immer wünschte. Und sie wäre damit an einem Tag wie diesem sicher losgezogen. Jan dachte an die Nachtaufnahmen, die sie in diesem Leben nicht mehr machen würden. Er dachte daran, dass auch René früher fotografiert hatte.

11

Als er merkte, dass er gegen den Bordstein fahren würde, fasste er das Lenkrad wieder an und korrigierte die Fahrtrichtung. Mehr nicht. Es ging nicht länger bergab, auf den letzten Metern vor der Einfahrt stieg die Straße sogar leicht an. Jan verfügte über keinerlei Erfahrungswerte, er war darauf angewiesen zu schätzen. Er schätzte, dass er auf keinen Fall bremsen durfte. Trotz der Steigung blieb das Auto so schnell, dass er mit Mühe und Not rechtzeitig einlenken konnte. Wahrscheinlich war es Glück, dass er nicht gegen einen der natursteinverkleideten Betonpfeiler rollte. Und sicher hatte er Glück, dass niemand das Einfahrtstor geschlossen hatte. Jemand musste draußen gewesen sein, das blöde Außenlicht, das Jan gelöscht hatte, als er mitten in der Nacht aus dem Haus schlich, brannte schon wieder. Er saß noch eine Weile hinter dem Steuer und starrte auf den verchromten Wirbel des Garagentors. Du könntest ruhig ein bisschen Rücksicht nehmen – wie nahm man Rücksicht auf

Scheinwesen, die immer nur ihr Programm abarbeiteten? Der R4 würde genau da stehen bleiben, wo er jetzt stand. Den Schlüssel im Flur zu lassen war schon Rücksicht genug. Nur in Gedanken fuhr er weiter, seine Gedanken gingen nach vorn, durch die Windschutzscheibe, seine Kopfhaut fühlte sich in derselben Richtung gespannt an, selbst seine Haare schienen nach vorn zu stehen. Er sah zu, wie im Lichtkegel der Scheinwerfer die Falter auf ihn zurasten und verschwanden, er sah die Begrenzungspfähle herankommen und seitlich wegkippen, er sah das eiserne Tor sich öffnen und die Inschriften auf den Grabsteinen leuchten, er fuhr an ihrem Grab vorbei und sie stieg zu, gib Gas, er gab Gas und mit mindestens zweihundert PS angetrieben rasten sie auf der anderen Seite einfach durch die Mauer, dass die Steine nach beiden Seiten wegstoben, sie flogen nicht, spürten aber auch keinen Rollwiderstand mehr, hörten nicht mehr, sahen nicht mehr, fuhren einfach immer weiter, bis die Frontscheibe des alten Renault ein Bild zeigte wie der Monitor eines Raumschiffs.

Etwas piepte. Eine irdische Frequenz holte Jan zurück auf den Boden und, schlimmer, zurück nach Füchten. Vor ihm befand sich nicht mehr die Unendlichkeit, sondern ein Stück Blech. Zu weit weg, dachte Jan. Lass es noch näher kommen. Eigentlich sollte er es mit der Nasenspitze berühren, das hätte seiner wahren Perspektive entsprochen. Ein Auge, das nicht weiter sah als zehn Zentimeter, ein Ohr, das nicht mehr hörte als dieses kleine Lied der Technik. Ein paar Minuten später drehte er den Regler nach links. Das Pfeifen wurde leiser und erstarb, sobald der kleine Widerstand, auf den er beim Drehen traf, mit einem Knacken überwunden war.

Die Straße fiel nun steiler ab, der R4 rollte schneller und schneller. Die Reihe der Straßenlaternen begann. Graue Neonleuchten, an Holzmasten aufgehängt, für die zwischen den einzeln stehenden Häusern reichlich Platz war. Auf der anderen Seite des Wegs gab es ein Trottoir, das niemand benutzte. In diesem Viertel ging man nicht zu Fuß, erst recht nicht bei Nacht. Trotzdem richtete Jan seine gesamte Aufmerksamkeit auf die Straße, die Einmündungen, die schattigen Partien in der Nähe der dicht und hochgewachsenen Hecken. Er kam sich vor wie in einer Seifenkiste, außer zu steuern gab es kaum etwas zu tun. Zu bremsen hatte einen lächerlich geringen Effekt, und brauchte er nicht einiges an Geschwindigkeit, um es tatsächlich bis zum Haus zu schaffen? Er hatte sich geschworen, bewegungslos am Rand des Schwarzen Lochs zu bleiben, aber das war nicht zum Aushalten. Es war nicht zum Aushalten, weil um ihn herum alles in einer alltagsträgen, niemals variierenden Bewegung stockte. Ihm wurde klar, dass er die Welt würde anhalten müssen, um die Zeit anzuhalten. Das, oder allein auf einem eigenen Planeten leben. Oder vielleicht lag er völlig falsch und musste vielmehr lernen zu sein wie seine Eltern, wie diese ganzen Erwachsenen, die in ihrer inneren Erstarrung keine Freude, aber auch keinen Schmerz mehr kannten. Für die Zeit nicht mehr als eine langweilige Wiederholung von Wochentagen bedeutete. Und wenn ihnen das Leben genommen wurde, war es eben weg. Probeweise nahm Jan die Hände vom Steuer. Der Wagen zog nach rechts.

Hinter der Kurve begann das Gelände sanft abzufallen. Die Straße führte noch eine Weile durch den sich lichtenden Wald, vorbei an einer kleinen Bauernsiedlung, die inzwischen mit Füchten so gut wie verwachsen war. Nur ein paar hundert Meter, und die Stadt begann. Die Revolverschaltung war für Jan immer noch ungewohnt, aber das Gefühl beim Schalten tatsächlich auf den Motor einzuwirken gefiel ihm. Es war bedeutend besser als das armselige Rumrühren in einem unsichtbaren Kuchenteig zwischen den Sitzen. Den Leerlauf fand er jedenfalls sofort.

Zuerst hatte Jan das Gefühl, der Wagen würde stehen bleiben. Ganz langsam nahm er Fahrt auf, ohne angetrieben zu werden, wie es seinem Gewicht und dem Gelände angemessen war. Auch den Lenkstockschalter fand Jan sofort. Es war komisch, ohne Licht zu fahren. Die Nacht war nicht so dunkel, dass er die Straße nicht mehr erkannt hätte. Trotzdem war er froh über die weiß schimmernden Begrenzungspfähle, deren allzu hell aufblitzende Augen ihn im Licht der Scheinwerfer schon oft gestört hatten. Das unaufhörliche Diideludelii aus dem Radio gab ihm das Gefühl auf einer völlig anderen Reise zu sein. Das war nicht die Straße, die vom Hügel herab nach Füchten führte. Es war nur der Weg seiner müden Gedanken zurück in eine abgelebte Heimat, die ihnen vorläufig noch eine Schlafstatt bot. Weiter reichten sie nicht mehr. Diesen verfickten Weg war er zuletzt mit An gefahren. «Fahr nicht wie ein Mädchen.» Zum hundertsten Mal: Wie hatte er nur so eine Scheiße sagen können? Er wusste doch, dass sie gern raste. Das Straßengefälle nahm zu.

Jan näherte sich seinem Auto nicht ohne eine Aufwallung von Besitzerstolz. Der R4 war eine Rostlaube, aber er hatte ein Radio. Beim dritten Versuch sprang er an. Jan setzte zurück, um zu wenden. Als er den ersten Gang gefunden und die knirschenden Räder mit viel Kraft im Stehen zum Einschlagen gebracht hatte, fuhr er mit einem kleinen Ruck an. Das Vorderlicht des Autos streifte die Bäume, es brachte die Schwärze zwischen ihnen zum Leuchten. Er sah der Welt in ihr gehässiges Antlitz. Sie blieb steinhart, ein eisiger, poröser Körper, ein Mond des Saturns. Er wollte sie nicht länger anschauen, er wollte ihr Schweigen nicht hören. Jan schaltete das Radio ein, es lief Bowies China Girl. Ohne zu zögern, begann er den Knopf zu drehen, er drehte ihn bis zum Anschlag, bis am unteren Ende des UKW-Bandes nur noch die ewig gleiche Folge von Pfeiftönen zu hören war. Diideludelii. Das war seine neue Musik, das Hintergrundrauschen seines kleinen privaten Weltalls. Es trug ihn durch die erste große Kurve, hinter der die kalten Sterne des Talgrunds auf ihn warteten.

Allmählich durchdrang die Kälte der Luft und der Steine seine Kleider, seine Haut, sein Innerstes. Er konnte seine Zähne klappern hören. Sie drehten die selenbeschichteten Trommeln zu langsam, Füchtens Nachtbeleuchtung gab zu wenig Licht, um sie zu entladen. Er wollte An Stück um Stück in sein Gedächtnis kopieren. Mit verheerendem Ergebnis. Je bewusster er versuchte, bestimmte Details von ihr zu fixieren, desto mehr verschwammen sie. Als fürchtete An, von ihm festgehalten zu werden. Wo wollte sie denn hin? Wo sollte er hin, ohne sie? Jetzt verlor er sie gleich noch einmal. Im Lauf der Zeit würde nichts übrig bleiben von ihr als ein Bild, ein albernes Stellvertreterzeichen. Er spürte Tränen aufsteigen und trank sie weg. Wenn er sie verlor, wollte er auch sich verlieren.

Verdammtes Zeitvergehen. Die freien Tage waren vorbei, er musste wieder in die Schule gehen. Sein erster Tag dort hatte sich über ihn hinweggewälzt wie eine Schlammlawine. Niemand, der ihn angesprochen hätte. Alle wussten, was geschehen war, und sie gingen ihm aus dem Weg. Die Übrigen sahen ihn unerträglich mitleidig an und gaben ihm mit demselben Blick zu verstehen, dass er, bitte, keine Ansprüche an tröstliche Worte oder Gesten zu stellen hatte. Nur Markus war auf ihn zugegangen; da hatte Jan sich schnell verdrückt.

In seinem Rücken schwieg die Stadt. Sie hatte seine Schwester einfach geschluckt und verdaute sie nun unmerklich in ihrem Bauch voller Leichen. Jan stand auf. Er schloss die Augen, traute sich aber nur so viele Schritte zu gehen, wie er mit sicherem Blick vorausplanen konnte. Das waren zwei. Wie schon auf dem Turm befiel ihn ein Horror vor der Tiefe. Auch vom Rücken der Mauer aus war der Boden nicht zu sehen, er konnte sich vorstellen endlos zu fallen. Er konnte sich nicht vorstellen zu fliegen. Die Mauer wirkte stabil und gerade, aber das konnte trügen. Je nachdem, wie stark die Gravitation schon wirkte. Sie musste sich verstärken! Nicht mal hier konnte er bleiben. Der kalte Erdball bot ihm keinerlei Zuflucht.

Es gab schlimme Anzeichen für das Weiterlaufen der Zeit. Jan stellte fest, dass er sich an bestimmte Details von An plötzlich nicht mehr erinnerte. Die meisten ihrer Gesten und Blicke hatte er für alle Ewigkeit abgespeichert, aber was war etwa mit ihren Nägeln, hatte sie die immer kurz geschnitten? Hatte er An nicht manchmal mit langen Nägeln, sogar mit Nagellack gesehen? War in ihrem Nacken unterhalb des Haupthaares Flaum gewachsen? Waren ihre Schneidezähne wirklich so unauffällig gewesen, wie er sie sich nun vorstellte? Stundenlang quälte Jan sich mit derlei Fragen. Das Betttuch fühlte sich krumpelig und überwärmt an, die Nacht konnte ihm keine Ruhe mehr bieten. Schnell zog er irgendetwas über und fuhr zur Mauer hoch.

12

«Was hast du mit deiner Lederjacke gemacht?»

«Die war im Arsch.»

«Und jetzt hast du einen Bundeswehrparka?»

«Der ist von Olaf. Nur hinten musste ich was draufmachen. Kuck! Weißt du, was da drunter steht? KISS. Hat er mit Kuli drauf geschrieben.»

«Ich könnte dir die Kragenspiegel von meinem Opa dazu geben, die liegen irgendwo bei uns im Keller.»

«Was für Dinger?»

«Abzeichen, die Soldaten am Kragen tragen. SS-Abzeichen. Passend zum KISS-Schriftzug.»

«Hehe, dann würde ich gleich wieder von der Schule fliegen. Aber was mich an KISS stört, ist eher der beschissene Sound.»

«Scheiß Hardrock.»

«Scheiß Glam-Rock, wenn du mich fragst. Und diese Schmink-Nummer –»

«Total daneben.»

«Auf so was stand Olaf.»

«Wie ist eigentlich die neue Schule?»

«Schlechter als die alte kann sie gar nicht sein. – Ich reiß das jetzt runter. Und dann ab nach München.»

«Was willst du in München? Das ist die braunste Stadt im braunsten Land in Deutschland.»

«In München hat fast immer die SPD reagiert. Ich wette, das weißt du nicht mal.»

«Worauf hat sie reagiert?»

«Hä?»

«Du hast gesagt, die SPD hat reagiert, und ich frag dich, worauf.»

«Ich kann im Sommer bestimmt wieder bei BMW jobben. Im Oktober fange ich mit dem Zivildienst an. Ich werde in der Behindertenbetreuung arbeiten.»

«Ganz schön heavy.»

«Wenigstens ist es was Sinnvolles. Nicht wie die ganze Scheiße hier.»

«Warum gehst du nicht nach Berlin?»

«Weiß nicht. Ich will vielleicht später in die DDR.»

«Was willst du denn da?»

«Studieren. Ich glaube, das geht. Ich möchte mal wissen, wie es da wirklich ist.»

«Also ich hätte dabei ein komisches Gefühl. Ich bin einmal mit An nach Berlin gefahren. Auf dem Transit hatte ich dauernd Angst, dass wir angehalten und in einen DDR-Knast gesperrt werden. Und wie sie einen stundenlang examinieren an der Grenze. Blick in den Pass, Blick ins Gesicht, Blick in den Pass, Blick ins Gesicht. Bis du selbst daran zweifelst, ob du es bist.»

«Ach, komm. Wenn es im Osten so schlimm wäre, wie hier immer behauptet wird, würden die Leute sich doch irgendwie wehren. Wahrscheinlich sind sie ganz zufrieden … Sag mal, merkst du eigentlich was von dem Gras?»

«Ehrlich gesagt nicht.»

«Ist auch von Olaf. Wie kann man nur so eine Scheiße rauchen.»

«Das törnt kein bisschen.»

«Hey, übrigens, ich mach eine Band auf. Machst du mit?»

«Ich kann nichts spielen.»

«Macht nichts. Wir treten ohne Instrumente auf.»

«Jetzt lachst du aber.»

«Na und? Ich mein es aber ernst.»

«Nein, ich meinte wegen dem Dope.»

«Gras.»

«Wegen mir Gras. Wie soll die Band heißen?»

«Die Bestien.»

«Höhö. Bestien ist gut.»

«Viel besser als Die Besten.»

«Hast du eigentlich deine Verweigerung schon durch? Ich mach mir echt Sorgen, dass du Schwierigkeiten kriegst wegen der Sache letzten Herbst.»

«Phh. Diese Wichser können mich mal. Wie sieht's bei dir aus?»

«Keine Ahnung. Wahrscheinlich wird das nix.»

«Ey, komm bloß aus dem Arsch. Wenn du nur einen Tag über die Frist bist, lehnen sie dich sofort ab.»

«Ich hab's schon abgeschickt ...»

«Also.»

«Aber ich glaube, ich hab Mist gemacht. Ich hab mich nicht aufs Grundgesetz berufen und so. Weißt du, das war kurz nachdem An gestorben ist. Ich habe irgendeinen Mist hingeschrieben.»

«Was?»

«Keine Ahnung. Dass mein Opa bei der SS war.»

«Von dem abgeschossenen Arm hättest du schreiben müssen.»

«Das war der andere Opa.»

«Ist doch egal. Wenn sie dich ablehnen, kriegst du ein mündliches Verfahren. Da machen sie dich fertig. Wenn du zum Bund kommst, kannst du dir noch selbst in die Hand schießen. Olaf hat mal erzählt, dass einer von seinen Kumpels das so gemacht hat. Der hat echt kranke Leute gekannt.»

«Wie fühlst du dich jetzt mit dieser Olaf-Sache?»

«Er war ein Arsch.»

«Jetzt komm. Er war dein Bruder. Wenn ich an meine Schwester denke –»

«Fang bloß nicht an zu heulen.»

«Weißt du denn jetzt, ob Olaf sich selbst –»

«Umgebracht hat? Nein, Mann. Es waren die Typen in dem Scirocco. Die haben ihm ein Messer zwischen die Rippen gesteckt und ihn anschließend hierher gekarrt, um ihn an dem Kettenzug aufzuhängen. Die Wunde hat man erst später entdeckt.»

«Ehrlich?»

«Klar. Genau in dem Moment, als du an dem Auto vorbeigekommen bist, muss er in den letzten Zuckungen gelegen haben. Deshalb hat's so gewackelt.»

«Manchmal bist du echt blöd.»

«Ne, wart mal, ich hab's verwechselt. Die hatten einen orangen Scirocco. Der grüne gehört meiner neuen Freundin. Das ist die Schwester von einem der Killer. Du hättest uns beim Vögeln zuschauen können, wir treiben's immer im Auto.»

«Tja, dann hab ich das wohl verpasst. Mal ohne Scheiß – ich würde gern wissen, wie du damit umgehst. Du hast deine beiden Brüder verloren!»

«Darth Vader hat beide Beine und beide Hände im Kampf verloren, dennoch war er der meistgefürchtete Mann im Universum. Und meinem Alten haben sie tatsächlich das Fuhrwerk stillgelegt. Die Bremsen waren nicht ganz in Ordnung, ok. Aber im Wesentlichen ging es um zwei abgefahrene Reifen.»

«Wegen einem liegen gebliebenen Lkw ist An gestorben.»

«Sie ist zu schnell gefahren. Das war der Grund. – War eure Liebe sehr groß?»

«Hör doch auf! Hat es dir etwa nichts ausgemacht, dass Olaf gestorben ist? Hast du mir nicht gesagt, du hast Angst, dass es auch dich erwischt? Und was ist mit Jörn? Ich weiß noch, wie fertig du warst, als er sich umgebracht hatte. Mich macht es total fertig, dass An tot ist. Das musst du doch nicht runtermachen. Ich habe mich an unsere Gespräche erinnert, weißt du noch? Unsere Zukunft liegt vollkommen in einem Schwarzen Loch. Manchmal mache ich beim Autofahren die Augen zu. Es geht sowieso nur in eine Richtung.»

«Ich glaube, du bist total platt, Mann. Vielleicht ist das Gras doch nicht so schlecht, wenn man nichts gewohnt ist.»

«Du interessierst dich echt nicht dafür, wie's mir geht. Du bist absolut zu. Das finde ich traurig.»

«Ooh, mein armes kleines Schnutziputzi, magst du ein Bonbon von Onkel Torsti? – Hau doch mal 'ne Karre platt, Mann. Vielleicht geht es dir dann besser.»

«Ey, weißt du, das ist total typisch für dich. Wenn du mit irgendwas nicht klarkommst, machst du was kaputt. Das bringt doch gar nichts. Was hast du davon, eine olle Motorhaube zu zerkratzen? Du kriegst nur Probleme.»

«Und Problemen geht man aus dem Weg, ja? Du bist ein Spießer, Jan.»

«Ach, und du glaubst, dass du kein Spießer bist, nur weil du in dieser Kluft rumläufst? Obendrauf Dead Kennedys und drunter KISS. So sieht's aus.»

«Halt den Seiher.»

«Wer hat denn brav seine Verweigerung geschrieben?»

«Geh kacken.»

«Wer hat sich auf seinen toten Bruder rausgeredet, um eine günstige Sozialprognose zu bekommen?»

«Geh kacken! Verpiss dich.»

Tief enttäuscht fuhr Jan wieder weg. Er war nicht mit einer bestimmten Erwartung gekommen, jedenfalls nicht mit einer bewussten Erwartung. Aber er ahnte, dass dieser Nachmittag das Ende einer Freundschaft bedeutete. Seit Torsten von der Schule geflogen war, hatten sie sich im Raketentempo auseinanderbewegt. Warum brachte der Verlust eines Geschwisters, den sie beide erlitten hatten, sie nicht näher zusammen? Torsten wollte diese schlimmen Gefühle nicht so nah an sich rankommen lassen, klar. Aber das bedeutete noch nicht, dass man alles in Stücke hauen musste. Es war, als hätte einer von ihnen abgelegt, während der andere auf dem Bootssteg stehen geblieben war. Schon nach wenigen Sekunden war das Wasser unüberbrückbar; die stetig wachsende Entfernung machte das nur deutlicher. Jan dachte, dass es nicht so hätte kommen müssen. Eigentlich hatte er mit dem Freund doch über ganz andere Sachen reden wollen, mehr so allgemein. Er hatte sich ausgemalt, wie sie über Jasmin sprechen würden, die wieder solo war, und er wäre sehr gespannt darauf gewesen zu hören, ob Torsten noch hinter ihr her war. So belog er sich selbst. Vielleicht hatte er sich insgeheim sogar gewünscht, dass die Rede auf Kiku käme. Auch das war nicht geschehen. Er hatte sich ausgemalt, zu Torsten zu sagen: Lass uns noch mal zu der Hebebühne gehen. Er hatte sich ausgemalt, sich die Kette um den Hals zu legen wie Olaf – nur um mal auszuprobieren, wie sich das anfühlte. Aber es war gar keine Hebebühne, sondern ein Kranzug. Er hatte keine Ahnung von solchen Sachen.

Jan fühlte sich noch mieser als auf der Hinfahrt. Das war, zumindest erst einmal, das eigentlich Schlimme. Nirgends gab es eine Erleichterung für ihn. Das Pfeifen aus dem Radio war schon seine gewohnte Musik, er stellte es wieder sehr laut. Ohne Licht zu fahren traute er sich nicht, weil am frühen Abend zu viele Autos unterwegs waren. Ab und an schloss er für eine Sekunde die Augen. Er kannte die Straßen in und um Füchten auswendig. Licht wollte zur Erde fallen. Besonders das Licht seiner Autoscheinwerfer. Kiku schien als ferner Lichtpunkt an seinem düsteren Himmel. Er würde bei ihr vorbeifahren, nur nachsehen, ob jemand zu Hause war.

Aus einem unbestimmten Antrieb bog er vorher noch zu den Türmen ab, in denen sie für so kurze Zeit eine eigene Wohnung gehabt hatte. Aus Gewohnheit nahm er die Abkürzung und geriet prompt in eine Polizeikontrolle.

«Das ist der Weg, den die Herde seit Urzeiten geht», sagte er.

Zum Glück fanden sie das nicht lustig, ansonsten hätten sie vielleicht auch seine vom Kiffen roten Augen bemerkt. Fluchend rechnete er aus, wie viele Bücher er für das Bußgeld hätte kaufen können.

13

Das Schuldach war undicht. An mehreren Stellen tropfte Wasser aus den Fertigteildecken und wusch den Waschbeton ein zweites Mal. Die Situation hatte sich über die Weihnachtsferien derart verschlechtert, dass eine Schließung des Gebäudes, das Aufstellen von Baracken im Gespräch war, doch schließlich begnügte die Stadt sich damit unter den schadhaften Stellen Eimer und Wannen zu platzieren, die der Hausmeister an schlechten Tagen mehrmals leerte. Manchmal halfen ihm die Schüler, und so wiesen auch die Zwischendecken hin und wieder nasse Stellen auf. Die geplante Theatervorführung wackelte bedingt durch diese Situation ebenfalls. Trotzdem sprachen sich die AG-Teilnehmer mehrheitlich gegen eine Rückkehr in die Aula aus. Jan fühlte sich von solchen Diskussionen nicht berührt. Er ging weiter zu den Proben, wie er äußerlich mit allem weitermachte, als gäbe es keinen Unterschied, kein Vorher und Nachher in seinem Leben.

In gewisser Weise mochte er die Probennachmittage sogar. Sie lenkten seine Gedanken auf eine konkrete Aufgabe, bei der Jan selbst nicht in Erscheinung treten musste. Seine Anwesenheit vermittelte sich lediglich durch einen hellen Fleck auf dem Boden. Die dicken Pfeiler, die das offene Treppenhaus stützten, hielten sein Licht manchmal auf; gerade deshalb konnte sich ein tolles Spiel mit Hell und Dunkel entfalten. Außerdem konnte er Kiku begegnen, ohne ihr zu begegnen. Seit langem wartete er wieder auf einen Brief von ihr und nährte so seine Sehnsucht. Der Schmerz um An hatte sie nur kurz übertäubt, während er den Rest seiner Empfindungen vernichtet glaubte. Wie seine Gefühle für das Mädchen immer noch wachsen konnten, war ihm ein Rätsel. Auch seine Gefühle für An hatten noch zugenommen. Er versuchte das zu verstehen und kam zu dem Schluss, dass der Tod die stärkste Brücke bildete, die es zwischen zwei Menschen geben konnte, paradoxerweise eine, die niemand in anderer Weise als allein, einmalig und in nur einer Richtung überschreiten konnte. Vielleicht, dachte Jan, wären seine Gefühle für Kiku ja längst abgeflaut, wenn er mit ihr zusammen wäre. So hatte An ihm ihre Beziehungen vor der mit Matze geschildert: Irgendwann hatte sie die Lust verloren. Daraus ließ sich – wenn nicht als notwendig, so doch als möglich – folgern, dass es für Jan darauf ankam, gerade nicht mit Kiku zusammenzukommen, sondern ewig auf Distanz zu bleiben oder in einer … gewissen Nähe. Andererseits hatte An von ihrer Beziehung mit Matze nie so wie von den anderen gesprochen, und vielleicht kam es doch darauf an, die Richtige zu finden, die Einzige. Wenn die Einzige aber nicht wollte? Jan spürte sehr wohl, dass die Distanz zwischen Kiku und ihm keine Frage der Wahl war, jedenfalls nicht seiner Wahl. Getrenntsein als die stärkste mögliche Verbindung zwischen zwei Menschen – dieser Gedanke gefiel ihm vor allem, weil er ihm originell vorkam. Er hatte irgendwas Naturwissenschaftliches. Licht will zur Erde fallen, stand in seinem Buch über die Physik des Alls. Jan aber warf es zu Boden, er hatte es bei den Hörnern gepackt und haute es, knapp an Kiku vorbei, dermaßen aufs Kreuz, dass es auf den Betonplatten ächzte. Verzweifelt wollte er eine Art Kern oder Wahrheit seines Innern ergründen, etwas, das nicht viel-, sondern eindeutig wäre. Etwas, das mit einer Stimme sprach. Er fand nur einen Satz: Ich will an deiner Stelle sterben. Als wäre An nicht schon tot. Mein Herz ist ein Stuhl, dachte Jan.

An anderen Tagen, wenn sie nicht mit der Beleuchtung experimentierten, saß er still auf seinem Klappstuhl und beobachtete den Fortgang der Inszenierung. Alles war auf den Kopf gestellt worden. Mitten in den Proben waren die Mädchen darauf gekommen, dass Gefährliche Liebschaften ein Chauvi-Roman sei, der die männliche Sexualität auf frauenverachtende Weise in den Mittelpunkt stellte. Da die verbleibende Zeit niemals reichen konnte, um eine völlig neue Konstellation für das Stück zu erfinden, einigten die Teilnehmer sich schließlich darauf, die Rollen zu vertauschen. Aus Valmont wurde Vali Mohn, aus der Marquise Merteuil ein Mark Isomer und so fort. Dementsprechend musste umbesetzt werden. Kiku rückte zur wichtigsten Figur des Stückes, eben Vali, auf. Stephan spielte den, die oder das Mark. Selbstverständlich konnte man das albern finden. Aber so war es mit allem Neuen, so war es immer, wenn man etwas wagte. Aus einem anderen Blickwinkel betrachtet, konnte gerade das Geniale blöde wirken.

Jan versuchte Kikus Schatten in dem gleißenden Ei

auf dem Boden zum Verschwinden zu bringen. Ein weißes Ei, das einen Schatten gebären wollte, ein Schatten, der sich selbst ans Licht bringen musste – zerbrich doch die Schale. Nur dass der Schatten, sobald er das Ei verließ, mit der Dunkelheit eins und auf diese Art wieder vernichtet wurde.

Wenn er nichts zu tun hatte, leuchtete Jan mit dem Verfolger gern mal nach oben. Immer wieder fand er feucht glänzende Stellen. Hie und da begannen sich schon winzige Tropfsteine zu bilden. Im Schein der gewöhnlichen Treppenhausbeleuchtung war das schwerlich zu erkennen, aber mit dem Strahler fand er sie. Er stellte sich vor, bewegungslos sitzen zu bleiben, bis sie ihn erreicht hatten, er sah sie riesig, weiß, miteinander verkettet und so zusammengewachsen, feucht glänzend im Spotlicht. Sie hätten der Beweis sein können dafür, dass Zeit vergeht, ohne dass Zeit vergeht.

Oder er stellte sich vor, mit nur einem Strahlen sendenden Auge in seinem Dreiecksgesicht höchst gleichgültig auf die Szenerie hinabzublicken. In dem Fall machte es nichts, dass Jan die Vogelperspektive hasste, er dachte sich von allem Irdischen gelöst und das Geschehen unten auf dem Boden war ja auch nicht wirklich. Umgekehrt hätte es ihm noch besser gefallen. Er sah sich mit dem Spot im Auge des Treppenhauses stehen, die Oberlichter schwarz verklebt, die Schauspieler kopfunter an der Decke spazierend. Sie waren in dieser Fantasie nicht größer als Zwerge und ihr Gequassel hörte sich an wie von einem schnell laufenden Band. Das Publikum, wie Jan, hatte die Köpfe bis zum Gehtnichtmehr in den Nacken gelegt, Ohr, Nase und Mund weit geöffnet.

Bei der ersten richtigen Beleuchtungsprobe, als die Inszenierung so weit stand und es nicht mehr reichte, ein bisschen rumzuspielen, sondern alles richtig eingerichtet werden sollte, gingen plötzlich die Lichter aus. Unten hörte Jan Erik fluchen. Es wurde nicht völlig dunkel, eine Notbeleuchtung, die an einen zweiten Stromkreis angeschlossen sein musste, funzelte vor sich hin. Jan stand nicht auf, um über die Betonbrüstung zu schauen, eher sank er auf seinem Klappstuhl ein bisschen weiter in sich zusammen. Eriks Sache, der würde sich schon darum kümmern.

Kiku hatte gerade keine Szene, aber der Stromausfall schien sie aufzuregen. Jan hörte zum ersten Mal so was wie ein Keifen bei ihr, verstand aber nicht, was sie sagte. Erik erwiderte: «Frag doch deinen Benni, der ist schließlich Elektriker.»

«Erstens ist er nicht mein Benni und zweitens ist er Elektroniker», entgegnete Kiku scharf.

Jan dachte: Shit, ich habe auch geglaubt, dass er Elektriker ist. Es war ihm peinlich, weil er die Aufwertung spürte, die sich in seinem Kopf mit den zwei neu eingefügten Buchstaben verband. So beschissen dachte eigentlich doch nicht er, sondern seine Eltern: Ein Architekt ist was Besseres als ein Bauarbeiter. Dieses Elitengetue, hatte er das etwa auch im Kopf und merkte es gar nicht? Blitzartig wurde Jan außerdem klar, dass Benni ihn hochgenommen hatte, als Jan ihm den Fremden im Tausch für ein Bier anbot. Es musste ihm großen Spaß bereitet haben, sich vor dem schnöseligen Abiturienten dumm zu stellen.

Georg lief los, um den Hausmeister zu suchen.

«Ok», sagte der Spielleiter, «wenn wir eh eine Pause machen müssen, kommt doch mal zusammen, ich habe euch was zu sagen. Schmeiß deine Kippen wenigstens in einen Blumenkübel, Erik. Wenn du sie einfach auf dem Boden austrittst, können wir's mit dem Rauchen hier drin bald vergessen.»

Jan blieb auf seinem Platz, es lockte ihn auch niemand aus seiner Höhle.

«Ich habe hier einen Brief von Andreas an uns alle.»

Die Schüler murrten oder kicherten.

«Ist bestimmt ein Abschiedsbrief», sagte jemand.

Dass Andreas fehlte, war Jan bis jetzt gar nicht aufgefallen. Sein Brief enthielt, was alle erwarteten. Andreas teilte darin seinen Entschluss mit, die Gruppe zu verlassen. Er habe das Gefühl, die anderen Teilnehmer akzeptierten ihn nicht. Besonders bei der Übung im Treppenhaus, wo jeder «lautstark» einen Partner suchen sollte, hatte Andreas sich von den anderen bewusst ausgegrenzt gefühlt. Ein paar Leute lachten, was sicher auch an dem ironischen Ton lag, mit dem der Brief vorgelesen wurde. Es ist sein Schicksal, nirgends, wo er gern dabei sein will, akzeptiert zu werden, dachte Jan. Er bemerkte, wie Kikus Augen flackerten, ihr Blick wanderte unstet von einem Kopf zum anderen. Dass ihr ausgerechnet an dem Stab was lag, überraschte ihn.

Überraschend war auch, dass der Spielleiter den Schülern das Grinsen übel nahm. Er regte sich ehrlich darüber auf, dass Stab mitten in den Proben einfach aufhörte, gab ihm aber im Kern Recht – sie alle hatten sich nicht ausreichend bemüht ihn einzugliedern.

«Ihr habt euch hoffentlich gut überlegt, ob die AG euch wichtig ist. Glaubt nicht, dass ich mir diese ganze Arbeit mache, damit ihr mir einer nach dem anderen den Stinkefinger zeigt. Wenn also noch jemand aufhören will, soll er es jetzt sagen.»

Niemand sagte irgendwas.

«Gut. Ich gehe also davon aus, dass Andreas ein Einzelfall bleibt.»

Er war noch nicht fertig. Auch wenn seine Wortwahl etwas Ankumpelndes behielt, wuchs sich die Kritik zu einer mittleren Predigt aus. Er beschwerte sich, weil viele ihren Text noch nicht konnten, weil einige offenbar erwarteten, alles fertig vorgesetzt zu bekommen und so fort. Es war das übliche Lehrergetue, als müssten sie allein die Welt retten, obwohl hundert Leute ihnen hätten beispringen können. Jan fand das übertrieben. Andreas etwa war einfach ein Problem gewesen, die anderen hatten schon gestöhnt, als er zum ersten Mal aufkreuzte. Überdies spielte er keine tragende Rolle, sondern war der Moralist, jemand, der zwischendurch allgemeine Bemerkungen einwarf und das Zusammenspiel der Charaktere kommentierte, ohne selbst daran beteiligt zu sein.

«Uns fehlt also ein Schauspieler», schloss der Spielleiter. «Überlegt euch bitte, was ihr jetzt machen wollt. Ich werde dieses Problem nicht für euch lösen. Wir machen fünf Minuten Pause, damit ihr euch beraten könnt. Kiku, könntest du derweil kurz zu mir kommen?»

Er ging mit ihr ein Stück von der Gruppe weg und damit auf Jans Platz zu. Sein vorher zwischen Langeweile und Widerwillen changierender Gesichtsausdruck veränderte sich vollständig. Kiku folgte ihm mit niedergeschlagenen Augen wie ein kleines Mädchen, das etwas angestellt hat und erwischt worden ist. Wieder stellte er sich ganz nah an sie hin und fischte sogar nach ihrer Hand. Geschickt wich sie ein Stück nach hinten aus.

«Was ist eigentlich heute mit dir los? Du spielst, als wärst du gar nicht hier.»

Kiku ließ sich Zeit mit der Antwort.

«Ich werde in meiner neuen Rolle nicht heimisch.»

«Sollen wir mal eine Improvisation für dich einschalten?»

«Das hat heute keinen Sinn.»

«Du solltest diese Art von Arbeit nicht unterschätzen. Sie hilft –»

«Es ist nicht nur das. Ich mach mir auch Sorgen um mein Zuhause.»

«Hast du Ärger mit deiner Mutter? Kann ich dir irgendwie helfen?»

«Nein … aber danke … Ich werde bald … auch … ach, was weiß ich. Lass mich heute einfach mal einen Gang zurückschalten.»

«Du bist die Stütze des ganzen Stücks.» Er legte seine kurzen Finger auf ihren Unterarm. «Aber ich will nicht nur deshalb, dass es dir gut geht. Ich denke mal, das weißt du.»

Das weißt du, das weißt du. Jan regte dieses Gesülze auf, er fand auch nicht richtig, dass der Lehrer sie anfasste. In seiner Anteilnahme lehnte der Junge sich wohl zu weit über die Brüstung, denn plötzlich spürte Kiku seinen Blick und schaute nach oben. Der Spielleiter folgte mit seinem Blick ihrem Blick und schaute ebenfalls Jan an. Als wäre das noch nicht genug, ging in dem Moment auch das Licht wieder an, und nun sahen alle zu Jan auf. Georg stand grinsend in einer Ecke an der Schalterleiste.

«Wir könnten den Bodenlos fragen», rief er, «vielleicht übernimmt er den Part von Andreas. Zweiter Beleuchter könnte mein Bruder werden, der hat das an seiner Schule auch schon gemacht.»

14

Die Füchtener Friedhofsmauer stand nicht weit entfernt von der Hitler-Mauer und war wie jene aus dem ortsüblichen Bruchstein errichtet worden. Der Friedhof lag an einer steilen Stelle des Tals, auf der linken Seite des verschwundenen Stadtbachs. Die Aussegnungshalle hatte man an das näher zur Kirche gelegene untere Ende des Friedhofs gebaut. Die Toten zu ihren Gräbern zu schaffen war deshalb eine unbeliebte und schwere Arbeit. Noch nie hatten die Füchtener nach einem Begräbnis versäumt über diesen Umstand zu klagen. Hätten sie die Halle jedoch am oberen Ende des Friedhofs errichtet, wären neue Gefahren heraufbeschworen worden. So hätte ein hangabwärts führender letzter Weg leicht zu

Unfällen führen können, an denen keinem Stadtbewohner etwas hätte liegen können, am wenigsten den Besitzern der angrenzenden Grundstücke. Es gab auf dem Füchtener Friedhof einen wunderbaren Bestand an alten Bäumen, sogar die sonst in der Gegend seltene Rotbuche fand sich hier, verwilderte Schneeglöckchen und Anemonen, außerdem bemerkenswerte Grabstätten wie die eines Pfarrers aus der Mitte des zwanzigsten Jahrhunderts und zahlreiche pietistisch schlichte und schöne Grabsteine.

Wie vielerorts war auch in Füchten der Friedhof ein Treffpunkt für gewisse Jugendliche. Sie fanden sich dort zur Abend- oder Nachtzeit zusammen, um ihre Musik zu hören, ihr Bier zu trinken und den einen oder anderen Joint zu rauchen. Sie warfen weder Grabsteine um, noch köpften sie Hühner. Jan sagten die Friedhofsessions nicht zu; er blieb, wenn überhaupt, dann lieber bei der Gruppe, die sich weiterhin im Stadtpark traf. Er kannte diesen Flecken seiner Heimatstadt nur von Besuchen der Familie, die den großelterlichen Gräbern galten und an denen er als Kind hatte teilnehmen müssen, sowie von der Beerdigung seiner Schwester vor einigen Wochen an einem Tag mit ausdruckslosem Wetter. Er musste als Träger auf der linken Seite des Sarges mitlaufen, René bestand darauf. Jans Rechte wusste immer noch, wie der eiserne Beschlag sich anfühlte, sie war ihm eins geworden mit diesem Gefühlshandschuh und gegen andere Eindrücke unempfindlich. Er hatte nicht zu denen gehört, die den Sarg an Seilen in die Tiefe ließen. Er wollte kein Seil, keine Hacke, keinen Spaten berühren, er wollte es nicht gewesen sein, der sie unter die Erde gebracht hatte.

Zum ersten Mal seit dem schrecklichen Tag ihrer Bestattung kam er, dem Drängen seiner Mutter nachgebend, hierher zurück. Die Reihen der Gräber hatten etwas erschreckend Pragmatisches, wie alles räumte man eben auch die Toten weg, man achtete darauf, dass es zu keinem Durcheinander kam. Und weil die Menschen keine lebendige Erinnerung besaßen, mussten sie Namen und Daten in diese schrecklichen, glänzenden Steine schneiden, die fett waren wie Sofalehnen. Eine einzige Grabstelle im alten Teil des Friedhofs, der nun allmählich zu dem Teil mit den jüngsten Gräbern wurde, erregte nicht seinen Widerwillen. Sie war mit hohen Lebensbäumen bestanden und von einem Gitter aus geschmiedetem Eisen gefasst. Allgemein wurde sie das Rosengrab genannt. Das florale Kunstschmiedewerk im Jugendstil war in seinem Schmuckreichtum einzigartig in der Region. Der Schnee vieler Winter hatte diese Einfassung aus der Form gebracht, sie stand schief und rostig da. Gerade das gefiel Jan.

Auch an diesem Tag besuchte er die Stelle, die keine Namen mehr verriet. Er wollte seinen Eltern nicht sofort begegnen. Als er schließlich weiterging, hörte er ihre Stimmen. Sehr laut für einen Friedhof kamen sie ihm vor. Schnell duckte er sich hinter eine dichte Thuje. Sie hatten ihn noch nicht bemerkt. Jetzt mussten sie Ans Grab erreicht haben, sie hatten aufgehört zu sprechen. Jan fragte sich, ob sie, die er für ungläubig hielt, wohl beteten, und wenn ja, zu wem? Karin schnaufte ein paarmal. Jan war mit einem Fuß in knirschenden Splitt geraten. Vorsichtig versuchte er ihn wieder da wegzubekommen. Von der anderen Seite des Baums war nun ein gelegentliches Scharren zu hören, als würden sie mit der Gartenharke dort rumfuhrwerken.

«Was machst du denn?», hörte er seine Mutter fragen. Sie klang gereizt.

«Ich bring die Kränze auf den Kompost. Die sind total faul.»

«Sie gehören nicht auf den Kompost. Lass wenigstens den von Sophia und den von der Schule liegen.»

«Es sieht hier aus wie bei den Kaffern.»

«Ich wollte schon ein paar Mal auf den Friedhof gehen.»

«Ja, und dann hast du nie Zeit gehabt.»

«Ich muss schließlich arbeiten.»

«Ich frage mich wofür. Seit du den ganzen Tag weg bist, bleibt alles andere liegen.»

«Jedenfalls wird es Zeit, dass wir uns um die Grabgestaltung kümmern.»

Grabgestaltung. Dieses Wort hätte gut von René kommen können. Das Grab soll schlicht sein, ich bin Architekt.

«Wir besorgen einen Findling.»

«Was soll es denn kosten den zu bearbeiten?»

«Er bleibt naturbelassen.»

«Das wird nicht genehmigt.»

«Oder wir pflanzen eine Zypresse, die genauso viele Jahre alt ist wie An. Das würde mir noch besser gefallen.»

«Das können wir nicht bezahlen.»

«Ach, am besten decken wir das Grab mit einer unpolierten Granitplatte ab. Das ist schlicht und macht keine Arbeit.»

Willst du sichergehen, dass sie nicht wieder rauskommt, dachte Jan voll Verzweiflung, oder was soll das?

«Kommt nicht in Frage», sagte Karin. «Ich will das Grab bepflanzen. Wir legen ihr einen kleinen Garten mit Rosmarin an, den hat unsere An geliebt ...»

«Einen Gärtner beauftragen? Wer soll denn *das* bezahlen?»

«Ich will gar keinen Gärtner. Ich mach das selbst.»

«Klar, so wie du auch die Kränze weggeräumt hast.»

«Ich habe dich ein paar Mal gebeten mit mir hinzufahren.»

«Und dann keine Zeit gehabt. – Sei doch vernünftig. Jetzt arbeitest du ganztags, wann willst du noch die Grabpflege machen?»

Da standen sie am Grab ihrer Tochter und stritten über die unwichtigsten Dinge der Welt.

«Einen neuen Hund willst du auch noch», meckerte René, «als hätten wir nicht genug Ärger mit einem, der verkrüppelt ist, und einem, der die Wilderei nicht lassen kann.»

Ein neuer Hund – kauft euch doch gleich 'ne neue Tochter! Jan wurde zornig. Seine Eltern waren eben doch Automaten. Man hatte vergessen, sie auf gefühlsähnliche Regungen zu programmieren. Er bereitete sich lustlos darauf vor zu ihnen zu gehen.

«Du weißt genau, dass Jan sich um die Hunde kümmert.»

«Du weißt selbst, dass damit bald Schluss ist.»

«Wo bleibt er eigentlich?»

«Wahrscheinlich muss er uns wieder seine Unabhängigkeit beweisen.»

«Seit Ans Tod hat er sich noch mehr verschlossen. Ich dachte manchmal schon, er verkraftet es nicht.»

«Es wäre die Gelegenheit für ihn, sich endlich auf die eigenen Füße zu stellen. Selbst zu denken.»

«René!»

«Er hing doch einhundert Prozent an ihrem Rockzipfel.»

«Du solltest ihm lieber aus seinem Loch raushelfen.»

«Ich hab schon versucht mit ihm zu reden. Zur Hundeschule habe ich ihn einmal mitgenommen und sogar fahren lassen. Aber er redet ja nichts.»

«Was hast du ihm denn gesagt?»

Es dauerte einen Moment, bis der Alte antwortete.

«Naja, ich hab da selbst Mist verzapft. Ich war so … ich hatte keinen guten Tag.»

«Was habt ihr denn geredet?»

«Ist doch egal.»

Jan sah es vor sich, wie sein Vater abwinkte. Er blieb dabei nie auf der Stelle stehen, sondern machte einen halben Schritt zur Seite.

«Ehrlich, er ist doch schon seit ein paar Jahren so. Das geht vorbei, wenn er erwachsen wird.»

«Also ich mach mir schon ernste Sorgen. Er wirkt oft völlig apathisch. Dann ist er wieder unnatürlich aufgekratzt. Und redet nie etwas, das stimmt. Ich hab mich schon gefragt, ob er nicht Drogen nimmt.»

Fast wäre Jan auf den Arsch gefallen.

«Meinst du wirklich?»

«Warum sonst isoliert er sich so. Er versteckt sich ja förmlich vor uns. Als hätte er Angst, dass wir was merken.»

«Bei dieser Generation blickt kein Mensch mehr durch. Wir haben in dem Alter doch nichts anderes als Mädchen im Kopf gehabt. Die scheinen ihn ja überhaupt nicht zu interessieren.»

«Wir haben doch gar keine Jugend gehabt. Mit fünfzehn musste ich schon im Kaufhaus schuften. Das war auch nicht gut.»

«Warte mal, wenn er bei der Bundeswehr ist.»

«Ich dachte, er hat verweigert.»

René schwieg.

«Hoffentlich besteht er sein Abitur. Wenn er sich seine Chancen so verbaut wie An, landet er am Ende auch noch hier.» Jan hörte sie weinen. «Als er in die fünfte Klasse ging, das weiß ich noch genau, hat seine Deutschlehrerin gesagt, dass aus ihm einmal was Besonderes würde.»

Sie weinte noch mehr. Jans Beine kribbelten, er hielt es in der Hocke nicht mehr aus. Ohne weiteres Zögern erhob er sich und ging zu seinen Alten rüber. Sie bemerkten ihn erst, als er vor ihnen stehen blieb.

«Ein Gitter aus einem Geflecht von Ranken, Rosenblüten und Knospen in einer Pracht, die das Herz des Betrachters höher schlagen lässt», sagte er. «Habt ihr das

Rosengrab mal angeschaut? Ein kunsthistorisches Kleinod liegt da in Füchten verborgen. Es müsste halt restauriert werden. Wie die dekorativ geschwungenen Linien der kunstvoll verflochtenen Ranken und die floralen Ornamente der Blüten und Knospen, die sich flächenartig ausbreiten, das Familiengrab einfassen, ist vorbildlich.»

«So was bekommst du heutzutage nicht mehr genehmigt.»

«Genauso wenig dürfte man einen Baum noch so hoch wachsen lassen wie den, der dort steht.»

«Dass du dir Gedanken über die Grabgestaltung machst, freut mich aber. Deine Mutter möchte es bepflanzen.»

«Ich an eurer Stelle würde einen Kotflügel von dem Mini nehmen. Steht noch auf dem Schrottplatz. Wenn man ein ordentliches Fundament aus Beton macht und ihn da ein Stück weit reinsteckt, überschreitet er wahrscheinlich nicht mal die genehmigten Abmessungen. Ihr könntet mit der Lackdose ihren Namen draufsprühen, und wann sie geboren wurde und so.»

«Jan!»

«Das Grab ist eh leer.»

Schweigen.

«Sorry, ich bin stoned.»

«Was bist du?»

«Stoned. Breit. Bekifft. Auf Drogen.»

«Ehrlich, Jan, ich finde, deine Schwester hat Besseres verdient.»

Etwas Besseres als den Tod? Nein, er sprach es nicht aus. Jan kam sich selbst ein bisschen gemein vor. Er hatte sich gewünscht, sie zum Schweigen zu bringen, sein Erfolg schien ihm nun schal. Er wandte sich dem Grab zu, er wandte sich An zu und überließ sich den Gedanken an seine liebe Schwester, mit der er sich beinahe physisch verbunden fühlte. Er wurde traurig. Seine Eltern ließen ihn in Ruhe. Jan stellte sich vor, dass er An ein bisschen gute Musik runterschickte. Als sie in der Leichenhalle aufgebahrt lag, hatte er ihren Walkman heimlich unter den Tüll gesteckt. Beim nächsten Mal war das Gerät verschwunden gewesen. Bestimmt hatte es gegen eine Vorschrift verstoßen. Sie war so albern geschminkt gewesen wie eine Tanzschülerin. Nie im Leben hatte sie so ausgesehen! Und ihre Haare waren zu einer Brave-Mädchen-Frisur gebürstet. Ein blöder Leichenbestatter von derselben geistigen Beschränktheit, die diesen ganzen Landstrich kennzeichnete, hatte daran mitgewirkt, Jans Erinnerung an seine Schwester zu verzerren und zu zerstören. Am liebsten wäre er durch die aufgefüllte Erde bis zu ihr getaucht, um ihr das Make-up wegzuwischen und sich noch einmal ihre wahren Züge einzuprägen. Verfluchte Erinnerung, die schneller verweste als der tote Körper da unten. Verflucht, jawohl, sie konnte auch nicht in den Himmel kommen, es waren nicht genug Hände da, um sie zu falten. Die Vorstellung, dass ein Teil von ihr immer noch oben sein musste, in der hiesigen Welt, behielt etwas Schauerliches. Als könnte sie so keine Ruhe finden, als müsste sie nun umgehen, durch Füchten und seine Felder und Wälder spuken, als könnte sie erst erlöst werden, wenn sie wieder vollständig war.

Das Lederarmband, sein Geschenk, hätte er ihr gern mitgegeben.

Das war genauso weg. Wie schön, dass sie ihn hören konnte. Wie schön zu wissen, dass sie nicht von der Erde waren. Es existierte eine dritte Welt, in der sie sich treffen würden. Warte, An, warte nur, bald bin ich da.

Während des Rückwegs schwiegen seine Eltern. Es war ein Schweigen, in dem ihr Sohn keinen Vorwurf fand. Auch keine Trauer, eher Ratlosigkeit oder Müdigkeit oder vielleicht eine kleine Ahnung der eigenen Unfähigkeit. Womöglich sannen sie darüber nach, warum nicht sie anstelle ihrer Tochter gestorben waren, diese Opferscheiße, auf die sie standen. In ihrem Leben ging es vordergründig immer nur um Pflichten, ums Dienen und Entbehren – drei Jahre lang hatten sie auf den Urlaub verzichtet, weil Karin Renés Mutter pflegte. Zwei Jahre lang hatten sie auf den Urlaub verzichtet, weil Karin krank war. Dann verzichteten sie auf dieses und jenes, auf ein Ferienhaus in den Niederlanden oder einen zweiten Wagen, und hatten trotzdem alles. Nur dass sie es nicht genießen konnten, dass sie gar keine Vorstellung von einem Leben hatten, das zu leben sich wirklich lohnte.

Jan bemerkte gar nicht, wie viel von dem, was er über seine Eltern dachte, genauso für ihn selbst galt. Er war es ja, der nachträglich noch an die Stelle seiner Schwester treten wollte, und seine Vorstellung vom guten Leben hatte mit dem, wohin er strebte, zumindest auf den ersten Blick nicht viel zu tun. Das Streben als solches hätte er schon abgelehnt. Er saß im Fond von Papas großem

Auto und sog den Geruch der Hunde ein. Das Sitzleder erwärmte sich sehr langsam unter seinen Beinen. Wieder überkam ihn das Gefühl, in einem Wagen wie dem Benz könnte einem unfalltechnisch nichts passieren. Die Fahrgastzelle wirkte dick gepolstert, man saß darin wie in einer Rüstung oder wie in einem Panzer, nur dass es auch noch komfortabel war. Jan dachte daran, was Torsten gesagt hatte: Das Geheimnis des menschlichen Unglücks lag allein darin begründet, dass die Leute am Leben festhielten. Und er dachte an Kiku mit dem Embryo im Bauch. Zwei, die wirklich verbunden waren. Jan kannte diese Wunder-des-Lebens-Bilder von Abtreibungsgegnern und hasste die Art, wie sie versuchten damit Schuldgefühle aufzubauen. Trotzdem konnte er sich nicht entziehen. Die perfekte Gemeinschaft, der klarste Ausdruck der Verbundenheit war die Nabelschnur, das Zusammenschließen der Kreisläufe, der Transport von Nährstoffen vom einen zum anderen. Was davon blieb, war eine Narbe. Jan spürte die Verbindung noch, er spürte sie nicht zu der müden Frau auf dem Fahrersitz, sondern zu An, auch wenn sie grausam getrennt worden waren, auch wenn er seine Schwester abgestoßen hatte – fahr du allein, ich will noch weiterlesen. Derselbe Kreislauf aus Hilflosigkeit und Wut, Schuldgefühlen und Opferangeboten, dem irgendwie magischen Gedanken durch Dienen oder Büßen etwas tilgen zu können, vielleicht einer drohenden Strafe zuvorzukommen.

Sie fuhren an dem Haus vorbei, in dem Kiku mit ihrer Mutter wohnte. Der rote Honda stand davor, er hatte immer noch die riesigen Kratzer in der Seite. Auch das hätte Jan am liebsten ungeschehen gemacht, dabei hatte er nichts damit zu tun. Wäre er mit den anderen gegangen, hätte er vielleicht eingreifen können, lass die Finger von diesem Auto, Torsten oder Holger oder werauchimmer … Er wollte einfach nicht glauben, dass die Welt sich ganz ohne sein Zutun drehte. Noch ungeheuerlicher als jede Schuld musste ihm der Gedanke erscheinen, einfach nichts zu bedeuten, ein Wesen, dessen Existenz für das Universum vollkommen gleichgültig war, und nicht etwa umgekehrt.

15

Der Regen fiel in dichten, beinah senkrechten Strichen, hinter denen nur vage die Umrisse von ein paar alten Hütten auszumachen waren. Eine Reihe Schwerter steckte tief im Boden, unkenntliche Gestalten huschten über die Szene. Jan stand mit einem Bogen in der Hand im Regen, er fühlte sich nicht nass an, doch die Sehne war glitschig, seine Finger konnten sie nicht spannen und den Pfeil nicht halten. Er ließ den Bogen sinken, er konnte sich plötzlich von außen betrachten. Sein Pferdeschwanz wurde zu einer Rinne, durch die unablässig Wasser auf seine Brust floss, sein aufgemalter Bart verschwand. Jans Gesicht wechselte die Farbe, ein leuchtendes Gelb brach aus den dumpfen, vom Licht des Wolkenbruchs bestimmten Tönen. Auch seine Hände waren gelb. Er sah sich an und fand die Linie seines Unterkiefers weich, die Brauen hochgewölbt wie Torbögen. Er war weiblich. Die Farbe schien von innen durch die Poren seiner Haut zu dringen. Er sah, dass er trotz Regen nun auch einen Schatten hatte, so gelb wie er selbst. Hätte nicht das Dorf, oder was immer sich hinter den dicken Wasserfäden verbarg, grün leuchten sollen? Den ganzen Tag lang behielt er eine merkwürdige Verbindung zu dem Gefühl, mit dem er aufgewacht war. Er fühlte sich als Mädchen, ohne dass er hätte sagen können, was das Mädchenhafte ausmachte. Diese besondere Empfindung bewahrte er sorgsam auf; selbst als er zur Probe fuhr und noch beim Aufbauen der Technik – Eriks Bruder konnte an dem Nachmittag nicht – verließ sie ihn nicht. Es war der Tag seines Auftritts als Moralist.

«Ein Mann geht durch den Raum, während ihm ein anderer zusieht», hatte der Spielleiter ihnen erklärt, «das ist alles, was zur Theaterhandlung nötig ist.»

Natürlich murrten die Mädchen, und er korrigierte den Mann lächelnd zu einem Menschen. Gerade das Laufen durch den Raum schien Jan jedoch nun das Schwerste zu sein. Wie sollte er sich auf der Bühne bewegen, ohne sich selbst zuzusehen? Schlimmer noch fand er die Vorstellung, Kiku auf der Bühne zu begegnen. Die Möglichkeit mit ihr zu sprechen schien ihm in weitere Ferne denn je gerückt. Er hatte sich ganz und gar auf den Beobachterposten zurückgezogen, ohne dass seine Sehnsucht abgenommen hätte. Jetzt sollte er ihr vor aller Augen gegenübertreten und sie ansprechen – so kam es ihm vor, auch wenn er wusste, dass er im Endeffekt nur vor das Publikum treten und nicht über sie, sondern über V. Mohn und die anderen Spielgestalten etwas sagen sollte. Der letzte Trottel musste mitkriegen, was er für Kiku empfand. Jan fühlte sich, als müsste er tatsächlich ein Röckchen tragen, wie die Mädchen es bei ihrem Aufstand gegen das Stück anfänglich von den Jungen verlangt hatten.

Innerlich taumelte er und dachte, auch das würde man sehen. Jemand reichte ihm ein Manuskript und er nahm es, obwohl er große Partien des Textes auswendig konnte. Seine einzige Beruhigung schmolz dahin, die Blätter in seinen Händen verlangten strikt, konsultiert zu werden.

«Deinen Satz in der vierten Szene.»

Jan hatte sich vorgestellt, rückwärts auf die Bühne zu gehen, wie er es manchmal bei Kiku sah. Er traute sich nicht. Er verhedderte sich beim Blättern im Skript, gab die Suche nach der richtigen Stelle erst mal auf und ließ sich erklären, wann und von wo er die Bühne betreten sollte und wo er stehen bleiben musste. Schließlich fand er doch die richtige Seite.

Stephan und Kiku wiederholten ihren letzten Dialog und erstarrten dann zu Wachsfiguren. Jan trat auf. Er spürte die Kiesel im Waschbeton durch seine ausgeliehenen Gymnastikschlappen. Die enge schwarze Hose und das schwarze T-Shirt, die ihm eben noch albern vorgekommen waren, fühlten sich jetzt richtig an. Er war nicht mehr Jan Bodenlos. Zum ersten Mal spürte er, wie heiß es im Bühnenlicht wurde, davon hatte er bislang keine Vorstellung gehabt. Aber auch das Licht tat ihm gut. Auf einmal wusste er, dass es gar nicht an ihm lag, ob er blau, gelb oder grün im Gesicht wurde. Jedenfalls würde niemand denken, dass es an ihm lag, alle würden denken, dass die Beleuchtung es machte.

Der Weg schien ihm lang. Endlich stand er bei den beiden. Anders als sein Vorgänger, der den Spielern den Rücken zugewandt und wie ein Redner in das imaginäre Publikum geblickt hatte, sah Jan Kiku an und sagte: «Dieser Zauber, den wir im anderen zu finden glauben, existiert nur in uns selbst, und die Liebe allein ist es, die das geliebte Wesen so verschönt.»

Er hatte das Gefühl, es ginge gut. Zu wissen, was er tun und sagen musste, ließ ihn zunehmend fest werden. Länger als er es sonst je gewagt hätte, schaute er in ihre dunklen Augen, die unbewegt bleiben mussten und ihm so tief erschienen, dass er glaubte, durch sie in Kiku hineingehen zu können. Die Bedeutung seiner Worte war ihm mit dem Sprechen plötzlich aufgegangen und er begann sich zu fragen, ob sie auch auf die Art zutrafen, wie er Kiku wahrnahm. Wirkte ihre Nase im Profil nicht merkwürdig platt und störte das entzündliche Rot an ihrem Ohrläppchen nicht jede Harmonie ihres Gesichts, wenn man sie distanziert betrachtete? Er konnte sich nicht vorstellen, dass irgendjemand auf der Welt sie weniger anziehend finden mochte als er. Die Liebe veränderte den Blick höchstens, indem sie ihn klärte.

«Schon ganz gut», sagte der Spielleiter. «Kannst du es bitte noch mal sagen, Jan? Nicht ganz so ernst. Du klingst, als würdest du es tatsächlich meinen. Aber der Moralist übertreibt, er ist sich darüber im Klaren, wie fragwürdig seine Rolle im Grunde ist. Und etwas lauter musst du schon sprechen, wenn nicht nur Kiku dich verstehen soll.»

Gekicher. Jan verschloss sich sofort. Als hätte jemand Schnellzement auf seine Muskelfasern gegossen, versteifte er sich von oben bis unten und fühlte sich nun, wie ein Standbild sich fühlen mochte. Er schleppte sich von der Bühne, trat wieder auf und stolperte fast über den albernen Degen, den man V. Mohn verpasst hatte. Diesmal schaute er nicht Kiku, sondern irgendeine Säule an. Er sagte seinen Satz, seine Stimme kam ihm vor, als müsste er sie durch ein stramm schließendes Ventil quetschen. Andreas war auf die Bühne marschiert wie ein Redner im Bundestag ans Pult. So hatte er auch seine Sätze gesagt und damit gute Wirkungen erzielt.

Nach zwei weiteren Anläufen hatte sich alles in Jan so verklemmt, dass der Spielleiter ihn bloß noch ein paar weitere Sätze aufsagen ließ, ohne sich um die szenische Einbindung zu kümmern. Jan konnte sie alle auswendig, aber keiner gelang ihm auch nur annähernd so wie der erste. Der arme Jan hatte den Eindruck, sein Tonfall würde immer schiefer. Schließlich schüttelte er leise den Kopf. Ohne weitere Worte, aber auch ohne dass jemand versuchte ihn zurückzuhalten, schlich er zur Mündung der Treppe und ging die Stufen hinauf. Der Platz des zweiten Beleuchters blieb nicht länger verwaist.

Er fand sein Versagen nicht lange schlimm. Man hatte ihn gedrängt es zu probieren. Aber er hatte zu keinem Zeitpunkt geglaubt oder versprochen, dass er es könnte.

«Jetzt haben Sie alles beieinander. Liebe und Hass,

Sie brauchen nur zu wählen, beides schläft unter dem gleichen Dach; und Sie können ihr Dasein verdoppeln, mit der einen Hand streicheln, mit der anderen zuschlagen.»

Diesen letzten Satz des Stücks hätte er als einzigen gern noch vorgetragen. Es würde nicht mehr dazu kommen. Bei seinem ersten Versuch hatte Kiku ihn trotz ihrer Erstarrung angeschaut. Zum Mindesten war ein kleines Leuchten in ihre Augen gekommen. Diese Wachsfigur war keine Puppe, sie verstellte sich bloß. Sie empfand Überraschung und konnte diese nicht völlig verbergen. Sicher hatte sie bis dahin nicht geglaubt, dass er zu einem derartigen Blick überhaupt fähig war. Er selbst hätte es jedenfalls nicht geglaubt. Ein Aufglimmen ihrer Augen war die Beute, mit der er wie ein Affe zu seinem gesicherten Platz zurückgeeilt war. Nun würde er sie, immer wieder misstrauisch nach allen Seiten spähend, verzehren.

In der Pause gingen alle nach draußen. Jan blieb an seinem Platz, er stieg nur einmal kurz hinunter, um seine Tasche mit der Jeans und dem Sweatshirt zu holen. Mit den Kleidern streifte Jan seine kurze Schauspielkarriere wieder ab. Er fand noch einen Apfel in seiner Tasche und aß ihn, als er das Knarren der Zwischentür hörte und gleich darauf Stephans Stimme.

«Der Mist ist, dass die Pille eine Verhütungswahrscheinlichkeit von neunundneunzig Prozent hat.»

«Das heißt», erwiderte Georg, «wenn du hundert Mal mit Vera schläfst, wird sie einmal schwanger.»

«Exakt. Und hundert Mal, wie schnell hat man die

zusammen? Rechne mal nach. Aber Pariser find ich doof.»

«Außerdem können sie platzen. Weißt du, was mir und Franziska mal passiert ist? Shit.» Er senkte die Stimme. «Da vorn sitzt ja Cordula. Hoffentlich hat sie nichts mitgekriegt.»

Die beiden lachten.

Jan erschrak. Er hatte die ganze Zeit über geglaubt allein zu sein. Kurz hintereinander kamen nun die Übrigen wieder rein. Das Treppenhaus füllte sich mit ihren Stimmen. Jan kehrte auf seinen Stuhl zurück. Der Lehrer klatschte in die Hände.

«Wir machen mit den Improvisationen weiter. Ich hoffe, jeder hat sich etwas überlegt. Wer fängt an?»

Kiku meldete sich wie eine brave Mittelstufenschülerin. Als sie nach vorn ging, entdeckte Jan, dass sie den Gürtel mit dem Degen angelegt hatte. Sie hielt auch noch etwas in der Hand, scheinbar einen gefrorenen Klumpen Erde, den sie aus der Pause mitgebracht haben musste. Sie hielt ihn mit beiden Armen hoch wie eine Priesterin den Kelch und begann daran herumzudrücken. Das Teil zerbröselte aber nicht, es sprangen nur ein paar kleine schwarze Klümpchen ab, während sie damit spielte.

«Mein Herz. Hat in der Erde gelegen. Schwarzes, gefrorenes, altes Herz. Sss – Sss. Kaa. Die Schlange singt.»

Immer sprach sie so stichwortartig. Jan überlegte, den Spot anzumachen, traute sich dann aber nicht. Er wollte ihr Spiel nicht stören. Kiku sang lispelnd ein paar Takte des originalen englischen Schlangenliedes aus dem Dschungelbuch. Ihre Finger streichelten, rieben und bohrten an dem Erdklumpen herum, dessen Form tatsächlich an das menschliche Organ erinnerte.

«Dabei wollte ich nie zu diesem Erdvolk gehören. Das sich selbst nicht mal genannt fühlt, wenn man von ihm spricht.»

Er wusste, wovon sie sprach, er wusste sofort, was und wen sie mit «Erdvolk» meinte. Genau dieses Gefühl hatte auch Jan, nur dass er selbst diesem Erdvolk entstammte und es in sich niemals würde ausrotten können. Gefärbte Haare hin oder her. Kiku ließ den Klumpen, den sie an die Brust gedrückt hielt, einfach los. Er stürzte lautlos auf den Waschbeton. Sie stellte sich darüber und starrte den Brocken an. Ihren Zuschauern kehrte sie fortan den Rücken. Auf einmal zog sie den Degen und hieb das Erdherz in zwei Stücke. Jan glaubte sofort, dass sie zum Töten bereit wäre. V. Mohn wurde wieder zu Valmont, dem Mann mit der schwarzen Schleife im Zopf. Er sah sie den langen Mantel ablegen und im weißen Hemd mit gebauschten Ärmeln dastehen, den Degen ziehen und rasch auf einen unsichtbaren Gegner eindringen, er konnte das Geräusch der sich kreuzenden Klingen hören, er sah sie stolpern und getroffen zusammenbrechen.

«Jetzt sehe ich meine Seele. Das ist gar nicht mein Herz. Nie gewesen. Was für ein langer Kratzer da ist.»

Sie fuhr mit dem Degen an den Türen eines Autos entlang und zerkratzte den Lack. Es war sein R4.

Kiku stocherte mit der Fußspitze in den sich immer weiter auflösenden Erdeisklümpchen.

«Ob es innen drinnen auch so dunkel ist? Scheint so. Wer leuchtet in mein Herz.»

Sie schien vergessen zu haben, dass die Brösel zu ihren Füßen noch vor einer Minute ihre Seele darstellen sollten.

«Ich gehe jetzt. Zum Wohnort. Meiner Träume.»

Überraschend wurde sie heftig, sprang und trampelte auf der Stelle herum, auf der Krumen lagen, bis sie völlig zermahlen waren, und ging rückwärts ab, sodass sie mitten in ihre Zuschauer lief, die ihr schweigend Platz machten.

«Nun ist die ganze Erde zerstört.»

Es war exakt das, was auch er empfand. Wieder kam er darauf zurück, dass Kiku denken und fühlen musste wie er. Er konnte die Schwingungen ihrer Seele mit den Händen greifen. Warum konnten sie sich nicht nahe sein, welcher Fluss trennte sie, trennte ihn von der Welt? Er war eine tote Sängerin, die darauf wartete, von dem Geliebten aus einem Reich gelber Schatten zurückgeholt zu werden an den Rand der Erde.

16

L. K., s. g. K., l. i. d. w.? W. i. d. w. l., m. i. d. n. i. d. H. s. k.? A. i. s. n. e. n. v. a. a. D. w. e. s. u. z. d. u. d. H. M. H. s. s. n. d., a. d. S. z. m. u. d. T. I. f. t., s. t. w. j., d. v. e. A. ü. w. U. d. w. n. M. d. m. z. A. d. G. d. B. a. m. B. g.? D. k. i. n. n. m. v. S. w. w. d. P.-T. m. M. Es hat keinen Zweck, du wirst mich nicht, nie verstehen.

Am offenen Fenster stehend, zündete er das Blatt an, sah zu, wie es brannte und warf es schließlich zum Fenster hinaus. Es blieb in der Dachrinne liegen und brannte dort gemächlich ab. So lange er die Flamme sah, stellte er sich vor, wie sie sich scherzend ganze Sätze nur in Anfangsbuchstaben aufschrieben und beide rieten sie sofort, was der andere meinte. Auf diese Weise konnten sie sich sehr intime Dinge mitteilen. Leider würde genau das nie geschehen.

Jan nahm ein weiteres Blatt und schrieb: Nichts kommt uns nahe, jedes Gefühl zerfällt. Unvollständige Bilder ersetzen die sinnlich erfahrene durch eine ferne, ferngesehene Welt. Halbbilder rasen durch Glasfaserkabel. Glasfiber, Fieberglas, Viperglas. Durch Ziehen, Schleudern oder Blase(r)n hergestellte Fasern. Licht, das durch das polierte Eingangstor fällt, wird im Innern der Fase(r)n weitergeleitet, das nennt man Totalreflexion, dieses Licht verschwindet aus der Welt, es ist genau dasjenige Licht, welches schließlich das Ende des Tunnels erhellt. Die Stirn ist poliert, der Arsch ist poliert, dazwischen hält ein Mantel aus Glas (mit niedrigerer Brechzahl, folgend auf Magenqual) das Licht vom Rück(t)ritt auf, es öffnen sich keine Vorzeittüren. Der Fasermantel umhüllt den Faserkern, er macht dunkel, nicht warm, das haben wir gern. Das Licht bleibt gefangen in Lichtleitfasern, es eckt dauernd an im Strahlengang, so durchlaufen wir das Leben in flexiblen Schläuchen, in den Bäuchen von Schlangen, Glasvipern genannt, uns weitgehend unbekannt. Es gibt keinen Austritt, keine Tür in die Freiheit, höchstens ein kleines Loch zur Kaltlichtbeleuchtung des Innern mit Endo-Spot, wir leuchten ins Herz und suchen die Seele und finden keinen Gott. Es gibt keinen Ausgang, es sei denn, ein Kabel bricht, der Mantel reißt, das Licht entwischt und reist durchs All, bis es zu Boden fällt. Ende des Lebens? Ende der Welt. Die sich mit Härte quält. Hart ist, was Menschen schaffen – Blechsärge mit Rädern, Glaskabel, Faserzement – Zartheit, Zerbrechlichkeit ist doch eigentlich das menschliche Element. Hart sind nur die Waffen, das wissen selbst die Affen. Haut, Fleisch, Nerven, bis auf ein paar Knochen sind unsere Körper weich und nachgiebig, warum ist die Lebenssuppe, die wir uns kochen, dem nicht gleich?

17

Jan fuhr immer öfter mit abgeschaltetem Motor, wenn es bergab ging, und ohne Licht, wenn es dunkel war. Auf manchen Streckenabschnitten schloss er sekundenlang die Augen. Wenn er anhielt, kamen Trauer und Protest, der Wunsch noch im Nachhinein anstelle seiner Schwester zu sterben. Diese Gedanken brauchten keinen Anlass, sie kamen einfach über ihn. Er konnte nichts dagegen tun. Vielleicht könnte er ihnen entkommen, wenn er erst aus dieser Gegend weg wäre, dachte er. Die Schule hielt ihn fest. Je näher ihr Ende rückte, desto quälender zog die Zeit sich in die Länge. Dagegen gab es gar nichts zu tun. Jedenfalls wusste er nicht, was. Er fuhr die Wege, die er in- und auswendig kannte, immer schneller, auch wenn er damit keine Zeit zu gewinnen hatte. Bald schnitt er selbst die unübersichtlichen Kurven. So gut wollte er sich hier auskennen, dass er zu wissen glaubte, ob ein Auto kam oder nicht. Außerdem fuhr er mit einer, so empfand er es, maschinellen Präzision. Womöglich glaubte er heimlich, einen Schutzengel zu besitzen. Vor sich selbst hätte er das nicht zugegeben. Er hätte gesagt: es ist mir egal.

Endlich passierte es. In einer Neunzig-Grad-Kurve verlor er die Kontrolle über den R4, das Auto brach aus und rutschte von der Straße ein Stück weit in die Wiese. Da blieb es einfach stehen. Ein paar Meter weiter vorn und er wäre in die Böschung gerast, ein paar Meter zurück und er hätte im Graben gelegen. Den Moment der Hilflosigkeit, als der Wagen vom Asphalt schlitterte, begleitete Jans Geist mit verblüffender Klarheit. Der Junge bemerkte jede Einzelheit dessen, was geschah und was auf ihn zukam. Er fühlte sich mit allem einverstanden. So ist das also, dachte er, und wusste gleichzeitig, dass es bei An ganz anders gewesen sein musste. Sie war tot – er hatte ein Erlebnis. Kurz nachdem das Auto in der Wiese zum Stehen gekommen war, startete er den Motor und setzte rückwärts auf die Straße. Er fuhr weiter und bemerkte erst nach und nach, wie unglaublich schwach er geworden war. Seine Beine zitterten so heftig, dass er kaum die Pedale treten konnte, auch seine Hände zitterten, er vermochte kaum mehr zu fahren. Er erinnerte sich an den Schreck im letzten Sommer, als er fast mit dem Bus zusammengestoßen war. Damals hatte er sich nach wenigen Minuten wieder gefasst. Dies hier war ernster. Zu Hause legte er sich nicht ins, sondern vor das Bett. Der Schock schien auf ewig in seinen Gliedern zu sitzen.

Er sah sich selbst durch das Modell Füchtens laufen, die weißen, menschenleeren Straßen. Er lief mit An Hand in Hand, die Häuser hatten weder Fenster noch Türen. Es schien keine Sonne, und es ging kein Wind, das Reisig der Bäume bewegte sich nicht und warf auch keinen Schatten. Die Geschwister liefen bis ans Ende der Stadt, als sie aber weiter fort wollten, standen sie plötzlich am Ende der Platte wie am Rande eines Abgrunds. Sie liefen zurück und sprangen über den terrassierten weißen Grund von Stufe zu Stufe, er ein blaues Püppchen, sie ein grünes, den Holzfiguren des «Mensch ärgere dich nicht» ähnlich, und bald fehlten ihnen Arme und Beine, sodass sie nur noch auf ihrem kreisrunden Sockel durch die Gegend eiern konnten. Sie kamen am Schwimmbad vorbei, das Becken hatte überhaupt keine Tiefe. An verschwand. Ihr Bruder glaubte an ein Versteckspiel, doch er konnte sie beim besten Willen nicht mehr finden. Er ahnte, dass sie gesprungen war.

Jan raste mit dem Auto durch die leeren weißen Straßen. Es gab nichts, das ihn aufgehalten hätte, keine Ampel, keine Schilder. Plötzlich entdeckte er Licht in einem der Häuser, es schien das einzige in der ganzen kleinen Stadt zu sein, das ein Fenster besaß. Er fuhr nah ran, stieg aus und legte die verschränkten Arme aufs Autodach. So stand er und schaute. Hinter dem hellen Fenster sah er den Schatten einer Frau, die sich entkleidete, und ihres Liebhabers, der sie von hinten umarmte und zu Boden zog. Er wusste, wer das war, er hatte ihr Stöhnen noch in den Ohren. Jan wollte nicht gern entdeckt werden, aber was blieb ihm in dieser Stadt ohne Innenräume übrig, als mitten auf der Straße stehen zu bleiben und zu gaffen, was, wenn er nicht wegfahren, nicht wegschauen wollte.

Am nächsten Tag machte er blau. Er bemerkte, dass bei seinem R4 ein Reifen platt war. Zunächst wollte er sich nicht darum kümmern. Später ging er mit einem Eimer Wasser nach draußen, um wenigstens den groben Dreck von den Felgen zu waschen. Er bemerkte erst jetzt, dass er kein Ersatzrad besaß. Geld für einen neuen Reifen hatte er auch nicht. Die Kiste würde erst mal stehen bleiben müssen. Er ging wieder rein und schrieb über die Angst. Die Angst, die schützt, aber auch einengt. Manchmal war sie bloß das Flammenschwert, das einen vom Eingang zum Paradies abhielt. So machten Drogen ihm Angst, er wollte sich der Macht von Heroin oder Kokain auch in der Vorstellung nicht ausliefern. Aber es gab Leute, die diese Grenze überschritten. An hatte ihm gesagt, man könne sogar mit Heroin klar kommen, wenn man richtig damit umging. Sie hatte solche Leute gekannt. Wie fühlte sich das an einfach weiterzugehen, statt dort stehen zu bleiben, wo die Eltern ihre Sackgassenschilder aufgestellt hatten? Die sich im Übrigen mit Alkohol und Zigaretten genauso kaputt machten wie andere mit dem, was man Droge nannte. Nur dass es langsamer ging. Die emotionale Verknöcherung, das ewige Ausharren auf dem viel zu kleinen abgezäunten Vorplatz zu der Wiese seiner Emotionen war womöglich schlimmer als irgendeine Art von Tod. Er fühlte sich festgehalten von alldem, was seine Eltern und die Schule ihm eingetrichtert hatten. Mitten in all der Verwirrung zeigte sein junges Leben doch den Willen zu beginnen.

Anschließend wollte er auch Kiku schreiben. Er dachte, er wüsste nun fast, wie es war zu sterben. Das wollte er ihr mitteilen in einem Brief, der nur aus den Anfangsbuchstaben der Wörter bestehen sollte. Er fühlte sich nicht gut damit. Er fand einen Ausweg, indem er sich sagte, dass es nicht gut wäre, das Wechselspiel von Brief und Antwort zu stören.

Tage später fuhr er nach Köln und fand in einem Plattenladen, den Mirko ihm empfohlen hatte, endlich David Bowies Space Oddity. Eine Zeit lang schleppte er das Album mit in die Schule, ohne sich imstande zu fühlen, es Kiku zu geben. Schließlich schnitt er das Zellophan auf. Einmal würde er sie hören können, wenn er sehr vorsichtig war, würde sie es nicht mal merken. Er hatte Ans Anlage in seinem Zimmer aufgestellt, das war ok, sie hätte es sicher so gewollt. Die Art von Bowies Musik unterschied sich erheblich von allem anderen, was er zu der Zeit gut fand. Doch er konnte nicht mehr aufhören, den Titelsong zu spielen. Wenn die Zeile mit der Blechdose kam, fühlte er Tränen. Planet top is blue and there's nothing I can do – für ihn war es An, die da sprach, die nicht in der Erde lag, sondern in einer Kapsel durchs Weltall schoss und nach einer langen Reise auf dem Planeten landen würde, von dem sie beide einst auch gekommen waren.

18

Kultur zählte nicht zu den Gütern, mit denen die Stadt Füchten gesegnet war. Das örtliche Kino war schäbig, wahrscheinlich seit den Dreißigerjahren nicht renoviert worden, und die Filmkopien meistens kurz vor der Auflösung, wenn sie hierherkamen. Das wäre noch nicht so schlimm gewesen, wenn nur ab und zu ein halbwegs anspruchsvoller Film gezeigt worden wäre. Aber abgesehen vom Dschungelbuch, E.T. oder Conan dem Barbaren gab es kaum was zu sehen. Jan war mit vierzehn einmal dort gewesen und mit einem an seinem Hosenboden klebenden Kaugummi zurückgekommen. An hatte ihn später schon mal in ein Kölner Programmkino mitgenommen.

Für ein Theater war die Stadt viel zu klein, es kamen nicht mal reisende Truppen zu einem Gastspiel. So beschränkten sich seine Theatererfahrungen auf eine Aufführung von Goethes Faust, die er mit der Klasse besucht hatte und die bis auf eine Szene, in der die Schauspieler Pimmel von der Größe einer Riesenzucchini umgeschnallt hatten, völlig an ihm vorbeigerauscht war, sowie zwei Fahrten in die Kreisstadt bzw. zu einem kleinen Bonner Theater, bei denen er Strindbergs Fräulein Julie und Sartres Bei geschlossenen Türen angesehen hatte. Sartres postmortale Charaktere hatten Eindruck auf ihn gemacht, der allerdings durch den von Strindberg entfesselten Sturm gleich wieder weggeblasen wurde. Jan wehrte sich gegen eine diffus empfundene Unordnung im Seelenleben von Strindbergs Figuren, ihre Handlungen und auch ihre Gemeinheit forderten ihn heraus. Er versuchte sie, die doch dem Naturalismus entsprungen sein sollten, in seine Sicht des Lebens einzuordnen, konnte sie aber nicht mit seinen Erfahrungen in Deckung bringen. Es schien ihm, dass das Theater immer mehr darstellen wollte, als da war, dass es das Leben zu steigern und zu verdichten suchte, wenn nicht einen Raum erschaffen, in dem die Erfahrung nur eine untergeordnete Rolle spielte, indem über das Leben schlicht gelogen wurde. Das widerstrebte ihm; es sollte in der Kunst schließlich um die Wahrheit gehen und nicht bloß um das Steigern von Empfindungen und das Reizen der Sinne. Es war ein Urteil auf der Grundlage von zwei Einzelerfahrungen, das störte ihn aber nicht.

Immer klarer sah er auch das Stück der Theater-AG unter diesem Gesichtspunkt, und er hatte Mühe aufmerksam zu bleiben. Auch Kiku schien nachzulassen. Von der Intensität, die sie bei den Improvisationen hatte, konnte sie ihrer Rolle nur wenig mitgeben und beim ersten Durchlauf war sie nicht textsicher. Ihre V. Mohn wirkte kraftlos. Jan dachte, dass es ihr genauso gehen müsse wie ihm – sie musste erkannt haben, dass dieser Zugriff auf das Leben künstlich, gewollt und fruchtlos war. Er erinnerte sich außerdem, dass sie dem Spielleiter gesagt hatte, sie mache sich Sorgen um Zuhause. Von seinen Eltern hatte er gehört, Kikus Mutter litte unter Depressionen, aber es war ein Gerücht. Er konnte sich nicht vorstellen, was los war, fantasierte über eine Rückkehr von Kikus Vater, obwohl er wusste, dass dieser tot war, und spekulierte darüber, dass die Trennung von Benni das Mädchen tiefer verletzt hatte, als sie zeigen wollte. Jedenfalls machte sie, die so schnell und gut bei den Mitschülern angekommen war, plötzlich den Eindruck ziemlich allein zu sein. In den Pausen sah er sie nur noch selten mit den anderen rumstehen, vor und nach den Stunden sprach sie kaum noch mit jemandem und schließlich fehlte sie über eine Woche lang. Schon möglich, dass sie einfach krank war, aber sein Gefühl sagte Jan etwas anderes.

Trotz der spürbar schlechten Vorstellung, die sie beim ersten Durchlauf gab, sülzte der Spielleiter sie am Ende dieser Probe wieder voll. Er lobte ihre Wochen zurückliegenden Improvisationen und erwähnte nur nebenbei und ganz leise, dass sie sich im Lauf der Hauptproben sicher noch besser konzentrieren würde. Kiku gab zur Entschuldigung an, dass sie sich von ihrem Freund getrennt habe. Jan hörte etwas wie einen erleichterten Seufzer. Dann schleimte der Spielleiter sie voll. Sie habe ein derart großes Potenzial, die Idee mit dem Geschlechterrollentausch stamme letzten Endes doch auch von ihr, die sei wirklich genial, als Verführerin sei sie echt umwerfend. Er war klebrig wie ein Fliegenstrip.

Kiku bedankte sich höflich und tonlos. Danach hörte er sie nicht mehr. Sie musste gegangen sein. Jan begann mit dem Abbau des Verfolgers. Er war völlig überrascht, als sie plötzlich bei ihm stand und leise hallo sagte.

«Willkommen in der Tropfsteinhöhle.»

Jan deutete sinnlos nach oben. Die winzigen Tropfsteine an der Decke waren im normalen Treppenhauslicht nicht zu sehen. Kiku schien darauf zu warten, dass er noch etwas sagte. Das Erste, was ihm einfiel, war der Kratzer am Auto ihrer Mutter. Es drängte ihn, Kiku zu sagen, dass er nicht zu den Jungen gehörte, die in jener Nacht Krawall gemacht hatten und dass demnach auch nicht er es sein konnte, der das Auto verkratzt hatte. Andererseits kam ihm das feige vor. Vielleicht ging auch Kiku diese Angelegenheit durch den Kopf. Es war keine große Sache, es war eigentlich gar keine Sache; sie wurde es nur, weil die beiden wie die Spießer nicht darüber sprachen. Kiku brach schließlich das Schweigen.

«Auf der Bühne hast du dich nicht wohl gefühlt, hm?»

Wie lange das her war. So lange hatten sie kein Wort gewechselt!

«Ich weiß nicht. Es könnte mir vielleicht schon Spaß machen. Nur im Moment halt nicht.»

Jan steckte die Hände in die Taschen seines Kapuzenpullis.

Kikus Augen weiteten sich für einen Moment.

«Klar», sagte sie, «kann ich verstehen.»

Sie wechselte das Standbein.

«Ich wollte schon die ganze Zeit mal mit dir sprechen. Es macht mich total traurig, was mit deiner Schwester passiert ist.»

Jan war überrascht. Er wusste wieder nicht, was er sagen sollte und sah Kiku bloß an. Sie fuhr schnell fort.

«Wir haben ja geredet im Herbst. – Ich glaube, ich weiß, wie du dich fühlst.» Sie schien über irgendetwas nachzudenken. «Ich will jetzt nicht so was Blödes sagen wie ‹Kopf hoch, das geht vorbei›, auch wenn das tatsächlich wahr ist. Ich weiß, dass du es nicht glauben kannst. Ich weiß, dass dir niemand etwas abnehmen kann und so. Es gibt nichts schönzureden. Nach meiner Abtreibung war es so, dass ich eines Tages die Augen aufschlug und die Sonne wieder sah. Ich meine, sie war natürlich die ganzen Monate über da gewesen, nur ich hatte sie niemals bewusst wahrgenommen. Ich watete durch bleigraue Zeit. Ich konnte gar nicht sagen, dass etwas Besonderes passiert war. Es kam einfach so. Ich fühlte mich erleichtert, ich hatte wieder einen Blick für die Welt.»

«Ich möchte sterben», flüsterte Jan.

«Das sollst du nicht!»

Auf einmal machte sie einen Schritt nach vorn, umarmte Jan und drückte ihn fest. Er konnte ihre Brüste durch den Mantel spüren. Jan ließ erschreckt die Arme hängen, sofort hatte er wieder das Gefühl, bloß ein Klotz zu sein. Erst als Kiku immer weiter festhielt, schloss auch er ganz leicht die Arme um sie. Mit aller Kraft kämpfte er gegen die aufsteigenden Tränen. Ihren Körper zu spüren verwirrte ihn gleichzeitig derart, dass er außer seinem Namen nicht mehr viel von sich wusste.

Jan wartete, bis Kiku sich löste.

«Halte durch», hauchte sie und drückte ihn gleich noch mal.

«Manchmal denke ich, wir könnten uns viel zu sagen haben.»

Sie stand schon auf der ersten Treppenstufe, als sie sich noch einmal umwandte und einen prüfenden Blick nach unten in die Pausenhalle warf. Es war außer ihnen offensichtlich niemand mehr da. Trotzdem blieb ihr Ton wispernd.

«Ich möchte ganz offen mit dir sein. Ich werde meine Rolle auch nicht spielen. Ich ... meine Mutter hat eine andere Stelle bekommen und ich werde mit ihr nach England gehen. In ein paar Wochen schon. Sie möchte, dass ich hier noch mein Abi mache, aber ich will das nicht. Ich will bei ihr sein und will ... ich werde in London leben.» Jetzt leuchteten ihre Augen. «Irgendwie finde ich, dass du es wissen solltest. Bitte sag es niemandem weiter. Verstehst du? Das möchte ich selbst machen, wenn es an der Zeit ist. Ich werde dir schreiben.»

Jan nickte ohne etwas zu begreifen. Kiku deutete mit der Hand noch einmal einen Gruß an. Er starrte in ihr Gesicht, das in diesem Moment sehr ernst und fast sorgenvoll wirkte und im nächsten Moment verschwunden war. Sie hatte ihn angeritzt, sie hatte verdammtnochmal seine gesamte Flanke aufgerissen. Mit der einen Hand streicheln und mit der anderen zuschlagen, so schien es tatsächlich zu laufen.

Sie verschwand wie eine Mücke, die zischend in der Hitze des Scheinwerfers verbrannte. Jan spürte nichts. Erst eine ganze Zeit danach erwachte er aus seiner Betäubung und begriff mit einem Schlag alles.

IV

1

Es wurde April und bald Mai. Der Unterricht endete, die Prüfungen kamen. Für Jan begann eine neue Freiheit, die ihm allerdings eher wie eine erweiterte Leere vorkam. Wenn er für die Klausuren lernen wollte, lag immer auch ein anderes Buch auf seinem Schreibtisch, und meistens endete es damit, dass er sich in der Welt Anton Reisers, Jakob von Guntens oder Adrian Leverkühns verlief. Das stürmische Anrennen gegen den Verlust seiner Schwester war vorübergegangen oder hatte sich in eine Art Fühllosigkeit verwandelt; An war zu einer Fehlstelle in seiner Seele geworden, die wie ein abgetrenntes Körperglied keine neuen Reize mehr aufnehmen konnte, aber dennoch bisweilen schmerzte oder fror oder sich müde anfühlte wie nach langer Arbeit. Dass auch noch Kiku weggegangen war, hatte dem nichts weggenommen und scheinbar auch nicht viel hinzugefügt. Fast möchten wir glauben, dass wir in dieser Geschichte nicht mehr tiefer gehen können. Warum gehen wir dann noch weiter? Genauso gut ließe sich fragen, warum das Leben weitergeht. Die Mehrzahl der Menschen erlebt eine so außerordentliche Verdichtung ihrer Existenz sicher nur ein bis zwei Mal, während sie auf Erden wandelt, die glücklichen unter ihnen womöglich gar nicht. Diese Tief- und Gipfelpunkte, an denen wir das Gefühl haben, dass alles vorbei sein müsse oder alles zu stimmen scheint, gehen vorüber wie die Wochentage, und wenig bleibt. Die Literatur war damit immer unzufrieden. Zur Abhilfe erfand sie sich die tragische Katastrophe, den Show-down, das Ende im Glück. Anders als die Erfahrung uns lehrt, strebten Erzähler wie Dramatiker häufig nach Endgültigkeit. Dem Vorsatz, das menschliche Leben zu spiegeln, wenn er denn gegeben war, wurden sie damit untreu, zugunsten einer kleinen Verschiebung ihrer Geschichten aus dem Bereich des Seienden oder Gewesenen ins Reich des Möglichen. Dem Publikum gefiel's, es kehrt ja aus der Virtualität gern mit demselben Gefühl zurück, mit dem es auch aus dem Bad oder der Sauna kommt, gereinigt, geläutert oder einfach besonders. Wer strenge Maßstäbe anlegt, könnte der Literatur vorwerfen, die Treue im Abbild an diesen Wellnesseffekt zu verraten. Aber was heißt Treue? Allzu gern machen wir die Figuren eines Romans oder eines Stücks zu uns gleichenden Wesen und vergessen dabei, dass sie nicht aus Fleisch und Blut, sondern aus Wörtern gemacht sind. Allzu gern geben wir unserer Gerührtheit nach, wenn sie uns ähneln, oder unserer Abneigung, wenn sie uns in den falschen Punkten ähneln. Wir wollen, dass sie uns nahekommen. Die Autoren helfen dabei nach. Auch von Jan Bodenlos wird mehrfach behauptet, er habe ein Leben, Vergangenheit, Zukunft, die nur angedeutet werden – kleine Pikser durch die Wand des Textes in eine Leere, die jeder fortan ausfüllen kann, wie er mag. Und verblüffenderweise steuerte Jan in den folgenden Monaten auf ein Ereignis zu, das uns als Schlussstein für einen Roman durchaus geeignet scheint.

Die Zeit wurde ihm lang. Wenn er weder lernte noch las, hörte er Musik oder half im Haushalt mit. Er ging auch wieder mit den Hunden spazieren. Drago ließ er jedes Mal, sobald sie im Wald waren, von der Leine. Jan hatte herausgefunden, dass der Wildfaschist wochentags beim Amtsgericht beschäftigt war; von Montag bis Freitag, acht bis siebzehn Uhr, war der Wald also für Hunde ungefährlich. Deern lief sowieso an seiner Seite, Leine oder nicht. Manchmal fand er die Dalmatinerhündin mit ihrem manisch wirkenden Kopfnicken lustig, und er versuchte sich vorzustellen, welches Lied sie wohl gerade hörte. Meistens aber betrachtete er sie und dachte daran, was sein Vater über An gesagt hatte: sie wäre höchstwahrscheinlich «schwerst behindert» geblieben, wenn sie überlebt hätte. Er versuchte sich das vorzustellen, An in so einem selbstfahrenden Rollstuhl, den Kopf von einem Gestänge gehalten, und überall Schläuche. Dann hob er einen Stock vom Boden auf und wollte Deern besinnungslos dreinschlagend das Kreuz brechen.

René tauchte eines Abends mit einem kompletten Rad für den R4 auf. Angeblich hatte er es vom Schrottplatz. Er wollte nicht rausfinden, was passiert war. Dafür half er Jan beim Montieren. Zum ersten Mal seit Ans Tod sprachen sie miteinander von Mann zu Mann. Jan freute sich, wieder rumfahren zu können. René erklärte ihm auch die Hasselblad. Jan fotografierte nicht oft damit, weil die Filme so teuer waren und er selbst noch keine Abzüge machen konnte. Ans Labor aufzubauen war noch mal eine andere Sache als ihre Anlage zu benutzen. Er scheute davor zurück.

Manchmal ließ er die Hunde in den Renault springen und fuhr mit ihnen weiter weg in ein neu entdecktes Waldstück. Es war so abgelegen, dass die Füchse an seinen Hängen zwischen großen, dunklen Fichten Bau an Bau gruben. Ein rotes Schild mit weißer Schrift am Eingang warnte vor der Tollwut. Egal, die Hunde würden sich schon nicht anstecken. Auf dem Talboden Niederwald, beinah Gestrüpp, Birken, Weiden und jede Menge Sträucher. Dazwischen fahles Gras vom letzten Jahr, wie man es an sumpfigen Stellen findet.

Jan sah die Weiden Kätzchen tragen und die Birken grüne Blätter treiben. Er sah, wie sich langsam frische Halme durch die toten bohrten. Er schaute dem gerne zu, er wollte mitten zwischen all dem Frühling sein und zog sich Gummistiefel an, in denen er bis an den Rand des Teiches lief. Es war ein künstliches Gewässer mit rechteckiger Grundfläche, in dem früher wahrscheinlich Fische gezüchtet worden waren. Jetzt war er zugewachsen, Büsche und Gräser milderten den Gegensatz, in dem die anorganische Form zu ihrer Umgebung stand, deutlich ab. Sogar ein Reiher fand sich hier, den Jan für seine Leisigkeit im An- und Abflug bewunderte, und dessen Ausdauer im reglosen Verharren auf einem Bein er gern geteilt hätte. Das Leidenschaftslose der Tiere und

Pflanzen gab ihm Rätsel auf. Er dachte: Werden und Vergehen, ok. Die ganze Welt lief so. Und alle waren soweit einverstanden. Nur der Mensch nicht. Oder vielleicht besser gesagt der Einzelne. Er kämpfte um die Dauer, suchte immer ein Anderes. Jan dagegen wäre gern vollständig aufgegangen in jener stummen, sich beständig umschaffenden Welt. Es wunderte ihn auch, dass Drago Deern nicht besprang. Hätte es ihnen nicht gleich sein müssen, mit welchen Partnern sie ihren Trieben folgten? Vielleicht begatteten sie sich, wenn sie sich unbeobachtet fühlten. Deern allerdings wich selten von Jans Seite.

Gern fasste er die Zweige der Birken und ließ sie durch seine Hände gleiten, um ihr Laub und die kleinen Knötchen an den Reisern zu spüren. Er achtete darauf, kein Blättchen abzureißen. Anders ging es Jan zu Hause, wenn er den Garten seiner Mutter aufblühen sah wie jedes Jahr. Fast immer, wenn er durch ihren Garten ging, trat er einer Blume den Kopf ab.

Die alte Laube war in diesem Garten kein Ort mehr. Sie sollte nun doch durch ein neues Häuschen ersetzt werden. Jan sollte sie abreißen, er erledigte diese Aufgabe, die er vor einem Jahr noch abgelehnt hätte, mit gemischten Gefühlen. Die körperliche Arbeit als solche bereitete ihm Freude und gab ihm ein Gefühl von Stärke: Er konnte mit seinen Händen ein ganzes Haus abreißen. Die Bretter und Kanthölzer krachten unter seinen Schlägen, später wollte er Kaminholz aus ihnen machen. Das Häuschen lag schon auf einem Haufen, und Jan war dabei die Nägel aus dem ersten Stapel Bretter zu ziehen, als er die Türglocke hörte. Es war kein warmer Tag, die Terrassentür stand nur einen Spalt weit offen, sodass er das leise Läuten beinah überhört hätte. Wenn es um diese Tageszeit klingelte, waren es in der Regel wenig geliebte Verwandte oder vielleicht der Seltersmann. Jan stellte sich vor, wie seine Mutter darauf rumreiten würde, wenn sie hörte, dass niemand geöffnet hatte. Sie wusste, dass er daheim war. Mit unguten Erwartungen und ohne sich die Schuhe auszuziehen stapfte er durchs Haus.

«Hey, du bist ja da.»

Mirkos Gesicht leuchtete rot. Er hatte sein Rennrad quer vor dem Körper stehen wie eine Barriere. Jetzt schob er es zur Seite. Jan bemerkte zufrieden, dass Mirko wieder normal aussah. Er hatte die Haare nicht mehr gescheitelt und sie hingen auch nicht mehr in seine Augen, er trug eine gewöhnliche Bluejeans und ein flaschengrünes Sweatshirt.

«Hast du 'ne Deutschlandrundfahrt gemacht?»

«Nein, ich war bloß in Köln.»

«Mit dem Fahrrad?»

«Klar mit dem Fahrrad. Es ist nicht so weit, wie du vielleicht denkst. Fährst du gar nicht Rad?»

«Ich weiß nicht mal, wo mein Fahrrad steht. Irgendwo im Keller, glaub ich.»

«Wenn du ein gutes Rad hättest, würdest du bestimmt auch damit fahren. Willst du meins mal ausprobieren?»

Jan winkte ab. Er wettete mit sich selbst, dass Mirko spätestens in einem Jahr ebenfalls mit dem Auto durch die Gegend fahren würde. Beinah hätte er von seinem

Unfall erzählt, bremste sich aber. Die beiden standen sich nun gegenüber, Jan immer noch auf der Stufe, die zum Hauseingang führte, was ihn mit Mirko halbwegs auf Augenhöhe brachte. Seit dem Ende des Unterrichts war es nicht mehr selbstverständlich, jemanden zu treffen, und damit war es für Jan auch zu einer Seltenheit geworden. Vielleicht lag darin der Grund für die spontane Freude, die Jan beim Anblick des Freundes empfand. Allerdings rätselte er, was Mirko, der nicht mal fragte, ob er reinkommen durfte oder ob Jan Zeit hatte, wohl wollte.

«Willst du das Modell abholen?»

«Welches Modell? Achso», er kicherte, «nein, lass mal. Eigentlich bin ich ganz froh, dass die AG sich aufgelöst hat. Leute wie Andreas oder Markus kann man für unsere Pläne nicht gebrauchen. Ich habe gesehen, dass ihr noch eine andere Platte in der Garage habt.»

«Platte?»

«Eine Tischtennisplatte.»

«Ich spiel lieber Teletennis», sagte Jan, um seiner Rolle als Sportmuffel treu zu bleiben. Er dachte plötzlich, dass Mirko gar nicht wegen ihm, sondern wegen An da war. Um sich mit ihr verbunden zu fühlen, suchte er den Ort auf, an dem sie die meiste Zeit ihres Lebens verbracht hatte. Die Eifersucht auf den Freund, die sich so lange versteckt hatte, wurde nun offenbar. Jan würde ihn ganz sicher nicht reinbitten, wenn Mirko jetzt, wie er anscheinend erwartete, vorschlug, eine Runde Teletennis zu spielen. Zu seiner Überraschung fing Mirko an, apropos Tele…, über die neuen privaten Fernsehprogramme zu sprechen, die noch nicht gut waren, aber das dröge öffentlich-rechtliche Fernsehen sicher bald ablösen würden. Jan hielt dagegen, dass die neue Regierung ihre Glasfaserkabel landauf, landab doch nur legen lasse, um die Leute von ihren wahren Problemen abzulenken und um ihr politisches Bewusstsein zu vernebeln. Mirko lachte laut.

«Die verlegen Kupferkoaxialkabel, Mann.»

Jan verstand nicht, warum das wichtig war. Er lauschte geduldig dem kleinen Vortrag Mirkos über die technischen Unterschiede der Kabelarten und das eigentlich spannende Moment am Kabelfernsehen, die Rückkanalfähigkeit, die den Zuschauer vom reinen Konsumenten der Programme zu einem interagierenden Teilnehmer machte, und sagte:

«Worauf sollen sie denn Antworten geben, ob sie Frank Elstner scheiße, sehr scheiße oder total scheiße finden? Das Fernsehen wird uns die Köpfe noch mehr zumüllen als jetzt schon. Dreißig Programme! Bloß nicht denken, bloß nicht politisch aktiv sein. Irgendwann wird Kohl dich vom Bildschirm herab persönlich ansprechen: Ich habe zwar gefordert, dass es weg von kollektiven Lasten hin zur persönlichen Leistung gehen muss, aber doch nicht mit dem Fahrrad, Mirko.»

Der andere lachte über Jans halbherzigen Versuch, die Eigenheiten in der Sprechweise des Bundeskanzlers zu imitieren. Jan versuchte immer noch zu erraten, warum Mirko zu ihm gekommen war. Doch nicht, um über Kabelfernsehen zu sprechen.

«Es ist der Anfang einer neuen Zeit», sagte Mirko. «In

Amerika ist jetzt ein Personal Computer mit grafischer Benutzerschnittstelle auf den Markt gekommen.»

Computer interessierten Jan nicht wirklich.

«Er lässt sich praktisch ohne Vorkenntnisse bedienen. Du gibst keine Befehle ein, sondern wählst mit einem kleinen Zeiger, der von einer Maus bewegt wird, aus Menüs aus, was der Rechner tun soll. Wenn du eine Datei löschen willst, ziehst du sie mit der Maus auf den Papierkorb und lässt sie fallen. Es ist total simpel.»

«Mit einer Maus», sagte Jan.

«Ja, so heißen die Dinger. Technisch gesehen ist es eine Steuereinheit mit Drucktasten. Man bedient sie per Hand. Wenn du damit auf dem Schreibtisch nach rechts fährst, bewegt sich der Mauszeiger auf dem Bildschirm auch nach rechts, fährst du nach links, bewegt auch der Zeiger sich nach links und so weiter. Das Beste ist aber, dass du die Dokumente schon am Monitor so siehst wie später auf dem Papier.»

«Das sehe ich bei einer Schreibmaschine doch auch.»

«Wenn du da einen Fehler machst, ist er gleich fix auf dem Blatt, du muss ihn mit Tipp-Ex wegmachen oder einen neuen Bogen nehmen. Außerdem hast du bei einer Schreibmaschine nur eine Schrift, höchstens ein paar. Hier hast du etliche, dazu verschiedene Schriftgrößen und so. Du kannst alles machen. Und du kannst dein Dokument speichern, es irgendwann später verändern und noch mal ausdrucken. Du kannst sogar Zeichnungen einbauen. WYSIWYG nennt sich das: What you see is what you get.»

WYSIWYG leuchtete Jan ein. Kriegen, was man haben will, weil man es sehen und kontrollieren kann. Nicht fürchten müssen, dass man einer dummen Rechenmaschine die falschen Steuerzeichen angegeben hatte.

«Was kostet so ein Teil?»

«Ein Macintosh? Viertausend Mark.»

So viel wie dreizehn alte R4, rechnete Jan. Andererseits nur rund ein Zehntel von so einem neuen Mercedes Kombi. Jan wäre schon über eine elektrische Schreibmaschine froh gewesen. Vielleicht würde er zum Studium eine bekommen.

«Werden Computer uns helfen, unsere Leidenschaften zu überwinden?»

«Hä?»

«Vielleicht könnten wir lernen, wieder mehr mit allem einverstanden zu sein. Bekommen, was man sieht. Sehen, was man bekommt.»

«Ach du Scheiße», sagte Mirko. «Bis vorhin wollte ich dir noch vorschlagen, dass wir zusammen eine Computerfirma aufmachen. Spielen wir jetzt 'ne Runde T-T?»

2

Jan fing an zu rauchen. Das Nikotin verursachte ihm Schwindel und Schweißausbrüche, aber diese Phase ging vorüber. Bei einer der Abifeten, an denen er teilnahm, knutschte er zu seiner eigenen Überraschung mit Sandra. Mehr passierte nicht, und zu mehr fühlte er, der bei Feten immer zu viel trank, sich nicht imstande. Auch Sandra hatte Wein getrunken. Das Gefühl ihres irgendwie festen Körpers an seinem und ihrer rauen, merkwürdig trockenen Lippen auf seinen ließ ihn tagelang nicht los. Es verstärkte seine Einsamkeit. Manchmal dachte er, dass er sie anrufen sollte. Er rechnete mit nichts Gutem. Vielleicht würde sie ihn abweisen, weil ihr die Sache peinlich war. Schlimmer fand er die Vorstellung, sie könnte mehr von ihm wollen. Er war nicht verliebt. Andererseits schmeichelte ihm der Gedanke, bei Sandra eine Chance zu haben. Weniger schnell als ans Rauchen selbst gewöhnte er sich ans Zigarettendrehen. Jan ließ es sich von niemandem zeigen. Stattdessen baute er auf das, was er bei anderen gesehen hatte, doch das reichte, wie sich nun herausstellte, bei weitem nicht aus. Inzwischen kam er so weit, dass in seinem Zigarettenpapier eine einigermaßen angemessene Menge Tabak verblieb und er die Gummierung anlecken konnte, ohne ein Dutzend Krümel in den Mund zu bekommen. Aber seine Kippen sahen aus wie gefaltet. In Gegenwart anderer rauchte er deshalb vorerst fertige Zigaretten.

Die mündliche Prüfung fiel auf einen Donnerstagnachmittag. Das Schulgelände wirkte so verlassen, als wäre die Schule gleich ganz geschlossen worden. Weil er noch Zeit hatte, setzte Jan sich auf die Lehne einer Bank am Rand des Schulparkplatzes und startete einen neuen Versuch im Drehen. Er war nervös, nicht weil er Angst vor den Prüfungsfragen hatte, sondern weil er sich nicht vorstellen konnte in Gegenwart von Lehrern zu reden. Er kontrollierte den Zettel, auf dem er sich die Raumnummer notiert hatte, obwohl er wusste, dass er sie nicht vergessen würde.

«Hey, Jan!»

Konnte es sein, dass außer ihm auch nur ein lebendiges Wesen hier weilte? Er drehte sich um, das faltige Zigarettenpapier zwischen den Fingern. Jetzt konnte er seinen fragwürdigen Drehversuch nicht mehr verstecken.

«Hi, Tina.»

Vor ein paar Wochen waren sie sich schon einmal zufällig begegnet und hatten ziemlich lange gequatscht.

«Hast du auch Prüfung?»

«Ja. Du?»

«Mhm. Päda, und du?»

«Erde.»

«Auch um halb vier?»

«Mhm.»

Tina hatte dunkelblondes, fahl wirkendes Haar und blasse Haut. Sie trug eine violett gefärbte Windel als Tuch um den Hals, einen weiten, vermutlich selbst gestrickten Pulli und einen einfachen schwarzen Rock. Besonders fielen ihm ihre Birkenstock-Clogs auf. Ihre Augen waren eigentlich ganz schön. Damals hatte er sie mit Zorn betrachtet. In einem Anfall von Höflichkeit sprang Jan von der Bank. Als er vor ihr stand, fiel ihm wieder ein, dass sie einen halben Kopf größer war als er. Ihre Beine wirkten zu lang, auch wenn ihr Rock das jetzt kaschierte. Jan befeuchtete sein Paper, klebte schnell ein krumpeliges Tütchen zusammen und steckte es an. Die Kippe zog nicht.

«Das Drehen krieg ich auch nie richtig hin. Magst du 'ne Filter?»

Sie rauchte West.

«Danke.»

Er schmiss seine verhunzte Selbstgedrehte auf den Boden und nahm eine von Tinas Zigaretten. Mit Daumen und Zeigefinger packte er den Filter und trennte ihn präzise vom Rumpf. Wenigstens das hatte er sich erfolgreich abgeschaut. Tina gab ihm Feuer. Sie rauchten. Ihre Lippen sahen weich und voll aus. Er dachte daran, wie er seinen «Ein Arschloch weniger»-Spruch abgesetzt hatte, aber es wurde kein zentraler Gedanke. Die besondere Stimmung vor der Prüfung setzte sich durch, dieses Kribbeln und Schwächeflattern im Bauch. Außerdem wirkte eine Zigarette immer noch stark auf sein Nervensystem. Jan überlegte, wann er zum letzten Mal mit Tina gemeinsam in einem Kurs gesessen haben mochte.

«Wann machst du dein Schäfer-Praktikum?»

Das hatte Sandra ihm erzählt, jetzt plapperte er es wieder aus. Sie hatte in einem sehr überzeugten, fast bewundernden Ton davon gesprochen, von dem nun automatisch etwas in Jans Worten mitschwang. Er fragte sich, ob Sandra ihrer Freundin umgekehrt etwas von der Knutscherei mit ihm erzählt hatte.

«Im Juli mache ich das, aber es sind nur zwei Wochen.»

Offenbar fragte sie sich nicht, woher er das wusste. Ihr Lächeln gefiel ihm. Es wirkte ehrlich.

«Abgefahren. Ich werd mit einer Art Förster durch den Wald laufen. Baumstämme vermessen, oder so was.»

«Das ist doch toll. Viel besser als in einer doofen Fabrik.»

«Bestimmt.»

«Ich muss später auch noch Kohle verdienen. Fürs Schafehüten krieg ich nichts.»

Er nickte bloß.

«Fandst du es doof, dass aus eurem Stück nix geworden ist?»

Er zuckte die Achseln.

«Ich war bloß der Beleuchter.»

«Ich hab gedacht, dass es für euch total doof sein muss. Aber sie kann ich irgendwie verstehen. Stell dir mal vor: London. Da würde ich auch jederzeit hingehen. Stimmt es eigentlich, dass sie euch erst am letzten Tag eingeweiht hat?»

«So halb», sagte Jan, «der ein oder andere soll schon vorher was gewusst haben.»

Erstaunt stellte er fest, dass es ihm heute gar nicht wehtat, an Kiku zu denken. Plötzlich stellte sich alles so selbstverständlich dar – es war nun mal der Stand der Dinge. Über einen ausgespuckten Kaugummi dachte man auch nicht ewig nach.

«Das finde ich echt hart. Sie hätte euch Zeit geben müssen, um eine neue Besetzung zu finden.»

«Sie hat einfach zu viel anderes im Kopf gehabt.»

«Ja, wenn du nach England musst, das ist schon ziemlich anders da.»

«Sie hätte auch bleiben können.»

«Stimmt. Sie wollte weg.»

«Gottseidank England.»

Er hatte keine Ahnung, ob sie die Anspielung auf das Fehlfarben-Lied verstand. Sie kannten sich wenig. Neun Jahre lang waren sie in dieselbe Klasse gegangen. Aber so viel wie heute hatten sie in dieser ganzen Zeit nicht miteinander gesprochen. Von ihrer Begegnung vor ein paar Wochen an ungefähr der gleichen Stelle einmal abgesehen. Jans Blick fiel auf den Golf. Mit dem musste Tina gekommen sein, es war das einzige Auto weit und breit, und ja, es war ein Cabrio. Sie hatte es so geparkt, dass es halbwegs im Schatten stand. Sie war nicht offen gefahren. Tina bemerkte Jans Blick.

«Der ist von meiner Mama. Ich habe kein Auto.»

Jan wusste das. Tinas Mutter fuhr meistens offen, auch wenn es noch kühl war. Sie trug dann ein Kopftuch und immer eine Sonnenbrille. Sie schrieb irgendwelche Ratgeber und hatte damit einigen Erfolg. Angeblich bildete sie sich einiges darauf ein. Tinas Vater war Unternehmensberater. Der fuhr einen riesigen BMW. Sie wohnten außerhalb.

Jan machte eine wegwerfende Geste.

«Was machst du zum Geldverdienen?»

«Büro. Leider. Die Eltern von meinem Freund haben eine Firma in Stuttgart. Wenigstens verdien ich ganz gut. Und ich kann bei Berthold sein.»

Berthold? Jan verkniff sich das Grinsen. In dieser Hinsicht hatte er mit seinen Eltern noch Glück gehabt.

«Hast du auch so ein Kribbeln im Bauch?»

«Schiss vor der Prüfung.»

«Ja, ich fühl mich auch total doof. Ich bin so froh, wenn der ganze Mist vorbei ist.»

«Ich auch.»

Er überlegte. Beim letzten Mal hatte sie von einem Buch erzählt, dass sie toll fand, aber welches war das noch mal gewesen? So was über das Patriarchat.

«Wo gehst du zum Studieren hin?»

«Das läuft über die ZVS. Am liebsten nach Bochum, da studiert Berthold.»

«Ist Bochum nicht 'ne Scheißstadt?»

«Ja, die Stadt ist doof. Aber die Uni soll ganz gut sein.»

Ungefähr gleichzeitig schmissen sie ihre Zigaretten weg. Es kam noch ein Auto. Jans Beisitzer, ein Lehrer, den er zuletzt in der sechsten Klasse gehabt hatte. Der Lehrer sah noch genauso aus wie damals. Halblange Haare, Rauschebart. Ein höher gewachsener Gartenzwerg. Er grüßte zu den beiden rüber und hielt einen Daumen hoch. Es beruhigte Jan zu wissen, dass wenigstens einer auf seiner Seite sein würde.

«Ich glaub, ich muss rein.»

«Ich rauch noch eine. Sagst du mir gleich, wie's bei dir gelaufen ist?»

Sie hat dermaßen glänzende Augen, dachte Jan, als wären sie lackiert. Aber sie sind schön.

«Ok, bis nachher», sagte er, «Ich drück dir die Daumen für Päda.»

«Ich wünsch dir auch viel Glück, du.»

3

«Sag mal, hast du das Moped angehabt? Es riecht so.»

Jan deutete auf das Garagenfenster in seinem Rücken. Er hatte allerdings selbst erst vor wenigen Augenblicken entdeckt, dass es offen war. Mirko zog die Brauen zusammen.

«Du kannst doch nicht in einem geschlossenen Raum den Motor laufen lassen. Durch das kleine Fenster kommt viel zu wenig Luft rein.»

«Ich musste den Auspuff ausbrennen. Der Krümmer war zu.»

«Was willst du überhaupt noch mit der Kiste?»

«Verkaufen», sagte Jan. «Wenn du jemanden weißt … Polieren will ich sie auch noch.»

«Und ein bisschen frisieren vielleicht?»

«Klar, ich bohr den Zylinder auf. Den Auspuff hab ich in Wahrheit manipuliert, Schalldämpfer raus und so.»

«Und jetzt fährt sie hundertzwanzig?»

«Hundertvierzig.»

«Mensch, ja, jetzt sehe ich's: die hat ja plötzlich zwei Zylinder.»

«Und ein breiteres Hinterrad. So bringt sie mehr Kraft auf den Asphalt.»

Mirko grinste. Seine Haltung wirkte dagegen verkrampft, er knetete seine Finger durch. Er war schon ein paar Mal spontan zum Tischtennis vorbeigekommen, und Jan rätselte immer noch, welche Absicht eigentlich hinter diesen Besuchen steckte. Immer wieder drang seine nachträgliche Eifersucht durch. Er dachte dann, dass Mirko heimlich in An verliebt gewesen war und ihren Bruder benutzte, um *seinen* Verlust zu bearbeiten. Einige seiner Äußerungen schienen in diese Richtung zu weisen. Trotzdem hätte er auf die Besuche Mirkos nicht mehr verzichten mögen.

«Wollen wir aufbauen?»

«In diese Garage werde ich heute sicher nicht mehr gehen. Du solltest auch endlich rauskommen.»

«Draußen kann man die Platte nicht aufstellen. Die einzige Ecke mit ebenem Boden ist zu dicht bei der Garage.»

Behutsam schob Jan die Achtziger vom Ständer. Er konnte sein Moped auch draußen putzen.

«Lass das Tor lieber offen, damit der Qualm abzieht. Ich frag mich echt, warum du diesen Mist machst.»

Jan antwortete nicht. Er dachte, dass Torsten nie so was gefragt hätte. Der Wichser hatte sich seit Monaten nicht mehr gemeldet.

Beim Tischtennis hielt Jan halbwegs mit, er retournierte mäßig, nicht immer präzise. Seine Angaben waren gekonnt; damit punktete er. Dagegen hatte er keine Antwort auf Mirkos Schmetterbälle, und so gewann Mirko drei von fünf Matches. Sie spielten bis zu zwei Stunden lang ohne übertriebenen Ehrgeiz. In den vergangenen Jahren hatte Jan, wenn überhaupt, allein an der Platte gestanden. Eine ihrer Hälften ließ sich senkrecht stellen, sie bildete dann für das verkleinerte Feld eine Wand, von der die Bälle zurückprallten. Mirko war längst aufgefallen, dass Jan im Spiel gegen einen Gegner wenig Übung besaß. Umso mehr versuchte er den Freund zu fordern. Und Jan reagierte. Er strengte sich an, ohne sich darüber im Klaren zu sein. Wenn sie genug hatten, gingen sie manchmal noch rein oder setzten sich auf die Terrasse, um zusammen Tee zu trinken und sich zu unterhalten.

«Hey», sagte Mirko, als Jan das Moped geparkt und das Garagentor halb geschlossen hatte. «Wir sind durch, Mann. Keine Schule mehr, keine Prüfung mehr.»

«Trotzdem sitzen wir hier fest.»

«Die paar Wochen …»

«Ich weiß noch nicht mal, wo ich hinkommen werde.»

«Du kannst immer noch verweigern und dir eine Zivi-Stelle suchen.»

«Stimmt, ja.»

«Hättest du es lieber gemacht wie Kiku? Die muss bestimmt noch ein Jahr dranhängen. Mindestens.»

«Dafür ist sie jetzt in London.»

«Da hätte sie in sechs Wochen auch noch hingehen können.»

«Ich möchte nur, dass sie glücklich ist.»

Es passierte Jan selten, dass er redete, bevor er nachgedacht hatte. Er hätte diesen Satz gern zurück in seinen Mund gestopft. Es war genau die Lüge, die er seit Wochen auf seiner Zunge um und um gedreht hatte und die darüber bitter geworden war. Aber der Gedanke, dass er ganz selbstlos um ihr Glück besorgt sei, tauchte immer wieder auf. Er hatte irgendwie Lust daran so zu denken, falsch zu denken. Er konnte nicht herausfinden, woher das rührte. Vielleicht war er schon genauso pervers wie seine Eltern und diese ganze spießige Gesellschaft. Er war voll von diesem Mist.

Mirkos Gesicht bekam einen spöttischen Zug.

«Um sich ins englische Schulsystem einzufinden», wiederholte er nur, «wird sie mindestens ein Jahr brauchen. Vielleicht zwei.» Er lachte. «Wenn ich sie mir in so einer Schuluniform vorstelle, mit kariertem Rock und Kniestrümpfen …»

Jan begehrte innerlich auf. Kiku würde sicher keine Uniform anziehen.

«… und in so einer weißen Bluse …»

«So was wird sie bestimmt nicht tragen.»

«Glaubst du, es fragt sie jemand?»

Jan schwieg.

«Du willst dir nicht vorstellen, dass sie so albern rumläuft. Aber sie war auch hier schon albern. Wenn sie rückwärts in die Klasse kam, als würde sie dadurch interessant werden.»

Wollte er bloß rumfrotzeln?

«Ein Paar besondere Lidfalten, reicht das schon aus, um vor jemand auf die Knie zu fallen? Oh, Kiku-San, du bezaubernde Blüte des Lotos …»

Solch einen Schmetterling will ich mir fangen, wenn auch die Flügel ihm dabei zerbrechen, dachte Jan. Immer derselbe Scheiß.

«Das sind Klischees.»

«Aber was findest du so toll an ihr?»

Was hast du denn toll an Jasmin gefunden, dachte Jan, den Inhalt ihres Hosenlatzes? Aber dann verhedderte er sich in diesem Wort, dessen Bedeutung ihm ins Schwanken geriet. Saß der Hosenlatz der Latzhose eigentlich oben vor der Brust oder war es doch der auch als -laden, -schlitz oder -stall bezeichnete Teil, der sich aufknöpfen ließ? War es beides?

«Wenn du Kiku nicht leiden kannst, ist das deine Sache», sagte er schließlich. «Ich fand sie nett. Ich verliere nur schon mein Bild von ihr. Wenn du von ihren Lidfalten sprichst, spüre ich, dass mein Bild von ihren Augen zum Gemeinplatz wird. Es wird ein fremdbestimmtes Bild, das immer weniger mit ihr zu tun hat.»

«Frag sie doch nach einem Foto.»

«Das ist nicht dasselbe.»

«Es ist nie dasselbe: Glaubst du etwa, dass das Bild, das du von einem Menschen hast, jemals mit ihm selbst übereinstimmen kann?»

«Ich hab außerdem gar nicht ihre Adresse.»

«Die kann man rauskriegen. Im Ernst, Jan, du solltest ihr schreiben. Du musst ihr sagen, was du für sie empfindest.»

Kam er deshalb vorbei? Weil er glaubte, seinem armen Kumpel irgendwie helfen zu müssen?

«Wovor hast du Angst, dass sie dich auslacht?»

«Ich hab keine Angst. Und ich hab ihr auch schon geschrieben, solange sie noch hier war.»

«Also. Dann kannst du es jetzt wieder tun. Genau dafür ist die Post schließlich da. Was hast du ihr denn geschrieben?»

«Kiku ist bloß noch eine Erinnerung.»

«Klingt ja sehr elegisch. Wenn du wirklich was von ihr willst, was hindert dich eigentlich daran dein Zeug zu packen und nach England zu fahren? Besuch sie, sag ihr, was du fühlst. Dabei kannst du gar nicht verlieren. Oder wartest du darauf, dass sie deine Gefühle errät und für dich ausspricht? So läuft das nicht.»

Sie weiß es, wollte Jan sagen, aber er brachte es nicht über die Lippen.

«Ich will gar nichts von ihr.»

Er wollte aus der Defensive kommen.

«Hast du eigentlich eine neue Freundin?»

«Mädchen interessieren mich nicht mehr.»

«Komm.»

«Wirklich. Ich hab zu wenig Zeit für so was.»

«Du zwängst die Liebe in deinen Stundenplan?»

«Du hattest noch nie 'ne Freundin, oder?»

So direkt hatte ihn noch nie jemand gefragt.

«Hattest du oder nicht?»

Diese Sorte Hartnäckigkeit konnte Jan nicht leiden.

«Ich habe mal –», setzte er an, schwieg dann aber von seinem Anke-Erlebnis.

«Ich habe auch noch nie mit einem Mädchen geschlafen.»

Das überraschte Jan. Er war bis eben überzeugt gewesen, der einzige Junge auf der Schule und auf der Welt zu sein, der mit achtzehn noch keinen Sex gehabt hatte. Wahrscheinlich log Mirko. Jasmin und er hatten buchstäblich aneinander geklebt, immer auf Körperkontakt.

«Ehrlich», beteuerte Mirko, als hätte er Jans Gedanken gelesen.

«Und wieso interessierst du dich nicht mehr für Mädchen?»

«Ich wollte nicht sagen, dass ich sie grundsätzlich uninteressant finde. Es steht nur zur Zeit nicht im Vordergrund. Aber du, Jan. Wenn du von Kiku was willst, reicht es nicht aus, sie heimlich anzuschmachten. Du musst ihr ein Zeichen geben.»

«Ich will nichts von ihr.»

«Vielleicht achtest du mal drauf, wer etwas von dir will. Bettina etwa mag dich sicher.»

«Bettina hat einen Freund», erwiderte Jan. «Von allem anderen mal abgesehen.»

«Was wäre das andere?»

Sie läuft in Birkenstocks rum und strickt ihre Pullover selbst, wollte Jan sagen, fand sich aber plötzlich blöd. Kurz dachte er, Mirko hätte recht und es wäre nur das Exotische an Kiku, das ihn so in den Bann schlug.

«Gar nichts.»

«Sie will Philosophie studieren.»

Das überraschte Jan. Es passte nicht in sein Bild von Tina.

«Nein, Quatsch. In Wahrheit ist es Ernährungswissenschaft.»

«Verarsch mich nicht.»

Kurz hatte Jan die Vorstellung, Mirko hätte Tina und ihn auf dem Parkplatz gesehen. Er fragte sich vergeblich, wo die Verbindung zwischen den beiden zu suchen war.

«Weißt du jetzt, was du studierst?»

«Ich will versuchen in Informatik reinzukommen. Wenn nicht, studiere ich Architektur. Ich will nicht sterben, ohne eine Stadt gegründet zu haben.»

Mirko musste nicht zum Bund, er war ausgemustert worden. Gott mochte wissen, wie er das hingekriegt hatte, oder vielleicht wusste es Mirko allein.

«Mirkosburg.»

«Wegen mir», lachte der andere.

Jan erzählte von Ans Idee, ein verlassenes Dorf wiederaufzubauen. Er fand diese Idee viel besser als die, Füchten zu zerstören. Mirko sagte nicht, dass er davon schon lange wusste.

«Wenn man in ein verlassenes Dorf geht und es wiederaufbaut, zerstört man aber ein verlassenes Dorf.»

«Kapier ich nicht. Ein verlassenes Dorf geht doch von selbst kaputt.»

«Ja, aber wenn du dahin gehst, und es wieder bewohnst, ist es kein verlassenes Dorf mehr. Du zerstörst das Dorf als verlassenes Dorf.»

«Das könnte man so ja für alles sagen.»

«Klar kann man es für alles sagen. Es gilt ja auch für alles.»

Jan schluckte schwer an einem Gedanken.

«Was wäre zerstört worden, wenn An noch leben würde?»

Ich muss das Moped aus der Sonne schieben, dachte er. Es war komisch. Er stand da draußen und ließ sich von der Sonne den Nacken wärmen, er war nicht allein, sondern hatte Besuch, und doch kroch die Verzweiflung wieder in ihm hoch. An hätte schon in Portugal sein können, stattdessen lag sie in der Erde. Er schob die Achtziger vom Mittelständer, blieb dann jedoch einfach mit ihr stehen.

Mirkos Gesicht wurde ernst.

«Dass An gestorben ist, hat mir auch sehr wehgetan. Ich hab sie echt gern gemocht. Wie musst du dich erst fühlen, Armer.»

Es passierte, dass Jan einfach zu heulen begann und Mirko ihn ohne Umschweife über das Moped hinweg in den Arm nahm. Das ganze Geplänkel um Kompetenz, die spätpubertäre Ängstlichkeit vor Berührungen unter Jungen, die allgemein noch weit verbreitet war, spielte keine Rolle mehr. Es tat Jan einfach gut, dass Mirko ihn in den Arm nahm und tröstete. Er ließ sich lange auf diese liebe Art berühren. So hatte er sich schon ewig nicht mehr gehalten gefühlt, oder nur einmal, als seine Mutter ihn halb bewusstlos auf dem Flur gefunden hatte. Die Erinnerung daran wies er gleich wieder von sich. Nach Ans Tod hatte sie noch so einen komischen Versuch gemacht sich ihm zu nähern. Sie steckten fest im Glibber ihres Schmerzes und konnten sich gegenseitig kaum noch wahrnehmen. Eine ganze Zeit lang flossen seine Tränen wild, er schluchzte und zuckte.

Jan konnte sich nicht darüber einig werden, ob er Mirko nun mögen sollte oder nicht. Die Umarmung des anderen tat ihm wohl. Gleichzeitig nervte ihn dessen besserwisserische und manchmal großkotzige Art. Außerdem fühlte er sich auf eine blöde Weise ausgeschlossen von Mirkos Verhältnis zu An. Er fragte sich, was es bedeutete, wenn Mirko sagte, Ans Tod habe ihm wehgetan. Vielleicht war er doch in sie verliebt gewesen, vielleicht hatte er mitgekriegt, dass sein Vater etwas von An wollte, beziehungsweise er dachte, dass es so wäre und versuchte dieses Verhältnis zu torpedieren. Vielleicht war Mirko die Idee, dass sein Vater etwas mit An haben könnte, genauso schief erschienen wie Jan die Vorstellung, dass Mirko und An zusammengekommen wären. Mirko war wie er noch ein Schüler, jemand, für den er das Wort «Mann» nicht ohne Zögern benutzt hätte. An dagegen hatte schon eigenes Geld verdient und eine Wohnung gehabt. Es war nicht richtig diesen Unterschied zu ignorieren. Außerdem lebte er und sie war tot.

Nach einer Weile spürte Jan, wie das Moped, das noch gegen seinen Oberschenkel lehnte, schwer wurde. Schnell löste er sich aus Mirkos Umarmung.

«Danke», nuschelte er. «Das war nett von dir.»

4

Zum ersten Mal sah Jan sich als Schwertträger. Er wurde schon lange verfolgt und kam schlecht von der Stelle, aber dann sprang oder fiel er in eine Bodenmulde, hatte plötzlich Platz um sich und das Schwert in seinen Händen, mit dem er um sich schlug und seine Verfolger auf Distanz halten konnte. Eine der Gestalten, sie trug wie die anderen eine Kutte, die sie vollständig verhüllte, drang rückwärts gehend auf ihn ein. Er holte zum Schlag aus, erkannte in der Bewegung, dass die Gestalt Kiku sein musste, und hatte ihr in demselben Moment schon die Hand abgeschlagen. Das Blut stürzte hervor. Die Kapuze flog zurück, sie war es, sie sagte zu ihm: Ich hasse Vergangenheiten, der Wechsel akkumuliert sie. Da hob er noch einmal das Schwert.

Er wollte diesen Traum rückwärts laufen lassen. Er versuchte, Bild für Bild, sein inneres Auge zu zwingen, den gesamten Ablauf umzukehren, die schwertführenden Hände sinken zu lassen, die Kapuze vor Kikus Gesicht zu ziehen, zu vergessen, wer sich da verbarg, die abgeschlagene Hand entgegen den Gesetzen der Schwerkraft an ihren Arm zurückfliegen zu lassen, wo das Blut in die Adern strömte und die Wunde verschwand und alles wieder heil wurde, sie vorwärtsgehen zu lassen, sie von sich weggehen zu lassen. Das war schwer und noch schwerer war es, die Gesetze der Schwerkraft für sich selbst umzukehren und nicht nach oben zu steigen, sondern zu fallen, den Boden von Millionen Raketen nach unten treiben zu lassen, die dunklen Gestalten zurückzuscheuchen in das Ungefähr, aus dem sie gekommen waren – um wo zu beginnen? Das Ende fiel ihm am schwersten, da der Anfang völlig im Dunkel lag. Licht ist immer noch das Gegenteil von Dunkel, sagte er sich, und versuchte es mit greller Beleuchtung, sah jedoch genauso wenig.

Wenn die Umkehrung ihm einigermaßen gelang, belohnte er sich, indem er Kiku die Kapuze vom Kopf zog und ihr immer sehr weiß aufgemachtes Gesicht mit dem schmalen, dunkel geschminkten Mund und den steilen schwarzen Brauen ausgiebig betrachtete. Da war ein Zeichen in ihrem Gesicht. Er dachte: Ypsilon, er dachte: Hörnerpaar des Stiers, er dachte: feine Linie ihrer Wangen. Er fand seinen Kopf vollgestopft mit gebrauchten Vorstellungen. Er sah ihre Augen mit der Lidfalte, die dunkle Farbe mit dem Glanz der Ferne. Ihre Lippen schienen ihm spröde. Er fragte sich, ob sie spröde sein mochten. Ein neuer Aspekt. Es war ihm nicht gelungen sie zu zeichnen, sie gelang ihm nicht mal im Kopf, sie war nur ein Druckstock, in den er die Kerben seines vorgefertigten Bildes schnitt. Mehr blieb ihm nicht von ihr. Ja, er konnte sie vor- und rückwärtslaufen lassen. Aber es half nicht. Sie blieb fremd. Im Herzen blieb sie ihm dagegen vertraut. Eine Fremde würde man doch nicht so mit jeder Faser begreifen, wie er Kiku begriff.

5

Jasmin hatte das beste Zeugnis, ein Notendurchschnitt von Nullkommaneun. Es gab noch eine Reihe von Einser-Zeugnissen, Mirko schaffte Einskommaacht und fiel damit hinter seine eigenen NC-Hoffnungen zurück. Jan hatte sich wenig um seinen Abiturstoff gekümmert und blieb im Notendurchschnitt unter dem der letzten Jahre. Es ließ ihn kalt. Er hatte keine Ambitionen auf Jura, Medizin, Informatik oder Architektur. Zu jener Zeit stellte er sich vor Fotografie an einer Hochschule zu studieren.

Er hatte diesen Wunsch im Winter gegenüber der Berufsberaterin geäußert und dabei aus einem unerklärlichen Impuls von seiner Farbenblindheit gesprochen. Die Frau vom Arbeitsamt hatte gespottet, er könne ja Schwarzweißfotos machen, und er hatte sie dafür gehasst. Die offizielle Entlassungsfeier war nun das Einzige, was ihn noch mit der Schule verband.

Mirko brachte ihm Kikus Adresse. Er verriet nicht, woher er sie hatte. Die beiden verloren rasch die Lust am Tischtennis und Mirkos Besuche hörten wieder auf. Das verletzte Jan, obwohl er wusste, dass sein Freund in einer nahe gelegenen Fabrik Nachtschichten machte, um vor dem Umzug nach Frankfurt und dem Beginn seines Architekturstudiums möglichst viel zu verdienen – sein Vater würde ihn kaum unterstützen können. Außer zu lesen wusste Jan kaum etwas mit seiner Zeit anzufangen.

Seit die Theater-AG mit einem schnöden Aushang am Schwarzen Brett geendet hatte, waren schon wieder Monate ins Land gegangen. Jan hörte immer noch die eigentlich für Kiku bestimmte Bowie-Platte. Er wartete weiter auf einen Brief mit englischer Marke. Ich habe sie nie zum letzten Mal gesehen, dachte er. Oftmals versuchte er ihre Brüste zu zeichnen, wie er sie bei der Abschiedsumarmung gespürt hatte. Es gelang ihm nicht. Überhaupt war es ihm nie gelungen Kiku zu zeichnen. Er schrieb eine fortlaufende Reihe von Texten, die zwar noch mit den Worten «Liebe Kiku» begannen, sich aber an niemanden mehr richteten. Darin entwickelte und variierte er eine Geschichte, deren Kern zwei Göttinnen bildeten, die ihm beide ein Schwert darboten. Er stand vor ihnen und konnte sich nicht entscheiden, welches er nehmen sollte. Er wusste, dass er eine von ihnen erzürnen würde, sobald er das Geschenk der anderen annahm. Dazu kam, dass er nichts über die Bedeutung der Schwerter erfahren konnte. Eins zum Ohrabschlagen, eins fürs Harakiri. Er fragte, ob das richtig sei. Siehst du da einen Unterschied, fragte die eine Göttin und zog seine Hand von ihrer Kehle weg. Die andere gab gar keine Antwort. Um seine Briefe geschmeidiger zu machen, verzichtete er auf Satzzeichen.

Am Anfang des Sommers erhielt er eine Karte von ihr. Sie zeigte drei punkige Mädchen, die an einer roten Londoner Telefonzelle Schlange standen, in der die vagen Umrisse eines Mannes in brauner Jacke und Jeans mit dem Hörer am Ohr zu sehen waren. Obwohl sie von Kiku kam, fand Jan die Karte blöd. Das Warten in der Schlange machte aus den Punks die netten spießigen Mädchen von nebenan, und ihre Klamotten sahen auch gar nicht punkig aus, viel zu gepflegt und teuer. Das war klar – welcher echte Punk hätte sich für so ein Foto hergegeben, keiner. Es waren Modepunks oder Modelle, die sich für die Aufnahme nur verkleidet hatten. Umso weniger konnte er verstehen, warum Kiku solch eine Karte kaufte.

Sie schrieb nur ein paar Sätze. Es ging ihr gut, sie war aufgrund ihres Aussehens in der Schule nicht einfach die blöde Deutsche. Andererseits bestaunte sie niemand in einer Stadt, in der so viele Menschen aus der ganzen Welt lebten. «Ich fühle mich, als wäre ich in eine andere

Haut geschlüpft.» Jan wünschte sie alles Gute, «hang on», schrieb sie. Er schlug diese Wendung nicht nach. Für ihn bedeutete sie etwas wie «häng rum». Er sollte die Dinge wohl gelassen nehmen.

Zum ersten Mal drängte es ihn nicht ihr sofort zu antworten. Er versuchte sich das vorzustellen, wie sie in eine andere Haut geschlüpft war, deutlich sah er ihre alte Hülle vor sich verkrumpelt auf dem Boden liegen. Er sah sich, wie er sie zusammenrollte und in die Tasche steckte. Zu Hause würde er sie an die Wand hängen oder im Wald auf einem großen Stein verbrennen. Den Rauch in den Himmel steigen lassen. Was aber war mit dem Inhalt, hatte sie einen Kern, ein Wesen, war das dieselbe Kiku, nur in Rot und Weiß, eine Gestalt aus dem Anatomieatlas, frontal zum Betrachter stehend, die ihre Hände seitlich abspreizte und die Handflächen zeigte, eine künstliche Haltung, zu der sie aufgefordert war, und die Augen dabei geschlossen hielt, wenn sie nicht als lidlose Großkugeln aus ihrem Gesicht glotzten? Oder war es die Seele, die von einer Verpackung zur nächsten wechselte und sie mit ihrem Hauch aufblies wie einen Ballon? Und was war mit ihrer neuen Hülle, die konnte er sich gar nicht vorstellen, dachte aber, dass sie ja schließlich passen musste und deshalb nicht viel anders aussehen konnte als die alte. Möglich dass er sich darüber täuschte.

Er wollte ihr selbst eine neue Haut überstreifen. Er zeichnete sie mit karierter oder groß gepunkteter Haut, einmal probierte er sogar eine Oberfläche, die halbwegs zerfetzt war. Doch das überstieg seine Fertigkeiten. Mit heimlichem Genuss dachte er an Torsten, der bei Jasmin abgeblitzt war, der immer wieder gegen die Wirklichkeit anrannte und sich eine blutige Nase holte, weil er doch nichts verändern konnte. Weniger leicht ließ sich Mirkos unbeirrtes Festhalten an utopischen Projekten verstehen. Er schien seine Geworfenheit schlicht zu ignorieren. Als reichte der Gedanke, um die eigene Begrenztheit zu durchbrechen und zum Handeln vorzudringen. Jan dagegen fand, dass ein Leben im Bewusstsein der Unmöglichkeit einen vor überflüssigen Handlungen schützte. Im Grunde – aber so dachte er erst Jahre später – ging es ihm wohl darum sich vor Enttäuschungen zu schützen, indem er ein berührungsfreies Leben führte. Nicht mehr lange.

Sandra rief ihn an und erzählte von einer weiteren Abifete. Über die vergangene sprachen sie nicht.

6

«Schade dass aus eurem Stück nichts geworden ist. Das hätte ich mir gern angesehen.»

Es stimmte also, was An gesagt hatte. Mirkos Vater hatte fettig glänzende, graue, dünn gewordene, halblange Haare und verströmte den Geruch seines eigenen Körpers, deutlich wahrzunehmen, wenn er jemandem so nahe kam wie in diesem Moment Jan. Außerdem roch er nach Schnaps.

Der Junge hatte diese Nähe nicht etwa gesucht. Er

hatte einfach das Pech gehabt, durch eine tote Ecke der Ladenpassage zu schlendern, von der aus man früher in eine nun gesperrte Tiefgarage gelangt war und immer noch zu einer Nottreppe gelangte, die mit Recht als ein heimlicher Ort des Städtchens galt. Niemand, den Jan kannte, wäre dort freiwillig reingegangen. Es fand sich immer wieder Müll dort, die Hinterlassenschaften von allem, was Menschen nicht in der Öffentlichkeit taten oder was sie dort nicht tun durften. Sogar Nadeln wurden immer wieder gefunden. Jan traute sich dementsprechend nicht, durch diese Tür zu verschwinden. Er saß in der Falle.

Mirkos Vater kannte er nur vom Sehen, und auch da eher von Weitem. Umso rätselhafter wirkte es auf ihn, dass Juergens Augen glänzten und dass er grinste wie beim Wiedersehen mit einem guten Kumpel. Der Alte schwatzte munter über die Schulaufführungen der letzten Jahre, vertrocknete Kulturwüstenpflänzchen, nicht weiter ernst zu nehmen, «aber was ihr da machen wolltet, hatte was, das hat mir vom Konzept her gut gefallen.» Er nannte Einzelheiten. Jan fragte sich, wie Juergen so viel darüber wissen konnte.

«Gehst du mit mir ein Bier trinken? Ich habe meinen freien Nachmittag.»

Es reichte ihm also nicht, ein paar blöde Sätze über das Schultheater loszuwerden. Panisch sah Jan sich ergriffen, hochgehoben und in der Absturzkneipe am anderen Ende der Ladenpassage wieder abgesetzt, wo die Zukurzgekommenen mit den Hintenruntergefallenen in einträchtigem Schweigen saßen und Pils auf Pils tranken, während im Hintergrund Es fährt ein Zug nach Nirgendwo lief. Er suchte nach einer Ausrede. Dass er zum Nachmittagsunterricht müsse, konnte er schlecht behaupten. Etwas anderes fiel ihm blöderweise nicht ein.

«Ich wollte eigentlich schwimmen gehen.»

«Das kannst du doch jeden Tag tun. Hier vorn gibt es eine nette Kneipe ... haha, keine Angst, da würde ich auch nicht reingehen. Wie wär's mit dem Bogen, wir können genauso gut ein Eis essen.»

Es stimmte also auch, dass es schwer war ihn loszuwerden. Jan überlegte, was Juergen beabsichtigen mochte. Vielleicht wollte er wissen, mit wem sein Sohn Tischtennis spielte. Oder ihm war einfach langweilig. An hatte nach dem Essen mit Mirkos Vater eine Theorie, warum sie von ihm eingeladen worden war. Sie hatte damals nicht den Eindruck gehabt, dass er hinter ihr her war, oder er müsste sich «extrem dämlich» angestellt haben. «Er sieht in uns alles, was er und sein Sohn nicht haben, eine vollständige Familie, die hier stark verankert und gut angesehen ist. Solche Sachen. Auch wenn er so aussieht, als wäre ihm das alles egal.» Eine direkte Berührung zwischen Juergen und der Familie Bodenlos hatte es jedoch nie gegeben. Nein, diesseits des Wahnsinns gab es keine Erklärung. Jan sah in Mirkos Vater dagegen einen der wenigen Älteren, die sich lässig kleideten, die nicht nur an ihrer Karriere bastelten, sondern noch eine andere Linie im Leben verfolgten. Er rauchte Selbstgedrehte. Und seine Augen wirkten wach und klug.

Der Bogen kam Jan fremd vor. Es hatte sich nicht viel geändert hier, aber die Leute waren andere, neue Schüler, die auf die leer gewordenen Stühle vorgerückt waren wie sie in die nächste Stufe aufrücken und einen neuen Abijahrgang bilden würden. Wie Jan und sein Jahrgang würden sie in quälender Langsamkeit ans Ende des Fließbands geschoben und von dort in ein Wännchen fallen – fertig zum Abtransport, all ihr neuen Glieder der Gesellschaft.

«Mit deiner Schwester bin ich auch ein-, zweimal hier gewesen», sagte Juergen, ohne sich um Jans alarmierten Gesichtsausdruck zu kümmern. «Hast du eigentlich mal die Fotos gesehen, die sie von Mirko gemacht hat? Die sind gut, sie hatte den richtigen Blick.»

An hatte nur von einem Treffen mit Juergen gesprochen. Auch irgendwelche Fotos von Mirko hatte sie nie erwähnt. Er will sich wichtigmachen, dachte Jan. Es ärgerte ihn, dass er nun darüber nachdenken musste. Außerdem ärgerte ihn der Gleichmut, mit dem der Andere über Ans Tod hinwegging. Jan verfluchte sich selbst, weil er sich nicht aus seiner Lage zu befreien vermochte.

Juergen pirschte sich beinahe lautlos an den Jungen heran. Er kam wieder auf das Stück zurück, ließ nicht gelten, dass Jan sich hinter seinem Beleuchterposten versteckte und entlockte ihm schließlich das Geständnis, gelegentlich literarische Texte zu schreiben.

«In deinem Alter schreiben viele», sagte er. «Die meisten davon leben bloß so eine romantische Ader aus. Sie kommen über das Abschreiben nie hinaus. Aber dir traue ich was zu. Man spürt da was.»

Jan fühlte sich geschmeichelt, er entspannte sich auf seinem Caféstühlchen und hörte seinem Gegenüber nun geduldig zu. Juergen begann bald von seinem eigenen Schreiben zu erzählen. Erst spielte er es herunter, doch nach wenigen Minuten breitete er detailliert seinen Plan für den Roman aus, an dem er seit zwanzig Jahren arbeitete. Selbst das stimmte also. «Die Teilung» lautete sein Titel, und es ging darin um einen geschiedenen Mann, der in Westpreußen geboren war und in Westdeutschland lebte und in dessen Schicksal sich die Weltgeschichte spiegelte. Dieser Heimatlose versuchte unermüdlich, in Gesprächen, Briefen und sogar auf Videokassetten seinem Adoptivsohn, der ihm nach der Trennung geblieben war, die Summe seines Lebens mitzuteilen. Letztlich scheiterte er jedoch, weil die beiden Generationen schon durch ihre Sprache, aber auch durch ihre Erfahrungen unüberbrückbar voneinander getrennt waren. Zeitliche und geografische Ebenen – der Sohn lebte in Los Angeles – wurden ineinander verschränkt. Juergen hatte «mehr als tausend Seiten» Material, doch bei der Organisation geriet er immer wieder in Schwierigkeiten. Er wollte eine wirklich gültige Form dafür finden und nicht das ganze Zeug einfach zusammenhauen. Außerdem bereitete der Schluss des Romans ihm erhebliche Probleme. Alles in der Geschichte strebte auseinander, aber Juergen sehnte sich nach einem versöhnlichen Ende.

«Warum nennen Sie das Buch nicht ‹Die Trennung›?»

«Verdammt», sagte Juergen, «du hast recht. Das ist härter. Viel besser. Und sag nicht immer Sie zu mir.»

Jan löffelte seinen Venezia-Becher. Er fand die Kirschen zu fleischig, die Sahne zu fett. Er fragte sich, ob er irgendetwas daraus machen konnte, dass diese Gondel aus schwarzem Glas, in der das Eis serviert worden war, auf einer weißen Serviette stand, die sich auf einem weißen Teller befand, dass sein Schiffchen demnach auf dem Trockenen lag und dafür in ihm die Soße schwamm. Juergen fischte ein völlig verknicktes Vokabelheft aus seiner Gesäßtasche und notierte etwas. Ohne aufzusehen: «Wo fängt man an, wo hört man auf? Das beschäftigt mich am meisten, verstehst du. Wie soll ich das erklären …»

Er bestellte zwei Tassen Kaffee, für sich außerdem einen Kognak. Jan mochte keinen.

«Stell dir vor, du willst so eine Liebesgeschichte erzählen. Wäre die erste Begegnung der beiden Liebenden der richtige Einstieg oder ist die gar nicht so wichtig? Gibt es eine Vorgeschichte? Geht es darum, einfach die Geschichte einer Liebe zu erzählen oder vielmehr darum, sie zu verstehen?»

Meinte er das ironisch?

«Ab welchem Punkt wäre sie verstanden?»

Juergens Blick hellte sich auf.

«Du weißt, wovon ich spreche. Was müsste man über die Figuren erzählen, um ein genaueres Bild zu gewinnen, die Umstände ihrer Entwicklung bis zurück in die prägenden Erlebnisse ihrer frühen Kindheit? Müsste nicht das Leben der beiden als in seinen von der erzählten Geschichte unabhängigen Dimensionen ausgeleuchtet werden, damit nicht sie, oder gegebenenfalls auch er, falls du aus ihrer Perspektive erzählst, als bloße Projektion des Partners oder des Erzählers oder des Autors erscheint? Wie weit verfolgst du die individuell psychischen und die gesellschaftlichen Bedingungen deiner Figuren? Wie umfassend schilderst du die Umwelt, die sie geprägt hat?»

«Kann man denn überhaupt von Leben sprechen?», wandte Jan ein. «Kann eine literarische Figur überhaupt eine frühe Kindheit haben oder gehabt haben, also eine, die außerhalb des Textes liegt? Kann eine Figur außerhalb des Textes ein Leben führen, das vom Text selbst oder auch von den Köpfen seiner Leser unabhängig ist?»

«Ja, ja, ja!» Juergen kippte seinen Kognak runter. «Genau da liegt das Problem. Schließlich sind die Figuren doch Erfindungen und bestehen aus nichts als Wörtern, die sich zu einer Suggestion verdichten, wenn es schlecht gemacht ist, und die kritisch aufklären, wenn es gut gemacht ist. Wie bei Brecht.»

Jan reagierte auf Juergens Sätze nach einem verinnerlichten Schema, ähnlich wie er in der Schule reagiert hatte, wenn er etwas nicht wusste und trotzdem zu einer Äußerung aufgefordert war.

«Darüber hinaus frage ich mich manchmal, ob nicht das ‹richtige› Leben, was wir unsere Existenz, Geschichte, Schicksal und dergleichen nennen, auf einer fragwürdigen, an ihren Rändern offenen Konstruktion beruht – ein Gespinst aus Erinnerungsbildern, Visionen, Geschichten, das keineswegs eindeutig ist. Mag der erste Atemzug, den wir auf dieser Erde tun, ein Faktum wie der letzte sein. Was sich dazwischen abspielt, wird bei genauerem Zusehen immer fragwürdig.»

«Als Mirko klein war, hat er sich stundenlang damit beschäftigt die Stiege raufzuklettern. Wir haben damals in so einem Haus gelebt, dessen Treppe sich im Wohnzimmer befand, weißt du. Ich saß unten und habe auf ihn aufgepasst, gleichzeitig habe ich an meinen Texten gearbeitet.» Er seufzte, als wäre das eine schwere Erinnerung für ihn. «Mirko konnte gerade laufen, er ist immer wieder zu der Treppe hin und wollte hoch. Stufe für Stufe hat er sich so genau angesehen, dass ich irgendwann dachte, vielleicht verpasse ich was und sie sind wirklich alle unterschiedlich.»

Diese Geschichte löste bei Jan die gleichen unangenehmen Empfindungen aus, die er hatte, wenn seine Mutter irgendwelchen Tanten Anekdoten aus seiner Kindheit erzählte. Juergen schien das nicht zu bemerken.

«Bei diesem gründlichen Detailstudium wäre Mirko wohl niemals am Ende angelangt. Jetzt ist es mit so einer Treppe relativ einfach. Entweder geht man sie rauf oder runter, in beiden Fällen kennt man ungefähr den Weg. Bei meinem Roman habe ich dagegen den Eindruck mich auf einer endlosen Wendeltreppe zu befinden.»

«So ist auch das Leben. Dass man unten angekommen ist, weiß man erst, wenn man auf der letzten Stufe steht.»

«Du meinst, es wird irgendwann passieren? Irgendwann werde ich einfach wissen: das war jetzt der letzte Satz?»

«Überlass das Ende deinen Figuren. Sie werden es finden.»

«Du haust mich echt um. Ihr seid alle so begabt. Dein Vater ist Architekt, oder? Und deine Schwester hat diese tollen Aufnahmen gemacht. Willst du noch was trinken? Hast du Hunger?»

«Ich müsste dann mal los», sagte Jan. «Die Hunde rauslassen.»

«Mirko geht im Herbst schon weg. Er will in Frankfurt studieren.»

«Ich weiß.»

«Bist du auch ausgemustert worden? Oder musst du Zuviel-Dienst leisten?»

Es war Jan peinlich, dass er zur Bundeswehr gehen würde. Er hätte Lust gehabt, irgendeine Geschichte zu erfinden. Schließlich rückte er doch mit der Wahrheit raus.

«Zur Bundeswehr? Ach, du Kacke. Die werden dich verdummen. Morgens um fünf musst du Liegestütze machen und nach dem Frühstück wieder, bis es dir hochkommt. Ich weiß, wovon ich rede, ich war da. Willst du wirklich schießen lernen?»

«Ich muss ja nicht treffen. Ein Onkel von mir sagt immer, er hat im Krieg so viele Zweige von den Bäumen geschossen, dass man damit einen ganzen Winter hätte heizen können.»

«Geh doch nach West-Berlin, da hast du deine Ruhe. Die Feldjäger dürfen dich da nicht kaschen.»

Das hatte Kiku ihm einmal vorgeschlagen. Aber die Vorstellung in Berlin zu sein und nicht rauszukönnen, weil man verhaftet wurde, sobald man den Boden der Bundesrepublik betrat, erschreckte Jan. Berlin war nicht Füchten, trotzdem wollte er nie wieder irgendwo festsitzen.

«Es ist mir egal», sagte er tapfer. «Geh ich halt fünfzehn Monate zum Bund. Also, tschüss.»

«Danke», erwiderte Juergen. «Besten, verbindlichsten Dank.»

7

Seit dem Ende der Prüfungen saß Jan oft daheim im Garten in der Sonne. Das neue, fertig gekaufte Gartenhaus stach mit seiner grellen Imprägnierung von der Umgebung ab. Er mochte es nicht, er hätte in der seelenlosen Hütte nicht eine Zeile zustande gebracht, keinen Strich, nichts. Die Decke seiner Tage hing nach wie vor niedrig. Mag sein, dass sein Verhältnis zu den Eltern sich schon entspannte; bis es wieder zu einem Umgang wurde, sollte noch einige Zeit vergehen. Mag sein, dass er seine Schwester nach und nach dem Land der Toten überlassen konnte; er fühlte doch noch lange die Verbindung und brauchte sie vielleicht für seinen Schmerz. Er reservierte einen guten Teil seines Herzens für ein Mädchen, das er bereits verloren glaubte, und begann doch sich zu öffnen. Dem Reifezeugnis maß er keinerlei Bedeutung für sich und seine Zukunft zu. Es landete in einer Gummizugmappe bei den anderen Dokumenten, die den Fluss seines Lebens nach und nach in ein behördliches Bett zwingen sollten. Auf diese Weise wurde wahrscheinlich vielen Menschen die Angst vor dem Leben genommen. Ihm ging es eher umgekehrt.

Die Aufregung, die er bei dem Gedanken wegzugehen und ein neues Leben zu beginnen einmal gespürt hatte, war der Stumpfheit gewichen. Hatte er im Herbst noch unter der Gleichgültigkeit seiner Umwelt gelitten und geglaubt, dass er dagegen ein Zeichen setzen müsse, so wünschte er sie jetzt geradezu herbei. Er wollte nichts mehr als ein ganz und gar unbeachtetes Leben führen, mehr Sein als Existenz. Seinen Sommerjob hatte er abgesagt. Es würde auch ohne dieses Geld gehen. Er hatte seine Einberufung zu einem Luftwaffenstützpunkt erhalten, er wäre ohne Murren auch zum Heer oder zur Marine gegangen. Er hätte sich ebenso nach Süddeutschland einberufen lassen wie nach Nord-, West- oder Ostdeutschland. Er konnte sich nicht mehr vorstellen, nach seiner Bundeswehrzeit überhaupt noch etwas anzufangen. Das Leben war nicht mehr als eine Schlammwelle, die ihn wie alle anderen früher oder später fortspülte. Egal. Es gab sowieso nichts Neues, es gab erst recht keinen Anfang. In allem, was ihm widerfuhr, lag bloß noch ein Abschied. Besonders galt das für seine kleine Knutscherei mit Sandra bei einer der Abifeten. Jan fasste sie nicht als den Trailer auf, der ihn verlockte, sich auch den Film anzuschauen, sondern als letzten Akt der Vorführung. Der folgenden Fete war er ferngeblieben.

Er musste keine Schmerzensmänner schaffen, er war so einer, von der traurigsten Gestalt. Corpus deletur. Beinah erreichte er den Schwebezustand, den er sich lange herbeigesehnt hatte. Das Alte war vorbei, das Neue fing nicht an. Jan gab sich körperlichen Empfindungen hin: Wärme, Kälte, Hunger, Durst, Müdigkeit, Geilheit.

Lesen oder dösen. Tischtennis spielen oder nicht spielen. Sich einen runterholen oder schlafen. Aus mehr bestand seine Welt nicht, um etwas anderes konnte es nicht gehen. Die Zeit stand beinah still. Selbst Kiku wurde blasser. Er träumte nicht mehr von ihr. Er schrieb ihr nicht zurück. Es gab Tage, an denen er nicht einmal an sie dachte.

An der Entlassungsfeier nahm er ohne seine Eltern teil. Das machte ihn fast ein bisschen stolz; es zeigte jedenfalls, dass er kein Spießer war. Tags drauf begann der Riesentanker Schule, auf dem er dreizehn Jahre, zwei Drittel seines Lebens, geschuftet hatte, schon zu sinken. Jan schaute sich nicht extra um. Er trieb auf seinem Rettungskissen. Zufällig spülte ihn die See direkt ins Abicamp. Das war die letzte Veranstaltung in einer Reihe von Partys und Ähnlichem, die das gesamte letzte Schuljahr angereichert hatten. Ein Dutzend Zelte oder wenig mehr stand im Halbrund angeordnet auf einer schön gelegenen Wiese des Bauern Arnolph. Vier Tage sollte das Lager dauern, vier Tage abhängen, rauchen, saufen, am Feuer sitzen. Die Organisatoren, das war in erster Linie ein Sohn des Bauern, hatten sich darauf beschränkt, von Arnolph die Erlaubnis für das Camp einzuholen und ihm eine Fuhre Feuerholz abzuschwatzen. Bier wurde nach Bedarf aus dem Getränkemarkt geholt und ohne Murren warm getrunken. Für die Verpflegung sorgte jeder selbst.

Die Wiese stieg sanft zu einem kleinen Eichenhain hin an. Von dort aus hatte man einen weiten Blick über Täler und Höhen des Landes. Der Himmel war blau und das Land war grün. Niemand nahm Anstoß an dieser letzten Schmeichelei einer Gegend, der die Menschen davonliefen. Leider hatte im oberen Teil der Wiese noch vor kurzem das Vieh geweidet. Zahlreiche dunkler grüne Stellen im Gras zeugten von der düngenden Kraft des Kuhmistes. Die jungen Leute nahmen die Fladen kaum wahr, sie spazierten barfuß zwischen ihnen herum und ihre Füße wichen meistens automatisch aus.

Jan lag vor seinem Zelt auf der neu gekauften Isomatte und las ein bisschen Sartre. Nur ab und zu verscheuchte er die Fliegen. Vom Vormittag bis in die Nacht trank er langsam, doch beständig Bier und geriet in einen seltsamen Zustand. Er spielte manchmal Federball und Frisbee, er öffnete die Heckklappe seines Autos, um für zwei Stunden die Beschallung zu übernehmen. Der Reihe nach lutschten die jungen Leute ihre Autobatterien aus, ein paar fuhren immer in der Gegend rum, um die Akkus wieder aufzuladen.

Am zweiten Camp-Tag tauchte Torsten auf. Er hatte sich die Haare abrasiert, das gab seinem Gesicht etwas Babyhaftes, hätte seine muskulöse Gestalt insgesamt aber brutal wirken lassen, wären da nicht das alte, aufgeknöpfte Hawaiihemd und die Bermudashorts gewesen. Wenigstens war er nicht zum Skinhead mutiert. Jan staunte über die Verwandlung. Sie lähmte seinen Impuls auf den Jungen zuzugehen, für den er sofort wieder Freundschaft hegte. Dazu kam, dass Anke ihn begleitete. Die beiden schlugen unter einem Apfelbaum ihr Zelt auf, verschwanden darin und erschienen später splitternackt mit einem Frisbee auf der Wiese. Es gab Gejohle, das schien sie nicht zu stören. Jan schielte immer wieder auf die heftig schaukelnden Geschlechtsorgane seines Freundes. Zum ersten Mal leuchtete ihm die Vokabel «Gemächt» ein. Hatte Torsten nicht gesagt, er wolle etwas Sinnvolles tun? Auch so ein Einknicker. Monatelang hatte Jan befürchtet, die Nachricht von seinem Selbstmord zu hören. Jetzt war der einfach in eine neue Hülle geschlüpft; es ging ihm damit offensichtlich wunderbar. Und er behandelte den Bodenlos wie Luft.

Noch mehr und heimlicher als den Ex-Punk begaffte Jan die große, schlanke Anke. Ihre Brüste waren so straff, dass sie kaum hüpften, der Streifen Haare zwischen ihren Beinen wirkte zahm und schmal. Einmal mehr malte Jan sich aus, was letzten Herbst hätte sein können. Er hatte sich seitdem vor ihr geschämt und nur eine Unachtsamkeit seinerseits hatte dazu geführt, dass sie sich noch einmal nahegekommen waren. Bei dieser Gelegenheit hatte Anke ihm einige echt tröstliche Worte zu Ans Tod gesagt, und Jan hatte undeutlich gefühlt, dass sie ihn wenigstens mochte, wenn nicht mehr. Vielleicht deshalb machte es ihn eifersüchtig sie mit Torsten zusammen zu sehen. Er konnte nichts dagegen tun und schwor, von sich aus nicht das Wort an seinen alten Freund zu richten.

Gegen Abend zog Jan sich ein T-Shirt über und rauschte schnell nach Hause, um sich aus dem elterlichen Kühlschrank mit Essen zu versorgen. Vor Einbruch der Dunkelheit war er wieder im Camp. Mit Lars zusammen rauchte er am Abend eine Tüte und fiel zurück ins Gras. Die Sterne über ihm standen nicht länger still, sie fielen einer nach dem anderen vom Himmel, und wurden doch nicht merklich weniger. Der Mond war ein Ei, das aus dem Arschloch des Ponys Silberwolke schlüpfte. Ein Ei, das schlüpfte? Hahaha. Noch immer zugedröhnt und weiter trinkend, saß Jan später mit Sandra am Feuer und redete – mehr, schien ihm, als in den gesamten zwei Jahren davor. Keine Spur mehr von Abschied. Er begann. Er hatte deutlich die Empfindung ein völlig anderer zu sein, mit anderen Gedanken, anderen Gesten, einer ganz anderen Körperspannung. Sandra grüßte ihn von Tina, er erwiderte: «Wie nett, grüß sie zurück.»

«Morgen kommt sie vielleicht selbst ins Camp.»

«Das wär ja nett.»

Solche Sachen sagte er sonst nie.

Während er Sandra betrachtete, also ihr richtig ins Gesicht und auf den Pulli sah und sich fragte, ob sie Härchen auf den Armen hatte, was er beim Schein des Feuers nicht überprüfen konnte, sich aber sagte, dass sie welche haben müsste, weil die Büschel in ihren Achselhöhlen so gut auszumachen waren, wenn sie die Arme hob und ihn zum Beispiel umarmte und zu streicheln begann, fixierte er außerdem den Anke-Akt vom Nachmittag so gut es ging in seinem Kopf. Sandra und Jan tauschten bald Zärtlichkeiten, Küsse, die nicht mehr als leichte Berührungen waren.

«Geht es dir gut? Ich möchte nicht, dass du morgen mies drauf bist. Genieß es einfach. Wir können ein bisschen ins Zelt gehen, aber ich will nicht mit dir schlafen.»

Was wollte sie von ihm? Es war doch seine Sache, wie's ihm ging. Sandras Lippen fühlten sich noch spröder an, als er sie in Erinnerung behalten hatte. Sie waren aus einem neuen Material, nein, kein neues Material, sondern eines, das er kannte. Birkenrinde. Er spürte, dass sie ihn nicht vorbehaltlos küsste.

«Kann mal jemand Holz holen? Das Lagerfeuer geht gleich aus», rief Carlo draußen.

«Geh doch selbst, fauler Sack», rief Sandra durch die Zeltwand.

«Was denn für'n Laberfeuer?», fragte Lars. Die es verstanden hatten, lachten, auch die zwei im Zelt.

Sandra verzog sich bald. Jan fiel in tiefen Schlaf.

8

Sie trug ein ärmelloses schwarzes T-Shirt und eine lila Sarouelhose. Ihre Arme hatten bis rauf zu den Ellbogen ein bisschen Farbe, im Übrigen wirkte sie sehr weiß auf Jan. Wieder fielen ihm ihre Clogs auf, das Gegenteil von elegant, das Gegenteil von szenig. Übrigens sah er Tina bloß von weitem, solange es Tag war.

Torsten und Anke tauchten am Nachmittag im Camp auf und wiederholten ihre Vorstellung vom ersten Tag. Es schien ihnen jedoch nicht mehr den gleichen Spaß zu machen, nackt über die Wiese zu hüpfen, jedenfalls zogen sie nach höchstens einer Stunde ihre Kleider wieder an und wandten sich zum Gehen. Jan sah von seinem Buch auf. Er fragte sich, ob die beiden absichtlich so dicht an ihm vorbeiliefen. Vielleicht hatten sie von ihm nicht die erwartete Aufmerksamkeit bekommen. Anke sagte freundlich hi, Torsten dagegen starrte Jan finster an. Jeder Muskel in seinem Gesicht wirkte gespannt. Offenbar hatte er in Jans Miene etwas gelesen, das ihm nicht gefiel.

«Was ist», sagte er schließlich, «wir leben in den Achtzigern, Mann. Wir müssen uns durchboxen, wir müssen kämpfen, klar?»

Jan senkte den Blick und schwieg. Er konnte nach wie vor nicht verstehen, womit er Torsten gekränkt oder was sonst den Kontakt zwischen ihnen von einem Tag auf den nächsten unmöglich gemacht hatte. Auch er selbst war verletzt, weil der andere keinen freundlichen Blick mehr für ihn hatte. Aber diese Kränkung war weit weg. Er spürte sie, wie man bei manchen Wippenschaltern den Punkt kaum mitbekommt, ab dem man, um sie umzulegen, keine Kraft mehr aufwenden muss. Theoretisch konnte das von seinem Kater kommen. Beim ersten Erscheinen der beiden am Vortag hatte er allerdings noch keinen Kater gehabt und war trotzdem einem ganz ähnlichen Gefühl ausgesetzt gewesen. Schließlich schrieb Jan auch dies seiner allgemeinen Dumpfheit zu. Der Abstumpfungsprozess der vergangenen Monate schien anzudauern. Das Bier, das er auch an diesem Tag trank, trug auf die angenehmste Art zu der aufrichtigen Haltung bei, die er dem Leben gegenüber einzunehmen glaubte.

Vormittags hatte Jan das Camp für ein paar Stunden verlassen, um daheim etwas zu essen und nach Aspirin zu suchen. Er hatte damit gerechnet niemandem zu begegnen, doch Deern gab auf einmal Laut, und kurz darauf hörte er die Haustür. Als sie in die Küche trat, hielt er ein übermäßig dick belegtes Sandwich in der Hand. Karin bemerkte es nicht mal. Aufgeregt erzählte sie, dass sie René am Vormittag ins Krankenhaus gebracht hatte aus Angst, er hätte einen Herzinfarkt. Die Untersuchungen dauerten noch an.

«Ich fahr dich hin», sagte Jan. «Du solltest nicht allein fahren, wenn du so aufgeregt bist.»

Ihre Augen leuchteten auf; fast wurde es Jan schon wieder zu viel. Mit einem flauen Gefühl im Bauch betrat er das Gebäude, in dem An gestorben war. Doch dann war er froh, dass er sich überwunden hatte und eine halbe Stunde an Renés Bett verbrachte. Der Alte schickte ihn schließlich weg. «Ihr macht doch dieses Zeltlager. Fahr da jetzt wieder hin und mach dir keine Sorgen.» Kein Kommentar zu seiner Fahne.

Am Abend ergab es sich zufällig, dass Tina und Jan am Laberfeuer, wie es inzwischen allgemein genannt wurde, nebeneinandersaßen. Sie freute sich ihn zu sehen, fragte nach seiner Mündlichen und bot ihm gleich wieder eine West an. Wie schon voriges Mal riss Jan kunstvoll den Filter ab. Simon hatte einen Generator organisiert. Die Musik kam nun von einer Stereoanlage mit guten Boxen. Niemand musste mehr befürchten, dass seine Batterie schlappmachte. Zwischen den Stücken hörte man den Motor laufen, aber das störte bald niemanden mehr. Den Bauern störte wiederum die lauter gewordene Musik nicht und den Kühen auf der angrenzenden Weide schien die Abwechslung sogar zu gefallen. Es lief gerade ein Tape mit den neuen Live-Stücken von U2, Musik, die Jan im Grunde zu soft war. Chorknabenmusik hätte An das genannt. An diesem Abend überließ er sich einfach den treibenden Rhythmen der Songs, die einen eher gut drauf brachten als runterzogen. Er bemerkte nicht mal, dass der Text von I will follow ihm geradezu anbot, melancholisch zu werden.

Tina schwärmte von U2.

«Die bringen so viel Power rüber –»

«Yeah», sagte Jan und spürte es auch. Bei Bloody Sunday stellten sich die Härchen an seinen Armen auf.

«Machst du eigentlich noch was diesen Sommer? Ich meine, außer arbeiten.»

«Ich hab meinen Ferienjob geschmissen. Keine Lust. Keine Ahnung, was ich machen werd.»

Sie hatte die Beine Richtung Feuer ausgestreckt, die Arme hinter dem Rücken aufgestützt. Die Dämmerung war schon weit vorgerückt, trotzdem konnte er ihre Augen glänzen sehen.

«Vielleicht fahren wir nach Portugal.»

Das gab ihm einen unverhofften Stich.

«Vielleicht wird auch nichts draus.»

«Meine Schwester war letztes Jahr da.» Er nahm sich zusammen. «Sie hat total geschwärmt.»

«Wenn es doof wird, liegt's nicht am Land.» Sie erklärte das nicht weiter. «Warum fährst du nicht weg?»

«Ich weiß nicht mit wem.»

«Echt?»

Das Gespräch durfte jetzt keine blöde Wendung nehmen.

«Wusstest du, dass Frauen in Portugal bis vor zehn Jahren nicht mal richtig wählen durften?»

«Ja. Das sind richtige Chauvis da.»

«Und in der Schweiz dürfen immer noch nicht alle Frauen wählen.»

«Die leben sowieso voll im Mittelalter.»

Das war ihr Thema. Auch wenn er sich nicht vorstellen konnte, mit einem Vollbart rumzulaufen und Pullover zu stricken, stimmte er aus vollem Herzen zu, wenn es um Forderungen der Emanzipation ging. Jahrtausende Patriarchat hatten bewiesen, dass die Männer es nicht konnten. Die beiden wurden nicht müde sich verbal in ihren Haltungen zu bestätigen und zu bestärken. Am liebsten kochten sie in ihrem eigenen Saft, und sie waren nicht allein damit. Wozu die eigene kleine Weltanschauungswelt infrage stellen lassen? Tina war im vergangenen Herbst auf der großen Friedensdemo in Bonn gewesen und erzählte ausführlich davon, wie großartig es sich angefühlt hatte, von Hunderttausenden anderer Menschen gehalten und getragen zu werden. Gequält erinnerte sich Jan an seine eigene Aktion in der Krawallnacht. Nein, es kam nicht drauf an etwas zu tun.

«Zusammen können wir wirklich was bewegen», sagte Tina. «Wenn so viele auf die Straße gehen, merken die doofen Politiker endlich mal, dass sie nicht einfach machen können, was sie wollen.»

Wir müssen da alle hingehen, hatte auch Kiku vor der Demo gesagt. Jan glaubte nicht daran. Eigentlich hatte er schon damals nicht daran geglaubt. Er sagte es.

«Willst du denn tatenlos zusehen, wie die Welt in

Flammen aufgeht? Sollen wir alle draufgehen, nur weil ein paar Bonzen mit Raketen spielen wollen und ihre blöden Atomkraftwerke bauen, um immer mehr Profit zu machen?»

«Philosophisch gesehen macht es keinen Unterschied, ob wir draufgehen oder nicht.»

«Du meinst, es ist dir egal?»

«Rational betrachtet macht es keinen Unterschied. Wenn die menschliche Existenz durch nichts gerechtfertigt ist, dann ist sie auch gleichgültig. Demnach macht es keinen Unterschied, ob die Welt besteht, oder ob sie durch Umweltzerstörung, Krieg oder fehlende Nachkommenschaft erlischt.»

Tina sah ihn schweigend an; ihr Blick wurde von Satz zu Satz glanzloser, ohne dass Jan es bemerkt hätte.

«Du machst mich unheimlich traurig», erwiderte sie schließlich.

«Warum leben wir denn? Vielleicht nur, um ewig eine Antwort auf genau diese Frage zu suchen.» Jan ahnte allmählich, welchen Fehler er beging. «Der einzige Standpunkt, von dem aus man fordern könnte, dass die Menschheit fortbestehen muss, ist ein irrationaler. Wenn man sagt: Ich liebe mein Leben, ich liebe das Leben. Ich liebe die Menschen und deshalb will ich, dass sie weiterleben.»

Sie schwieg. Jan begann, sich für seine stolzen Worte zu schämen und senkte den Kopf.

«In diesem Punkt ist vielleicht die große Leerstelle bei mir. Ich liebe mich nicht, ich liebe die Menschen nicht, jedenfalls nicht zurzeit. Das hängt wohl mit meinen Erfahrungen des letzten Jahres zusammen.»

«Oh, Jano.»

Sie nahm ihn in den Arm. Jan bekam auf einmal eine Gänsehaut. Durchdrungen vom Bewusstsein seiner Gleichgültigkeit begann er langsam, die Umarmung zu erwidern. Es fühlte sich gut an. Tina fühlte sich gut an, durchaus besonders. Er roch ihr Haar, er spürte die Kühle ihrer Arme.

«Es wird langsam kalt», sagte er zärtlich.

«Ich bin traurig.»

Sie kuschelte sich noch mehr in seine Arme. Jan dachte, dass es Mist war so zu reden, wie er es eben getan hatte. Aber das war die Wahrheit. Er hatte noch nie so frei gesprochen.

«Ich könnte meinen Schlafsack für uns rausholen.»

«Oder wir gehen rein.»

Jans Zelt war schmal und hatte keine Apsis, aber einen Boden und ein doppeltes Dach. Ein kleines Fenster in der Stirnseite ließ frische Luft herein. Draußen spielte immer noch die Musik, vom Feuer waren Stimmen und Lacher zu hören. Jemand fuhr mit dem Auto weg, dessen Scheinwerfer das Zeltinnere für Sekunden erhellten und danach eine umso schönere Dunkelheit zurückließen. Tina und Jan waren in den Mumienschlafsack gekrochen. Viel Platz blieb ihnen nicht. Sie hörten nicht mehr auf sich anzulächeln, gaben sich leichte, die Lippen kitzelnde, und festere Küsse, ließen ihre Zungen hallo zueinander sagen. Sie hatten die Arme umeinander geschlungen. Der Schlafsack zwang sie, sich an allen möglichen Stellen zu berühren. Jan staunte über die Empfindungen, die diese Berührungen in ihm auslösten, die intensiver und schöner waren, als er es sich je ausgemalt hatte. Mit einiger Mühe brachte er seine längst warm gewordenen Hände nach vorn und schob sie unter ihr T-Shirt. Zentimeter um Zentimeter wartete er gewissermaßen ihr Einverständnis ab, er wollte auf keinen Fall zudringlich wirken. Er hatte darüber gerätselt, wie ihre Brüste wohl sein mochten, die sie in ihren Kleidern immer gut versteckt hielt. Nun fand er sie wunderschön fest, warm, groß, von einer Beschaffenheit, die ihm einzigartig schien. Kein anderer Teil des Menschen, kein Teil seines Körpers fühlte sich auch nur annähernd so an wie diese Brüste. Vorsichtig berührte er sie mit den Fingerspitzen, quasi malend, brachte ihre Brustwarzen dazu sich aufzurichten und freute sich daran, wie sie erschauerte, wenn er sie berührte. Er hatte das sonderbare Gefühl, daheim zu sein.

«Fass sie ein bisschen fester an», flüsterte Tina. Er tat auch das und staunte, weil es ihr gefiel. Er ließ seine Hände seitwärts wandern, wo er am Ansatz ihres Busens ihre Rippen tasten konnte. Er fuhr an ihnen hoch, umfasste ihre Schultern und streichelte den Hals, den Kopf, sehr zart die Linie ihres Ohrs. Gleichzeitig spürte er ihre Hände seine Brust und seinen Bauch streicheln. Einmal glitten sie noch tiefer. Immer wieder drückten die beiden sich fest, und langsam, sanft, begannen sie sich aneinander zu reiben. Das Gefühl war unbegreiflich, schön, schön und schön.

Noch mal von vorn: ihre Lippen, Hände, Nacken, Brust. Drücken. Streicheln. Küssen. Alles in allem fand

Jan sich erstaunlich gut zurecht – auch wenn er nicht wusste, wie ein BH aufgehakt wird, das musste er gar nicht wissen. Er lernte Hosen mit Gummizug schätzen, in die er seine Hände problemlos gleiten lassen konnte. Er streichelte ihre Arschbacken, eine Fingerspitze wagte sich vor, bis sie auf die ersten Haare traf. Mehr passierte nicht in dieser ersten Nacht, aber was heißt schon mehr. Wäre es mehr gewesen, wenn sie miteinander geschlafen hätten? Und war dies zu wenig? Für Jan mochte es vorerst genug sein. Sie öffneten sich füreinander, das war das Geschenk jener Nacht. Erst später, als er spürte, dass es zu dieser Öffnung nicht mehr kam, sollte er darunter leiden, wenn Tina nicht mit ihm schlafen wollte, und erst dann sollte er sich vormachen, dass er den lächerlichen Wunsch in sie einzudringen, gar nicht hatte. Am Anfang war dagegen alles richtig, wie es passierte. Jan fand sich wenig später auch zwischen Tinas Beinen leicht zurecht.

Sein Verstand war in jener Nacht gedimmt, aber nicht abgeschaltet. Er fragte sich, was aus der Geschichte werden sollte. Tina hatte eine Beziehung. Der Sommer mit ihr würde Berthold gehören. Aber sie würde nach dieser Nacht nicht einfach verschwinden. Er spürte, dass sie anders als ihre Freundin Sandra viel für ihn empfand. So musste er nicht weiter grübeln. Was zählte, war der Augenblick, die Nacht, die ihn in jeder Hinsicht überraschte. Hätte man ihn tags drauf über seine Thesen zum Sinn der menschlichen Existenz gefragt, wäre seine Meinung dieselbe geblieben: Sie war durch nichts gerechtfertigt. Aber war das so wichtig?

9

WHAT YOU SEE AND WHAT YOU GET. Du kriegst nur halbe Bilder. Sie sind unentwickelt, unterentwickelt. Unterernährt. Ein Videokopf fährt in voller Schräglage die Bänder ab. Fünfundzwanzig Umdrehungen die Minute, zweimal fünfundzwanzig macht fünfzig halbe Bilder – und wie viele ganze? Das auszurechnen scheint mir schwer, das Ergebnis ohne Gewähr, es bleiben ungefähr fünfzig halbe Bilder, den Rest muss das Auge, der Kopf machen, die Zeilen montieren, das Bildflimmern im Hirnkasten wegtarieren. So geraten wir in völlige Schräglage. Sehen in den Nachrichten immer nur die halbe Wahrheit, sehen vom Magnetband immer nur halbe Filme. Es gibt keine Entwicklung und keine Erleuchtung mehr. So wollen es die Mächtigen, wir wollen sie verdächtigen, das Land nicht ohne geheimen Grund zu verkabeln. Sie machen aus uns Bruchpiloten langsam, aber sicher Halbidioten. Vielleicht lassen sie bald in den Büchern jede zweite Zeile weg, und in unseren Köpfen ist genug Dreck, um den Rest zu ergänzen, in den Grenzen, welche die leer gebliebenen Zeilen ziehen. Im Schrägspurverfahren solltest du schreiben, jedes zweite Zeichen vermeiden   n r   n c   j d n   z e t n   u h t b n   i s h e b n   du Halbidiot wirst noch zum Halbleiter, wenn du dich jetzt erwärmen lässt, ein bisschen Körperwärme gibt deiner Isolierfähigkeit den Rest.

Die Elektronen waren so gut gebunden, auf einmal wandern sie, hinterlassen Löcher, die sich positiv verstehen, quasi frei im Kristall rumgehen, das gab es noch nie, vielleicht kanntest du erst das halbe Leben, der Rest wird sich irgendwie ergeben. Halbbild. Halbton. Halbvokal. Halbleben, Halbschluss. Halbwelt, Halbweltgewicht, Halbweltschwergewicht. Halbwertszeit, Halbgedicht. Halbtot, Halbgeliebt, halb willst du mich halt und halb werde ich ausgesiebt.

Jan mochte das Geräusch der schnell rotierenden Zahnräder, wenn er ein halb voll geschriebenes Blatt mit einem Ruck aus der Maschine zog. Er legte es oben auf den kleinen Stapel in der aufgeklappten Mappe. Die Blätter waren durcheinandergerutscht. Jan nahm den Stoß und wollte ihn ordnen. Er zog ein Blatt heraus, die Zeichnung eines Auges. Es war auf den Tag ein Jahr her, dass er mit Kiku zusammengesessen und geredet hatte. Ein bitteres Jahr. Es hatte ihn weitergebracht, aber bloß weiter nach draußen. Weiter an den Rand. Weiter von den anderen weg. Näher zu sich, schien ihm, näher zu seiner einsamen, nicht zu erlösenden Person. Er hatte sie sehen, aber nicht anfassen dürfen. In einem heftigen Ansturm kehrte seine Sehnsucht nach Kiku zurück. Wie oft er versucht hatte, sie zu bannen. Es war ihm nie gelungen. Jan streifte durch die Blätter in der Mappe. Einzelne betrachtete er länger, begann hier und da zu lesen, zu betrachten. Er ließ sie auf seinen Schreibtisch fallen, zog immer neue heraus und warf sie immer schneller von sich. Bei einer Zeichnung blieb er hängen. Sie zeigte eine weibliche Gestalt von hinten, das schwarze Haar von einem Scheitel am Hinterkopf geteilt. Umgedrehtes V. «Ich habe dich von hinten gemalt», stand darunter, «und siehe, du hattest da ein Auge.»

Verknüpfen war keine sinnvolle Gedankentätigkeit. Nichts von dem, was er in dieser Mappe gesammelt hatte, schien ihm noch wertvoll. Es war Mist. Jan raffte die Blätter grimmig zusammen, drückte sie an die Brust und eilte mit ihnen ins Erdgeschoss. Er fand seine Taschen leer. Sein Feuerzeug lag oben auf dem Bett und beim Kamin fand er keine Streichhölzer. Er wollte welche aus der Küche holen. Beinah hätte er alles verbrannt.

10

Vieles von dem, was Jan gedacht und gefühlt hatte, wurde mit den Geschehnissen vom Sommer hinfällig. Das entsprach auch seinem Erleben. Zwischen Tina und ihm bahnte sich eine feste Beziehung an, auch wenn sie es vorläufig nicht so nannten. Tina wusste nicht mehr, was sie für Berthold empfand, vielleicht liebte sie ihn nicht mehr «so richtig», und Jan, den hatte sie «ganz arg» lieb und er hatte sie «unheimlich» lieb und wartete ab; sein Gefühl sagte ihm, dass Warten in diesem Fall ausreichte. Hin und wieder aber war es die Hölle.

Seit Oktober diente er bei der Bundeswehr auf einem Luftwaffenstützpunkt in Norddeutschland. Sobald er durfte, kam er an den Wochenenden heim. Das überraschte ihn, schließlich hatte er das ganze vergangene Jahr über nichts sehnlicher erhofft als endlich wegzukommen. Nun fuhr er sooft es ging nach Füchten zurück! Möglicherweise hätte es anders ausgesehen, wenn er wie Torsten in einer großen Stadt gelandet wäre. Die Kleinstadt in der Heide war dagegen keinen Deut besser als diejenige, aus der er kam, sie war vielleicht noch schlimmer, denn von den Kameraden – er fing schon an, diese Wörter zu übernehmen – blieb keiner dort; an den Wochenenden fiel der Standort in tiefen Schlaf. Tina studierte in Bochum, da fuhr er freitags und sonntags mit dem Zug durch. Bis jetzt hatte es aber nur zweimal geklappt, dass sie sich trafen, die Wochenenden verbrachte sie meistens mit Berthold. Also fuhr Jan heim. Er sehnte sich nach ihr und versuchte sie anzurufen, zwanzigmal in einer halben Stunde drehte er die Wählscheibe, ohne dass sie antwortete. Manchmal erreichte er sie am nächsten Tag, manchmal erst die Woche drauf aus der Telefonzelle. Es verunsicherte ihn, immer dachte er, sie könnte sich vielleicht von ihm abgewendet haben.

Von seinem Vater forderte er, ein Tastentelefon anzuschaffen, das eine Wahlwiederholungsfunktion besaß. «Wieso», sagte René, der im Büro so was hatte, «mehr als telefonieren kannst du damit auch nicht.» Im Übrigen war der Alte schon wieder fest bei der Arbeit.

Jan schickte Kiku eine Karte mit einer Ansicht des Füchtener Aussichtsturms und seiner neuen Adresse. Aus England kam bald ein Brief von ihr, ein paar Sätze wild über zwei Blätter verteilt, auf die sie Zeitschriftenschnipsel, Fahrscheine, ein Foto von Schülerinnen in Uniform – die aber eindeutig jünger waren als sie – und Ähnliches geklebt hatte. Was sie schrieb, erschien Jan zusammenhanglos und unwägbar, offensichtlich war sie vollkommen absorbiert von ihrer neuen Lebenssituation. Dennoch versuchte er, aus jedem ihrer Worte einen Tropfen Zuneigung für sich herauszuwringen. Er würde lange brauchen, um zu antworten. Sollte er ihr von Tina schreiben und wie, sollte er ihr von seinen Erlebnissen in Uniform berichten oder war das zu peinlich? Immerhin gehörte er jetzt zu den Bösen, die alles kaputt machen wollten. Tina schimpfte ihn deswegen. Er las Kikus Brief täglich, sobald er für sich sein konnte.

Die Einschränkung der Privatsphäre bei der Bundeswehr war für Jan am schwersten hinzunehmen, schlimmer als Exerzieren oder Gepäckmärsche. Bei Feldübungen, wenn sie sich die Gesichter dunkel anschmierten und Lager im Wald errichteten, fühlte er sich kaum anders als früher in der Jungschar des CVJM oder den Kinderspielen im Wald. Sein Gewehr wog mehr als die Holzgewehre der Jungen damals, überhaupt wog alles schwerer – das war schon der größte Unterschied. Es fiel ihm auch leicht, ohne Diskussionen zu gehorchen. Jedenfalls dachte er das, bis er eines Tages zu seiner eigenen Überraschung opponierte. Beim Marschieren kam ihm das Lied der Elefantenkompanie aus dem Dschungelbuch in den Sinn. Er kriegte es nicht mehr aus dem Kopf und spürte bald das unwiderstehliche Bedürfnis es zu singen. Er sang:

Stets ein Lied beim Marsch parat,
das ist wichtig, Kamerad.
Stets ein Lied, hurra,
über Berg und Tal,
wenn die Frühpatrouille naht.

Und so schreiten durch die Flur
die Gefreiten mit Bravour.
Und sie stapfen stolz
durch das Unterholz –
das ist Militärkultur.

Ein paar seiner Kameraden lachten. Der Zugführer kriegte es mit, ließ den Zug halten und Jan vortreten. Dem wurde mulmig, er rechnete mit Arrest. Doch er bekam bloß einen Verweis. Eine Zeit lang summten oder pfiffen seine Stubenkameraden die Melodie, sobald Jan sich ihnen näherte. Er konnte nicht herausfinden, ob sie das anerkennend meinten oder ihn verspotteten.

Immer mal wieder grübelte er, was ihn zu der kleinen Frechheit gebracht haben mochte, die ihm so gar nicht ähnlich sah. Ihm fiel ein, dass Kiku seinerzeit bei einer Theaterprobe das Lied der Schlange Kaa gesummt hatte. Reichte das schon, um einen Zusammenhang herzustellen? Im Grunde fand er den Gedanken absurd, doch die einmal geschehene Verknüpfung ließ sich nicht wieder lösen. Jan stellte die These auf, Armeen seien letztlich fahrende Schauspieltruppen, die im Auftrag des großen Welttheaters ihre grausamen Stücke inszenierten, nur dass sie dabei echtes Blut vergossen. Tod, Trauma,

Triumph, Vernichtung – das Publikum zehrte jahrzehntelang davon. Eine andere Stimme in ihm wies diesen Gedanken als zynisch zurück und rief ihm seinen eigenen Schrecken, die Trauer und die nachträgliche Wut auf seinen SS-Arschloch-Opa ins Bewusstsein. Man darf in diesem Spiel weder Akteur noch Zuschauer sein, dachte er, ich werde nachträglich verweigern, mündliches Verfahren hin oder her. Dieser Scheißstaat konnte einen doch nicht zu allem zwingen!

Am Ende der Grundausbildung beantragte er die heimatnahe Versetzung und bekam sie. Nun saß er in der Schreibstube und würde den Kampfanzug nur noch im Manöver sehen. Auf demselben Gelände waren GIs stationiert, mit denen zusammen bewachten sie die Nike-Herkules-Raketen und Atomsprengköpfe. Ödes Wacheschieben gehörte von nun an neben der Büroarbeit zu Jans häufigen Pflichten. Mit niemandem an diesem Standort wurde er vertraut, so diskutierte er seine Gedanken mit Tina. Die forderte ihn jedes Mal heraus, noch zu verweigern, und wenn er ihr sagte, dass es besser sei damit zu warten, bis der Grundwehrdienst vorüber war, weil man sonst in der Truppe nur noch der Arsch sei, fragte sie anklagend, ob er keine Angst habe, eines Tages töten zu müssen.

«Wenn es Krieg gibt, geht es nur noch ums Sterben. Dann werden wir sowieso alle sterben», sagte er und kam unbeabsichtigt auf das düstere Thema zurück, das einen beständigen Graben zwischen ihnen bildete. «Weißt du, diese Raketen haben eine Reichweite von hundertzwanzig Kilometern. Ist das nicht pervers?»

«Alle Waffen sind pervers.»

«Verstehst du nicht? Wenn sie die Dinger abschießen, landen sie irgendwo mitten in Deutschland, sie fliegen nicht mal bis in die DDR. Die Nato kalkuliert damit, dass hier im Kriegsfall alles verwüstet wird!»

«Es ist doch egal, wer dann stirbt. Oder glaubst du, Deutsche sind mehr wert als andere Menschen? Wir müssen verhindern, dass überhaupt jemand sterben kann. Wir müssen verhindern, dass Kriege geführt werden können! Es regt mich echt auf, dass du nicht verweigerst.»

«Ich würde niemals mithelfen, dieses Ding abzuschießen.»

«Aber du hilfst so schon mit. Kapierst du das nicht?»

«Es gibt eine Rückzugslinie der Nato von Grönland bis in die Türkei. Bei uns verläuft sie entlang des Rheins», wiederholte Jan. «Genau bei uns hier würde es am meisten knallen. Und wir lassen die Stationierung von Waffen zu, die gar nicht unserem Schutz dienen.»

«Du merkst gar nicht, was für ein Blech du schon redest. Krieg schützt niemanden, Krieg ist pure Zerstörung.»

Kurzzeitiges Schweigen.

«Kommst du am Wochenende nach Hause?»

«Ich hab Berthold versprochen, mit ihm zu einem Marius-Konzert zu fahren.»

Ihr Musikgeschmack war einfach scheiße. Vieles von dem, was sie hörte, war nicht weit weg von irgendwelchem Hit-Gedudel, fand Jan. Die Vorstellung, wie Berthold und sie bedenkenlos die Arme hochreißen und mit dem Arsch wackeln würden, wenn Westernhagen *Mit Pfefferminz bin ich dein Prinz* sang, hatte für Jan etwas Quälendes. Er empfand sehr stark das Trennende, das darin lag. Er würde also ein weiteres Wochenende allein verbringen. Mirko fühlte sich in Frankfurt sehr wohl, wie Juergen, der sich mit Jan ab und zu traf, erzählte. Sie waren einfach alle weg. Alle, mit denen was anzufangen war.

«Karin hat einen neuen Hund angeschafft. Ein Boxerwelpe, der ist echt süß.»

«Du musst ihr sagen, dass sie ihm nicht die Ohren und den Schwanz kupieren lassen darf. Das ist totale Tierquälerei.»

«Ja», sagte Jan. «Aber so sind sie drauf. Mal sehen. Ich spreche mit ihnen.»

«Ein Nachbar von uns hat einen Boxer mit Schlappohren und langem Schwanz, der sieht total knuffig aus.»

«Drago hat wieder gejagt. Einen Hasen.»

«Armer Hase.»

«Mein Alter hat Angst, dass er anfangen könnte, Schafe zu reißen.»

«Wie schrecklich. Könnt ihr da nichts machen?»

«Wir können ihn doch nicht einschläfern.»

«Das mein ich auch nicht. Vielleicht müsst ihr mit ihm zum Hundepsychologen gehen.»

«Äh? Gibt's so was?»

«Keine Ahnung.»

«Es ist unheimlich schön mit dir zu telefonieren.»

Ehrlich wäre es gewesen zu sagen: Ich finde es beschissen, dass wir uns am Wochenende schon wieder nicht sehen. Das brachte Jan nicht raus.

«Es ist schön deine Stimme zu hören, Jano. Ich hab dich so arg lieb. Es war eine tolle Erfahrung für mich, mit dir zu schlafen beim letzten Mal.»

«Fand ich auch superschön.»

«Ich will vielleicht von Bochum weggehen.»

«Warum das denn?»

«Weiß nicht, die Stadt ist doof, und irgendwie wird mir das mit Berthold zu eng.»

«Wo willst du hin?» Bitte nicht so weit weg, betete er.

«Weiß noch nicht. Vielleicht nach Münster.»

«Ich könnte auch nach Münster gehen, wenn ich mit der Bundeswehr fertig bin.»

«Jan, du, ich weiß nicht, ob das so eine tolle Idee ist. Ich brauch vielleicht erst mal mehr Freiraum. So für mich, weißt du?»

Er wusste nicht. Jan kam schlecht klar mit diesen widersprüchlichen Signalen. Ihre Gegensätzlichkeit wurde ihm nicht mal bewusst. Er kam nicht weiter als zu denken: Bitte komm, bitte sag mir, dass ich dich besuchen soll. Ich möchte dich sehen, ich möchte Zeit mit dir verbringen, ich möchte dich spüren, dich streicheln, gestreichelt werden, mit dir schlafen. Er spürte ständig ihre Brüste in seinen Händen, ihr Gewicht auf sich, oder die Stellen, an denen ihre Körper Kontakt hatten, wenn er auf ihr lag. Das Mysterium, warum sie nicht zum Orgasmus kam, wenn er mit ihr schlief, beschäftigte ihn stundenlang. Selbstverständlich gab er sich selbst die Schuld.

«Klar», sagte er. «Sich einengen ist doof. Vielleicht gibt es irgendwo in der Nähe noch eine Uni, auf die ich gehen kann.»

Dabei wusste er, dass es keine gab.

11

«Wie funktioniert ein Luftwaffenspaten? Du drückst auf einen Knopf, und es springen zwei Panzergrenadiere mit Klappspaten raus, die rufen: Wie lang, wie breit, wie tief?»

«Wieso zwei?», fragte Jan, der den Witz nicht gut fand. Dass er nicht lachen konnte, störte seinen Mitwachhabenden nicht.

«Wer ist der größte Feind des Grenadiers? Der Rasenmäher! Nimmt ihm die Deckung und die Nahrung weg …»

Der Gefreite Goldmair, gemeinhin Colt-Mair und von manchen auch Goldeier genannt, kannte vermutlich tausend Witze von dieser Sorte, die seinen Stolz auf die Zugehörigkeit zur einer vermeintlichen Elitetruppe zum Ausdruck brachten. Er ging Jan sehr auf die Nerven. Aber Goldmair hatte bereits einen Streifen auf dem Schulterstück, und Jan musst sich eingestehen, dass ihm das nicht völlig gleichgültig war. Diese Konditionierung auf Hierarchien war eines der Resultate seiner verkorksten Erziehung. Nach einer Weile sagte Jan:

«Ich weiß auch einen: Ein Mann sitzt auf einer Bank

und klatscht alle paar Sekunden in die Hände. Kommt ein anderer Mann vorbei und fragt: Was machen Sie denn da? – Ich verscheuche Elefanten. – Aber hier gibt's doch gar keine Elefanten. Der eine klatscht wieder in die Hände und sagt: Sehen Sie!»

«Kapier ich nicht. Soll das lustig sein?»

Bei der Wachbelehrung hatten die beiden Soldaten erfahren, dass nachts zuvor im Wald verdächtige Bewegungen bemerkt worden waren, es galt also höchste Aufmerksamkeit. Vielleicht schlich draußen jemand rum. Sie erhielten Gewehre und Pistolen. Trotz dieser Abwechslung zog der Dienst sich endlos in die Länge. Beim Wacheschieben gelangte man ganz von selbst an jenen perfekten Punkt am Rand des Schwarzen Lochs, an dem die Zeit stillstand. Anfangs dachte Jan, er könne während der Wachen heimlich lesen, doch selbst bei Tag hätte er sich viel zu leer gefühlt. Bei den Nachtwachen reichte das Licht nicht. So stand er da und starrte in die Dunkelheit. Er fiel in eine blöde Trance. Die Nacht war von Geräuschen erfüllt, die nicht immer leicht zuzuordnen waren. Fahrende Autos, menschliche Stimmen, ja, aber es gab auch das Brechen des Wildes durchs Unterholz, das Keckern der Füchse, das Mucken der Hasen und das Schreien der Käuze. Durch die Wachbelehrung angestachelt, erschien ihm bald jedes Knacken als Anzeichen für den sich nähernden Feind, bald vergaß er jede womöglich drohende Gefahr und glaubte ein Stöhnen zu hören wie von einem, dessen Bart im Spalt eines Baumes eingeklemmt war und der sich vergeblich fortzukommen mühte. Er fragte sich, ob er auf diese Stimme

Antwort geben sollte, vielleicht würden sie sich finden und aufeinander einstimmen.

Bei Bedarf könnte er den Suchscheinwerfer anschalten und den Geräuschen der Nacht auf den Grund gehen. Denjenigen, den er ausmachte, anrufen. Ihn anrufen, und wenn er auf mehrfaches Anrufen nicht reagierte, einen ungezielten Warnschuss abgeben. Wenn er wieder nicht reagierte, irgendwann gezielt schießen, um den Mann fluchtunfähig zu machen. Sie waren nicht zum Töten ausgebildet worden, oder sollten es doch nur im Verteidigungsfall tun.

Goldmair hatte seine Pistole gezogen und fuchtelte damit rum.

«Jeder Schuss ein Russ», murmelte er, und es war keineswegs klar, ob das ein Scherz sein sollte.

«Sicher deine Waffe, Mann.»

«Schiss?»

«Bitte tu es!»

Bei der herrschenden Dunkelheit war nicht zu erkennen, ob Goldmair der Bitte nachkam. Jan wollte unbedingt vermeiden auf die Uhr zu sehen. Die Wache würde sonst noch länger dauern.

«Weißt du, dass fünfundvierzig hier eine V2-Stellung war?»

«Wer hat dir diesen Stuss erzählt?»

«Das ist kein Stuss. Der Spieß hat's gesagt.»

«Es gab Stellungen hier im Wald, ich hab die Reste selbst gesehen. Aber von denen sind V1-Raketen abgeschossen worden. Ihr Ziel war Antwerpen.»

Jan wusste das von seinem Großvater, dem mit der Armprothese.

«Geil.»

«In der Gegend von Antwerpen sind zehntausend Menschen durch die V1 umgekommen. Das ist nicht geil», sagte Jan.

Sein Opa hatte ihm Aussehen und Antrieb des Marschflugkörpers erklärt und auch den Unsinn von der Vergeltungswaffen-Propaganda. Er hatte sogar das Fauchen der fliegenden Bombe nachgemacht.

«Damit das klar ist», sagte Goldmair und zog dabei seinen Pullover aus, «ich bin kein Nazi oder so was.»

«Schon klar», sagte Jan.

Er machte doch den Fehler auf die Uhr zu schauen. Die Zeiger leuchteten kraftlos. Sie waren definitiv nicht vorgerückt, irgendetwas blockierte sie. Geschwätz war kein Mittel sie weiterzutreiben. Goldmair sah das offenbar anders. Oder er konnte einfach den Rand nicht halten.

«Ey, weißt du was, mein Kumpel hat sich im Manöver die Hand abgeschossen. Mit der Uzi, der Idiot.»

«Meine Rechte, obgleich im Kriege nicht unbrauchbar, ist gegen den Druck der Liebe unempfindlich: sie ist eins mit ihrem Handschuh.»

Ein Blick traf Jan, als hätte er bereits die Zwangsjacke an. Aber Goldmair hielt die Klappe. Eine lange Zeit davor oder danach beziehungsweise ein Universum weiter oder eines zurück versuchte er es wieder.

«Viel mehr als ein paar Fingerkuppen haben sie nicht mehr gefunden. Der Idiot. Zieht den Sicherungsstift aus der Handgranate und schmeißt sie nicht weg, weil er sich am Arsch kratzen muss.»

«Erzähl nicht so eine Scheiße, hörst du Goldei? Meine Schwester hat bei einem Autounfall eine Hand verloren, und ich muss mir von dir nicht so einen Mist anhören!»

«Woa, echt? Haben sie die wieder angenäht?»

«Geh pissen, Mann.»

Der andere streckte sich.

«Keine schlechte Idee. Flieger Bodenlos, melde mich ab zum Pissen.»

Er ging tatsächlich zur Treppe. Den Posten zu verlassen war verboten. Wenn sie Goldmair erwischten, war auch Jan mit dran.

«Und nimm deine Knarre mit, wenn du gehst. Vielleicht triffst du auf den Feind.»

«Mann, ich hab dir doch nix getan. Bleib cool!»

Goldmair hatte bei Jan eine Tür aufgemacht, die der lieber zugelassen hätte. Der Gefreite verließ den Wachturm vor, während oder nach diesem Gespräch. Auf jeden Fall entfernte er sich. Im Rausgehen sagte er:

«Tritt nie auf einen grünen Stein, es könnt ein Heeressoldat sein.»

Jan sah Goldmairs G3 in der Ecke stehen. Von da schweifte sein Blick zurück in die Nacht. Er war traurig, weil er an seine Schwester dachte, die ihm sehr fehlte. An war seine abgeschossene Hand. Ihre letzten Monate waren voller Unglück gewesen. Abgesehen von dem Zwischenspiel mit den Leuten aus Nürnberg, hatte sie doch nur Mist erlebt. Lehrstelle weg, Matze weg, Wohnung weg. Zum ersten Mal fiel Jan auf, dass es da eine

Parallele gab. Matze hatte etwas mit einer anderen Frau gehabt, während er mit An zusammen gewesen war. Und Jan war nun mit einer Frau zusammen, die außer ihm noch einen weiteren Freund hatte. Er fand keinen Reim auf die Sache. Vorletzten Sommer hatte seine Schwester ihn mal gefragt, was er über die Liebe wüsste. Er hatte das so verstanden, dass die Antwort in ihrer Frage schon drin gesteckt hatte: Du weißt nichts darüber. Es stimmte. Er wusste nichts darüber. Wenn er in Büchern darüber las, war ihm alles klar. Sobald er sie zuschlug, kamen ihm dieselben Fragen, dieselben Zweifel. Sein Leben bestand halt nicht aus Worten! Das Wissen sprang nicht über. Er rätselte weiter an seiner Welt herum, dachte über die Beziehung seiner Eltern nach, die er gar nicht begriff, dachte über Tina nach, die immer noch an Berthold festhielt, während er unwillentlich Kiku einen Altar errichtet hatte.

Nirgends etwas Schönes, dachte er, nirgends Aussicht etwas zu verstehen, keine Hoffnung nicht immer allem ausgeliefert zu sein. Die Idee, dass sein Rätseln ein Ausdruck von Überfluss sein könnte, die eingebildete Qual eines Menschen, der mehrere Optionen hat, kam ihm nicht. Bis zu einem gewissen Grad hing er an seinem Unglück.

12

Noch nie war jemand so lange zum Pinkeln weggeblieben. «Lange» war nicht das richtige Wort, Jan hätte es gern anders ausgedrückt. Doch seine Sprache bot ihm keine Möglichkeit. Er empfand eine Ausdehnung oder eher eine Ausgedehntheit, die kein Zeitraum war. Am ehesten passte ihm noch der Ausdruck «erwartungsloses Warten», ein Warten, das von vornherein nicht auf eine irgendwann eintretende Veränderung hoffte, nicht auf das Eintreten irgendeines Ereignisses. Gleichzeitig fehlte ihm die – jedenfalls denkbare – Entspanntheit der bloßen Erwartungslosigkeit. Warten in dem Wissen, auf nichts zu warten. Ewigkeit hätte ein Wort für ihn sein können, wenn es sich nicht so verdammt religiös und jenseitig angehört hätte. Unterwegs sein, ohne sich zu bewegen. Oder auf festgelegten Bahnen kreisen.

Er konnte seinen Blick auf eine Reise durch die Wirklichkeiten dieser Nacht schicken, aber war das wirklich, nur weil er die Lider nicht schloss, weil seine Augen sich bewegten? Oder ließ er die in seinem Kopf längst fertigen Bilder, die er womöglich nach einem verborgenen Prinzip anordnete, durch vage Eindrücke aus der realen Welt bloß noch anstoßen? Etwa der Strickpullover, den Goldmair über den Kopf gestreift und auf den Tisch geworfen hatte. Jan sah in der Dunkelheit auf dem Wachturm nicht mehr als ein schwarzes Häufchen daliegen.

Allein sein Wissen oder dass er gesehen hatte, wie Goldmair sich auszog, brachte ihn dazu, an einen Pullover zu denken. Und mehr noch – weil er wusste, dass es sich um ein Kleidungsstück der Bundeswehr handelte, hatte er gleich auch die Farbe parat, das Muster, in dem es gestrickt war sowie die ungefähre Form und Beschaffenheit des Ellbogenbesatzes. War es wirklich, dass seine Schwester vor nun einem Jahr gestorben war und er lebte? Womöglich war er längst in einer unbekannten Dimension verschwunden, deren Bewohner dunkelblaue Uniformen trugen und grüne, wenn sie in Kampfstimmung waren. Womöglich war auch der Tod nicht mehr als eine Wahrnehmung, ein Eindruck vom Verschwinden eines Anderen in einer unerreichbaren Galaxis. Oder es verhielt sich umgekehrt, und das Leben war nicht mehr als eine Rumtreiberei in einem Käfig, groß und weit genug, damit er den Menschen als Welt erschien. So rannte ja das Wild, das er zu hören glaubte, ein Leben lang in diesem Wald zu seinen Füßen rum und kam niemals auf die Idee, dass es noch andere Wälder geben könnte. Ein Schuss, und dieses Irren war vorbei, oder es endete vor Müdigkeit. So betrachtet war das Leben nicht mehr als ein lang andauernder Nicht-Aufbruch. Die Reise begann erst mit dem Verschwinden aus diesem System.

Jan hatte das Gefühl, aus sich heraus zu leuchten. Er stand da oben als Licht in der Nacht. Mit ihm wurde der Wachtturm ein Orientierungspunkt für alle, die da in der Dunkelheit lebten. Oder ein Angriffspunkt. Ihm fehlte nicht nur die Deckung, er stand für alle weithin sichtbar da, fröhliches Schießen! Fast glaubte er zu hören, wie die Gewehre durchgeladen wurden. Goldmair war wie die anderen Wachen überwältigt, die Nuklearsprengköpfe wurden verladen oder montiert. Jan wünschte sich nachtsichtige Augen, wie eine Raubkatze sie hatte, mit einer lichtspiegelnden Schicht, die jedes Bild von hinten noch einmal auf die Netzhaut warf. Er wollte das Treiben da draußen verfolgen, das er so bloß vermuten konnte. Würde der Augenschein ihm mehr als eine trügerische Sicherheit geben?

Auf einmal sah er sie und wischte alle Zweifel beiseite. Die unten im Wald herumwuselnden Wesen waren lauter Bekannte. An brach in vollem Licht des Suchscheinwerfers durch die Zweige. Den Blick zu Boden gesenkt, offenbar auf der Suche nach Nahrung, schnürte sie hierhin und dorthin, das wirkte ziellos, aber entspannt. Tina hockte mümmelnd vor einem Büschel Gras, wandte immer mal wieder den Kopf und stellte die Lauscher auf, ohne in ihrem Kauen nachzulassen, bis sie infolge eines Knackens, den weißen Spiegel ihres Schwänzchens zeigend, im Unterholz verschwand und Jan sie trotz wilder Verfolgung, erst mit dem Spot und dann mit seinen Superaugen, nicht wieder entdecken konnte. Kikus Lichter glommen am Rande der Dunkelheit, sie hatte die Ohren lauschend aufgestellt. Jan fragte sich, ob sie ihn ansah und ob er wohl gleißte in ihrem restlichtverstärkenden Blick. Er wagte nicht zurückzustarren. Schon gar nicht, Licht auf sie zurichten. Er wollte sie auf keinen Fall vertreiben. Torsten hatte helldunkle Streifen auf der Nase, er verschwand in einem Erdbau, nur noch der

Schwanz schaute raus und zeigte durch seine Bewegung an, dass er unterirdisch sehr aktiv war. Mirko erahnte Jan in seinem Kobel schlafend. Der einfache Wachsoldat bohrte seinen Blick in das Gebilde aus Zweigen und Blättern, das sich auf halber Höhe eines Baumes nicht so weit unterhalb des Turms befand. Er sah nun alles viel zu nah. Er begriff, dass er das Gewehr im Anschlag hielt und durch die extra für ihn montierte Infrarot-Zielvorrichtung schaute. Da schämte er sich. Er hatte auf sie angelegt. Schnell ließ er die Waffe sinken und suchte wiederum mit bloßem Auge nach den Seinen. Sie hielten sich versteckt, sie hatten ihm verübelt, dass er sie ins Visier genommen hatte. Doch hörte er sie. Auf einmal war er sicher, dass sie inzwischen ihn beobachteten.

«Stehen bleiben! Ich muss mit euch reden!» Er wollte einen Warnschuss abgeben. «Zeigt euch, kommt raus!»

Er hörte An.

«René und Karin lassen sich scheiden.»

«Echt?»

«Tu doch nicht so. Du hast genauso mitgekriegt, dass sie nur noch aneinander vorbei leben.»

«Ich dachte immer, die beiden würden ganz sicher zusammenbleiben, bis der Tod sie scheidet.»

«Und dann sterben sie an zwei aufeinanderfolgenden Tagen und werden in ein gemeinsames Grab gelegt, aus dem später ein Rosenstock wächst?»

«Das Rosengrab –»

«Das Rosengrab. Shit, ein paar zurechtgebogene Eisenstäbe sind schon das Maximum an Emotionalität, die dieses pietistische Reich der Finsternis jemals hervorgebracht hat. Das Rosengrab verrottet allmählich, trotzdem rührt es die Menschen. Bei seinem Anblick ahnen sie, dass man im Leben auch lebendig sein kann. Aber das steht auf einem anderen Blatt. Glaubst du wirklich noch, dass die Alten sich lieben?»

«Jedenfalls haben sie sich mal geliebt, da bin ich sicher. Wenn Karin erzählt –»

«Das kann nicht dein Ernst sein. Unsere Eltern haben sich auf einer Kirmes kennengelernt. Da waren die jungen Leute aus dem einen Dorf und die aus dem anderen kamen eben auch hin. Sie haben sich angestaunt, weil sie nicht dachten, dass es andere Dörfer mit anderen Leuten überhaupt gibt. Aber dann hatten sie ruckzuck raus, wer aus dem jeweils anderen Dorf noch frei war, und bildeten Paare. Immer hübsch der Reihe nach. So ist das gelaufen. Meinst du, daraus entsteht Liebe?»

«Es klingt wie das, was heute noch läuft. Hast du nicht Matze in der Disko kennengelernt?»

«Wer ist Matze?»

«Ich wäre gern mit dir begraben worden. Was wird Karin jetzt tun?»

«Mutter? Keine Ahnung. Vielleicht hat sie schon einen anderen. Es soll Leute geben, die auf abgeschnittene Titten stehen. Die lassen auch ihren Hunden die Schwänze kupieren.»

«Hör auf!»

«Um Papa solltest du dir Sorgen machen.»

«Wieso um den?»

«Weil er sie braucht. Er verlässt sich von morgens bis abends auf sie. Sie weckt ihn, sie macht ihm das Frühstück und wenn er abends nach Hause kommt, steht das Essen auf dem Tisch. Sie organisiert alles, auch wenn die beiden in Urlaub fahren. Allein könnte er nicht mal seine Post öffnen. Und das ist nur die eine Sache. Emotional ist er noch mehr von ihr abhängig und würde ohne sie sofort wieder in den Zustand eines Kleinkinds zurückfallen.

Genau genommen ist er im Zustand eines Kleinkinds. Nur dass er zufällig noch zur Arbeit geht.»

«Und was wird aus uns? Ich meine, was wird aus dem Haus ...»

«Du musst ausziehen, Bruderherz. Gewöhn dich schon mal an den Gedanken.»

«Nietzsche sagt, wir nehmen diese Liebesgeschichten nur deshalb so wichtig, weil die Kirche seit Jahrhunderten den Eros verteufelt und so ein Geheimnis daraus macht.»

«Während er unheimlich offen und unverklemmt darüber schrieb ... Meinst du, diese Nacktfotos von Karin und ihm selbst, die René in seinem Schreibtisch eingeschlossen hat, haben sie auch nur so viel lockerer gemacht?»

Sie zeigte mit den Fingern einen sehr kleinen Abstand.

«Jedenfalls ist das nicht spießig. Warum hackst du jetzt genau darauf rum?»

«Etwas Spießigeres als das gibt es doch gar nicht. Du musst noch viel lernen, Jan.»

«Jetzt klingst du wie René.»

«Ich bin schließlich schon ein Jahr tot.»

«Ich vermisse dich, An.»
«Macht dich das traurig?»
«Ja.»
«Macht dich das wütend?»
«Ja.»
«Willst du sterben?»
«Ja!»
«Na, dann schieß mal schön.»

«Wir könnten uns vielleicht viel zu sagen haben.»

«Kiku? – Das war deine Stimme!»

«Es fließt das Blut zurück in den Armstumpf mit einer Kraft, als würde es hineingesogen. Die Hand fliegt vom Boden hoch und verbindet sich wieder mit dem Arm, zu dem sie gehörte.»

«Wenn ich oben bei meinem Verfolger stand und euch zugesehen habe, dachte ich manchmal, euer Stück –»

«Es war auch deins!»

«– handelte in einer parallelen Welt. Im richtigen Leben, damit meinte ich wahrscheinlich das unserer Eltern und so, war dagegen nie etwas wichtig. Die Welt bleibt nicht stehen, oder? Nach keinem Kuss, nach keinem Fick, nach keinem Tod. Man nimmt's, wie's kommt. Das ist das Beste.»

«Was für Wörter du neuerdings benutzt.»

«Ja! Erinnerst du dich noch an das einzige Wort Türkisch, das ich beherrsche?»

«Erinnerst du dich noch an das Gedicht, von dem ich dir erzählt habe? – Wehe! So ist's auch, ihr Todesgötter! vergebens, wenn ihr ihn haltet und vest habt, den bezwungenen Mann, wenn ihr einmal hinab in eure Nacht ihn gerissen, dann zu suchen zu flehen, oder zu zürnen mit euch –»

«– oder geduldig auch wohl in euren Banden zu wohnen und mit Lächeln von euch zu hören das furchtbare –. War es wirklich ein Versehen, dir die Hand abzuschlagen? Vielleicht wollte ich dich unbewusst verletzen.»

«Mach dir keine Gedanken, es ist nichts geschehen.»

«Es war das erste Mal, dass ich ein Schwert hielt. Vielleicht ist es deshalb –»

«Du hast den Rasenmäher vergessen. Und es ist gut, dass du nicht daran dachtest. Du musst dich nicht rechtfertigen.»

«Ich glaube, wir sind zwei Monde, die sich dieselbe Umlaufbahn teilen. Einzigartig in unserem Sonnensystem.»

«Dann wäre unser Aufeinandertreffen schicksalhaft.»

«Nein, gesetzmäßig.»

«Genau wie unser Auseinanderdriften.»

«Bin ich wie du aus Eis und Stein?»

«Du hast mal so was angedeutet. Jetzt verschwindest du im Schatten des Planeten, den wir beide umkreisen. Aber ich spüre deine Schwerkraft. Unser Wiedersehen ist Gesetz.»

«Du musst nicht jammern, Jan. Dir fehlt nichts. Deine –»

«Tina? … Ich seh euch alle nicht.»

«– deiner Schwester fehlt auch nichts. Sie ist bloß tot, ansonsten aber völlig unversehrt.»

«Du meinst, sie hat noch beide Hände?»

«So wahr ich zwei Brüste habe. Drück sie ruhig fester.»

«Ich dachte, am Wochenende gehören sie Berthold.»

«Sie gehören mir! Alter Chauvi.»

«War nicht so gemeint. Manchmal tut es mir halt ein bisschen weh, wenn du nie –»

«Sie gehören mir und ich bestimme auch, wer sie anfassen darf.»

«Ich hab dich lieb, Tina. Ich genieße die Zeit mir dir, wenn wir miteinander schlafen und wenn wir zusammen reden, ist das unheimlich schön für mich. Was sich daraus entwickelt, weiß ich nicht.»

«Was weißt du über die Liebe?»

«Sie ist ein Gefühl … äh … sie bedeutet auch Arbeit. Aneinander. Miteinander.»

«Und aufeinander? Klingt alles ziemlich protestantisch.»

«Ist es aber nicht. Fromm sagt das. Er sagt, wir wollen geliebt werden, anstatt zu lieben, wir warten auf den richtigen Partner. Wie Schneewittchen auf den Prinz.»

«Stehst du deshalb in dem Glaskasten da oben? Um Ausschau zu halten?»

«Eben nicht. Ich habe doch dich, ich meine, wir haben uns, wir …»

«Wir sind uns halt über den Weg gelaufen, denkst du. Vielleicht stimmt das für dich. Du hast die genommen, die kam. Ich dagegen habe dich gewählt. Ich wollte dich. Ich wusste nur nicht, dass dein Herz einem Kobel gleicht. Es hat mindestens zwei Ausgänge. Dein Schlupfloch, dein Fluchtweg, je nach dem. Meistens bist du nicht da, wenn ich dein Herz betrete.»

«Und dein Herz? Wie viele Männer können da wohnen?»

«Was soll das jetzt?»

«Meine Schwester war gekränkt, weil ihr Freund mit einer anderen schlief.»

«Immer wenn ich dich sehe, hab ich ein unheimlich warmes Gefühl. Aber Berthold und mich verbindet sehr viel.»

«Flieger Bodenlos! Werfen Sie mir mal meinen Pulli runter.»

«Du wirst Arrest kriegen, Colt-Mair. Und ich auch.»

Jan glaubte ihn unten beim Wachturm zu sehen.

«Schmeiß ihn runter», rief der Gefreite.

Mit zwei Fingern fasste Jan das Teil und hob es an. Darunter kam die Pistole zum Vorschein und auch Jans Schlüsselbund. Komisch, dachte Jan, dass ich diese Dinge dahin gelegt habe. Ich dachte, ich hätte die Pistole wieder in ihr Holster gesteckt, nachdem ich die Sicherung kontrolliert hatte. Und meine Schlüssel lass ich sonst auch nirgends liegen. Um den Pullover besser in Goldmairs Richtung werfen zu können, verknotete er die Ärmel.

«Was war eigentlich los? Du warst ja ewig weg.»

«Ich habe unsere amerikanischen Freunde überwältigt und die Nikes scharf gemacht. Wir schießen sie im Morgengrauen ab.»

«Ist dir klar, was du da in Gang setzt? Du zerstörst

nicht nur das Leben zahlloser Individuen, du zerstörst auch die menschlichen Gesellschaften und unsere natürliche Umwelt, die Erde.»

«Ob das stimmt, weiß noch keiner. Die Ungewissheit ist ebenso ein Merkmal des atomaren Holocausts wie die Hitze- oder die Druckwelle.»

Jan nahm die Pistole vom Fensterbrett und zielte damit in die Dunkelheit.

«So weit lasse ich es nicht kommen, verstehst du?»

«Jetzt ist's zu spät, die Prozedur ist schon gestartet. Die fallen den Russen direkt auf die Schädel. Bums!»

«Stopp sie wieder! Ich schieß nicht erst in die Luft, kapiert.»

«Hehe, ungezielter Warnschuss zwischen die Augen. Hat deine Tina eigentlich Plattfüße oder warum läuft sie in diesen Quadratlatschen rum? Da fällt mir noch ein Super-Witz ein: Fragt ein Sani 'nen Panzerfahrer –»

Eigentlich ein kleiner Lichtblitz und doch war für einen Sekundenbruchteil alles grell beleuchtet wie von einer Gasentladungslampe. Jan dröhnten die Ohren. Er fühlte einen harten Schlag im Gesicht. Konnte der vom Rückstoß einer Pistole rühren?

«Bist du verrückt?», schrie der andere. Dann sackte er in sich zusammen.

Am nächsten Tag wollte Jan Folgendes aussagen: Wir hatten zusammen Wache, Goldmair und ich. Ich fand das in Ordnung, wir waren nicht direkt Freunde, aber ich habe nie Streit mit ihm gehabt und hatte auch sonst nichts gegen ihn. Bei der Wachbelehrung wurde uns gesagt, dass es in der Nacht zuvor verdächtige Bewegungen im Wald gegeben hätte. Wir bekamen Gewehre und Pistolen, um uns verteidigen zu können, falls da tatsächlich etwas sein und uns zu nahe kommen sollte. Ich weiß noch genau, wie ich das Magazin in meine Pistole steckte und den Sicherungshebel auf S stellte. Um nicht fehlzugehen, kontrolliere ich mehrmals pro Wache, ob die Waffe wirklich gesichert ist. Das war auch diesmal so. Gegen dreiundzwanzig Uhr verließ Goldmair seinen Posten, um pinkeln zu gehen. Das sage ich nicht, um ihn in die Pfanne zu hauen, sondern weil es einfach so war, dass er seinen Posten verlassen hat, weil er mal pinkeln wollte. Ich weiß noch, wie ich dachte, dass er scheinbar ewig wegbleibt. Als Goldmair wieder auftauchte, rief er mich von draußen leise an und bat mich ihm seinen Pullover runterzuwerfen. Der lag oben auf dem Tisch. Ich nahm ihn und entdeckte darunter die Pistole. Ich wunderte mich, denn ich hatte geglaubt, dass ich sie nach der letzten Kontrolle ins Halfter gesteckt hätte. Ich warf Goldmair seinen Pullover runter und nahm die Pistole vom Fensterbrett, um sie einzustecken. Da rief Goldmair von unten, er hätte die Raketen scharf gemacht. Ich hielt das für einen Scherz und wollte darauf einsteigen. Ich sagte zu ihm, er solle das Programm stoppen oder ich würde schießen. Um die Sache ein bisschen spannender zu machen, hob ich die Pistole, die ich ja in der Hand hielt, und rief: «Hände hoch!» Ich berührte den Abzug, und plötzlich fiel ein Schuss. «Bist du verrückt?», schrie Goldmair, dann sackte er auf den Boden. Ich rannte runter zu ihm. Ich rief: «Goldmair, du lebst noch!» Aber er antwortete nicht. Ich trage meine Pistole immer gesichert. Es muss ja seine Waffe gewesen sein, die da unter dem Pullover lag. Sein Gewehr lehnte übrigens auch in einer Ecke. Das ist mir aber alles erst am Tag darauf wieder eingefallen. Ein Feldwebel kam auf den Wachtturm zu. Ich schrie zu ihm herab: «Rufen Sie die Sanitäter, hier hat's gerumst.» Wir hatten nie Streit, Goldmair und ich. Es tut mir sehr leid, dass er bei diesem Scherz sterben musste.

So stellte Jan sich das Ende vor.

Oder auch so, dass er einfach allein blieb. Dass es dunkel blieb und er nur leise Stimmen hörte, denen er ebenso leise antwortete. Zum Beispiel sagte er: Wir können auch zu dritt glücklich sein, Tina. Ganz sicher, wir sind ja keine Spießer. Ich freunde mich mit Berthold an, warum nicht, wir sind doch beide kreativ und abgesehen von seinem Namen finde ich ihn sowieso nett. Wir machen alles gemeinsam. Für Kiku ist in diesem Szenario kein Platz, aber da sie sich fast nie meldet, da sie weit weg in England ist und bald bestimmt noch weiter weg nach Amerika, Afrika, Australien oder Asien geht, werde ich immer seltener an sie denken. Als Kleinkind soll sie Japanisch gesprochen haben, bestimmt lernt sie es leicht wieder. Je weiter weg sie geht, desto näher können wir uns sein, Tina, nicht wahr, aber natürlich will ich dir nicht auf die Pelle rücken. Ich werde nicht mehr heil, etwas Kaltes und Hartes wohnt jetzt in mir, vielleicht war's schon immer da. Aber daneben, darum herum, kann es doch Leben geben, Wärme, Geliebtwerden. Vielleicht wird ja sogar das Kalte warm. Wie der Griff dieser Pistole. Ich muss nicht nachträglich verweigern, es ist mir nun klar, ich habe schon längst total verweigert. Was soll die Liebe sein, wenn einer nicht ans Leben glauben kann. Nicht mehr als dieses S, das einsam weiß auf meiner dunklen Waffe schimmert. Sicherheit … S … Sterben. Karin hat einer Freundin mal erzählt, sie habe nach ihrer Operation einfach den Hebel umgelegt und endlich begonnen an sich selbst zu denken. Erstaunlich leicht, so einen Hebel umzulegen. Mit einem Finger mache ich das. Mit einem schwachen Fingerdruck lassen sich die Hebel umlegen, die an den Gelenkstellen der Zeit sitzen und ihren geregelten Ablauf sichern. Von vorn nach hinten, von früh nach spät, von neunzehnhundertachtzig nach neunzehnhundertneunzig. Ich schau nach hinten wie nach vorn. Ich entsichere die Zeit. Ich wirke ihren Abläufen entgegen. Ich hebe die Schwerkraft auf. Wie in einem rückwärtslaufenden Filmstreifen sehe ich das Mündungsfeuer der Pistole, es knallt, sie fliegt vom Boden hoch in meine Hand. Eben noch lag sie unten, es blitzte und knallte und etwas schlug mir schmerzhaft ins Gesicht. Jetzt fliegt die Waffe hoch und landet, wie von einem Magneten angezogen, in meiner Faust. Meine eben noch verzerrten Züge nehmen einen neutralen Ausdruck an. Mit der Linken spiele ich am Sicherungshebel, lege ihn um und um. S – Nicht-S. Der anderen Position fehlt die Bezeichnung. Jetzt fährt ein Auto ziemlich ruckartig rückwärts die Böschung hoch, eine Leitplanke steht wie von Geisterhand auf und sichert eine Stelle, an der eben noch ein Loch war. Jetzt geht ein Mädchen vorwärts aus dem Zimmer. Ein Junge verschwindet im Bauch seiner Mutter, gezogen von einer dicken, glänzenden Schnur, deren Enden kurz vorher durch einen beherzten Schnitt miteinander verbunden wurden. Ein kleines Mädchen, das platsch auf dem Boden sitzt, schwebt auf seine breit gespreizten Beinchen zurück und zaubert auf sein Gesicht, dessen Ausdruck zwischen Verwunderung und Weinen schwankte, ein Lächeln. Aus Jan wird An. An steckt in Jan. Jetzt fliegt Jans Kopf zurück, als hätte er einen Haken abgekriegt. Der Januskopf. Der Ein- und Ausgang sieht. Der offene Durchgang. Übergang. Der hinten alt und vorne jung ist. Jetzt verschwindet ein Bild, Strich um Strich in der Tuschfeder. Die Rückansicht einer schwarzschopfigen Gestalt. Eben noch schien da hinten ein Mandelauge zu sitzen, jetzt hat die Figur schon keine Haare mehr, ihr Arm, ihr halber Körper fehlt, jetzt ist sie nur noch ein Strich, ein Punkt, ein Gedanke, der sich auflöst, jetzt setzt die Tuschfeder ab, jetzt verschwindet sie kurz, setzt weiter unten nochmals an, saugt die Bildunterschrift weg, jetzt liegt ein unbeschriebenes Blatt da.

So könnte es enden. So könnte es beginnen.

Mein herzlicher Dank gilt allen Förderern, welche meine Arbeit an dem vorliegenden Text über die Jahre hinweg unterstützt haben, insbesondere dem Bayerischen Staat und der Provinz Québec, der Windler-Stiftung in Stein am Rhein, der Stadt Schwaz in Tirol, dem Künsterhaus Ahrenshoop, dem Heine-Haus in Lüneburg und dem Else-Heiliger-Fond.